PENELOPE DOUGLAS

Má
CONDUTA

Traduzido por Wélida Muniz

1ª Edição

2022

Direção Editorial:	**Revisão Final:**
Anastacia Cabo	Equipe The Gift Box
Gerente Editorial:	**Arte de Capa:**
Solange Arten	Bianca Santana
Tradução:	**Diagramação e preparação de texto:**
Wélida Muniz	Carol Dias
Ícones de diagramação:	Macrovector/Freepik

Copyright © Penelope Douglas, 2015
Readers Guide copyright © Penguin Random House, LLC, 2015
Copyright © The Gift Box, 2022
Esta edição foi publicada em acordo com a Berkley, uma marca da Penguin Publishing Group e uma divisão da Penguin Random House LLC.

Todos os direitos reservados.
Nenhuma parte do conteúdo desse livro poderá ser reproduzida em qualquer meio ou forma – impresso, digital, áudio ou visual – sem a expressa autorização da editora sob penas criminais e ações civis.
Esta é uma obra de ficção. Nomes, personagens, lugares e acontecimentos descritos são produtos da imaginação da autora. Qualquer semelhança com nomes, datas ou acontecimentos reais é mera coincidência.

Este livro segue as regras da Nova Ortografia da Língua Portuguesa.

CIP-BRASIL. CATALOGAÇÃO NA PUBLICAÇÃO
SINDICATO NACIONAL DOS EDITORES DE LIVROS, RJ
Meri Gleice Rodrigues de Souza - Bibliotecária - CRB-7/6439

D768m

Douglas, Penelope
  Má conduta / Penelope Douglas ; tradução Wélida Muniz. - 1. ed. - Rio de Janeiro : The Gift Box, 2022.
  332 p.

Tradução de: Misconduct
ISBN 978-65-5636-129-1

1. Romance americano. I. Muniz, Wélida. II. Título.

22-75494   CDD: 813
                CDU: 82-31(73)

Para os nossos professores...

*O amor é um jogo que dois podem
jogar e ambos ganhar.*
— Eva Gabor

UM

Easton

Enquanto a maioria dos bailes de Mardi Gras eram animados, contando com a presença dos artistas dos desfiles do dia para entreter os convidados, essa festa em particular transbordava um clima bem diferente.

Olhei ao redor, para os ricos e poderosos que compunham a lista de convidados, e medi cada um deles; seus contatos e nome eram mais currículo do que sua carreira e a formação.

E enquanto todos ao meu redor pareciam relaxados — por causa do champanhe que circulava sem parar, eu tinha certeza — nada mais era que uma máscara por cima da que eles usavam.

Não estavam tranquilos; estavam trabalhando. Acordos estavam sendo feitos, relacionamentos comprados e os políticos estavam sempre na luta.

Mas, ainda assim... havia algo carregado no ar. Era Mardi Gras em Nova Orleans, afinal de contas.

Era a época do ano em que muitos moradores escapavam da cidade, por causa do tsunami de turistas entupindo as ruas e o trânsito, transformando o que costumava ser um trajeto de quinze minutos em um de três horas devido aos inúmeros desfiles bloqueando o caminho.

Cidade e arredores abrigavam algo entre quarenta e cinquenta desfiles em todo Mardi Gras, e cada um deles tinha um *krewe*, uma organização não governamental que fazia doações para construir barcos, alguns chegando a custar oitenta mil dólares; os membros do *krewe*, por sua vez, desfrutavam do privilégio de usar máscaras enquanto atiravam miçangas e outros enfeites para uma turba de mãos estendidas e multidões alucinadas.

Esse *krewe* em particular era exclusivo, quase aristocrático com todo o dinheiro e conexões políticas. Advogados, CEOs, juízes, bastava apontar...

qualquer um que fosse alguém nessa cidade estava ali naquela noite. Daí o motivo para o meu irmão aceitar o convite.

Jack sabia que a sociedade de Nova Orleans era como um doce coberto de chocolate. Era necessário romper a casca para chegar na parte boa.

Acordos e relacionamentos não eram discutidos às mesas de reunião nem nos escritórios. Eram fechados sobre copos de uísque Chivas em um bar de fumo ou ao redor de cinco quilos de lagostim em um restaurante pé sujo de frutos do mar no Bairro Francês embalado pela música calíope do barco *Natchez*, que entrava flutuando através das portas francesas abertas. As pessoas não confiavam em assinaturas tanto quanto confiavam na sua habilidade para a conversa fiada enquanto bêbado.

Todas eram razões para eu amar essa cidade.

Ela abrigava histórias sobre resistir a tempestades: de sangue, suor, música, agonia e morte, por pessoas que esperavam cair, mas que sabiam como voltar a se levantar.

Lancei um sorriso recatado para o garçom ao pegar outra taça de champanhe na bandeja e me virei, avaliando a imitação de Edgar Degas pendurada diante de mim.

Óleo sobre tela queimaria rápido. Muito rápido, refleti, aproximando-me enquanto o frio da taça de champanhe se infiltrava pelas minhas unhas muito bem feitas.

Deus, eu estava entediada. Quando começava a criar fantasias com objetos inanimados pegando fogo, era hora de dar a noite por encerrada.

Mas, então, senti o celular vibrar na minha coxa, e me endireitei, afastando-me da pintura mais uma vez.

— Jack — sussurrei, ao colocar a taça em uma mesa alta e redonda e puxar o vestido até a coxa para pegar o aparelho preso ali. Odiava carregar bolsas, e já que meu irmão estava aqui comigo e portava os cartões de crédito, tudo o que eu precisava era de um lugar para guardar o celular.

Deslizando a tela, cliquei na notificação de mensagem.

> **Se você disser alguma grosseria, meu futuro estará arruinado.**

Ergui a cabeça de supetão, um sorriso se espalhou pelo meu rosto no que eu esquadrinhei o salão de baile. Avistei meu irmão em meio a um círculo de pessoas, me encarando com uma sobrancelha erguida em advertência e um sorriso presunçoso no rosto.

> **Moi?**

Respondo, olhando-o como se eu me sentisse afrontada.

Ele lê a mensagem e balança a cabeça, sorrindo.

> **Conheço a sua vibe, Easton.**

Reviro os olhos para ele, a graça do comentário fazendo meus lábios se inclinarem em um sorriso.

Era mais do que certo que Jack conhecia a minha *vibe*.

Mas ele deveria saber que eu jamais deixaria o meu irmão na mão. Posso ter herdado o temperamento explosivo do nosso pai e a inaptidão da nossa mãe de não dizer coisas que não deveriam ser ditas, mas eu era leal. Quando meu irmão ligava, eu aparecia. Quando ele precisava de mim, eu não fazia perguntas. Por ele, eu toleraria praticamente qualquer coisa.

> **Vou resistir.**

Respondi, com o sarcasmo de sempre evidenciado ao encontrar o brilho travesso em seus olhos castanho-esverdeados.

Jack era três anos mais velho e estava prestes a concluir o terceiro ano na faculdade de direito da Tulane. Vez ou outra, ele me arrastava para eventos beneficentes, almoços e bailes de gala, enquanto abria caminho em meio à elite de Nova Orleans usando sua boa lábia, fazendo contatos e forjando relacionamentos. Tudo para que pudesse garantir uma boa cota de ofertas de trabalho depois que se formasse daqui a pouco mais de um ano.

Odiava perder tempo com coisas que não me interessavam, mas Jack não tinha uma namorada para entediar nesses eventos, então eu normalmente assumia, diligente, a função de acompanhante.

> **Ache algo com o que brincar.**

Foi a provocação.

> **E não se suje.**

Inclinei uma sobrancelha para ele lá no outro lado da sala, esperando

Má CONDUTA

que visse o desafio na minha expressão. Mesmo através da minha meia-máscara preta de metal.

Se você diz... provoquei com o olhar.

Assim que chegamos, circulei com o Jack enquanto ele fazia as rondas, conversando e fazendo *networking* até começarem a falar de anulações de julgamento e circunstâncias atenuantes. Foi quando saí de fininho, preferindo vagar e ponderar em silêncio em vez de ser forçada a sorrir e assentir como se sentisse qualquer interesse pelo que eles falavam.

Mas agora, ao olhar ao redor da multidão e tentar aceitar a sugestão de Jack de encontrar algo, ou alguém, para ocupar o meu tempo, tinha que confessar que nem sequer sabia por onde começar.

Meu irmão conseguia conduzir o recinto como se o lugar fosse um instrumento bem afinado, rindo e apertando mãos como um bom menino, mas eu me movia pelas beiradas.

Lá, mas não exatamente *lá*.

Houve um tempo em que esses papéis eram invertidos.

E houve um tempo em que eu me importava.

Abaixando-me, ergui as camadas vermelhas do vestido para guardar o telefone no coldre preso na minha coxa. Não que eu estivesse portando uma arma, mas, mesmo assim, cumpria uma função.

Deixei as bainhas do vestido caírem até os meus pés, amando a leveza do tecido enquanto ele roçava nas minhas pernas. Por ser fevereiro, ainda estava bastante frio lá fora, mas fui incapaz de resistir ao encanto da leve fluidez do material, embora ele deva ter sido criado para ser usado na primavera.

Para uma menina que passou a maior parte de seus anos de formação usando tênis e saia de prega, o vestido rendeu olhares masculinos para a mulher que às vezes eu tinha dificuldade de acreditar que me tornei.

Caindo até os meus pés, a peça abraçava o meu torso em um padrão cruzado tanto na frente quanto nas costas, que se abria levemente abaixo da cintura em um corte evasê. Era de um vermelho berrante, e combinava à perfeição com a minha meia-máscara, que se curvava acima do meu olho esquerdo, seguindo até o lado direito do meu nariz e cobrindo a metade da bochecha direita com seu padrão rendado.

O outro acessório que eu usava eram os brincos cravejados de diamantes que meus pais me deram quando ganhei o torneio júnior de tênis do US Open há dez anos.

Abaixando-me, tirei o salto, a única parte do modelito que eu odiava.

Arqueei o pé e movi os dedos, girando o tornozelo. Tudo doía por causa da tensão de estarem pressionados juntos, e eu não entendia como as mulheres conseguiam viver com eles todos os dias.

Equilibrando-me em uma perna, peguei a taça de champanhe e calcei o outro pé de volta no sapato, mas o calçado deslizou da minha mão e caiu no chão.

Com um suspiro, eu me curvei para prendê-lo.

Mas parei assim que me abaixei, recuando quando alguém me agarrou pelo pulso e tirou a taça da minha mão.

— Cuidado — uma voz baixa e profunda avisou.

Pisquei, meus olhos disparando entre a mão no meu pulso e o chão, onde eu havia derrubado metade da minha bebida quando me curvei.

Comecei a me endireitar, mas parei ao ver o homem colocar a taça na mesa e logo ficar sobre um joelho diante de mim, evitando o lugar do tapete em que a minha bebida havia caído.

— Permita-me — sugeriu.

Ignorando a palpitação no meu peito, observei-o pegar meu tornozelo e deslizar o sapato sem qualquer esforço de voltar para o lugar, as mãos seguras voltando a me firmar.

O calor dos dedos se espalhou pela minha perna, e estreitei os olhos, um pouco irritada pelo meu coração estar batendo tão rápido.

Ele não usava uma máscara como a maioria dos convidados. De acordo com a sabedoria do meu pai, aquilo significava que ele não gostava de joguinhos nem sentia a necessidade de fazer parte da multidão. Ele queria que todo mundo soubesse quem ele é. Destemido, corajoso, alguém que quebra as regras...

Mas a minha cínica interior diria que ele simplesmente esqueceu a máscara em casa.

Ele olhou para mim com os lábios inclinados de forma atrevida e os olhos preguiçosos me avaliando com interesse. Soube imediatamente que ele era mais velho.

Muito mais velho.

Talvez trinta e alguma coisa, a julgar pelas linhas discretas ao redor dos olhos.

E embora isso não fosse velho, era quase fora da geração dos meus vinte e três anos.

Gostei disso também. Se suas mãos eram firmes, a língua também deveria ser. No que dizia respeito à conversa, no caso.

O cabelo preto era bem curto nas laterais e na parte de trás, com a parte de cima mais longa e muito bem penteada. Estava barbeado e o terno sob medida de lã era de um preto profundo o suficiente para fazer todo o resto das pessoas ali presentes parecerem desbotadas. Os sapatos brilhavam mais que o Rolex, e graças aos céus por isso. Homens com acessórios de ostentação davam muito trabalho.

E ele era bonito. O maxilar estreito e as maçãs do rosto salientes acentuavam as sobrancelhas pretas e bem definidas sobre olhos tão azuis como pedras preciosas.

Ele era mais que bonito. Era sedutor.

Senti um sorriso repuxar os cantinhos da minha boca.

— Obrigada — sussurrei, voltando a apoiar o pé no chão.

Os dedos dele roçaram um centímetro mais alto na minha panturrilha antes de me soltar, e eu tive que lutar com os arrepios que se espalharam em minha pele.

Ele era audacioso também.

Mantive o seu olhar, da cor das nuvens carregadas com uma tempestade prestes a desabar, enquanto ele se levantava, erguendo-se em toda a sua altura, sem fazer menção de se afastar.

— Perdendo sapatos, entornando bebidas… você costuma ser tão bagunceira assim? — ele provocou, o brilho travesso e confiante em seus olhos aquecendo tudo abaixo da minha cintura.

Ergui as sobrancelhas, lançando um sorriso convencido para ele.

— Apalpando desconhecidas, fazendo comentários como se falasse com uma criança… você costuma ser tão grosseiro assim? — perguntei.

Os olhos abrigaram um sorriso, mas não esperei resposta.

Peguei meu champanhe na mesa e me desviei dele, voltando para a pintura.

Se ele fosse o tipo de homem que eu esperava, ele me seguiria. O desconhecido era atraente, e eu estava intrigada, mas isso não queria dizer que ele não teria que se esforçar.

Inclinei a taça para a boca, saboreando o amargor gelado das bolhas na minha língua enquanto o sentia me observar.

— Você não parece estar se divertindo — observou, aproximando-se.

O aroma sutil da colônia flutuou para as minhas narinas, e minhas pálpebras vibraram por um instante.

— Muito pelo contrário… — Apontei a taça para a imitação do Degas. — Eu estava ponderando o quanto um pouco de gasolina e um fósforo não melhorariam essa pintura.

Ele riu baixinho, e amei como seus olhos brilharam sob a luz baixa do salão de baile.

— Ruim assim, hein?

Fiz que sim, suspirando.

— Ruim assim.

De pé ao lado dele, senti toda a extensão do seu tamanho. Eu não era nada pequena com os meus um e setenta, mas até mesmo de salto, eu alcançava apenas os seus ombros. O peito era largo, mas esguio, e amei poder reparar nos músculos dos bíceps quando os cruzou ali. Mesmo ele estando de smoking.

O homem me olhou com a expressão severa de um superior.

— Você costuma ter fantasias pirotécnicas? — perguntou, parecendo achar graça.

Voltei a observar a pintura, olhando sem ver ao ponderar a sua questão.

Fantasias pirotécnicas? Não.

Eu tinha muitas fantasias, pirotécnicas ou não, mas o quanto eu deixaria transparecer se dissesse isso a ele? Seria uma resposta fraca para uma pergunta capciosa. Eu não seria assim tão óbvia.

— Não quero atear fogo em nada — assegurei a ele, encarando o Degas com a taça apoiada nos lábios. — Eu só gosto de ficar de pé no meio de cômodos em chamas.

Virando a taça, terminei o champanhe e me virei para colocá-la na mesa, mas ele pegou a base da taça, impedindo-me.

— Quanto tempo você ficaria? — inquiriu, os olhos pensativos ao tirar a taça da minha mão e colocá-la na mesa. — Antes de tentar escapar, no caso.

— Mais tempo que qualquer outra pessoa.

Ele me lançou um olhar confuso.

— E você? — pergunto. — Gostaria de se juntar ao caos em uma corrida desvairada até a saída?

Ele se virou mais uma vez para o quadro, sorrindo.

— Não — respondeu. — Eu já estaria do lado de fora, é claro.

Estreitei os olhos, sem entender.

Ele sorriu para mim e se inclinou para sussurrar:

— Eu ateei o fogo, afinal de contas.

Má CONDUTA

Meu maxilar doía com o sorriso que me recusava a lançar para ele. Eu não gostava de surpresas, mas ele era interessante, e me olhava nos olhos ao falar comigo.

É claro, eu não estava interessada em suas respostas tanto quanto estava na sua habilidade de manter a conversa rolando. Eu podia conversar fiado, mas isso era muito mais divertido.

Deixei meus olhos vagarem para longe dele.

— Sinto muito por você não ter gostado da obra de arte — disse ele, avaliando o quadro.

Minha coxa estremeceu com a vibração do telefone, mas ignorei.

Pigarreei.

— Degas é um artista maravilhoso — prossegui. — Gosto dele. Em muitos de seus trabalhos, ele tinha a intenção de retratar o movimento em vez das figuras estáticas.

— Exceto nesse. — Apontou para a pintura de uma mulher sentada sozinha em um bar.

— Sim, exceto nesse — concordei, apontando para *O absinto*. — Ele também tentava mostrar os humanos em isolamento. Esse foi chamado de feio e nojento pela crítica quando revelado.

— Mas você o amou — deduziu.

Eu me virei, deslocando-me devagar ao longo da parede, sabendo que ele me seguiria.

— Sim, mesmo quando é feito por artistas ruins — fiz piada. — Mas, por sorte, ninguém aqui saberá a diferença.

Eu o ouvi rir baixinho da minha audácia, e ele devia estar imaginando se deveria ou não se sentir insultado. De qualquer forma, ele me pareceu o tipo de homem que não se importaria muito. Meu respeito não devia ser algo que ele procurasse.

Senti seus olhos percorreram as minhas costas, seguindo as linhas do meu corpo até os quadris. Além dos meus braços, as minhas costas eram a única parte do meu corpo que foi deixada nua pelo tecido e o detalhe cruzado.

Atravessando as portas francesas, fui para a sacada ampla e iluminada por velas. A música lá dentro aos poucos se tornou um eco fraco atrás de nós.

— Você não se importa muito com o Degas, não é? — perguntei, virando a cabeça apenas o suficiente para vê-lo pelo canto do olho enquanto seguia até o parapeito.

— Eu não me importo nem um pouco com o Degas — declarou ele, sem vergonha alguma. — Qual é o seu nome?

— Você também não se importa muito com isso.

Mas então sua mão segurou a minha e me fez parar. Eu me virei a meio caminho, olhando para ele.

— Não faço perguntas para as quais não desejo resposta. — Aquilo pareceu um aviso.

Curvei os dedos, sentindo o coração saltar uma batida.

Embora eu tivesse tido a impressão de que esse homem possuía um lado brincalhão, agora entendia que ele também possuía outras facetas.

— Easton — cedi.

Virando-me, apoiei os quadris no parapeito e segurei o balaústre, sentindo-o atrás de mim.

Respirei, o aroma das magnólias do salão de baile preenchendo o meu nariz junto com um toque sempre presente do aroma nativo que só havia ali no Bairro Francês. Madeira antiga, bebida rançosa, papel velho e chuva, tudo combinado para criar uma fragrância que era quase mais deliciosa que a comida em uma caminhada matutina tranquila pela Bourbon sob o nevoeiro.

— Não quer saber o meu nome? — perguntou.

— Não faço perguntas para as quais não desejo a resposta — respondi, baixinho.

Senti o seu sorriso, mesmo não podendo vê-lo.

Encarei o Bairro Francês, quase perdendo o fôlego com a vista.

Um mar de pessoas cobria a Bourbon Street como uma enchente, mal havia espaço para se virar ou se mover em meio à multidão. Era algo que raramente vi nos cinco anos em que morava ali, escolhendo evitar o Bairro durante o Mardi Gras e optando pelos points locais na Frenchmen Street.

Mas, ainda assim, devia ser apreciado pela vista inspiradora que era.

Os postes iluminavam a atmosfera de tarde da noite, mas serviam apenas como decoração. As luzes neon dos bares, clubes de jazz e dos restaurantes, para não mencionar as multidões de miçangas voando das sacadas e caindo nas mãos estendidas, que lançavam uma amostra colorida cheia de luz, música, animação e voracidade.

Tudo rolava durante o Mardi Gras. *Coma o que quiser. Beba até se fartar. Não diga nada e,* eu pisquei, sentindo-o se mover ao meu lado, *sacie todos os seus apetites.*

O Mardi Gras era terra de ninguém. Uma noite em que as regras eram tabu e a gente fazia o que quisesse, porque acordaria amanhã, na Quarta-Feira de Cinzas, pronto para expurgar os pecados e purificar a alma para as seis semanas da Quaresma.

Eu invejava a folia despreocupada, desejando ter coragem para me soltar, parar de olhar para trás e rir de coisas das quais não me lembraria pela manhã.

— Um caos — comentei, observando as multidões se estenderem pelas ruas até onde a vista alcançava. — Jamais senti o desejo de estar no meio disso.

Virei a cabeça, encontrando o seu olhar e tirando meu longo cabelo castanho-escuro de cima do ombro.

— Mas gosto de assistir a toda a comoção daqui de cima — contei a ele, que estreitou os olhos.

— Isso não é bom — ele me repreendeu, com uma insinuação de sorriso. — Todo mundo precisa experimentar a loucura das multidões lá embaixo pelo menos uma vez.

— Enquanto se desvia das poças de vômito, né? — rebato.

Ele balançou a cabeça, achando graça. Apoiando as mãos no balaústre e inclinando a cabeça para mim, respondeu:

— Então, o que você faz?

— Termino o meu mestrado daqui a uns meses — respondi. — Na Loyola.

Um momento de apreensão cruzou os seus olhos, e eu inclinei a cabeça. Talvez ele tenha pensado que eu fosse mais velha.

— Isso te incomoda? — perguntei.

— Por que me incomodaria? — desafiou.

Inclinei o canto da boca, rindo do joguinho dele.

— Você não me seguiu até aqui só para se exercitar — pontuei, nós dois sabíamos muito bem onde terminaria a noite entre dois adultos de comum acordo. — Ainda estou na faculdade, pelo menos por mais alguns meses. Talvez não tenhamos nada em comum.

— Eu não me preocuparia — respondeu, soando convencido. — Você prendeu o meu interesse até então.

Meus olhos incendiaram, e os desviei, tentada tanto a rir quanto a repreendê-lo na hora da raiva.

— Então o que você faz? — inquiri, sem me importar de verdade.

Ele ficou de pé e se endireitou, deslizando as mãos nos bolsos ao se virar para mim.

— Adivinhe — deu a ordem.

Eu o olhei, também virando o corpo para o dele.

Adivinhe.

Muito bem...

Deixando meus olhos percorrerem seu pescoço e o peito, reparei no smoking preto de três peças com a gravata de seda ao redor do colarinho da camisa branca.

Cada fio de cabelo estava no lugar, e o rosto escultural reluzia como alabastro à luz das velas.

Os sapatos lustrados não tinham uma mancha, e a superfície do Rolex, com a correia preta de pele de jacaré, refletia o brilho colorido dos pisca-piscas do outro lado da rua, que provavelmente permaneciam acesos o ano todo.

Era praticamente impossível dizer com exatidão o que ele fazia para viver, mas eu podia arriscar um palpite.

Dando um passo à frente, estendi as mãos macias e, devagar, abri o paletó até a cintura, vendo seus braços caírem para os lados enquanto ele devia imaginar o que diabos eu estava fazendo.

Observando-o, tentei manter a respiração estável, e então lambi os lábios e deixei meus olhos caírem para a sua cintura.

— Bem — arrisquei —, eu diria que você é um sócio júnior, mas esse cinto é da Ferragamo.

O peito se moveu com a respiração repentinamente ofegante.

— E?

Olhei para cima, voltando a encontrar seus olhos travessos.

— E esse grupo costuma usar BOSS ou Versace. — Apontei para o salão de baile, indicando os cavalheiros lá dentro. — Mas, se você pode gastar quatrocentos dólares em um cinto — esclareci para ele —, vou arriscar sócio sênior.

Ele bufou, mas não fez qualquer movimento para afastar as minhas mãos.

— Você é advogado — declarei, por fim.

Ele estreitou os olhos, me avaliando.

— Você parece entender muito de cintos masculinos — observou ele —, e de como identificar dinheiro.

Quase revirei os olhos. Ou ele pensava que eu era uma debutante acostumada a coisas caras, ou uma mulher à caça de um homem rico.

Eu não era nenhuma das duas.

— Não se preocupe — assegurei a ele, reclinando-me no parapeito. — Se tiver sorte o bastante para tirar algo de mim, será de bom grado.

Seu corpo ficou tenso, e ele inclinou o queixo para cima, olhando para mim como se não estivesse muito certo do que fazer comigo. Olhei para baixo, roçando os dedos na palma das mãos, tentando acalmar os nervos.

Por que eu disse isso?

Não estávamos em um bar, onde se supõe que, se nos dermos bem, iremos juntos para casa. Ele estava dando em cima de mim, eu estava dando em cima dele, mas eu não deveria ter sido tão atirada.

Mesmo se fosse o que eu queria.

Eu podia não ter relacionamentos, mas isso não significava que eu não gostava de me perder em alguém por uma noite. E já fazia muito tempo.

Ele avançou, e meu fôlego ficou preso quando se posicionou diante de mim, apoiando as mãos no parapeito em cada lado meu.

Inclinando-se no meu espaço, ele falou baixinho:

— Para uma mulher tão jovem, você tem uma senhora boca.

E então seu olhar caiu para os meus lábios, e meus joelhos fraquejaram.

— Posso parar se você quiser — provoquei, aos sussurros.

Mas ele deu um sorriso irônico.

— Ora, mas seria divertido? — rebateu, ainda encarando a minha boca.

Respirei fundo, trazendo o cheiro dele para os meus pulmões enquanto o meu cérebro ficava confuso com o aroma de especiarias e sândalo.

— Diga-me — começou —, se sou advogado, como você sabe disso?

— Bem. — Eu me empertiguei. — Suas unhas são limpas, então você não faz trabalho braçal — apontei, movendo-me para sair do seu domínio e passando por ele, indo em direção a um vaso de flores. — Suas roupas são de grife e sob medida, então você ganha muito dinheiro. — Olhei-o dos pés à cabeça, absorvendo sua aparência. — E estamos em Nova Orleans. Não se pode dar dois passos sem esbarrar em um advogado ou em um estudante de direito.

Passei as pétalas de flores entre os dedos, sentindo a suavidade sedosa conforme o sentia se aproximar de mim.

— Continue — insistiu. — O que me trouxe aqui essa noite, então?

Meu maxilar coçou com um sorriso. Ele gostava de brincar.

Era estranho, na verdade. Não estava acostumada a homens que podiam manter a minha atenção.

— Você foi obrigado a vir — respondi, pensando no homem que eu queria que ele fosse. Não em um daqueles enfadonhos lá dentro, fumando charutos e trocando tapinhas nas costas. Eu queria que ele fosse diferente. Prossegui: — Você não conhece bem nenhuma dessas pessoas, e elas não conhecem você, conhecem? — eu me aventurei. — Você se sentiu obrigado a vir essa noite devido a pressões familiares ou talvez atendendo a um pedido do seu patrão.

Ele me observou, uma alusão de alguma coisa que eu não podia identificar estava em seus olhos.

— Você só está esperando — prossegui —, tentando determinar quando poderá abandonar, com educação, as rígidas conversas sobre política, a comida ruim e a sala cheia de pessoas a quem você não suporta.

Ele voltou a se recostar no parapeito, avaliando-me enquanto ouvia.

— Você está inquieto — declarei. — Há outras coisas que deseja estar fazendo no momento, mas não tem certeza se deveria, nem se são coisas que pode ter. — Ergui o olhar e encontrei o dele.

Ele me encarou em silêncio, e eu desejei, com desespero, saber no que ele estava pensando.

É claro, estive me descrevendo o tempo todo, mas seu olhar estava trancado no meu, sem romper o contato visual.

Eu me aproximei mais, o frio de fevereiro finalmente me atingindo.

— O que farei quando for embora essa noite? — perguntou.

— Você não vai embora sozinho — determinei. — Um homem como você não deve ter *chegado* sozinho.

Ele inclinou uma sobrancelha, desafiando-me, mas não negou.

Eu o encarei, esperando a confissão. Ele estava com alguém? Era corajoso o bastante para me abordar com a acompanhante circulando por aí?

Ele não usava aliança, mas isso não queria dizer que não tinha um compromisso.

— E você? — Estendeu a mão e pegou uma mecha do meu cabelo entre os dedos. — Com quem você está aqui?

Pensei no meu irmão, que provavelmente estava ligando para mim, já que deixei o telefone vibrar duas vezes.

— Não importa — refutou. — Ainda não quero saber.

— Por quê?

— Porque... — Ele olhou para cima, encarando ao longe por cima da cabeça. — Você me distraiu, e eu gosto. Estou me divertindo.

Má CONDUTA

19

É, eu também estava. Pela primeira vez na noite.

Os convidados riam e dançavam lá dentro, enquanto nós dois, sozinhos na noite fria com apenas um punhado de pessoas relaxando na enorme sacada, prosseguíamos com nosso momento roubado.

— Mas eu deveria mesmo voltar — sugeri, ao me afastar.

Meu irmão, sem dúvida, estava procurando por mim.

Mas ele estendeu a mão e pegou a minha, estreitando os olhos.

— Ainda não — insistiu, olhando para trás de mim, em direção ao salão de baile.

Parei, não fazendo um único movimento para puxar a mão.

Ele estava diante de mim, o peito quase tocando o meu.

— Você está certa — sussurrou, o fôlego caindo sobre mim. — Eu não gosto muito dessas pessoas, e elas também não gostam de mim. — A voz ficou rouca. — Mas eu gosto de você. Ainda não estou pronto para me despedir.

Engoli em seco, ouvindo o fio suave de um jazz lento flutuar lá de dentro.

— Dance comigo — ele deu a ordem, e não esperou por resposta.

Deslizando a mão ao redor da minha cintura, o homem me conduziu, e eu respirei fundo quando meu corpo encontrou o dele pela primeira vez.

Erguendo os braços, coloquei a mão direita em seu ombro, e a esquerda na dele conforme o permitia me conduzir em um círculo estreito, permanecendo no nosso próprio espacinho. Arrepios dispararam pelos meus braços, mas não creio que ele tenha notado.

Permiti que meus olhos se fechassem por um instante, sem entender o que fazia a sensação dele ser tão boa. Minhas mãos formigavam, e minhas pernas estavam fracas.

Era raro eu me sentir puxada para um homem. Eu sentia atração e paixão, e gostava de sexo, mas nunca me abri por tempo o suficiente com alguém para me conectar.

Agora eu me via querendo que a noite não terminasse de outra forma senão em seus braços.

É para onde eu queria que isso fosse. Não precisava saber o nome dele, nem o que fazia para viver, nem o seu histórico familiar. Só queria ficar perto de alguém e me sentir bem, e talvez isso seja o suficiente para me satisfazer pelos próximos meses até eu precisar de alguém de novo.

Balancei a cabeça de leve, tentando clarear as ideias.

Basta, Easton. Ele era bonito e interessante, mas não vi nada nele que não tinha visto em outro homem.

Ele não era especial.

Olhei para cima e perguntei:

— Você não está aproveitando a festa, então o que gostaria de estar fazendo agora?

Ele me lançou um sorrisinho sexy.

— Gosto do que estou fazendo no momento.

Revirei os olhos, disfarçando o quanto também gostava de ele estar me segurando tão perto.

— Quer dizer, exceto isso.

Ele contorceu os lábios, medindo-me como se estivesse pensando.

— Estaria trabalhando, eu acho — respondeu. — Trabalho bastante.

Então ele preferia trabalhar a encantar as pessoas e beber em um baile de Mardi Gras? Abaixei a cabeça e caí na gargalhada.

— O que foi? — Ele franziu as sobrancelhas.

Eu o olhei nos olhos, enxergando a sua confusão.

— Você prefere trabalhar — declarei. — Eu me identifico com isso.

Ele assentiu.

— Meu trabalho me desafia, mas também é previsível. Gosto disso — confessou. — Não sou fã de surpresas.

Diminuí o ritmo na mesma hora, quase parando a nossa dança.

Dizia a mesma coisa o tempo todo. Nunca gostei de surpresas.

— Todo o resto fora do trabalho é imprevisível — adicionei por ele. — É difícil controlar.

Ele inclinou a cabeça e levou a mão ao meu rosto, passando o polegar pela minha bochecha.

— É — refletiu, inclinando-se conforme sua mão fazia círculos possessivos na minha nuca. — Mas há vezes — disse, baixinho — em que eu gosto de perder o controle.

Fechei os olhos. *Jesus*.

— Qual é o seu sobrenome? — perguntou.

Abri os olhos, piscando. *Meu sobrenome?* Eu tinha meio que gostado de manter as especificidades fora disso. Eu nem sequer sabia o nome dele ainda.

— Easton? — pressionou.

Estreitei os olhos.

— Por que você quer saber?

Ele deu um passo à frente, movendo-me devagar e empurrando-me para trás. Precisei continuar recuando para não acabar caindo.

— Porque eu pretendo te conhecer — ele falou. Pareceu uma ameaça.

— Por quê?

— Porque gosto de conversar com você — devolveu, a voz grossa com a risada que segurava.

Atingi a parede às minhas costas e parei, olhando para as pessoas sentadas à mesa do outro lado da sacada.

Ele reduziu a distância que ainda havia entre nós e se abaixou até o rosto estar a centímetros do meu.

Apertei as mãos por trás das costas, tamborilando instintivamente a parede com os dedos e contando na minha cabeça *um, dois, três...*

— Você gosta de *mim*? — ele me interrompeu, um sorriso brincalhão inclinando os seus lábios.

Não pude deixar de sorrir. Virei a cabeça, mas sei que ele viu.

— Não sei — respondi, desinteressada. — Você talvez seja cavalheiro demais.

Os cantinhos de seus lábios se curvaram, parecendo sinistros, e ele passou uma das mãos pela minha nuca e entrelaçou o meu cabelo, agarrou minha cintura com a outra e pressionou o corpo ao meu.

— O que quer dizer que ainda sou um homem, só que com mais habilidades — sussurrou em meus lábios, fazendo meu fôlego vacilar. — E há apenas um lugar em que não serei cuidadoso com você.

Um choramingo escapou, e senti sua mão apertar o meu cabelo. Ele encarou a minha boca, parecendo pronto para me devorar.

— Acho que você gosta de mim — ele sussurrou, e eu quase pude sentir o sabor do seu fôlego quente. — Acho, inclusive, que você quer saber o meu nome.

Ele se aproximou, e eu me preparei, estava tão pronta, mas, de repente, ele parou e olhou para cima.

— Tyler, aí está você... — A voz da mulher parou no meio da frase.

Virei a cabeça e encontrei uma loura bonita, talvez uns sete anos mais velha que eu, com uma expressão levemente surpresa, mas não irritada.

Tyler.

Era o nome dele.

E eu me mexi, forçando suas mãos a me largarem.

Tyler se endireitou e olhou para a mulher.

— Eles estão prestes a começar — avisou a ele, agarrando a bolsinha diante do corpo com ambas as mãos. — Entre.

Ele assentiu.

— Sim, obrigado, Tessa.

Ela me lançou um olhar apressado antes de se virar e voltar para o salão.

Bem, ela não deveria ser a esposa dele.

Não que eu pensasse que ele tinha uma, de toda forma, já que estava sem aliança, mas a mulher o chamara de Tyler, o que queria dizer que estava familiarizada com ele.

Alisei o vestido e toquei a máscara, certificando-me de que estava tudo no lugar.

— É uma acompanhante — esclareceu ele. — Não uma namorada.

Balancei a cabeça, olhando-o, enfim.

— Não precisa explicar — disse, despreocupada.

Estava feliz por ele não ser casado, mas se ele queria se comportar mal sendo que tinha uma acompanhante na sala ao lado, estava por conta dele. Eu não ficaria envergonhada.

Mas estava decepcionada.

Olhei ao redor, evitando o seu olhar, e me abracei, esfregando os braços. O frio tinha se intensificado, e agora se afundava até os meus ossos.

Não queria que a noite terminasse, mas tinha acabado agora.

Gostei da situação de não saber o nome dele. Gostei enquanto esperava para descobrir.

Ele se aproximou.

— Eu...

Mas então parou, olhou para cima, fazendo careta, enquanto uma voz falava no microfone lá dentro.

— Me fale o seu sobrenome — ordenou com pressa, prendendo-me com um olhar severo.

— Ora, mas isso não seria divertido — respondi, com o mesmo comentário sarcástico.

Mas ele não pareceu achar graça.

Ele se mexeu, inclinando a cabeça para cima e ouvindo o homem ao microfone, parecendo estar com pressa.

Por que ele parecia tão agitado?

— Merda — xingou, e então se inclinou para mim, plantando a mão nas paredes por detrás da minha cabeça.

— Se você for embora — ele me avisou —, nada me deterá quando nos encontrarmos de novo.

Um arrepio percorreu o meu peito, e minhas coxas ficaram tensas. Mas escondi bem.

— Nos seus sonhos — atirei de volta. — Não gosto de advogados.

Ele sorriu, endireitando-se e olhou para mim.

— Não sou advogado.

E com um olhar presunçoso, passou por mim e voltou para o salão de baile.

Deixei escapar um suspiro, meus ombros caíram ligeiramente. *Droga.*

Eu estava tanto louca de decepção quanto preenchida por uma luxúria inesgotável. Que babaca ele era por me iludir sendo que tinha alguém lá dentro.

Agi como se soubesse que ele não tinha vindo sozinho, mas não cheguei a acreditar. Talvez ele tenha pensado que conseguiria o meu número, que me levaria para casa essa noite e me ligaria amanhã.

Mas não ia rolar.

Sexo acontecia onde e quando eu queria. Eu não esperava por um homem que me colocava em um cardápio.

Senti o telefone voltar a vibrar, e ignorei, sabendo que Jack devia estar irritado por eu ter sumido por tanto tempo.

Voltando para o salão animado, com taças tilintando e pessoas rindo, ignorei a pessoa que falava no palco quando esquadrinhei a multidão e localizei o meu irmão perto das portas duplas altas.

Ele estava com o casaco e segurava o meu, parecendo irritado. Fui rapidamente até ele, virando-me para que ele pudesse colocar a estola em mim.

— Onde você estava? — reclamou.

— Brincando — murmurei, sem nem tentar disfarçar a provocação na minha voz.

A pessoa lá no palco continuava com seu tom monótono, arrastando as palavras, e a plateia ria de suas piadas, todos bêbados o bastante para achá-las engraçadas.

— Bem, quero dar o fora daqui antes que o desfile da DPNO desça a Bourbon — Jack me recordou, e então se virou para mexer no telefone.

Eu me esqueci do desfile.

À meia-noite no Mardi Gras, o Departamento de Polícia de Nova Orleans, com sua frota de cavalos, cães, quadriciclos, carros, caminhonetes e oficiais, percorria toda a Bourbon, desbloqueando as ruas, um ato que sinalizava o fim do evento e o início da Quaresma.

Os foliões enchiam as ruas laterais apenas para voltarem assim que a polícia passava. Reservamos um hotel na Decatur para evitar o tráfego para voltar à faculdade em Uptown, mas precisávamos correr se quiséssemos atravessar a multidão antes de a polícia bloquear a nossa rota.

— Vamos — ele me apressou, atravessando as portas conforme eu o seguia.

— Então, senhoras e senhores! — a voz alta ribombou atrás de mim. — Por favor, me ajudem a dar as boas-vindas ao homem que, espero, em breve anunciará sua candidatura ao Senado dos Estados Unidos para o próximo ano! — Todo mundo começou a aplaudir enquanto ele gritava: — O Sr. Tyler Marek!

Eu me virei, meus olhos se arregalando quando vi o homem que tinha acabado de me prender a uma parede subir no palco.

Puta merda.

— Droga, eu não sabia que ele estava aqui — disse Jack, vindo para o meu lado.

— Você o conhece? — perguntei, olhando o meu irmão antes de voltar a encarar o palco.

— Você nunca ouviu falar de Tyler Marek? — ele me repreendeu. — Ele é dono da terceira maior empresa de construção do mundo, Easton. Dizem por aí que vai concorrer ao Senado no ano que vem. Eu gostaria de ter conhecido o homem.

Um político?

Jesus. Eu havia tropeçado naquele político.

Deveria estar envergonhada. Essas pessoas eram obviamente amigas dele, ou associados, e o baile era, pelo menos em parte, em sua honra. Eu insultei a comida, os convidados e enquanto todo mundo parecia saber exatamente quem ele era, eu não fazia ideia.

Apertei a estola ao redor do corpo, vendo-o lançar um olhar brincalhão que eu já conhecia para a multidão.

E, bem naquele momento, eu congelei, vendo seus olhos capturarem os meus, e o calor subiu para as minhas bochechas quando um sorriso lento e satisfeito se espalhou por seu rosto.

Ele começou a falar, mas não me dei o trabalho de ouvir.

Se você for embora, nada me deterá quando nos encontrarmos de novo.

Arqueei uma sobrancelha para ele, então me inclinei sobre a mesa redonda e vazia ao lado da saída, soprando a vela que estava lá. A fumaça subiu, preenchendo o ar com seu aroma pungente.

E, sem nem olhar para trás, saí do salão, com meu irmão logo atrás de mim.

Má CONDUTA

DOIS

Easton

Seis meses depois

Meu irmão era o meu melhor amigo. Não eram muitas as garotas da minha idade que podiam dizer isso, mas era verdade.

A maioria dos irmãos brigava vez ou outra. Competição e rancores se formavam, e se corria o risco de tratar um ao outro como merda só porque você podia. Família é família, afinal de contas, e eles vão perdoar e esquecer.

Mas Jack e eu nunca sofremos desse problema.

Quando éramos mais novos, nós treinávamos e jogávamos juntos e, agora adultos, nada havia mudado. Ele sempre quis estar perto de mim, e era frequente eu fazer piada de que ele gostava mais de mim do que eu.

E ele concordaria, sempre dizendo que eu era exigente demais comigo mesma, mas ele também era.

Foi algo aprendido em casa, e não fazíamos nada de qualquer jeito. Embora na época eu me ressentisse dos nossos pais por nos pressionarem tanto quanto nos pressionavam, supunha que isso tivesse nutrido qualidades que nos ajudariam em qualquer campo que buscássemos no futuro.

— Vamos lá. — Meu irmão acenou ao meu lado, parando e balançando a cabeça para mim. — Chega — deu a ordem.

Parei, ofegando enquanto o suor encharcava minhas costas e pescoço.

— Mais duas voltas — insisti. — Você conseguiria ter dado mais duas voltas.

Ele arquejou e eu fui até a beira do caminho coberto pela copa dos velhos carvalhos que delineavam a trilha do Audubon Park.

— Estamos em agosto, Easton — ele atirou ao colocar as mãos nos quadris e inclinar a cabeça, tentando recuperar o fôlego. — E vivemos em um clima subtropical. Está quente demais para isso.

Tirando a camisa de dentro da parte de trás do short de malha, ele secou o suor da testa e do rosto.

Fiz o mesmo, empurrando as mechas que tinham escapado do rabo de cavalo para o alto da cabeça.

— Bem, agora você não vai tomar a sua vitamina — resmunguei, falando do suborno que eu havia oferecido para trazê-lo aqui em uma manhã de domingo.

— Dane-se a vitamina — ele disparou. — Eu deveria estar na cama. As aulas estão acabando com a minha raça e eu preciso descansar.

Ele deixou a camisa cair no chão e apontou para mim.

— Vá em frente — insistiu. — Deite-se.

Passei na frente dele, sabendo que era melhor não discutir. Ele já estava farto e queria acabar com a rodada de exercícios.

Sentei e me deitei com os joelhos dobrados enquanto ele pisava nos dedos dos meus pés, seguros dentro do tênis, e me segurava.

Cruzando os braços sobre o peito e agarrando os ombros, pressionei os músculos abdominais e dei um impulso, então retornei até as escápulas encostarem na grama. Voltei a subir, repetindo os abdominais de novo e de novo, meu irmão pairando em cima de mim enviando SMS.

Ele estava constantemente trabalhando, enviando mensagens, e-mails, organizando as coisas, e sempre tinha a ver com a faculdade ou algo relacionado com o seu futuro.

Ele era motivado, comprometido e controlado, e éramos exatamente iguais.

De acordo com os estudos, primogênitos eram confiáveis, meticulosos e cautelosos, e meu irmão com certeza era tudo isso. Como filha do meio, era esperado que eu fosse a pacificadora e uma pessoa agradável e cheia de amigos.

Eu não era nada disso.

A única qualidade que eu compartilhava com outros filhos do meio era a rebeldia. No entanto, era difícil pensar que isso tivesse algo a ver com a ordem com que eu nasci e, em vez disso, tinha tudo a ver com a minha juventude.

Enquanto muitos filhos do meio costumavam sentir como se não tivessem uma identidade nem nada de especial que os diferenciasse, eu, por outro lado, tive mais atenção do que merecia e fiquei cansada de estar sob os holofotes. Cansada de ser especial, talentosa e premiada.

Eu queria mais… ou menos. Dependia de como se olhava para a situação.

Má CONDUTA

Eu me impulsionei e voltei a me abaixar, nunca relaxando os músculos abdominais.

— Estou orgulhosa de você, sabe? — expirei, olhando para ele. — Esse é o seu ano.

— É. — Ele sorriu, os olhos ainda no telefone enquanto fazia a piada: — Como você sabe?

Jack havia acabado de começar o último ano na Faculdade de Direito de Tulane. Não só estava ocupado com as aulas, júris simulados e as atividades *pro bono* para conseguir o diploma, mas também procurava um estágio para sair na frente em sua área. Ele tinha se esforçado e merecia cada parte do que conquistou, jamais esperou que nada lhe fosse dado de mão beijada.

— Sei que você acorda às quatro da manhã todos os dias para estudar antes da aula. — Estremeci quando meu abdômen começou a queimar. — Você se recusa a namorar, porque isso vai interferir nos estudos, e leva aqueles jornais jurídicos sem graça para toda parte: bonde, cafeteria e até mesmo para o banheiro...

— Ei...

— Você se esforça muito — prossegui, ignorando seu protesto envergonhado. — E você tem noventa e oito porcento de aproveitamento. Não chegou lá por sorte. — Dei um sorriso açucarado, beirando a presunção. — Eu posso acabar com uma queimadura solar por estar sob o brilho do seu sucesso.

Ele revirou os olhos, afastou-se dos meus dedos e foi para o chão. Ambos nos viramos para nos apoiarmos nas mãos e nos dedos dos pés, e logo descemos e subimos fazendo flexões de braço.

Malhamos juntos pelo menos uma vez por semana, embora normalmente seja mais que isso. Entre terminar os meus estudos e me formar em maio passado e o horário exigente de Jack, não tínhamos nem dia nem hora marcados, mas concordamos em manter o outro motivado.

Meu irmão nunca foi um atleta, mas cresceu me ajudando com o treino, então os exercícios eram tão parte da sua vida quanto da minha.

— Eu te amo, você sabe? — Ele encarou o chão ao abaixar e voltar a subir. — Eu deveria dizer mais vezes.

Parei e me virei, sentando-me enquanto o olhava.

Ele me imitou, descansando os antebraços nos joelhos e parecendo solene.

— Foi difícil crescer com você, Easton — ele me disse, encarando o nada, parecendo melancólico. — Toda a atenção, a forma como nossos pais priorizavam nossas vidas ao seu redor... — A voz foi diminuindo, parando de repente, e eu soube o que ele não estava dizendo.

Nossos pais amaram os três filhos: ele, eu e nossa irmã mais nova, Avery. Mas ele sabia, e eu também, mesmo que o assunto nunca tenha sido discutido na época, que eu vinha primeiro. Minha carreira ascendente no tênis tinha precedência acima de tudo.

Jack e Avery não podiam fazer atividades extracurriculares se isso interferisse no horário dos meus treinos, e eles tinham que ficar lá por incontáveis partidas, invisíveis, pois, aos olhos dos nossos pais, era sempre eu. Somente eu.

Meu irmão não deveria ter sido o meu melhor amigo. Ele deveria se ressentir de mim.

Ele se levantou do chão e estendeu a mão, oferecendo ajuda. Eu a peguei e o deixei me puxar, meu corpo vibrando de cansaço.

— Mas você nunca deixou isso subir para a sua cabeça — ele afirmou. — Sempre agiu como se Avery e eu fôssemos tão importantes quanto você.

— Claro que vocês eram — declarei, sem hesitar, enquanto limpava a poeira do short.

— É, bem, nossos pais nem sempre pensaram assim. — Ele suspirou. — Obrigado por me permitir isso — disse, referindo-se à sua escolha de se mudar para Nova Orleans cinco anos atrás para frequentar a Tulane —, e obrigado por me deixar sentir como se eu fosse o irmão mais velho, para variar.

Eu ri, erguendo os punhos e dando um soco nele.

— É, você é capaz disso às vezes — provoquei, com a voz leve.

— Às vezes? — Ele ergueu as mãos com a palma virada para que eu pudesse socá-las. — Sou três anos mais velho que você, Costelinha.

— Só fisicamente. — Dei de ombros. — Estudos dizem que os homens estão onze anos atrás das mulheres no que diz respeito à maturidade.

Ele socou de volta, e eu bloqueei, empurrando o braço forte para o lado e vendo-o tropeçar.

— Você e suas estatísticas — reclamou. — Onde leu isso?

— Na internet.

— Ah, o abismo infinito de informações confiáveis. — Ele lançou mais uns socos lentos, e eu me esquivei e abaixei enquanto dançávamos em círculo.

Má CONDUTA

— Por que você não tenta sair do seu apartamento e testar mais teorias por conta própria? — ele desafiou.

Estreitei os olhos, aborrecida.

— Eu saio do meu apartamento.

— Claro. — Ele assentiu. — Para trabalhar. Ou comigo. Ou quando está à caça.

Puxei um suspiro raivoso, socando-o com mais força e finalmente atingindo-o no peito.

Ele grunhiu.

— Ai.

E então a brincadeira parou.

Ele se endireitou, firmando o corpo e se movendo, socando mais rápido e me fazendo me esquivar, desviar e suar.

À caça? Ele sabia que não deveria ter me dado aquela alfinetada.

Todo o resto podia ser da conta de Jack. Não tomávamos decisões sem saber a opinião do outro, e quando o nosso mundo havia desabado cinco anos atrás, eu o deixei segurar a minha mão pela primeira vez para fazê-lo se sentir útil, mas a minha vida sexual era a única coisa que eu mantinha em privado.

Ficava tão ocupada na maior parte do tempo que não sentia falta de homens. E com certeza não tinha o interesse de convidar algum para permanecer na minha vida a longo prazo.

Não que eu não tenha tentado, mas não gostava do complicado e do imprevisível, e relacionamentos me faziam sentir enjaulada.

Mas, de vez em quando, eu começava a sentir falta de ser tocada. Sentia falta de estar perto de alguém e de ser desejada. Mesmo que apenas por uma noite.

Então eu saía e me livrava da sensação, daí voltava para casa, com as asinhas menos de fora. Às vezes era um "amigo" que não tinha mais interesse que eu em um relacionamento, mas, vez ou outra, quando eu queria forçar a barra para uma excitação a mais, era alguém novo.

Alguém desconhecido.

— Tipo, pelo menos — reclamou o meu irmão —, tente fazer uma aula de defesa pessoal de verdade em vez de testar comigo os movimentos que você aprendeu no YouTube.

Agarrei a sua mão e virei o seu braço na altura do pulso, fazendo-o se curvar de dor. O rosto se contorceu, e eu me aproximei dele, me gabando.

— Você não gosta de ser o meu saco de pancadas? — provoquei, adicionando mais pressão ao pulso.

Ele contorceu os lábios em aborrecimento, e antes que eu soubesse o que se passava, agarrou a minha perna e me fez cair no chão. Caí de bunda, a dor se espalhando pelos meus quadris e indo até as coxas.

Ele disparou para baixo, curvando-se sobre mim e prendendo o meu pescoço no chão com a mão.

Eu me contorci, tentando me livrar do seu aperto, mas não estava funcionando. Podia sentir meu rosto se contrair e o sangue escorrer todo para lá. Eu deveria estar igual a um tomate.

Ele soltou um pouco e estreitou os olhos preocupados para mim, falando com um tom triste:

— Você está solitária, Easton.

Pisquei, o som da minha respiração inundando os ouvidos e ecoando na minha cabeça. Eu me sentia como se quisesse que o chão se abrisse debaixo de mim e me engolisse inteira.

Por que o meu irmão diria isso?

Eu estava sozinha, não solitária, e não era como se ele pudesse dizer qualquer coisa.

E minha vida era boa. Meu apartamento era maravilhoso, eu me formei com honras na Loyola e tinha acabado de conseguir um ótimo trabalho como professora de história em uma escola particular de elite aqui na cidade.

Eu seria parte do futuro, fazendo um trabalho significativo.

E eu só tinha vinte e três anos.

Eu era focada, e ainda era bem jovem. Não é como se houvesse pressa. Não era como se eu fosse ficar sozinha para sempre.

Ele me soltou e se sentou, afastando o cabelo louro da testa.

— Eu só me preocupo com você — explicou. — Ainda acho que deveria procurar alguém.

Apoiei-me nos cotovelos e lhe lancei um olhar penetrante, ficando calma apesar da raiva que se arrastava pelo meu peito.

— Eu estou bem — sustentei.

— Jura? — ele desafiou. — E quantas vezes você voltou para verificar se trancou a porta hoje de manhã?

Revirei os olhos, e olhei para longe. Jamais deveria ter contado a ele. Minhas pequenas compulsões deixavam o meu irmão nervoso.

Má CONDUTA

Tudo bem, às vezes eu gostava de me certificar de que tudo estava no lugar. Às vezes, trancar a porta quatro vezes em vez de apenas uma me fazia sentir mais segura.

E, às vezes, eu gostava de contar as coisas.

Mas a verdade era que eu simplesmente preferia estar ciente dos meus arredores e das pessoas à minha volta.

E eu gerenciava muito bem os meus hábitos para que as pessoas não notassem. Era provável que o meu irmão jamais percebesse se eu não tivesse contado.

— Não sou mais o centro das atenções — lembrei a ele. — Pare de tentar me manter lá, tá? Eu estou bem. — Dei um impulso para cima e me levantei, limpando o traseiro enquanto ele também ficava de pé. — A maçaneta da porta do banheiro quebrou — contei a ele, colocando os fones nos ouvidos antes de ele ter a chance de dizer qualquer coisa a mais. — Então preciso ir até a loja de ferragens.

— Bem, você quer que eu dê uma olhada? — Ele voltou a vestir a camiseta cinza enquanto eu o fazia contornar a St. Charles Avenue.

Balancei a cabeça, fazendo piada ao meu afastar:

— Você saberia o que está fazendo tanto quanto eu.

— Você tem algo contra contratar alguém para fazer o serviço? — ele gritou às minhas costas, conforme eu me afastava.

Virei-me, imitando a sua atitude.

— Você tem algo contra tutoriais do YouTube? — gritei, e continuei com o meu lema, que ele conhecia muito bem: — Sempre vá dormir mais esperto...

— ... do que você era quando acordou — ele terminou, com uma voz zombeteira.

Sorri e coloquei *Hazy Shade of Winter*, dos Bangles, para tocar enquanto eu corria para fora do parque.

Passei a hora depois que voltei para casa agachada ao lado da porta do banheiro, seguindo as instruções sobre como instalar uma maçaneta nova.

Por sorte, comprei uma maleta de ferramentas quando me mudei para esse apartamento há dois meses, depois da formatura, mas o funcionário da loja havia me convencido a optar pela furadeira sem fio, da qual eu estava gostando demais.

O conhecimento nos fazia mais fortes, e eu gostava de ser capaz de fazer as coisas eu mesma. Cada novo desafio era um sinal de *check* em algo que eu não precisaria aprender mais tarde.

Meu irmão, no entanto, não compartilhava da mesma necessidade por autonomia.

Quando me mudei, ele me deu uma cafeteira de presente de inauguração da casa. Comprei para ele um extintor de incêndio e uma maleta faz-tudo de trinta e oito peças.

Ele me deu uma prateleira para vinhos abastecida com *pinot noir*, e eu adicionei mais duas trancas na porta.

Nosso senso de autossuficiência era diferente, mas acontece que precisava ser. Nossas experiências foram diferentes ao crescermos.

Sorri comigo mesma, a vergonha aquecendo minhas bochechas conforme eu prendia os parafusos. Fiquei feliz por Jack não estar aqui para ver como isso talvez fosse a coisa mais divertida que fiz a semana toda.

Podia também ter tido um excesso de zelo e rachado a madeira da porta quando apertei os ditos parafusos.

E eu podia também ter rastejado por todo o apartamento apertando qualquer parafuso que eu encontrasse antes de decidir guardar meu brinquedo novo pelo resto do dia.

Ele me internaria. Ou pelo menos me forçaria a passar um dia em um spa.

Depois de comer um sanduíche na hora do almoço, tomei banho e vasculhei o armário em busca de algo para usar hoje à noite.

O ano letivo começaria amanhã, e os pais dos alunos haviam sido convidados para um *open house* essa noite na Braddock Autenberry, a minha escola nova.

Ou a minha *única* escola, já que esse era o meu primeiro emprego como professora.

Peguei as chaves da escola há algumas semanas, já havia preparado a sala de aula, e estava tudo pronto para amanhã. Essa noite eu poderia tentar relaxar e cuidar dos pais fazendo as rondas nas diferentes salas antes de as aulas começarem de manhã.

Estendendo a mão para o armário, peguei a saia lápis vermelha que ia até acima dos joelhos na parte da frente, mas que foi cortada para cair logo abaixo deles na parte de trás, onde foi costurado um leve babado para dar mais movimento.

Deixei na cama e voltei a procurar minha blusa preta justa no armário.

Ela tinha mangas longas e punho, e era abotoada até o pescoço.

Para arrematar o modelito, meus sapatos de salto eram pretos e de bico fino. Torci os lábios ao vê-los, colocando-os no chão perto da cama.

Eu odiava sapato de salto, mas essa noite era meio que uma ocasião para "causar uma boa primeira impressão", então eu teria que aguentar a provação. Mas, o resto do ano letivo, eu passaria com tênis e sapatilhas.

A roupa era conservadora, mas estilosa, e depois de fazer uma maquiagem leve e cachos soltos no cabelo, puxei-o nas laterais e prendi com um grampo na parte de trás da cabeça. Eu me vesti com esmero, certificando-me de não amarrotar nada.

Esse era um novo começo, e eu queria garantir que tudo seria perfeito.

Assim que fechei o relógio no pulso e coloquei os brincos de diamantes que meus pais me deram, passei a mão pela saia e a blusa, tirando os fiapos que não estavam ali.

Perfeito.

Antes de sair, verifiquei, duas vezes, as janelas, o fogão e as duas portas, certificando-me de que estava tudo certo.

Quando cheguei à escola, no coração do Uptown, ainda tinha mais algumas horas antes de o evento começar. Verifiquei meu escaninho na sala dos professores, fiz algumas cópias da minha carta para os pais e verifiquei duas vezes meu notebook e o projetor para ter certeza de que a minha apresentação no PowerPoint estava pronta para rodar.

Era esperado que tivéssemos uma curta palestra pronta para quando os pais chegassem, mas eu avaliei, espero que corretamente, que eles sairiam e entrariam, visitando as salas sem uma ordem lógica, então montei a apresentação com fotos e imagens para rodar ao fundo. Eles poderiam assisti-la ou não.

Os livros didáticos estavam em cima da mesa para que os avaliassem, e cópias dos meus planos de aula e do calendário com minhas informações de contato estavam sobre a mesa perto da porta.

Outros professores nos dias do conselho de classe na semana passada haviam falado de trazer biscoitos e morangos cobertos com chocolate para oferecer aos pais quando visitassem as salas, mas aí a enfermeira da escola nos assustou pra cacete com o treinamento da adrenalina autoinjetável na quarta-feira e decidi não me arriscar com os alérgicos. Eu iria com água mineral.

Deixei *No Woman, No Cry,* do Bob Marley, tocando baixinho ao fundo no meu *dockstation* enquanto eu circulava pela sala, verificando tudo duas ou três vezes para ter certeza de que a sala já estava pronta, não apenas para essa noite, mas também para amanhã.

— Você é a Easton Bradbury? — uma voz gorjeou às minhas costas. Eu me virei, vendo uma ruiva de vestido azul-marinho evasê pairando perto da porta da minha sala. — Eu sou a Kristen Meyer — prosseguiu ela, levando a mão ao peito. — Dou aula de Tecnologia e Ciências da Terra. Fico do outro lado do corredor.

Pus um sorriso no rosto e fui até ela, notando que a mulher parecia ser apenas uns poucos anos mais velha que eu.

— Oi. — Apertei sua mão. — Eu sou a Easton. Uma pena não termos nos conhecido essa semana.

O conselho de classe era basicamente por departamento, e já que eu era de História Mundial e dos Estados Unidos, ela e eu provavelmente ficamos na mesma sala por apenas umas poucas horas durante os encontros antes de sermos separadas em grupos.

Os lábios vermelhos se abriram em um belo sorriso.

— Esse é o seu primeiro ano?

Assenti, suspirando.

— É sim — confessei. — Fiz estágios de observação e práticos, mas além disso eu sou... — Soltei um suspiro de nervosismo. — ... nova.

— Você fará um curso intensivo amanhã. — Ela acenou, passando por mim e entrando na sala para dar uma olhada. — Mas não se preocupe. O primeiro ano é o mais fácil.

Franzi as sobrancelhas, não acreditando nem por um segundo.

— Ouvi o exato oposto, na verdade.

Ela andou por ali, parecendo muito à vontade consigo mesma.

— Ah, é algo que dizem para te dar algo que te deixe ansiosa — ela brincou. — No primeiro ano, você só tenta não se afogar, sabe? Aprender o básico, entregar os documentos no prazo, passar incontáveis horas preparando uma coisa e acabar descobrir que a aula foi um fracasso... — Ela riu. — O que eles não te contam — ela prosseguiu, recostada em uma carteira —, é que a faculdade não te prepara para nada. No seu primeiro ano, você aprenderá a lecionar. Cada ano depois disso, tentará alcançar o sucesso. Essa é a parte difícil.

— Ótimo — falei, sarcástica, rindo e levando as mãos aos quadris. — Pensei que tivesse aprendido a lecionar na faculdade.

— Não aprendeu — falou, impassível. — Amanhã é a prova de fogo. Prepare-se.

Má CONDUTA

Desviei o olhar, aprumando as costas. Era o meu cérebro estalando o chicote, então eu não faria cara feia.

Lá no fundo, sabia que ela estava certa, mas, ainda assim, não gostava de ser empurrada do cavalo depois de ter passado meses me preparando.

Fiz o trabalho, assisti às aulas de que precisava, e até mesmo umas extras. Li as últimas pesquisas e estratégias, e optei por não planejar com outros professores de história para poder fazer o meu próprio plano de aula, o que me foi permitido, desde que eu abordasse toda a ementa e seguisse os padrões.

Meus planos de aula foram feitos para o ano todo, mas agora eu estava preocupada com a possibilidade de ter feito tudo a troco de nada.

E se eu não tivesse ideia de no que estava me metendo?

— Não se preocupe — falou Kristen. — O problema não são os alunos. — Ela abaixou a voz e se aproximou. — Os pais estão muito interessados em para onde vai o dinheiro das mensalidades.

— O que você quer dizer?

Ela se endireitou, cruzou os braços e falou baixinho:

— Os pais da escola pública costumam não se envolver muito. Os pais da escola particular, talvez, se envolvam demais. Eles podem ser invasivos — alertou. — E, às vezes, trazem advogados para as reuniões de pais e mestres, então esteja preparada.

Em seguida, deu um tapinha nas minhas costas, como se eu precisasse de conforto, e saiu.

Eles podem ser invasivos?

Ergui uma sobrancelha, fui até as imensas janelas que cobriam a parede de fora a fora e arrumei as plantas no peitoril. Ao espiar pelo vidro, notei que o sol tinha se posto e que pais e alunos estavam saindo de seus carros caros, vindo em direção à escola.

As mulheres bem arrumadas mexiam no cabelo dos filhos, enquanto os pais tratavam de negócios ao telefone.

Virei-me, indo até a porta da sala para mantê-la aberta.

Eu sabia como lidar com o invasivo.

Ao longo das próximas horas, pais e estudantes entraram e saíram da sala, seguindo o horário das aulas para encontrar cada professor e saber do plano de aula. Como os meus alunos seriam majoritariamente calouros, tive uma grande audiência. A maioria dos pais queria que os filhos e filhas conhecessem o terreno antes do primeiro dia no ensino médio, e a julgar pela folha de presença que pedi para os pais assinarem, conheci quase dois terços dos meus alunos e suas respectivas famílias. Os que eu não conheci, tentaria ligar ou enviar e-mail essa semana para me apresentar e deixar disponíveis os "canais de comunicação".

Circulei pela sala, apresentando-me e conversando com uma família aqui e ali, mas, em grande parte do tempo, apenas observei. Eu havia enfeitado as paredes com mapas e pôsteres, e alguns artefatos e ferramentas usados por historiadores e arqueólogos estavam sobre as mesas e prateleiras. Eles iam de um lugar a outro, pegando as dicas que deixei quanto ao que estudariam esse ano.

Mesmo que eu tivesse cerca de cento e oitenta dias com os alunos, essa era a noite mais importante. Ver como o seu futuro aluno interagia com os pais lhe oferecia um bom indicativo do que esperar no decorrer do ano.

Qual pai eles pareciam temer mais? Seria para esse que você ligaria quando houvesse problemas. Como eles falavam com os responsáveis? Assim saberia como falariam com você.

Alguns pais e filhos passaram rapidamente pela sala, mas como já estava quase na hora de acabar, todos começavam a ir embora.

— Oi. — Fui até um rapaz que já fazia um tempo que estava sentado sozinho em uma das carteiras. — Qual é o seu nome?

O garoto estava de fone e mexia no celular, mas olhou para mim, parecendo irritado.

Eu queria me sentar e puxar assunto, mas já podia sentir a apreensão. Esse era rebelde.

Captando um vislumbre da plaquinha que a associação de pais e mestres havia prendido no lado esquerdo de seu peito quando apareceu essa noite, estendi a mão.

— Christian? — Sorri. — É um prazer te conhecer. Eu sou a E... — Mas parei e me corrigi. — A Srta. Bradbury — emendei. — Qual aula você fará conosco?

Mas então o telefone dele apitou, e o rapaz suspirou, tirando os fones de ouvido.

— Você tem um carregador? — perguntou, parecendo impaciente.

Abaixei a mão e o queixo, encarando-o. Graças a Deus por eu não acreditar em primeiras impressões; de outra forma, poderia ter ficado irritada com a falta de educação dele.

Ele esperou que eu respondesse, fitando-me com os olhos azul-acinzentados por baixo do cabelo preto elegantemente bagunçado, e eu também esperei, com os braços cruzados.

_Má_ CONDUTA

Ele revirou os olhos e cedeu, enfim olhou para o papel sobre a carteira.

— Eu vou fazer História dos Estados Unidos — respondeu, o tom petulante me levando ao limite.

Assenti e peguei o papel, moldando-o com meia dúzia de dobras.

— E onde estão os seus pais? — inquiri.

— Minha mãe está no Egito.

Notei que ele estava na minha primeira aula e lhe devolvi o horário.

— E o seu pai? — eu o incitei a falar.

Ele se sentou, guardando o papel no bolso de trás da calça cáqui.

— Em uma reunião na Câmara Municipal. Ele vai me encontrar aqui.

Eu o observei se levantar e passar a mão pela camisa preta, a calça cáqui e a gravata também preta. Ele era quase tão alto quanto eu.

Eu me empertiguei e clareei a garganta.

— Uma reunião na Câmara Municipal? — questionei. — No domingo à noite?

Os dentes brancos reluziram em um sorriso complacente.

— Boa — comentou. — Fiz a mesma pergunta. Ele me ignorou.

Arqueei uma sobrancelha, logo percebendo que ele e o pai não se davam bem. Como seria a interação dos dois no mesmo ambiente?

Ele voltou a colocar o fone na orelha, preparando-se para me desligar.

— Se eu te causar problemas, é melhor simplesmente ligar para a minha mãe na África do que lidar com o meu pai — ele me falou. — Só uma dica.

Ergui as sobrancelhas, abrindo um sorriso amarelo. Ele era difícil de engolir. Mas, bem, eu também era. Podia entender de onde vinha aquilo. Talvez, no fim das contas, acabássemos nos dando bem.

Virando-me, fui até a mesa e peguei meu celular na gaveta. Despluguei a bateria, fui até lá e a entreguei a ele.

— Recarrega hoje à noite e aí trocamos amanhã de manhã, tudo bem?

Ele franziu as sobrancelhas e estendeu a mão devagar, pegando a bateria. Por sorte, tínhamos o último modelo do mesmo celular.

— De acordo com o manual do aluno — começou ele, trocando a bateria quase descarregada pela minha —, não temos permissão para usar celular na sala de aula.

— Na minha, vocês têm — respondi, mantendo minha posição. — Você saberá mais amanhã.

Ele me entregou a bateria descarregada e assentiu. Relaxei, aliviada por ele ter parecido amansar um pouquinho.

— Christian.

Nós dois olhamos para cima, virando a cabeça para a porta, quando um tom ríspido nos assustou.

Parado à porta, preenchendo o espaço em um terno muito preto de três peças, camisa branca e uma gravata dourada estava Christian. Todo crescido.

Os olhos azuis feito pedras preciosas se estreitaram na gente sob sobrancelhas que não se curvaram, mas se inclinaram.

Ah, merda.

Fiquei parada lá, atordoada, e nem respirei quando os meus punhos cerraram no mesmo instante.

Podia ter acabado de conhecer o filho dele, mas eu já conhecia o pai.

Afastei o olhar, dei uma piscada forte e prolongada. *Não, não, não...*

Meu coração acelerou, e minha testa e pescoço começaram a suar frio.

Não sei se ele me reconheceu, mas eu não podia me obrigar a me aproximar dele. O que diabos eu deveria fazer?

Era Tyler Marek.

O mesmo homem que dançou comigo, flertou comigo e me disse que só havia um único lugar em que não seria cuidadoso comigo era pai de um dos meus alunos?

Girando, voltei para a frente da sala e optei por ignorá-lo.

Rodeei a mesa e me curvei sobre a gaveta aberta para encaixar a bateria no meu telefone. Eu não precisava me curvar, mas pude sentir seus olhos me seguindo, e precisei de um momento privado para entrar em pânico.

Fechei os olhos e respirei fundo.

Ele não me pareceu o tipo que teria um filho quando o conheci. Eu tinha me enganado? Ele era casado?

Não tinha visto uma aliança em seu dedo em fevereiro no baile de Mardi Gras, mas isso não significava nada hoje em dia. Os homens as tiravam com a mesma facilidade com que as punham.

O que aconteceria se ele me reconhecesse? Graças a Deus não dormi com ele.

Respirei fundo enquanto colocava a capa no telefone e fechava a bolsa.

Lambendo os lábios secos, engoli o nó na minha garganta e me forcei a ficar de pé e lidar com a situação.

Enrijeci as costas, alisei a blusa e a saia.

Juntei alguns dos questionários que os pais haviam preenchido e os alinhei, colocando-os na bandeja no canto da minha casa.

Má CONDUTA

Os outros pais e alunos já tinham saído da sala, e fiquei tensa, vendo suas pernas longas vindo parar diante da minha mesa.

Tyler Marek.

Eu tinha pensado nele. Mais do que queria admitir.

No entanto, resisti ao impulso de entrar no Google e descobrir mais sobre ele, não querendo me entregar a uma curiosidade inútil.

Jamais esperei que voltaria a vê-lo, muito menos aqui.

— Eu já a conheci, não é? — ele perguntou, parecendo quase certo.

Olhei para cima, arrepios se espalhando pelos meus braços sob seu olhar penetrante. O homem prendeu o meu olhar, calmo e atento, aguardando a resposta.

Engoli em seco e enrijeci o meu sorriso trêmulo.

— Creio que não, senhor. — Estendi a mão, esperando que o lapso de memória que ele estava tendo perdurasse.

É claro, eu estava usando uma máscara naquela noite, uma máscara patética, mas ainda uma máscara, então a imagem da menina do vestido vermelho talvez estivesse obscura. E esperava que assim permanecesse.

Não que a dança ou o flerte tenham sido escandalosos, mas com certeza seria estranho.

Ele apertou a minha mão, e eu me lembrei daquelas mesmas mãos na minha cintura, na minha nuca…

Ele semicerrou os olhos, me estudando, e eu quis me enfiar em um buraco, longe do seu escrutínio, porque, a qualquer momento, ele se lembraria.

— Você me parece familiar — insistiu, nada convencido.

— Eu sou a Srta. Bradbury. — Mudei de assunto, contornando a mesa. — Seu filho e eu já nos conhecemos. Darei aula de História dos Estados Unidos para ele no primeiro horário esse ano.

E com sorte, com apenas uma reunião de pais e mestres, e então você e eu nunca mais nos encontraremos.

Não que eu estivesse envergonhada nem assustada. Eu podia lidar com o desconforto.

Mas esse cara tinha me deixado com tesão.

Relembrei muitas vezes da nossa interação nos últimos meses. Nas noites silenciosas, quando eu queria as mãos de alguém em mim e a única pessoa que eu tinha por companhia era eu mesma, eu me lembrava da dança, da boca perto da minha e dos olhos me fitando.

Transei com outras pessoas desde então, mas, por mais estranho que pareça, ele sempre esteve no lugar para o qual a minha mente vagava quando queria uma fantasia.

E agora com ele por perto…

Ele continuou a me observar, uma sobrancelha arqueada, e de repente eu fiquei nervosa. Ele parecia formidável. Nem um pouco brincalhão como pareceu naquela noite.

— Christian — ele chamou o filho. — Venha aqui.

O filho mal tirou os olhos do telefone ou do jogo que jogava ao passar por nós.

— Eu já estava aqui — o garoto disse, a raiva distorcendo a sua voz. — Preciso beber alguma coisa.

— Tem água mineral perto da porta — instruí, mas ele continuou andando, saindo da sala sem dizer mais uma única palavra.

A mandíbula do pai cerrou, e eu podia dizer que ele estava irritado.

— Perdoe o meu filho — desculpou-se. — A mãe está fora esse ano, e ele está um pouco mal-humorado.

A mãe. Não *a minha esposa*, então.

O ar condicionado veio lá de cima, acariciando o meu rosto, e o senti soprar ligeiramente a minha blusa, esfriando a leve camada de suor.

Tyler e eu estávamos sozinhos na sala, e eu inspirei pelo nariz, sentindo seu aroma inebriante, que quase pude provar na minha língua.

Eu o rodeei, indo em direção aos papéis perto da porta.

— Bem, sei que você tem outras salas para visitar e pouco tempo — disse a ele —, então aqui está uma carta falando da minha formação e dos planos para esse ano. — Peguei na mesa uma que só estava preenchida na parte da frente e também as duas páginas que detalhavam o calendário, avancei e as entreguei a ele.

— Também há um cronograma com uma lista das datas das provas e quando os trabalhos e projetos deverão ser entregues — prossegui, enquanto seus olhos deixaram os meus para examinar os papéis.

As sobrancelhas encresparam quando ele os estudou.

— Todas as informações também estão no meu site — disse a ele. — É só uma cópia impressa, caso prefira nesse formato.

Cruzei os braços e tentei manter a voz despreocupada.

— Tem alguma dúvida?

Eu devo ter parecido estar expulsando o homem dali, mas, quanto mais ele ficasse, maior a chance de se lembrar de mim.

— Há quanto tempo você dá aula? — perguntou.

— Esse é o meu primeiro ano — falei, toda confiante.

Má CONDUTA

Ele ergueu as sobrancelhas, os cantos da boca se curvando.

— Espero que você seja boa.

Inclinei a cabeça, olhando-o com atenção.

— Desculpa? — perguntei, tentando não soar ofendida com a indireta.

— Meu filho pode ser difícil — esclareceu. — Ele não se comporta mal, mas é obstinado. Espero que saiba o que está fazendo.

Dei um breve aceno e me virei para voltar para a mesa.

Não se comporta mal?

De acordo com o que já vi, ele era dificílimo. Eu só esperava não precisar ligar para o pai nem lidar com ele para nada.

Voltando à minha mesa, olhei para cima e o vi ainda parado à porta, me olhando como se tentasse desvendar algo.

— Mais alguma coisa? — tentei parecer gentil.

Ele balançou a cabeça como se ainda estivesse pensando.

— Eu só... tenho quase certeza de que te conheço.

— Easton? — Kristen enfiou a cabeça para dentro, interrompendo. — Alguns de nós estão indo... oh, meu desculpe. — Ela parou, vendo que ainda havia um pai na sala.

Meus olhos se fecharam, e meu estômago embrulhou.

Merda.

— Desculpa interromper — disse ela. — Passe na minha sala quando acabar, tudo bem?

E então ela fechou a porta, deixando-nos sozinhos.

Fitei o Sr. Marek, e ele parou de encarar a porta e me prendeu com um olhar penetrante.

E, então, como um sol forte sobre um cubo de gelo, o olhar severo derreteu, transformando-se em um de reconhecimento quando a percepção o atingiu, os olhos suavizaram e a boca se curvou, divertida.

Puta que pariu.

— Seu nome é Easton? — Ele deu um passo lento na minha direção, cada movimento disparando em minhas veias e fazendo o meu sangue correr mais rápido. — Um nome incomum para uma mulher — ele prosseguiu, aproximando-se. — Na verdade, só conheci outra chamada assim.

Deixei o ar escapar de meus pulmões, e ergui o olhar, encontrando o dele.

Mas os dele se afastaram do meu rosto, seguindo para o meu corpo, como se tentasse conectar quem eu era agora com o que ele se lembrava de seis meses atrás.

O homem enfim voltou a encontrar o meu olhar, parecendo esperar algo.

— Você ainda não perguntou o meu nome — ele brincou.

Os pelos da minha nuca se eriçaram.

— Você gostaria de saber? — insistiu, brincando comigo.

Como pai de um aluno, as apresentações eram necessárias.

Mas ele estava se divertindo comigo no momento, e embora eu quisesse ter um bom relacionamento com os pais dos meus alunos, precisaria cortar a mão para salvar o braço.

Eu não sabia o que aconteceria se ele me visse como qualquer coisa que não a professora de Christian, e essa era a única forma que ele deveria me ver.

— Sr. Marek — falei, com o tom calmo, mas firme. — Se não tiver mais perguntas, tenho certeza de que o seu filho está te esperando. De novo — adicionei. — Talvez o senhor precise se certificar de que ele está bem.

A insinuação de sorriso em seu olhar logo desapareceu, e eu o observei se aprumar e a expressão endurecer.

Ele estava insultado. Que bom.

Olhei para a porta e de volta para ele.

— Tenha uma boa noite.

Má CONDUTA

TRÊS

Tyler

— Você está sorrindo — meu irmão, Jay, apontou, sentado diante de mim na traseira do Range Rover.

Eu o ignorei conforme observava os pedestres passarem, a maioria corredores e uns poucos alunos carregando mochilas, enquanto Patrick, meu motorista, nos levava para casa.

Eu não estava sorrindo.

Estava insultado, divertido e intrigado, imaginando o rosto bonito e corado dela.

A blusa, abotoada até o pescoço, a saia vermelha justa, os saltos que acentuavam as canelas torneadas e a atitude adequada eram tão diferentes do que eu me lembrava do Mardi Gras.

Mas tudo também, sem sombra de dúvida, não foi nenhuma decepção.

Ela tinha sido firme e sexy, quase intocável, no inverno, e me fascinou pra caramba. A mulher tinha um linguajar que me entreteve e me deu tesão, e daí ela me deixou perplexo quando simplesmente saiu e foi embora, nada interessada em facilitar as coisas para mim.

Mas, para minha tristeza, não fui capaz de encontrá-la depois do baile de Mardi Gras.

Ela não estava na lista de convidados, o que significava que tinha ido com alguém, e eu não quis sair por aí fazendo perguntas e incitando as pessoas a falar, então deixei para lá.

Mas agora aqui estava ela, professora do meu filho, perigosa e proibida, o que só fez aumentar o encanto, e estava tão gostosa essa noite quanto esteve naquela sacada meses atrás, sendo que a diferença agora era que eu não poderia encostar nem a porra de um dedo nela.

Afrouxei a gravata, meu pescoço suava mesmo com o ar condicionado no máximo, e olhei para o meu filho, sentado ao meu lado com a cabeça enfiada no telefone.

Ia ser um ano longo pra cacete.

— Bem, prepare-se para o golpe. — Meu irmão se recostou no assento, batendo no celular com a caneta stylus. — Mason Blackwell acabou de receber uma doação de dois milhões de dólares da Earhart Fellowship. Eles estão apoiando oficialmente o sujeito como representante de sua alta fibra moral.

Mason Blackwell. Meu único e verdadeiro rival para o Senado.

— Alta fibra moral — repeti, baixinho. — Enquanto eu devoro bebês e me banho em sangue, certo?

Jay riu, finalmente olhando para cima.

— Eles não dizem isso — assegurou. — Não com essas palavras. Na verdade, não dizem nada. Você é um mistério — ele disse, como se olhasse para uma criança.

Já tivemos essa conversa, mas ele nunca engoliu muito bem, e continuava insistindo, com a esperança de me vencer pelo cansaço, mas nem fodendo eu deixaria a imprensa se meter na minha vida pessoal. Era responsabilidade dele desviar a atenção da mídia e manter o foco no que importava.

— É o seu trabalho — lembrei a ele, endurecendo o olhar para que soubesse que eu falava sério.

Mas ele balançou a cabeça para mim e se recostou.

— Tyler. — Ele abaixou a voz até virar um sussurro, por causa do meu filho. — Posso dar aos jornais o que você quiser, mas, diante das câmeras, é melhor você começar a dar algumas respostas. É o século XXI, e as pessoas… os eleitores — esclareceu ele — querem saber de tudo.

— Coisas que não são da conta deles — retruquei, com a voz baixa, ouvindo os ruídos dos jogos de Christian, que permanecia imperturbável.

Eu não tinha nada violento nem ilegal a esconder, mas estavam começando a farejar ao redor do meu filho… perguntando-se qual papel eu cumpria em sua vida, e estavam causando burburinho com os meus relacionamentos antigos. Umas merdas que não eram da conta deles.

Mas Jay queria que eu fosse um livro aberto.

Ele se afastou, voltando a se largar no assento.

— A Kim Kardashian posta a bunda no Instagram — disse ele, entredentes. — Este é o mundo em que vivemos, que Deus nos acuda, e eu te garanto, uma fotinho do que você comeu no café da manhã viralizaria mais que qualquer um dos seus discursos ou propagandas. Vá para as redes sociais. Twitter, Facebook...

— Você tem uma equipe cuidando desse car... — Eu me detive, olhando para o meu filho e depois para o Jay. — Dessas coisas — corrigi-me, não querendo xingar na presença de Christian.

Estava sendo um hábito difícil de quebrar, e desde que Christian sempre morou com a mãe, meu linguajar nunca foi algo com o que me preocupei no privado. Agora eu simplesmente precisava me lembrar de que estar perto do meu filho era como estar em um evento público ou diante das câmeras.

O seu verdadeiro eu nem sempre é o que as pessoas devem ver.

Eu tinha uma equipe para lidar com o meu site e as redes sociais para que eu não precisasse. Foi uma das minhas primeiras providências no inverno passado quando decidi concorrer para o Senado. Eu não tinha anunciado oficialmente a minha candidatura, e a campanha só começaria dali a seis meses, mas já estávamos preparando o terreno.

Meu irmão assentiu.

— É, temos uma equipe cuidando das suas redes sociais, mas seria legal se você adicionasse um pouco de personalidade de vez em quando. Compartilhasse histórias de paternidade, relatos engraçados, selfies... qualquer coisa. — Ele fez um aceno de desdém. — As pessoas são viciadas nessas coisas. Elas devorariam tudo.

Fechei os olhos e apoiei a cabeça nos dedos, esfregando a têmpora esquerda com movimentos circulares. Faltava mais de um ano para as eleições e, se eu ganhasse, estaria à mercê de ainda mais invasão da minha privacidade.

— Tipo, olhe para ele — meu irmão falou com rispidez, e eu abri os olhos e o vi apontar para o meu filho.

Virei a cabeça e observei o garoto, o celular virado de lado, preso entre as mãos enquanto os polegares se moviam feito balas, digitando na tela.

Era praticamente tudo o que ele fazia vinte e quatro horas por dia, sete dias por semana, e eu não podia me lembrar da última vez que vi seus olhos. Toda vez que eu tentava puxar assunto e perguntar o que ele estava fazendo, o garoto agia como se mal tivesse me ouvido.

Jay estava certo. Ele foi dominado. Todos foram.

— Você tem que ficar nessa coisa o tempo todo? — cutuquei, incapaz de afastar a irritação da voz.

Eu sabia que ele tinha ouvido, porque vi o breve revirar de olhos que ele tentou esconder.

— Christian — repeti, estendendo a mão e tirando o aparelho das mãos dele em uma tentativa de ter a sua atenção.

Ou pelo menos uma reação.

Ele cerrou a mandíbula, e deixou um suspiro escapar, mal me tolerando.

Vinha me ignorando desde que a mãe e o padrasto deixaram o país para uma viagem de pesquisa há uma semana e ele teve que ir morar comigo.

— Ok — desafiou, largando as mãos no colo e me olhando com desdém. — Sobre o que você quer conversar?

Ergui uma sobrancelha, um pouco surpreso. Eu esperava que ele fosse discutir, ou talvez me ignorar como sempre, mas eu queria conversar?

Venho tentando falar com ele, me conectar com ele, há anos, mas, agora, percebi que não sabia o que dizer.

E ele sabia. Ele sabia, e eu não tinha ideia do que estava fazendo.

Ele expirou uma risada e me lançou um olhar altivo.

— Me dá um tempo — resmungou. — A gente mal parece ser irmãos que não se veem há muito tempo, muito menos pai e filho. Não comece algo que nós dois sabemos que você não vai levar adiante.

Então estendeu a mão para o telefone, mas eu endureci a expressão e afastei a minha.

— Eu preciso do meu telefone — disparou, tensão cruzando o seu rosto. — A Srta. Bradbury, ou seja qual for o nome dela, me emprestou a bateria, e eu preciso devolver para ela amanhã.

— Que pena — revidei, guardando o telefone no bolso e virando meus olhos em chamas para o meu irmão.

— Sabe, esse é o verdadeiro problema aqui. Pessoas de influência como os professores que permitem que as crianças continuem se desconectando do mundo.

— Bem, você deveria saber — Christian disparou, ao meu lado. — Você se desconecta o tempo todo, e nem precisa de tecnologia para isso.

Inclinei o queixo para baixo, cerrando a mandíbula. *Jesus Cristo.*

Se eu não estivesse tão puto da vida, poderia ter rido.

Lembrei-me das respostas atravessadas que dava para o meu pai o tempo todo quando mais novo. Christian era igualzinho a mim, mas, mesmo se não fosse, não haveria dúvida de que era meu filho. Eu era igualmente rebelde naquela idade.

— Suas energias pertencem a outro lugar — pontuou Jay, tentando recuperar o meu foco —, e o seu tempo é curto — ele me lembrou.

Minhas energias pertencem a outro lugar. Meu tempo é curto.

O que significava que meu irmão não achava que lutar uma batalha perdida com o meu filho era fazer bom uso do meu tempo.

Olhei para Christian, observando-o encarar o nada através da janela e senti meu peito se apertar.

Meu relacionamento de merda com ele era culpa minha. Não foi nenhuma surpresa quando ele brigou com a mãe e comigo quanto a ficar um ano aqui em vez de ir para a África com ela.

Ele precisava de tempo. É claro, era tempo de que eu não dispunha, mas, mesmo quando eu tentava, ele me afastava.

Sabia que não ganharia nenhum prêmio de pai do ano, mas eu o apoiei a vida inteira e sempre o tratei bem. Cuidei dos seus desejos e das suas necessidades, e talvez nunca tenha insistido o bastante, nem o colocado como prioridade máxima, mas eu não fazia ideia de que seria difícil assim criar um laço com ele mais tarde. Não era como se eu me desse bem com o meu pai o tempo todo, mas eu o respeitava.

Christian não poderia me respeitar menos do que já respeitava.

E estava ficando cada vez mais difícil ignorar a voz na minha cabeça que dizia que era tarde demais.

O carro virou na Prytania Street, passando por uma das muitas ruas esburacadas de Nova Orleans.

Também voltei os olhos para a janela, a conversa no carro havia silenciado.

Observei a agitação noturna da cidade, com sua gama de boutiques, lojas e restaurantes intimistas. De todos os bairros da cidade — o Bairro Francês, o Marigny, o Central Business District, o Warehouse District, Midtown, Uptown — era o Garden District que mais me cativava.

Aninhado entre a St. Charles Avenue e a Magazine Street, a Prytania tinha uma das mais belas arquiteturas em uma vizinhança adornada com cores vibrantes, flores e vegetação, e os melhores restaurantes localizados em prédios que talvez não passassem em qualquer inspeção da vigilância sanitária. Os ricos e intocados se misturavam sem qualquer esforço com os deteriorados e antigos, e isso era chamado de personalidade. Não se podia comprar, nem descrever.

Mas era a mesma coisa que fazia de uma casa um lar.

As mansões do século XIX assomavam-se de ambos os lados, protegidas por trás de portões de ferro forjado e pelos imensos carvalhos ao longo da rua. As chamas a gás tremeluziam em arandelas penduradas fora das portas, e os ciclistas passavam com suas mochilas nas costas — provavelmente estudantes — ou com instrumentos presos ao corpo — artistas de rua.

Um relâmpago clareou lá fora, energizando a vida nas ruas, e então um trovão ribombou, lembrando-me de que era a temporada de furacões. Choveria muito nas próximas semanas.

Subimos a rua comprida, entrando em uma área mais tranquila e ainda mais pitoresca, e então o carro seguiu mais devagar para virar em uma entrada, levando-nos para dentro do véu de árvores, por trás das quais estava a minha casa.

A velha construção vitoriana, rodeada por uma generosa porção de terra, tinha três andares e contava com uma piscina e uma casa de hóspedes na propriedade. Mesmo precisando desesperadamente de uma reforma quando a comprei há dez anos, não duvidei da minha aquisição nem por um segundo. A beleza da casa estava na sensação de tranquilidade e isolamento de sua localização, mesmo estando no coração da cidade.

Bares, restaurantes e lojas estavam a uma curta distância, mas, dentro da casa, você não diria isso.

O imóvel era rodeado por um acre de terra com o gramado e a vegetação mais luxuriante que eu já vi, assim como por uns poucos carvalhos antigos que criavam um dossel nas beiradas, escondendo a casa e me dando a privacidade de que eu gostava.

E mesmo que meu filho e eu mal estejamos nos falando, eu sabia que ele também amava o lugar.

A mãe e o marido moravam em uma área mais tranquila de Uptown, não muito longe daqui, uma questão de quarteirões, mas ficava há mundos de distância em termos de vitalidade e cultura.

Depois de entrar na garagem, meu motorista saiu e abriu as portas, mas Christian empurrou a porta primeiro e disparou; obviamente, ainda estava bravo por ter perdido o telefone.

Eu não tinha planejado ficar com o aparelho, mas, já que ele escolheu ser insolente, era isso o que eu faria.

A mãe havia dito que eu precisava ganhar o amor dele, e isso podia ser verdade; ele não tinha nenhuma razão para gostar de mim, e eu sabia disso,

Má CONDUTA

mas também não o mimaria. O garoto precisava respeitar os mais velhos, porque isso era boa educação. Se eu tentasse conquistar seu amor primeiro, ele talvez nunca me levasse a sério.

Ou pode ser que não levasse de toda forma. Eu realmente não fazia ideia do que estava fazendo.

Observei Christian entrar na casa pela porta lateral, e dispensei Patrick quando ele fez menção de abrir a porta. Peguei os papéis que eu havia coletado quando visitei todos os professores de Christian e os entreguei ao meu irmão.

— É o cronograma dele — expliquei. — Encontre-os na internet e faça o *download* no meu telefone, depois salve as datas importantes no meu calendário e também o contato dos professores — pedi a ele.

Ele assentiu uma vez.

— Pode deixar — disse, ao folhear os papéis.

Meu irmão era o meu gerente de campanha, depois de deixar seu cargo na minha empresa para cuidar dos meus interesses políticos em tempo integral na primavera passada. Ele também tentava fazer qualquer coisa que deixasse a minha vida mais fácil.

— É ela? — perguntou, parando em uma pilha de papel. — Easton Bradbury?

Ela? E então me lembrei de que Christian havia mencionado o nome dela quando falou da bateria do telefone.

Jay guardou os papéis na maleta e começou a digitar no telefone.

— O que você está fazendo? — perguntei.

— Pesquisando a mulher no Google — falou, indiferente.

Suspirei uma risada baixinha que eu tinha certeza de que ele não ouviu. Graças a Deus pelo meu irmão e sua habilidade tecnológica. Ele pesquisava tudo e todos, e eu era melhor por isso. Mas não precisava da sua interferência no que dizia respeito ao meu filho.

Comecei a sair, mas parei quando ele falou:

— Vinte e três anos, formada com honras na Universidade Loyola…

— Não estou nem aí — interrompi-o, e saí do carro.

Mas, verdade seja dita, eu meio que estava. Gostava da lembrança que tinha dela, e não havia gostado esse tanto de uma mulher desde a noite em que passamos juntos, e nós apenas conversamos. O mistério dela deixou a atração mais divertida, e eu não queria que isso fosse arruinado.

Easton era uma mulher que eu queria na minha cama, mas a Srta. Bradbury estava fora dos limites.

As linhas estavam lá, claras como o dia, e não deveriam ser cruzadas. Pelo bem do meu filho e da minha carreira.

— Como está a minha semana? — mudei de assunto, quando atravessei a porta lateral e entrei na imensa cozinha.

— Seu horário está tomado de segunda a quarta-feira com o escritório e as reuniões. — Ele bateu a porta e me seguiu através da cozinha, descendo o corredor e passando pela sala de estar e a de entretenimento.

— Mas quinta e sexta-feira estão calmas — prosseguiu —, e confirmei o seu jantar esse fim de semana com a Srta. McAuliffe. Se ainda estiver disposto — adicionou.

— É claro que estou. — Tirei a gravata, entrei na minha toca e tirei o paletó.

Tessa McAuliffe era descomplicada e não exigia muito. Era linda, discreta e boa de cama, e embora meu irmão tenha me encorajado a engrenar um relacionamento firme com ela, ou qualquer uma, para ajudar na campanha, eu simplesmente não serei obrigado a mudar a minha vida por causa de um voto.

Entrar no Senado era importante para mim, mas, embora eu gostasse da companhia de Tessa pelo que era, eu não a amava nem tinha tempo para tentar.

E, por incrível que pareça, ela jamais passou a impressão de que não estava bem com isso.

Ela era produtora e âncora de um programa matinal local e, desde o primeiro dia, nunca houve qualquer equívoco quanto ao que era esperado de cada um de nós. Vez ou outra, nós nos encontrávamos para jantar e terminávamos a noite em um quarto de hotel. E pronto.

Depois, eu voltaria a ligar para ela quando sentisse a necessidade. Ou ela me ligava. Nunca foi além disso.

Por um breve momento, cogitei a possibilidade de tentar um relacionamento sério quando comecei a campanha. A maioria dos eleitores queria ver candidatos representando os bons valores familiares em sua própria casa, com esposa e filhos, mas eu estive concentrado no trabalho, e recusei a forçar a minha vida pessoal.

Meu filho, minha solteirice, meus pensamentos quanto à possibilidade de ter mais filhos algum dia — uma vez que eu comprovasse que podia ser pai do que eu já tinha, é claro — eram assuntos particulares e não eram da conta de ninguém. Por que diabos isso era importante quando se tratava da minha capacidade de servir ao país?

Má CONDUTA

— O garoto já jantou, né? — perguntei a ele, rodeando a mesa e me virando para o computador.

Ele desabotoou o paletó e jogou a maleta em uma das duas cadeiras em frente à minha mesa.

— Já. — Assentiu. — Pedi a Patrick para levá-lo ao Lebanon Café antes do evento na escola.

Patrick era fã de falafel e Christian parecia amar qualquer coisa com homus. Era a segunda vez nessa última semana que eles jantavam juntos. Lembrei a mim mesmo de me certificar de estar em casa para o jantar amanhã à noite. Com a porra da reunião de última hora com o meu pai mais cedo, pedi a Patrick para deixar Christian na escola, e disse a ele que eu tinha uma reunião na Câmara Municipal em vez de dizer que estaria sendo interrogado pelo meu pai.

Aos trinta e cinco, eu ainda dava satisfações a ele, e embora como filho eu odiasse o fato, como pai, eu valorizava. Meu pai vem sendo um bom pai. Só queria que a maçã não tivesse caído tão longe da árvore.

— Certo, vamos trabalhar.

Eu me servi de uma bebida no barzinho encostado à parede, e Jay e eu passamos as próximas duas horas condensando uma lista de reuniões que seriam marcadas com as principais influências políticas da cidade. Infelizmente, as campanhas se alimentavam de doações e, desde o início, eu havia insistido em usar o meu próprio dinheiro, porque odiava pedir qualquer coisa a alguém.

Depois de os eventos e reuniões serem adicionados ao calendário, deixei Jay ir para casa e fiquei aprimorando o meu discurso para o Cavaleiros de Colombo na quarta-feira.

Cocei a barba por fazer no queixo, perguntando-me se Christian gostaria de ir comigo a algum desses eventos. Eu não poderia imaginar que ele fosse achar interessante, mas podia ser uma forma de ele ver o que eu faço e passarmos tempo juntos.

Balancei a cabeça, fiquei de pé e desliguei o abajur.

Eu queria coisas demais.

Esse era o problema. Muitos objetivos e pouco tempo disponível.

Eu tinha sido um garoto arrogante e irresponsável de vinte anos quando Christian nasceu. Eu queria o que queria, e que se danassem as consequências, mesmo depois de ele nascer. Agora sei o preço das minhas ações, e era uma questão de escolhas. Sabia que não podia ter tudo que eu queria, mas ainda não gostava de ter que escolher.

Saí da sala e subi para o meu quarto, mas parei, vendo o brilho de um abajur vindo da porta entreaberta de Christian mais abaixo no corredor.

Indo até o quarto dele, empurrei a porta e o vi desmaiado de bruços, totalmente vestido sobre as cobertas.

Avancei e o olhei, sentindo o mesmo aperto no peito que senti no carro.

Ele parecia tão em paz, o peito subindo e descendo com respirações calmas e ritmadas, a cabeça virada para o lado. As duas rugas sempre presentes em seus olhos não estavam mais lá, e o cabelo preto estava desgrenhado e agora cobria a sua testa, quase alcançando os olhos. Eu me lembrei de vê-lo uma vez quando bebê, em uma posição praticamente igual.

Mas, na época, ele sorria o tempo todo. Agora ele está sempre com raiva.

Sentei-me na beirada da cama dele e puxei um cobertor sobressalente para cobri-lo.

Olhando para baixo, senti meus ombros relaxarem enquanto apoiava os cotovelos nos joelhos.

— Eu sei que é estranho — sussurrei para ele. — É diferente para nós dois, mas eu te quero aqui.

Ele se mexeu, virando a cabeça para a parede, ainda dormindo. Estendi a mão para tocá-lo, mas parei na mesma hora e me levantei em vez disso, saindo do quarto.

Balancei a cabeça enquanto tirava as roupas e ia até o banheiro.

Por que era tão mais fácil estar com ele quando ele não sabia que eu estava lá?

Eu tinha uma empresa multimilionária. Viajei por cada hemisfério e escalei um vulcão quando tinha dezoito anos. Tinha algumas das pessoas mais intimidantes comendo na palma da porra da minha mão, então por que estava com medo do meu próprio filho? Entrei no meu quarto, joguei a camisa e a gravata em uma cadeira e tirei o resto das roupas.

Todas as superfícies de madeira de lei do cômodo, desde o piso até a mobília, brilhavam com a luz suave do abajur da mesa de cabeceira, e atravessei a parte ornamentada com o tapete, passando a mão pelo cabelo e tentando entender o que fazer com o garoto.

A mãe, apesar do ressentimento comigo, era boa, e Christian se dava bem com ela. Ela era rígida e estabelecia uma rotina, e era isso o que eu precisava fazer com ele.

E isso não se limitava a ele, mas a mim também. Eu precisava estar em casa para as refeições. Ou, pelo menos, para mais refeições. E precisava ser

Má CONDUTA

consistente. Verificar os deveres de casa dele, ir aos jogos e ficar a par de onde ele estava e do que fazia.

Eu tinha pedido por isso, afinal de contas. Discuti com ele e com a mãe para mantê-lo no país esse ano.

Entrei no banho, girei o pescoço sob o jato de água quente dos chuveiros duplos e os deixei relaxar os músculos tensos dos meus ombros e das minhas costas.

Easton.

Eu deveria pesquisá-la no Google. A mulher era um mistério, e era professora do meu filho.

Agarrei o sabonete e o passei pelo peito e pelos braços, pensando em como ela havia se comportado seis meses atrás em comparação com essa noite. Diferente, mas praticamente igual. No controle, sexy, mas mantendo uma distância que eu não podia apontar. Era quase como se ela fosse um reflexo em um espelho. Estava lá, mas não era real.

Quase como se ainda usasse uma máscara.

Eu deveria tê-la beijado naquela noite. Eu deveria ter olhado dentro daqueles olhos azuis e a observado perder o controle quando a calei e a fiz derreter do jeito que eu queria.

O que eu não daria para tirar aquelas roupas puritanas de hoje, prendê-la à cama e…

Respirei fundo, batendo a mão no mármore da parede para me apoiar.

Merda.

Engoli em seco, ofegando enquanto passava a mão molhada no alto da cabeça.

Olhando para baixo, vi a pele retesada do meu pau implorando por libertação enquanto pulsava e latejava.

Girando o registro para a esquerda, lutei para respirar sob o repentino jato de água fria, cerrando os dentes em frustração.

Easton Bradbury estava fora dos limites.

E não se esqueça disso.

QUATRO

Easton

— Certo, então... — comecei, passando devagar em meio às fileiras de carteiras e sorrindo para a cópia impressa de um post do Facebook que estava na minha mão. — A pergunta feita ontem no grupo do Facebook que mais recebeu respostas foi: "Por que os homens pararam de usar meia--calça? Eu teria arrasado nelas" — li para a classe.

Os meninos começaram a bufar; as meninas, a darem risadinhas, lembrando-se da longa conversa que alguns tiveram na noite anterior.

Marcus Matthews se ergueu e saltou na carteira, levantando as mãos para o alto e sorrindo ao se render aos elogios e assumindo o crédito pela pergunta.

Balancei a cabeça, achando graça.

— Sente-se — dei a ordem, apontando dele para a carteira. — Agora.

Ele riu, mas logo desceu com um pulo e se acomodou no assento, o resto da sala ainda exprimia a diversão às costas dele.

Nas três semanas desde que as aulas começaram, percorremos o planejamento com rapidez e estivemos estudando a independência dos Estados Unidos, os Pais Fundadores e a Guerra de Independência, por isso a pergunta sobre as meias-calças masculinas.

De todas as atividades que planejei para envolvê-los, as que necessitavam das redes sociais eram as mais bem-sucedidas. Todos os pais tinham recebido uma longa carta logo após o primeiro dia, explicando todas as razões para o uso das redes sociais em aula. Os estudantes, por regra da escola, já eram obrigados a ter notebooks, o que fazia ser ainda mais conveniente ficar on-line sempre que quiséssemos, sem a necessidade de um laboratório de informática. O que se encaixava perfeitamente com o meu objetivo de educar os alunos para a vida no mundo digital.

As redes sociais eram um mal necessário.

Havia certos perigos, e houve muita apreensão por parte dos pais no início, mas depois que liguei e enviei e-mails apaziguando qualquer resistência, tudo ficou bem. Eles enfim entenderam o meu lado, e a maioria dos pais gostou muito de ver as interações nas aulas on-line, já que eles não eram capazes de ver o envolvimento dos alunos em sala.

Pais e alunos foram convidados a entrar no nosso grupo privado no Facebook, no qual eu postava tarefas, perguntas a serem discutidas e fotos do que acontecia em aula ou vídeos das apresentações. Ao longo dos dias, a participação teve um crescimento exponencial, pois os pais estavam tendo a oportunidade de ter um papel maior na educação formal dos filhos e de não apenas os ver em atividade, mas os filhos dos outros também.

Não que os alunos devam ser comparados, mas descobri que esse é um ótimo motivador quando os pais viam o trabalho daqueles que mantinham o nível alto.

Também tínhamos contas e um fórum do Twitter na sala de aula, assim como painéis privados no Pinterest, nos quais pais e estudantes podiam colocar todas as suas ideias e fazer pesquisas coletivas.

Apenas uns poucos pais não cooperaram ainda — olhei para Christian Marek, reparando que ele estava encurvado sobre a mesa —, então fiz o meu melhor para integrá-los.

Mas eu sabia que esses alunos ainda se sentiam deixados de fora. Considerei a possibilidade de abandonar o método por inteiro, pois eu não queria ninguém magoado, mas assim que notei a participação e o benefício, me recusei. Eu simplesmente teria que conversar com os pais.

Eu me permiti um sorrisinho, achando graça do orgulho de Marcus por si mesmo. Mas o silêncio lá no fundo, onde Christian estava sentado, era mais ensurdecedor que a animação dos outros.

Ele encarava a tela do notebook, parecendo meio irritado e meio entediado. Eu não conseguia desvendá-lo. Sabia que ele tinha amigos, já o vi almoçando com os outros e jogando no campo, rindo e fazendo piadas.

Mas em aula, na minha, de toda forma, era como se ele nem estivesse ali. O garoto se saía bem nas atividades de casa, mas nunca participava das discussões e foi muito mal nos questionários e nas provas. Qualquer evento que se passasse em aula era malsucedido.

Tentei falar com ele, mas não estava chegando a lugar nenhum, e teria que me conformar com as opções que restavam para ajudá-lo.

Tipo ligar para o pai dele, o que eu já deveria ter feito, mas não encontrei coragem.

Voltei-me para a classe, reorientando a minha atenção.

— Parabéns, Sr. Matthews. — Assenti, implicando com Marcus. — Embora sua pergunta tenha pretendido ser engraçada, sem dúvida, ela incitou uns comentários interessantes quanto à história das vestimentas.

Dei a volta na frente da sala e me recostei na minha mesa.

— Já que a moda é um assunto muito popular, também nos lançamos à história da moda feminina, o que levou a um debate sobre o feminismo — lembrei a eles. — Agora, é claro, moda não era um assunto que eu deveria ensinar esse ano. — Sorri. — Mas vocês estavam pensando criticamente e viram como tópico como esses estão interrelacionados. Vocês estavam discutindo, comparando e contrastando... — Suspirei, olhando-os entretida antes de prosseguir: — E, sem dúvida nenhuma, não foi chato ler as respostas de vocês; então, bom trabalho.

A classe comemorou, e Marcus gritou:

— Então a gente conseguiu a Música da Semana? — Ele ergueu as sobrancelhas, em expectativa.

— Quando o seu time ganhar cinquenta pontos — reiterei a regra. Eu os recompensava individualmente, mas também dava um incentivo de equipe, o que permitia ao grupo escolher uma música para ser tocada em aula assim que alcançassem os cinquenta pontos, se todas as atividades fossem entregues e eles demonstrassem boa convivência on-line e em aula.

Fui até a lousa digital, a versão de hoje em dia do quadro de giz, peguei uma caneta stylus e toquei na lousa para ativá-la. A tela do meu computador foi projetada, e os números de todos os alunos apareceram na tela, prontos para receber as respostas deles.

— Não se esqueçam... — Olhei para cima, ao guardar a caneta digital — ... o grupo cinco tuitará atualidades às sete da noite. Assim que forem revisados, retuitarei para vocês — disse a eles, vendo, pelo canto do olho, Christian falar com a menina ao seu lado.

— Vocês devem escolher um, ler e refletir, então sintetizar na atividade de uma página digitada, fonte doze, Times New Roman, nada de Courier New — especifiquei, sabendo do truque de usar a fonte maior —, e me entregar na sexta-feira. Dúvidas?

Negações murmuradas soaram pela sala, e eu assenti.

— Tudo bem, peguem os seus transmissores. Quiz relâmpago.

_Má_ CONDUTA

— Eu tenho uma dúvida. — Ouvi alguém falar. — Quando usaremos os livros?

Olhei para cima e vi os olhos de Christian em mim, enquanto os outros alunos ligavam os dispositivos remotos que eu usava para registrar as respostas de múltipla escolha deles em vez de papel e caneta.

Eu me endireitei e perguntei:

— Você prefere os livros?

Mas foi Marcus quem respondeu de supetão:

— Não. — E virou a cabeça para Christian. — Cara, cala a boca.

Christian inclinou uma sobrancelha, mantendo a calma enquanto ignorava o colega.

— As apostilas são fornecidas pela escola. Elas têm o conteúdo que devemos aprender, não é? — ele perguntou, quase como uma acusação.

— Isso mesmo — confirmei.

— Então por que não as usamos? — pressionou.

Puxei um suspiro longo e lento, tendo o cuidado de manter a expressão neutra.

Os alunos sempre nos desafiariam, testariam os limites e nos deixariam em uma sinuca de bico, foi o que me disseram. Mantenha a calma, trate-os como se fossem seus filhos, e nunca permita que eles a vejam titubear. Christian com certeza me desafiava em todas essas áreas.

Ele não só não estava empregando todo o potencial em aula, mas também me desafiava de vez em quando. Seja chegando atrasado, comportando-se com irreverência ou distraindo os colegas, ele parecia tender para a desobediência.

E por mais que tentasse me impedir de fazer o meu trabalho, a pessoa que eu era fora da sala não podia deixar de admirá-lo um pouquinho.

Eu sabia, por experiência própria, que o mau-comportamento vinha da necessidade de controle quando ele faltava em outras áreas. E embora eu simpatizasse com ele, e com o que fosse que ele estivesse passando em casa ou em outro lugar, o garoto, obviamente, pensava que poderia se safar com essa atitude aqui.

— Essa é uma boa pergunta — disse a ele, ao rodear a minha mesa. — Por que você acha que não usamos as apostilas?

Ele riu para si mesmo e então me prendeu com o olhar.

— O que eu acho é que você me faz mais perguntas quando eu só preciso de respostas.

Fiquei dura, meu sorriso desapareceu enquanto os alunos ou tentavam esconder o riso com as mãos ou olhavam de Christian para mim com os olhos arregalados, esperando o que viria a seguir.

Christian tinha um olhar de autossatisfação, e meu sangue aqueceu com o desafio.

Engoli em seco e falei com calma:

— Todos abram na página sessenta e seis.

— Aff. — Marcus resmungou. — Mandou bem — ele atirou por sobre o ombro, sem olhar para Christian.

Todos pegaram os livros no compartimento debaixo da mesa, e os sons das páginas virando e os estudantes resmungando encheram a sala.

Peguei meu livro do professor e pigarreei.

— Tudo bem, esse capítulo abrange as contribuições de Patrick Henry, Benjamin Franklin e Betsy Ross — prossegui. — Eu gostaria que vocês lessem...

— Mas já estudamos sobre eles! — Jordan Burrows, a menina sentada ao lado de Christian, gritou.

Franzi as sobrancelhas, inclinei a cabeça e fingi ignorância.

— Foi mesmo?

Outro aluno se lançou:

— Fizemos o estudo em grupos há duas semanas e também os museus virtuais — ele me lembrou.

— Ah. — Segui o fluxo. — Certo, me desculpem — falei, seguindo adiante. — Página sessenta e oito. Esse capítulo fala do governo de George Washington até o de Thomas Jefferson...

— Também já aprendemos isso. — Kat Robichaux riu à minha direita. — Você fez o *upload* dos nossos pôsteres de campanha no Pinterest.

Olhei para Christian, que era quem, eu esperava, estivesse entendendo.

Estivemos aprendendo todo o conteúdo da apostila, mesmo que não as tenhamos usado. Os alunos absorviam mais informações quando buscavam o conhecimento por si mesmos e os colocavam em prática ao criar algo em vez de simplesmente ler um único texto.

— Ah — respondi. — Eu me lembro agora.

Christian se remexeu no assento, sabendo muito bem que um ponto foi esclarecido.

— Então — prossegui —, na página sessenta e nove há vinte perguntas que nos ajudarão a nos preparar para o teste da unidade amanhã.

Podemos passar o resto da aula respondendo-as silenciosamente em papel, ou podemos levar dez minutos com os transmissores e depois pesquisar os navios negreiros na internet.

— Transmissores — os alunos interromperam, sem nem hesitar.

— Podemos fazer uma votação — arrulhei, não tentando muito ser justa, mas para entregar a mensagem para alguém em particular.

— Transmissores! — repetiram os alunos, mais alto dessa vez.

Eles pegaram os dispositivos remotos. Pelos dez minutos seguintes eu exibi as perguntas de múltipla escolha no quadro, dando a eles cerca de um minuto para responder e, então, assim que as respostas eram registradas no programa, eu mostrava um gráfico em barra com quantos alunos deram tal resposta.

Depois disso, seguimos com os notebooks. Continuei a projetar na lousa interativa enquanto mergulhávamos na próxima unidade com algumas perguntas e pesquisa on-line antes de a aula chegar ao fim.

Conforme os estudantes saíam, indo para a próxima aula, observei Christian se aproximar devagar e espiar pela janela, seguindo para a porta.

— Christian — chamei, quando ele passou pela minha mesa.

Ele parou e olhou para mim como costumava. Com tédio.

— Suas perguntas são importantes — assegurei a ele. — E muito bem-vindas nessa aula. Mas espero que você faça uso da sua boa educação.

Ele permaneceu em silêncio, os olhos desviando para o lado. Eu sabia que ele não era uma pessoa ruim, e era um garoto inteligente, disso não havia dúvida, mas as cortinas que cobriam seus olhos se erguiam muito raramente. E quando se erguiam, eu via o menino lá dentro. Quando elas estavam fechadas, ele ficava intratável.

— Onde está o seu celular? — perguntei. — Você precisa dele para a aula, e não o trouxe.

Ele também não me devolveu a minha bateria.

Não era grande coisa, já que nosso telefone era da mesma marca, e eu estava me virando com a dele, mas os alunos tinham permissão de usar os aparelhos em aula, mantidos no canto da mesa no silencioso e virados para baixo, para acessar a calculadora, geradores de números aleatórios para as nossas atividades, e outros aplicativos que eu achava úteis para a interação.

Descobri que quanto mais se permite a eles o acesso à tecnologia, menos eles tentam usar escondido. E já que todos os alunos usavam o celular, não me preocupei com a possibilidade de alguém se sentir de fora.

— Se houver um problema, posso falar com o seu pai — ofereci, sabendo que era muito provável que o próprio Christian não tinha optado por ficar sem o aparelho.

Mas ele abriu um sorriso, e olhou nos meus olhos.

— Você vai falar com ele. — Ele apontou a janela com o queixo. — Mais cedo do que imagina.

E se virou, saindo e deixando a pesada porta de madeira bater às suas costas.

O que aquilo queria dizer?

Virei a cabeça para a janela e me levantei para ir até lá e ver a que ele se referia.

Mas parei, ouvindo o apito do intercomunicador.

— Srta. Bradbury? — chamou a voz do diretor Shaw.

— Sim? — respondi.

— Você poderia vir à minha sala, por favor? — ele pediu, a falsa gentileza em sua voz me causou desânimo. — E traga também os seus planos de aula.

Ergui as sobrancelhas, minhas pernas ficaram um pouco fracas.

— Ah — expirei. — É claro.

Não importava se você tinha catorze ou vinte e três anos, se era estudante, professor ou pai de aluno, ainda ficaria nauseado quando o diretor te chamasse.

E ele queria os meus planos de aula? Por quê? Eles estavam disponíveis on-line. O homem poderia vê-los quando quisesse.

Gemi, tirei o casaco e o joguei na cadeira, o que me deixou com a calça preta e justa e a blusa cinza de manga longa. Peguei os planos impressos que nos instruíram a manter na mesa no caso de uma observação surpresa.

Felizmente, eu tinha o segundo horário livre, e só teria estudantes por perto dali a uma hora.

Percorri o corredor e passei pela secretaria, pelos alunos esperando ou para serem atendidos na enfermaria ou para levarem uma reprimenda. Meus saltos pararam de fazer barulho assim que atingiram o carpete do corredor com acesso mais restrito.

Coloquei o fichário debaixo do braço e bati duas vezes à porta do Sr. Shaw.

— Entre — ele chamou.

Respire fundo, virei a maçaneta e entrei, cumprimentei o Sr. Shaw com um gesto de cabeça, dando um sorriso amarelo quando ele ficou de pé por detrás da mesa.

Ao me virar para fechar a porta, parei no mesmo instante, ao avistar Tyler Marek de pé nos fundos da sala.

Afastei o olhar, fechei a porta e me virei para o meu superior, ficando nervosa e também com o coração acelerado.

O que diabos ele queria?

— Srta. Bradbury. — O Sr. Shaw estendeu a mão, apontando para o pai de Christian. — Esse é Tyler Marek, o pai do Christ...

— Sim, já nos conhecemos — eu o interrompi, com o tom severo, dando um passo à frente para me posicionar por detrás de uma das duas cadeiras diante da mesa do Sr. Shaw.

Marek ficou para trás, pairando feito uma sombra no canto, e eu sabia o que devia fazer. Apertar sua mão, cumprimentá-lo, sorrir... Não, não e não.

Shaw parecia desconfortável, e era culpa minha, mas eu tinha a sensação de que não gostaria do que estava prestes a acontecer.

Ele recuperou a compostura e pigarreou, apontando:

— Por favor, sentem-se — sugeriu, olhando para nós dois.

Contornei a cadeira e me sentei, mas o pai de Christian continuou de pé em vez de se acomodar ao meu lado.

— O Sr. Marek tem algumas preocupações com relação ao Christian — Shaw me contou — e o desempenho dele na sua aula. Pode me esclarecer quanto aos problemas que estão tendo?

Pisquei, sentindo Marek dar um passo à frente e se aproximar às minhas costas.

De repente, senti como se todos os nossos papéis estivessem invertidos. Shaw era o pai preocupado e neutro, Marek era o professor insatisfeito e eu a aluna sendo posta sob um microscópio. Como ele se atrevia a me tratar como se eu não soubesse fazer o meu trabalho?

— Senhor, eu... — tentei controlar o meu gênio antes de dizer algo de que me arrependeria. — Senhor, essa é a primeira vez que ouço que o Sr. Marek tem qualquer preocupação. Eu também gostaria de saber quais são.

Não pude esconder o desconforto na minha voz. Eu estava longe de ser amigável, mas pelo menos não fui brusca.

Christian estava tendo problemas, mas ainda era o começo do ano letivo, e eu ainda estava tentando criar um vínculo com ele. Enviei lembretes para casa, até mesmo um e-mail uma vez, falando dos grupos nas redes sociais, e cópias do cronograma destacando as datas importantes. Posso não ter ligado, mas não era como se eu não tivesse feito nada.

Shaw olhou para cima, lançando um sorriso desconfortável para Marek.

— Sr. Marek, o seu apoio a essa escola tem sido bem acima do esperando, e somos gratos pelo seu filho estudar aqui. Por favor, compartilhe suas preocupações conosco e nos diga o que podemos fazer para ajudar.

Olhei para baixo enquanto esperava, a presença dele fazia as minhas costas formigarem com a consciência de sua posição ali.

Ele foi para o meu lado e se sentou na cadeira, desabotoou o paletó e relaxou, parecendo confiante.

— No primeiro dia de aula — ele começou, olhando apenas para Shaw —, meu filho chegou em casa e me informou de que precisava usar o celular na aula da Srta. Bradbury. Bem, eu comprei um notebook caro, como muitos dos pais, porque sabíamos quais ferramentas seriam necessárias em uma escola desse calibre. Essas expectativas são muito razoáveis — pontuou ele.

Eu me preparei, sabendo para onde aquilo estava indo.

— No entanto — prosseguiu —, meu filho tem catorze anos, e não estou confortável com ele usando as redes sociais. Entrei nesse grupo de Facebook em que os alunos estão, e não gostei muito do rumo que algumas discussões tomavam. É esperado que Christian tenha conta em três redes sociais diferentes, e ele está conversando com pessoas que eu não conheço — declarou. — Não é só a segurança dele e daqueles que têm grande influência sobre ele que me preocupa agora, mas também a quantidade de distração que ele enfrenta. Ele estará fazendo o dever de matemática, e o celular tocando com as notificações dos grupos da Srta. Bradbury.

Mordi a língua, tanto figurativa quanto literalmente, não por suas preocupações não serem válidas, mas porque isso tudo foi discutido, mas ele nem seu deu ao trabalho de demonstrar interesse semanas atrás.

Pigarreei e me virei para ele.

— Sr. Marek...

— Pode me chamar de Tyler — instruiu, e eu ergui o olhar, vendo a diversão diabólica por detrás do dele.

Balancei a cabeça, irritada por ele continuar insistindo nisso nas nossas conversas.

— Sr. Marek — continuei, garantindo terreno —, no primeiro dia de aula, enviei um documento para vocês explicando esse exato ponto, pois previ que haveria esse tipo de preocupação.

Má CONDUTA

63

As sobrancelhas dele se ergueram. Eu o estava taxando de pai ausente, e ele sabia. Continuei, aprumando as costas e sentindo Shaw me observar.

— Pedi que os pais assinassem e me devolvessem...

— Sr. Shaw — alguém chamou da porta, por detrás de mim, e eu parei, rilhando os dentes por causa da interrupção.

— Desculpe interromper — ela disse —, mas há um problema na secretaria que precisa da sua atenção imediata.

Era a Sra. Vincent, a secretária. Ela não deve ter batido.

O Sr. Shaw nos deu um sorriso de desculpas e se levantou.

— Por favor, me deem licença por um minuto.

Soltei um suspiro baixo e frustrando, mas, felizmente, ninguém notou. Shaw rodeou a mesa e atravessou a sala, deixando-me sozinha com Marek.

Que maravilha.

A porta se fechou às minhas costas, e eu não pude ignorar a sensação do corpo imenso ao meu lado, sua rigidez e silêncio me diziam que ele estava tão aborrecido quanto eu. Esperei que ele não fosse falar, mas o som do ar-condicionado circulando pela sala só acentuou o silêncio ensurdecedor.

E se ele dissesse algo que me incomodasse, eu não podia prever como reagiria. Eu tinha bem pouco controle sobre a minha boca com o meu superior no recinto, que dirá com ele ausente.

Mantive as mãos no colo. Marek permaneceu imóvel.

Olhei para fora, pela janela. Ele puxou um longo suspiro pelo nariz.

Verifiquei se minhas unhas estavam limpas, fingindo tédio, enquanto o calor se espalhava pelo meu rosto, seguindo pelo meu pescoço, e eu tentava me convencer de que não eram os olhos dele esquadrinhando o meu corpo.

— Está ciente — ele disparou, o susto me afastando dos meus pensamentos — de que você não conta com a proteção de um sindicato, não é?

Apertei o fichário no colo e olhei para frente, a ameaça levemente velada e a voz tensa não estavam me afetando.

Sim, eu estava. A maioria dos professores de escola particular era contratada e demitida à revelia, e a administração gostava dessa liberdade. Consequentemente, não havia o benefício da proteção dos sindicatos, da qual os professores da escola pública desfrutavam.

— E mesmo assim você não pôde se abster de falar demais — comentou ele.

Falar demais?

— É disso que se trata? — Eu me virei, lutando para manter a voz indiferente. — Está de joguinhos comigo?

Ele estreitou os olhos, as sobrancelhas pretas enrugando.

— Se trata do meu filho — ele esclareceu.

— E esse é o meu trabalho — revidei. — Sei o que estou fazendo, e me importo demais com o seu filho. — E logo adicionei: — Com todos os meus alunos, é claro.

Qual era o problema dele, afinal de contas? Meu plano de aula não tinha expectativas irracionais. Todos os alunos tinham celular. Inferno, já vi os irmãos de cinco anos de idade deles com o aparelho no estacionamento.

Repassei todas as minhas intenções com a direção e com os pais, e os opositores não demoraram muito a mudar de ideia. Não só Marek não tinha sabido, como também tinha chegado atrasado.

Ele foi informado, mas essa foi a primeira vez que vi sombra dele desde o *open house*.

— Você é inacreditável — resmunguei.

Pelo canto do olho, vi seu rosto se virar para mim.

— Eu teria cuidado com onde piso se fosse você — ameaçou.

Virei a cabeça para o outro lado, fechei os olhos e respirei fundo.

Na cabeça dele, não éramos iguais. Ele mostrou bem no último Mardi Gras quando pensou que eu não passava de uma boa transa, mas agora eu era inútil para ele. Uma subalterna.

O homem era arrogante e ignorante e não estava nem um pouco interessado em me tratar com o respeito que eu merecia, devido à minha formação e ao meu esforço árduo.

Eu gostava do controle, e amava estar no comando, mas eu disse ao meu médico como ele deveria fazer o próprio trabalho quando me mandou repousar o tornozelo por seis semanas quando eu tinha dezessete anos? Não. Eu obedecia àqueles que sabiam do que estavam falando, e se eu tivesse qualquer dúvida, perguntava.

Com educação.

Mordi os lábios, tentando manter a boca fechada. Esse sempre foi um problema para mim. Já causou problemas na minha carreira no tênis, porque eu não podia manter a perspectiva nem me distanciar das críticas quando pensava que tinha sido prejudicada.

Dê a outra face, meu pai sempre encorajara. *Eu não destruo os meus inimigos quando faço deles meus amigos?* Abraham Lincoln afirmara.

Mas mesmo entendendo a sabedoria dessas palavras, nunca fui capaz de aceitá-las. Se eu tivesse algo a dizer, eu perdia todo o controle e me lançava a um monólogo.

Meu peito subiu e desceu com rapidez, e eu cerrei os dentes.

— Ah, pelo amor de Deus. — Ele riu. — Desembucha de uma vez. Vá em frente. Eu sei que você quer.

Disparei, saí da cadeira e o observei de cima, fuzilando-o com o olhar.

— Você partiu para cima de mim — rosnei, sem nem hesitar. — Você não está interessado em se comunicar comigo como professora do Christian. Se estivesse, eu já teria tido notícias suas a essa altura. Você queria me humilhar na frente do meu superior.

Ele inclinou a cabeça, me observando enquanto flexionava a mandíbula.

— Se tivesse qualquer preocupação — continuei —, teria me procurado, e se não tivesse surtido efeito, então iria atrás do Shaw. Você não assinou nenhum dos documentos que enviei para a sua casa, e não aceitou nenhum dos meus convites para os grupos nas redes sociais, o que prova que não tem nenhum interesse na educação do Christian. Isso é uma farsa e um desperdício do meu tempo.

— E você entrou em contato comigo? — retrucou ele, ao se levantar, ficando a poucos centímetros de mim e olhando para baixo. — Quando não assinei os documentos nem entrei nos grupos, nem quando ele foi mal na prova da última unidade… — ele mostrou os dentes — … você enviou um e-mail ou me ligou para falar do desempenho do meu filho?

— Não é responsabilidade minha ir atrás de você — briguei.

— É, meio que é — ele rebateu. — Comunicar-se com os pais é parte do seu trabalho, então vamos falar da razão para você se comunicar regularmente com os pais dos colegas do Christian, mas não comigo.

— Você está falando sério? — Eu quase ri, e larguei o fichário na cadeira. — Não estamos brincando de um jogo infantil de "quem vai ligar primeiro"? Não é o ensino médio!

— Então pare de agir feito uma menina mimada — ele deu a ordem, o hálito mentolado cobrindo o meu rosto. — Você não sabe nada do meu interesse no meu filho.

— Interesse no seu filho? — Dessa vez meus lábios se abriram em um sorriso largo quando olhei para ele. — Não me faça rir. Ele sequer sabe o seu nome?

Os olhos dele incendiaram, então ficaram escuros.

Minha garganta se apertou, e eu não pude engolir. *Merda.* Fui longe demais.

Eu estava perto o bastante para ouvir o fôlego pesado saindo do seu nariz, e não tinha certeza do que ele faria se eu tentasse recuar. Não que eu me sentisse ameaçada, pelo menos fisicamente, mas de repente senti que precisava de espaço.

Seu corpo estava alinhado com o meu, e o seu cheiro fez as minhas pálpebras tremularem.

Seus olhos se estreitaram em mim e seguiram para a minha boca. *Ah, Deus.*

— Certo, sinto muito por isso. — Shaw irrompeu no escritório, e Marek e eu nos afastamos um do outro enquanto o diretor se virava para fechar a porta.

Merda.

Alisei a blusa e me inclinei, pegando o fichário com os planos de aula. Não tínhamos feito nada, mas parecia ter sido o caso.

Shaw caminhou ao nosso redor, e olhei para Marek e o vi olhando feio para frente, os braços cruzados sobre o peito.

— Embora a Sra. Vincent praticamente administre a escola — prosseguiu Shaw, com a voz divertida —, algumas coisas precisam da minha assinatura. Onde paramos?

— Edward — interrompeu-o Marek, abotoando o seu paletó Armani e dando um sorriso tenso. — Infelizmente, eu tenho uma reunião — informou ao diretor. — A Srta. Bradbury e eu conversamos, e ela concordou em ajustar os planos de aula para atender as necessidades do Christian.

Como é que é?

Comecei a virar a cabeça para lançar um olhar para ele, mas parei e me endireitei. Em vez disso, cerrei os dentes com força e ergui o queixo, recusando-me a olhar para ele.

Eu *não* ajustaria os meus planos de aula.

— Ah, maravilha. — Shaw sorriu, parecendo aliviado. — Obrigado, Srta. Bradbury, por se comprometer. Amo quando as coisas se resolvem com tanta facilidade.

Decidi que era melhor deixar o assunto de lado. O que os olhos de Shaw não viam, o coração não sentiria, e era bem provável que Marek negligenciasse suas obrigações parentais por mais algumas semanas antes de eu ter que lidar com ele de novo.

— Srta. Bradbury. — Marek se virou, estendendo a mão para mim.

Eu o olhei nos olhos, notando como um não estava tão arregalado quanto o outro, dando à sua expressão um olhar sinistro, como se me perpassasse.

Má CONDUTA

67

Duas coisas podiam ser supostas quanto a Marek: Ele esperava conseguir tudo o que queria, e achou que tinha acabado de conseguir.

Idiota.

O copo frio de cerveja era um alívio bem-vindo na minha mão enquanto eu tomava um gole da Abita Amber, a favorita da cidade. Era meados de setembro, e as noites ainda não tinham esfriado o suficiente para serem agradáveis. Se não fosse pela umidade, a cidade ficaria mais confortável, em vez de parecer um elevador lotado e abafado que não deixa a gente se mexer.

Mexi no potinho na minha mesa, contando os pacotinhos de açúcar enquanto estava ali no Port of Call, esperando o meu irmão para jantarmos juntos.

Sete de aspartame, seis de sacarina, cinco de açúcar e sete de sucralose.

Que bagunça.

Eu me virei, agarrei o potinho na mesa atrás de mim e peguei o que precisava. Os pacotinhos estalaram quando os tirei de lá e repus um de aspartame, dois de sacarina, três de açúcar comum e mais um de sucralose no potinho agora balanceado na minha mesa.

Deixando o resto no recipiente emprestado, eu o devolvi à mesa atrás de mim e voltei a contar os pacotinhos. Oito, oito, oito e oito.

Perfeito.

Respirei fundo e coloquei-o de volta na beirada da mesa com os condimentos e os guardanapos, e...

E eu parei, olhei para cima e vi meu irmão de pé perto da mesa com uma bebida na mão, me observando.

Merda.

Revirei os olhos e o esperei se sentar.

Não nos víamos há quatro dias. Eu me ofereci para ajudar com o conselho estudantil essa semana depois da aula, e ele esteve enterrado em pesquisas e trabalhos.

A camisa social branca estava amarrotada e aberta no colarinho, mas ele ainda atraiu a atenção feminina ao se aproximar da minha mesa. Jack se recostou na cadeira, me deu uma olhada que dizia o que ele estava pensando e que tinha coisas que ele não tinha certeza se podia dizer ou como as diria.

— Desembucha — eu me compadeci, balançando a cabeça e olhando para a mesa.

— Não sei o que dizer.

Lancei o olhar para cima, posicionando-me na cadeira.

— Então pare de me olhar como se eu fosse o Howard Hughes — mandei. — É um transtorno não destrutivo que é muito comum. E me acalma.

— Não destrutivo — ele repetiu, tomando a bebida. — Foram cinco ou seis vezes que você voltou para o seu apartamento para se certificar de que o fogão estava desligado hoje?

Eu me mexi, endireitando os ombros quando o garçom passou e colocou nossa água na mesa.

— Bem, como espera que eu me lembre se desliguei a coisa depois que terminei de cozinhar a heroína? — fiz piada, e meu irmão caiu na gargalhada.

Eu sabia que ele pensava que meu transtorno obsessivo-compulsivo era um fardo, que eu precisava de ajuda para superar o passado, mas a verdade era que ele era algo de que eu precisava.

Desde que eu tinha dezesseis anos.

Quando alguém em que você confia rouba seu senso de segurança e mantém a sua vida na palma da mão por dois anos inteiros, sua mente encontra uma forma de compensar a perda de controle.

Eu me sinto mais segura quando tudo está em ordem. Quando tenho domínio sobre as coisas mais triviais.

Toda a minha família — meus pais e minha irmã, agora morta, e meu irmão — tinha pagado um preço alto por deixar alguém em quem pensávamos poder confiar entrar em nossas vidas todos aqueles anos atrás.

Em comparação, meu pequeno transtorno compulsivo não me preocupava em nada.

Se eu não contasse pacotinhos de açúcar nem me certificasse, quatro vezes, de que o fogão estava desligado hoje de manhã, nem escovasse meus dentes durante cento e vinte segundos, algo ruim aconteceria. Eu não sabia o que, e tinha consciência de que era ridículo, mas ainda me sentia mais segura para seguir com o dia.

Normalmente, durante o trabalho, quando eu estava ocupada, isso não me preocupava tanto, mas quando estava à toa, como agora, eu tendia a remexer, organizar e contar.

Era uma falsa sensação de segurança, mas era alguma coisa.

Má CONDUTA

Controle sobre qualquer coisa, mesmo não podendo ser sobre tudo, me acalmava.

— E como está na escola? — perguntou.

Apoiei os cotovelos na mesa e tomei um gole da cerveja.

— Muito bem. Eu gosto das crianças.

As crianças eram, na verdade, a parte fácil. Manter a atenção delas era difícil e consumia muita energia, mas ficar em dia com todas as atividades secundárias era mais frustrante, e uma grande perda de tempo.

— Você parece cansada — ele comentou.

— Você também — devolvi, com um sorriso. — Não se preocupe. Eu estou bem, Jack. Fiquei em pé o dia todo, e lá pelo fim do expediente, cheguei ao meu limite, mas é uma exaustão boa.

— Tipo o tênis?

Parei, pensando no assunto.

— Parecido — respondi. — Só que melhor, eu acho. Eu costumava sentir como se tivesse ido para a quadra e dado tudo. Usava cada músculo e cada grama de perseverança para resistir à batalha.

— E agora? — pressionou.

— E agora eu faço a mesma coisa, mas sei por quê — respondi. — Há um motivo para tudo isso.

Ele me observou, um olhar pensativo atravessou o seu rosto, e pareceu comprar o que eu disse. E por que não seria o caso? Era verdade.

O tênis tinha sido a minha vida. Era divertido às vezes, e quase insuportável em outras, e embora eu não soubesse qual era o propósito de treinar e competir, eu ia para a cama sentindo a satisfação de ter forçado o meu corpo até o limite e batalhado com tudo de mim.

Mas eu nunca me senti obrigada a isso.

— Avery ficaria orgulhosa — Jack disse baixinho, me dando um sorriso amarelo.

Desviei o olhar, a tristeza revolveu o meu estômago.

Ficaria? Minha irmã ficaria orgulhosa por eu estar vivendo o sonho dela?

CINCO

Tyler

— Então você cuidou do problema? — Jay se referiu à professora de Christian enquanto me seguia com o rosto enfiado no pacote de divulgação de imprensa para a entrevista televisionada de segunda-feira.

Atravessei as portas do meu escritório, vi Corinne, minha assistente, seguindo no sentido anti-horário ao servir água nos copos ao redor da mesa de reuniões, preparando tudo para a reunião dessa manhã.

— É claro — murmurei, contornando a mesa e desabotoando o paletó.

— Bem, você cancelou uma aparição na TV para ir a essa reunião. Não pode fazer isso de novo — avisou.

Inclinei uma sobrancelha e o ignorei, olhando Corinne por cima do ombro dele e gesticulando com os lábios: *café*.

Ela assentiu e saiu da sala.

Expirei e me concentrei na tela do computador, verificando as mensagens.

— Para início de conversa, eu não pedi por tempo de televisão — lembrei a ele. — E, por enquanto, eu nem sequer estou concorrendo para o Senado. Oficialmente falando, de qualquer forma — adicionei. — Não acha que estamos agindo precipitadamente?

— Tyler, é disso que preciso falar com você. — O tom pareceu aborrecido. — Você não ganhará nada se não melhorar a lábia. A razão para as campanhas terem fundo é porque geram doações.

Balancei a cabeça, olhando para a programação daquele dia.

— Não gosto de doações. — Parecia que eu precisava repetir esse pormenor todos os dias para ele.

— É, eu sei. Pode acreditar — ele falou, parecendo ainda mais aborrecido —, estou bem ciente da sua opinião quanto ao assunto.

Má CONDUTA

Eu não precisava de ajuda para arcar com a minha campanha. Construí a quinta maior empresa de mídia da região sul, com negócios na televisão, internet e comunicação. Então a vendi e comecei tudo de novo, do zero, e construí uma das dez maiores empresas de construção do mundo.

Não que eu não gostasse do mundo midiático. Eu o odiava.

Pensei que a mídia seria um belo lugar para fazer *networking* e estar em evidência por causa das minhas aspirações políticas, mas fazer algo que não se podia tocar parecia não ter significado.

Percebi que não precisava chegar ao poder para causar uma mudança positiva. Eu poderia começar agora.

Então assim que me senti satisfeito de que havia levado a empresa tão longe quanto pude por conta própria, eu a entreguei, e agora construía muitas coisas em que podia tocar. Torres, casas, arranha-céus, navios e até mesmo o equipamento usado para construir essas coisas. Eu produzia algo e, melhor ainda, era algo de que as pessoas precisavam. Algo que provia empregos para a população.

Eu era dono do prédio de sessenta andares em que ficava o meu escritório, tantos imóveis que eu nem sabia o que fazer com eles e, com certeza, não precisava de esmola de quem queria ter um político no bolso.

Alcancei sucesso sozinho, e chegaria ao Senado da mesma forma.

Mas meu irmão tinha ideias diferentes.

— Tyler, me deixa explicar uma coisa. — Ele largou o fichário na cadeira e apoiou as mãos na minha mesa, inclinando-se para frente. — Quando não se está competindo por doações, também não se está competindo por apoio. Quando Blackwell conseguiu aquela doação de dois milhões de dólares, ele também conseguiu apoio... — explicou, como se eu fosse uma criança.

"Ele conseguiu os votos de todo mundo naquela organização — prosseguiu. — E dos amigos daquelas pessoas. E dos amigos dos amigos daquelas pessoas — adicionou. — Doações não são apenas dinheiro, são pessoas depositando confiança em você. Estão te oferecendo apoio público, porque terão apostado no seu sucesso quando você estiver em posse do dinheiro deles."

— Exatamente. — Assenti, ainda hostil. — Não estou aqui para jogar xadrez com essas pessoas e ser o peão delas.

Eu me virei, peguei um artigo que havia recortado e que estava ali na mesa perto da janela.

— Olhe só isso — falei alto, segurando o recorte —, o tal do Senador McCoy cortou a verba para atividades extracurriculares na escola para reencaminhar o dinheiro do estado para parques municipais em Denver — expliquei. — No entanto, esse dinheiro não aparece no orçamento trimestral dos parques. Então para onde ele foi?

Era uma pergunta retórica, então não esperei pela resposta. Larguei o recorte e peguei um impresso de algo que vi na internet ontem à noite.

— E esse cara aqui — comecei, debochando do meu irmão. — O representante Kelley quer acabar com o orçamento da clínica da mulher, pois "por que as mulheres precisam de um médico diferente do dos homens?" — citei o que ele disse no artigo, em seguida, olhei para o meu irmão, franzindo o rosto. — Esse gênio pensa que ambos os gêneros têm o mesmo sistema reprodutor e, ainda assim, poderá votar na lei que determina tratamento médico para as mulheres. — Comecei a rir, vendo meu irmão fechar os olhos e balançar a cabeça. — É por isso que me candidatei, Jay — comecei. — Não para que eu possa competir na porra de um concurso de popularidade para ver quem tem mais amigos.

— Ah, vai se foder, Tyler — resmungou, passando as mãos pelo cabelo e se erguendo. — Vou sair para beber e amanhã vou recomeçar a reconstruir você do zero.

E então se virou e saiu do meu escritório.

Beber?

Olhei para o relógio.

— São onze da manhã! — argumentei.

— Estamos em Nova Orleans — disse, sem esboçar reação, como se isso explicasse tudo. — E mais uma coisa... — Ele se virou, andando de costas em direção à porta. — Comece a ser visto com uma mulher em público.

Foi aí que franzi os lábios, enjoado dos mandos e desmandos dele.

— Pensei que você tivesse dito que a minha solteirice seria um apelo para as "eleitoras". — Rilhei os dentes.

— É, solteiro, não celibatário — retrucou. — Você está mais para gay.

E aí ele voltou a se virar, desaparecendo porta afora.

Passei a mão pelo rosto, sentindo a nuca começar a suar.

Jesus Cristo. Por que isso era tão complicado?

Por que *tudo* era tão complicado?

Eu não queria que o Senado me fosse dado de mão beijada, eu pretendia

Má CONDUTA

me esforçar, e estava orgulhoso da minha proposta de campanha, mas esses joguinhos... porra... com quem eu saía, o que eu vestia, orquestrar fotos fingidas com o meu filho, que por acaso me odiava, só para que parecêssemos uma família unida... Tudo baboseira.

Eu conhecia CEOs que declaravam prostitutas nos impostos, políticos cujos filhos eram viciados em drogas e projetos civis patrocinados pela máfia. Todas essas pessoas usavam suas máscaras para oferecer uma aparência ilibada que não era nada senão uma completa mentira.

Eu queria o trabalho, mas não gostava de fingir que eu era algo que não era, e não queria perder a minha liberdade.

Não havia nada de errado comigo. Eu não deveria ter que mudar.

Peguei o café que Corinne deixou na minha mesa e fui até a parede de janelas, para olhar a cidade.

Minha cidade.

O poderoso Mississippi estava lá como um fôlego de vida não muito distante, movimentado com frotas de navios de carga e rebocadores, correndo devagar e passando pelo centro de convenções, pela Catedral de São Luís e o French Market.

Beberiquei o café puro, forte e amargo, do jeito que eu gostava, e notei as nuvens de tempestade ao longe, vindas do sul do rio.

Minha cidade.

A vida existia em cada centímetro dele. Entre as flores e o musgo que cresciam nas lajes de concreto das calçadas, a pintura lascada que decorava o comércio da Magazine Street, e os músicos dedilhando seus violões no Bairro Francês, havia tanto que eu desejava que jamais mudasse.

E tanto que eu desejava que mudasse.

É por isso que eu queria estar em uma posição de retribuir e causar mudanças nessa cidade.

Mas eu não queria seguir as regras do Jay. Havia lados meus que com certeza não queriam estar sob os holofotes, mas eu também não queria me esconder.

Como a parte de mim que queria continuar brigando com ela ontem.

Estreitei os olhos, encarando as janelas.

Não quis agir feito um otário, mas a mulher me dava nos nervos. Ela não era lá muito acessível, não mais, de toda forma, e o desdém dela foi pesado desde o momento em que entrou na sala e me viu.

Agiu como se me odiasse, e eu não tinha certeza de por que me importava.

Depois de Christian ter ficado me perturbando sem parar por causa do maldito celular, enfim cheguei ao limite e decidi, por capricho, ir até lá lidar com o problema. Eu pretendia marcar um encontro, mas Shaw, quem eu percebi no *open house* que era um grande puxa-saco, insistiu em lidar com o problema imediatamente para me apaziguar.

Eu tinha esperado, e quando ela entrou na sala, o longo cabelo castanho se derramando ao redor de si, mal consegui lidar com a situação.

Tudo de que podia me lembrar era daquela mesma cabeleira vasta cascateando pela pele macia de suas costas quando a segui para a sacada naquela noite.

Deus, a mulher era linda.

Eu não liguei por termos brigado hoje de manhã, nem para o olhar furioso que ela lançou para mim. Ela era apaixonada, e se estivéssemos no meu escritório, a reunião teria terminado de forma bem diferente.

Olhei para o sofá de couro preto, imaginando como ela ficaria nele.

Ela não seria fácil.

Na verdade, eu tinha a estranha sensação de que poderia ser como na época da escola, e me sentiria como se tivesse marcado um ponto se apenas conseguisse enfiar a mão por debaixo da blusa dela.

Mas era ilusão. Eu não poderia tocá-la.

Não que ela não fosse tentar resistir a mim de qualquer modo; a dinâmica do nosso relacionamento havia mudado, mas de jeito nenhum eu me arriscaria a magoar meu filho nem a frustrar as minhas ambições.

Tyler Marek seduz a professora do filho.

É, as manchetes acabariam comigo, e Jay entraria em colapso.

Brynne, a mãe de Christian, me afastaria do meu filho, que jamais me perdoaria. Nosso relacionamento já estava perigando, e ele só precisava de uma desculpa.

Então por que saber disso não a fazia ser menos desejável?

Abri o forno, peguei um descanso de panela e tirei o prato do aquecedor. A Sra. Giroux, a governanta, tinha sido muito compreensiva ao assumir as tarefas de cozinheira desde que Christian veio morar aqui. Ela deixava refeições para nós todos os dias, mas, mesmo tentando evitar, eu sentia falta de jantar de vez em quando.

Christian e eu devemos ter comido juntos umas cinco vezes nas últimas três semanas. Vez ou outra, era culpa minha. Algo aparecia ou eu me atrasava, mas, na maioria das vezes, era porque o garoto estava me evitando.

Ele passava tempo com os amigos, preferindo fazer as refeições na casa deles, ou engolia o jantar antes de eu chegar em casa. Era quase tão distante quanto a professora.

Atravessei o corredor de mármore, carregando um prato, guardanapo e uma garrafa de cerveja, passei pelas colunas do meu escritório, mas parei ao ouvir risada vindo da sala multimídia.

— Não, cara! — alguém gritou enquanto outro garoto ria. — Olha só essas fotos! A gente deveria imprimir tudo.

Estreitei os olhos, virei para a direita e me aproximei do cômodo.

— Merda. O Vince acabou de tuitar. — Ouvi Christian dizer. — Ah, bizarro! Estou me perguntando se a casa ainda existe. Entra no Google Earth.

Minha boca se curvou em um sorriso ao ouvir a animação dele. Google Earth? Bem, pelo menos não era pornografia.

Deixei a comida em uma mesinha perto das portas duplas de madeira que levavam à sala e empurrei a porta, espiando lá dentro.

— Ei — cumprimentei, e vi o meu filho e dois amigos espalhados no tapete em vez de usar as cadeiras reclináveis que havia ali. Estavam todos diante dos notebooks e pareciam completamente entretidos no que faziam.

Os olhos de Christian lampejaram para mim, mas então ele voltou a se concentrar no notebook, me dispensando.

— Oi — resmungou, tendo perdido o sorriso.

Os outros dois mastigavam e trabalhavam, e eu entrei na sala, afrouxando a gravata e tirando o paletó.

— Vocês comeram? — perguntei, indo até o meio da sala.

Christian não olhou para mim, só apontou para as caixas de pizza no chão antes de voltar a trabalhar no computador.

Suspirei, esfregando o queixo, frustrado.

Christian era o meu único filho, a mãe optara por não ter mais nenhum com o marido. Enquanto eu trabalhava e construía o meu legado durante a última década, sempre achei que teria mais em algum momento.

Quando encontrasse a mulher certa.

Era uma progressão natural, a forma como marcávamos a nossa vida, afinal de contas. Ir para a faculdade, começar uma carreira, casar e ter filhos. Eu não queria ter sido pai aos vinte anos, mas eu queria ser agora.

Mas que sucesso eu teria se o filho que eu tinha agora jamais deixasse de me odiar?

— O que vocês estão fazendo? — insisti, andando por trás de Christian e dando uma olhada na tela.

— Coisas da escola — ele respondeu, passando umas imagens.

— O Pirate's Alley? — Eu me aproximei devagar, reconhecendo as cores dos prédios e a placa do Old Absinthe House na foto. — Já foi lá, Christian? — perguntei, olhando para baixo, por cima da cabeça dele, uma de suas pernas dobradas na direção do corpo, a outra esticada ao lado do notebook.

— Já. — A voz pareceu encurtar enquanto ele pegava o celular do amigo e começava a tuitar.

Observei a tela, reparando que ele estava na internet. Eu não sabia muito do Pinterest, mas parecia ser um site popular. Tudo indicava que estava fazendo tarefas da escola.

— Então, qual é a tarefa? — exigi, minha voz ficando mais severa.

— A Srta. Bradbury postou uma caça ao tesouro para crédito extra hoje — ele retrucou. — Estamos mapeando pontos turísticos do século XVIII. O primeiro ganha, ok?

Pude ver os músculos do maxilar dele se flexionarem de raiva, lembrando-me de que o meu filho estava se tornando um homem que travaria as próprias batalhas.

— Ela passou isso hoje? — perguntei, tentando manter a calma, mesmo já sabendo da resposta.

Depois de eu ter sido bem específico ao dizer a ela que o meu filho não tinha autorização para usar as redes sociais para fazer o dever de casa.

Ele tinha acesso ao celular depois de terminar as tarefas da escola e aos fins de semana, mas, como ficou óbvio, ele ainda podia entrar na internet e pegar o aparelho dos amigos emprestado.

Christian balançou a cabeça e jogou o celular do amigo de volta.

— Não, bem ali. — O amigo se inclinou e apontou uma imagem na tela, usando como referência o mapa do telefone. — Na esquina da escola Ursuline.

E eu fui esquecido.

Mas mal notei, de qualquer forma, minha mandíbula enrijeceu à menção da Srta. Bradbury e sua determinação tola de continuar me irritando.

Arranquei a gravata e saí da sala, ignorando a comida que deixei na mesa.

Má CONDUTA

SEIS

Easton

Saltei para a direita, caindo com o pé esquerdo enquanto segurava a raquete com ambas as mãos e rebatia a bola de tênis para o outro lado da quadra. Dei um salto, corri mais uma vez até o centro, o oxigênio entrando e saindo apressado dos meus pulmões ao mudar o peso de um pé para o outro.

O próximo tiro que saiu da máquina de bolas foi lento e alto, e eu lancei o braço para trás, levando a raquete para cima da minha cabeça e rebatendo com força, enviando a bola direto para o chão e para fora do campo do outro lado da rede.

Merda.

Passei a língua que mais parecia uma lixa sobre os lábios, desesperada por água, devido a todo o exercício de correr para frente e para trás, da direita para a esquerda, tentando manter a velocidade, a trajetória e giro que eu havia programado na máquina.

Ficou claro que superestimei as minhas condições físicas.

Sim, eu me exercitava. Corria e usava o meu próprio equipamento para treino de força no meu apartamento, mas o tênis exigia uma musculatura que eu raramente usava agora.

A cada seis meses mais ou menos, eu começava a sentir falta de jogar, o novo desafio que cada saque representava, e usava meus privilégios de sócia do clube para ter acesso às imaculadas quadras da academia.

Mas nunca jogava com ninguém. Eu não jogava com um parceiro desde a primeira rodada de Wimbledon, dia dois de julho, cinco anos atrás, poucos antes de me mudar para Nova Orleans com o meu irmão. Esse foi o dia que acabei com uma violação de código, uma desqualificação dada pelo árbitro também conhecida como *default*, bem na hora de um *match point* e, assim, sem qualquer esperança de vitória, saí da quadra antes de o jogo terminar oficialmente e jamais voltei a uma competição de tênis.

Meu irmão tentou me reconfortar, dizendo que não esperavam que eu estivesse concentrada no jogo depois do que passamos no início do verão. Tinha sido difícil.

Inferno, tinham sido dois anos difíceis antes disso, mas ainda era um momento que eu desejava poder voltar no tempo e consertar. Minha última partida em uma quadra profissional tinha sido a minha pior até então, e essa era a única coisa na minha vida de que eu me envergonhava.

Eu tinha me comportado como uma menina mimada, e apesar de tudo o que conquistara até aquele ponto, era assim que as pessoas se lembrariam da velha Easton Bradbury.

Mas eu me certificaria de que esta Easton Bradbury jamais cometesse o mesmo erro.

Era estranho como algo que uma vez pareceu ser uma segunda natureza agora era tão estranho. Eu costumava fazer isso todos os dias. Acordava às cinco da manhã, comia algo leve ou bebia um shake proteico, colocava a roupa e passava cinco horas na quadra.

Nos intervalos, eu estudava, pois era educada em casa, e comia, depois voltava ou para treinar mais ou para malhar mais.

À noite, eu colocava gelo nas juntas e nos músculos e lia antes de dormir.

Não frequentava a escola, não ia a festas e não tinha amigos. Talvez fosse esse o motivo para o Jack ser o meu melhor amigo.

Gemi, sentindo as mãos doerem quando apertei a raquete e atingi a próxima bola de tênis, enviando-a por cima da maldita linha de base.

— Droga — resmunguei, parando ao colocar as mãos nos quadris e abaixar a cabeça. — Merda.

Peguei o controle na cintura da minha saia pregueada e apontei para a máquina de bolas, desligando-a assim que uma veio voando na minha direção.

Eu me esquivei e virei a cabeça para o outro lado, ouvindo um carro buzinar às minhas costas.

Jack estava no seu Jeep Wrangler rindo para mim enquanto *Untraveled Road*, do Thousand Foot Krutch, berrava de seu carro.

Revirei os olhos e fui até o portão, entregando o controle para um funcionário e pegando a minha bolsa de academia. Joguei minha toalha em uma lixeira antes de contornar a cerca e descer a calçada.

Má CONDUTA

— Você só viu o finzinho — protestei, subindo no banco do passageiro. — Eu estava arrasando com as bolas.

Ele sorriu consigo mesmo, engatando a marcha e se afastando da calçada.

— Você sabe que poderia jogar comigo, não é?

Bufei.

— Sem querer ofender, mas eu quero ser desafiada, Jack.

O peito dele sacudiu com a risada.

— Peste.

Sorri e tirei o telefone da bolsa antes de deixá-la no assoalho entre as minhas pernas.

Na verdade, Jack tinha sido um ótimo *sparring* quando eu era mais nova, até mesmo competiu antes de ficar óbvio desde cedo de que aquela não era a paixão dele.

Quando meus pais notaram que eu estava mais interessada e era muito mais maleável, eles o deixaram de lado e vieram para mim. Nunca entendi por que era tão importante que um de nós competisse em alta performance em um esporte, mas basicamente interpretei como sendo o desejo deles de estar sob os holofotes e viver indiretamente por meio de nós, ambos eram atletas amadores quando jovens.

— Você só vem de vez em quando e sempre quer ficar sozinha — comentou Jack, virando na St. Charles e passando pela Tulane, indo em direção ao Garden District. — É como se estivesse se forçando a fazer algo que não quer. Como se ainda se sentisse obrigada a jogar.

O dourado se derramou no meu colo, vindo da luz do sol que se infiltravam entre as árvores, e verifiquei o meu e-mail ao tentar ignorar a invasão constante de Jack.

Ele vinha sendo assim já fazia cinco anos, mas pensei que quando eu terminasse a faculdade, ele voltaria a se concentrar em si mesmo.

— Easton? — meu irmão pressionou.

Minhas pálpebras tremeram de irritação, e eu passei as mensagens, esquecendo do meu irmão assim que vi um e-mail de Tyler Marek.

Engoli o nó na minha garganta, meus olhos passando pelo nome e tentando ignorar a fome estranha que preencheu meu ventre com o pensamento sedutor de ter uma interação com ele.

— Easton? — Jack voltou a insistir, a voz soando irritada.

— Jack, só deixa pra lá — fui firme, e cliquei no e-mail para ler o que Marek tinha a dizer.

Querida Srta. Bradbury,

Tive a impressão de que havíamos chegado a um acordo.

Mesmo eu entendendo que você é uma profissional treinada, há certas coisas que permitirei e outras que não. Minhas expectativas para a educação do meu filho seguem padrões já estabelecidos, e sugiro que você encontre uma forma de fazer o seu trabalho, como todos os outros professores da escola, sem aumentar ainda mais a carga das famílias para além das mensalidades que já pagamos. No futuro, espero o seguinte:

1. Meu filho NÃO tem permissão de usar as redes sociais para fazer o dever de casa. Eu encorajo um ambiente livre de distrações, então exijo trabalhos onde isso não seja necessário. Sem discussões;

2. Serei notificado ANTES de que nada menos que um DEZ pela tarefa seja registrado nas notas finais;

3. As rubricas para as notas de apresentação não fazem sentido. As apresentações acontecem na escola e não são algo que eu possa ver, avaliar ou ajudar o meu filho. Avaliações de desempenho não deveriam valer nota;

4. Observar profissionais mais experientes na sua área pode ajudar a dar uma melhor compreensão do aprendizado estudantil. Se quiser, ficarei feliz em sugerir ao diretor Shaw que você acompanhe professores mais competentes.

Espero que não tenhamos mais quaisquer problemas e que você se prepare de acordo. Meu filho NÃO levará o celular para as aulas. Se tiver quaisquer preocupações, por favor, entre em contato com o meu escritório a qualquer hora para marcar uma reunião.

Atenciosamente,
Tyler Marek

Raios prateados de dor atravessaram a minha mandíbula, e percebi que estava rangendo os dentes e não estava respirando.

Fechei os olhos, puxando um fôlego longo e furioso.

Filho da puta.

Má CONDUTA

Joguei a cabeça para trás.

— Argh! — rosnei, batendo os punhos nas coxas.

— Opa. — Ouvi Jack dizer à minha esquerda. — O que foi?

Balancei a cabeça, dizendo entre dentes:

— Um fardo para as famílias — retruquei, mal descerrando os dentes. — Esse babaca é um milionário, e as redes sociais são de graça! De que merda ele está falando? — atirei para o meu irmão. — Filho da p…

— Que merda aconteceu, Easton? — ele voltou a exigir, dessa vez mais alto, enquanto virava e endireitava o volante. Um bonde passou por nós à esquerda, tocando a sineta.

Eu o ignorei e olhei para baixo, mexendo no celular. Eu havia gravado os contatos de casa e do trabalho dos pais na primeira semana, então cliquei no de Marek e encontrei o número do celular dele.

Era sábado, então imaginei que ele não estivesse no trabalho. Eu me recusava a responder àquele e-mail. Queria cuidar do assunto agora.

— Easton, o que você está fazendo? — Eu podia ver o meu irmão manobrando o volante com nervosismo e olhando de soslaio para mim.

Balancei a cabeça, rindo comigo mesma.

— Acompanhar professores mais competentes — zombei, repetindo o e-mail dele, imitando uma voz de homem ao olhar para o meu irmão enquanto o telefone chamava no meu ouvido.

— Eu tenho que reservar tempo na minha rotina agitada para notificá-lo em pessoa a cada vez que o principezinho dele tirar um nove? — prossegui, reclamando. — E por quê? Para que ele possa me ameaçar para não lançar a nota?

— Um responsável mandou e-mail para você? — perguntou, encaixando as peças aos poucos.

Assenti.

— Foi. Ele espera e exige que eu implemente mudanças, porque está criando caso com o meu método. Arrogante, mimado… — parei, antes que o meu gênio levasse a melhor.

Quando ninguém atendeu, afastei o telefone da orelha e desliguei, optando pelo número do trabalho. Para homens como ele, o escritório nunca fechava de verdade. Talvez ele tivesse uma recepcionista que pudesse marcar um horário.

Chamou duas vezes, e então ouvi um clique quando alguém atendeu.

— Bom dia, escritório de Tyler Marek — a voz agradável de uma mulher soou. — Como posso ajudar?

Meu coração batia nos ouvidos, e eu podia sentir o pulsar latejante no meu pescoço. Hesitei, quase desejando que ele não estivesse no escritório.

Precisava de tempo para me acalmar.

Mas engoli em seco e segui adiante.

— Sim, olá — eu me apressei.

— Easton, mantenha a calma. — Ouvi meu irmão avisar ao meu lado.

Mordi o lábio para afastar a raiva da voz.

— Eu me chamo Easton Bradbury e desejo falar com o Sr. Marek — disse a ela. — Tenho certeza de que ele não está aí hoje, mas...

— Só um instante, por favor — ela interrompeu, e sumiu.

Respirei fundo, percebendo que ele estava lá, afinal das contas.

— Marek? — meu irmão perguntou. — Tyler Marek?

Olhei para ele, arqueando uma sobrancelha em irritação.

— Easton, desligue — Jack deu a ordem.

Ele estendeu o braço, tentando pegar o aparelho, mas dei um tapa para afastar a sua mão.

— Atenção no trânsito! — vociferei, e apontei para a rua.

— Easton, eu estou falando sério — ele rosnou. — Tyler Marek tem uma força de trabalho de mais de dez mil pessoas. Ele talvez chegue ao senado, pelo amor de Deus. Você não tem o direito de discutir com ele.

Olhei feio para o meu irmão. *Direito?*

Jack estava preocupado com a própria carreira, mas eu não me importava com quem Marek era. Ele ainda era um homem.

Nada além de um homem.

— Srta. Bradbury.

Virei a cabeça e parei de olhar para o meu irmão, de repente ouvindo a voz de Marek no meu ouvido.

Pura expectativa preencheu o meu peito, e olhei para baixo, decepcionada por estar excitada de verdade.

— Sr. Marek — respondi, curta e grossa, lembrando-me da razão de ter ligado. — Recebi seu e-mail, e eu adoraria... — Minha voz foi diminuindo, e eu sequei o suor que escorria do meu cabelo. — Eu adoraria marcar uma reunião para nos sentarmos e pensarmos em algo para fazer pelo Christian.

— Já nos encontramos — ele pontuou, a voz seca. — E não foi um uso produtivo do meu tempo, Srta. Bradbury.

Tentei fazê-lo raciocinar.

— Sr. Marek, nós dois queremos o melhor para o seu filho. Se trabalharmos juntos...

— Srta. Bradbury — ele me interrompeu, e eu podia ouvir pessoas falando no fundo —, ao que parece, eu não fui claro o suficiente no meu e-mail, então vamos nos poupar algum tempo. Meu filho não tem problema com nenhum outro professor, então não é necessário dizer que *você* é o problema. — A voz severa me cortou, e eu me senti encolher. — Você sofre de um senso exagerado de direitos, e se esquece de que o seu contrato de trabalho é anual.

Meus olhos se arregalaram, entendendo a ameaça de que o meu trabalho esse ano talvez fique para outra pessoa no ano que vem. Fechei a mão na barra da saia na altura da coxa.

— Bem, eu sou um homem ocupado — prosseguiu ele, parecendo estar falando com uma criança — e não tenho tempo para jovens tolas que não reconhecem o próprio lugar.

Minha pele ardeu onde a minha unha cravou. O filho dele não tinha problemas comigo. Talvez eu fosse mais exigente que os outros professores, e pode ser que eu tenha uma metodologia pouco ortodoxa, mas a maioria dos alunos gostavam da minha aula, incluindo o Christian. Quando ele participava. Se alguma vez ele me desafiava, era porque o pai não lhe dava a liberdade de ter as ferramentas para participar igual aos colegas de classe.

— Agora, posso seguir com o meu dia e dar esse assunto por encerrado? — perguntou, cheio de sarcasmo.

O calor se espalhou pela minha pele, e eu mostrei os dentes.

— Você pode ir para o inferno — retruquei, furiosa. — Não é de se admirar que ele não te suporte.

— Easton! — Jack estourou do meu lado.

Mas era tarde demais.

Meus olhos se arregalaram, e minha mão formigou, quase largando o telefone.

Que merda eu acabei de dizer?

Abri a boca, sem saber o que fazer. *Eu não acabei de falar isso para um pai de aluno.*

Eu *não* disse isso para um pai de aluno.

Só houve silêncio do outro lado da linha, e eu fechei os olhos com força, tentando encontrar palavras.

— Sr. Marek — avancei, com a voz mais suave. — Eu sinto muito. Eu...

Mas, então, ouvi um *clique*, e a linha ficou muda.

— Merda! — gritei, afastando o telefone da orelha e vendo o CHAMADA ENCERRADA na tela.

— Ele desligou. — Olhei para o meu irmão. — Eu estou ferrada.

Jack balançou a cabeça para mim, os lábios cerrados, obviamente furioso comigo. Ele foi para a esquerda e reduziu a marcha, fazendo uma curva fechada para a Poydras.

— Para onde você está indo? — perguntei, enquanto pensamentos de Marek ligando para Shaw nesse mesmo minuto corriam pela minha cabeça.

Insultar pai de aluno não era bom.

— Para o escritório dele — respondeu, o tom invulgarmente desafiador. — Você vai pedir desculpas antes de ele ter a oportunidade de registrar uma reclamação.

O escritório dele?

— Eu... eu... — gaguejei. — Não! — gritei. — De jeito nenhum! Não posso falar com ele agora.

Mas meu irmão não disse nada; só continuou dirigindo.

Levei a mão à testa, em pânico.

— Não posso acreditar que acabei de dizer isso. Em que eu estava pensando?

— Você não estava pensando — ele retrucou. — E vai implorar por perdão.

Balancei a cabeça.

— Jack, isso é completamente inapropriado — roguei. — Por favor. Não estou vestida adequadamente.

Mas ele me ignorou de novo, acelerando para o Central Business District e se aproximando do escritório de Marek.

Olhei para baixo, para a saia listrada de azul-marinho e branco com pregas na parte de trás. A peça mal chegava ao meio das coxas.

A camisa cor de pêssego tinha mangas longas, mas era agarrada na pele, atendendo ao propósito de absorver o suor, mas, com certeza, não a minha humilhação.

Fechei os olhos, gemendo. Eu não poderia estar menos armada para uma reunião com ele.

Jack me deixou na frente do prédio e foi para o estacionamento. Fiquei lá na calçada e inclinei a cabeça toda para trás, olhando feio para o edifício.

Enormes letras prateadas tinham sido postas na fachada, soletrando MAREK, o vermelho maçã do amor brilhando por trás do nome me lembrou do vestido que eu estava usando quando o conheci.

O prédio todo era dele?

Fechei os olhos e respirei fundo, forçando os músculos da minha mandíbula a relaxarem.

Entrei e fui em direção ao balcão. Olhei para a direita e vi um segurança passando as pessoas pelos detectores de metal.

Colocando as mãos no balcão frio de granito preto, forcei um sorriso amarelo.

— Oi, eu... — hesitei, meus nervos descontrolados. — Preciso falar com o Tyler Marek. Se ele estiver — adicionei.

— Qual é o seu nome, senhorita? — o jovem perguntou, pegando o telefone.

— Easton — expirei, desejando que o meu coração se acalmasse. — Easton Bradbury.

Ele esperou, então enfim falou no telefone.

— Alô. Tem uma Easton Bradbury aqui querendo ver o Sr. Marek.

— Eu não marquei horário — informei, sussurrando para ele.

Ele deu um sorriso para me apaziguar e esperou pelo que a outra pessoa tinha a dizer. O rapaz assentiu.

— Obrigado — ele respondeu à pessoa.

Assim que desligou, digitou algo no computador bem rápido e, antes que eu percebesse, ele estava me entregando um crachá com um código de barras e me direcionando para os elevadores.

— Ele vai te receber — falou, fazendo que sim com a cabeça. — É o sexagésimo andar.

— Qual escritório? — perguntei.

Mas ele simplesmente riu e continuou a mexer nos papéis sem nem olhar para mim.

Soltei um suspiro e fui em direção ao segurança, deixei que escaneassem o meu cartão e passei.

Peguei o elevador, que fez várias paradas no caminho para cima para que as outras pessoas saíssem.

Paramos em três andares ímpares e três andares pares, e franzi os lábios, sabendo que isso não significava nada, mas ainda assim me deixava desconfortável.

Se tivéssemos parado em *dois* andares ímpares, a probabilidade seria adicionar para um número par, e tudo ficaria bem.

Revirei os olhos ao balançar a cabeça. *Deus, eu sou louca.*

Sendo a única pessoa que restou no elevador, observei os números azuis digitalizados chegarem ao sessenta.

Eu me empertiguei, preparando-me enquanto as portas se abriam.

E entendi por que o funcionário tinha rido de mim quando perguntei *qual escritório.* O sexagésimo andar *era* o escritório de Marek, ao que parecia.

Adiante estavam duas portas altas de madeiras e mesas que pertenciam a dois assistentes, que estavam de cada lado da porta, um homem e uma mulher.

A mulher afastou o olhar do computador e assentiu na direção das portas.

— Pode entrar, Srta. Bradbury.

Passei a mão pelas roupas, alisando-as antes de estender a mão e firmar o rabo de cavalo.

Mas eu já tinha perdido a esperança de poupar o meu orgulho. Por que eu pelo menos não tentei convencer o Jack a me levar para casa para mudar de roupa?

Segurando a barra vertical que servia como maçaneta, abri uma das portas grandes com um empurrão e entrei, e logo vi Marek diante de mim, de pé atrás da mesa.

— Srta. Bradbury. — Ele olhou para cima, uma mão no bolso e a outra pressionando teclas em seu computador. — Entre.

Os olhos deixaram os meus e percorreram o meu corpo, reparando na minha aparência, presumi. Apesar do ar condicionado gelando a sala, senti minhas coxas aquecerem e o calor se acumular no meu ventre.

Enquadrei os ombros e me aproximei da mesa, tentando ignorar o sentimento súbito de impotência.

Por puro hábito, contei os passos na minha cabeça. *Um, dois, três, quat...*

Mas então parei de repente, captando algo pelo canto do olho.

Olhei para a direita, e minhas sobrancelhas se ergueram, reparando na mesa oval de reuniões do outro lado do vidro, cheia de gente. Um monte de gente.

Merda.

Engoli em seco, e voltei a me virar para as portas.

— Eu vou esperar.

De jeito nenhum eu falarei com ele com outras pessoas na sala.

— Você queria me ver — ele falou, ríspido. — Fale.

Eu me virei.

— Mas você está ocupado.

— Estou sempre ocupado — retrucou. — Vá logo com isso.

Gemi por dentro, entendendo a razão para ele ter sido tão receptivo quanto a me ver.

Um peso se alojou no meu estômago, mas escondi tão bem quanto podia ao voltar a avançar até a mesa dele.

Mantive a voz baixa e dei a ele um sorriso falso de lábios fechados.

— Você está gostando de ver a minha dignidade como uma poça de lama no chão, não é?

O canto da boca dele se ergueu, e voltou a me olhar nos olhos.

— Acho que é compreensível depois do seu comportamento, não é?

Afastei o olhar e lambi os lábios.

Odiei o regozijo dele, mas não podia dizer que ele estava errado. Eu mereci essa dose de humilhação. Não importa o quanto o e-mail dele foi vil, eu jamais deveria ter me rebaixado ao seu nível. A animosidade só prejudicaria Christian.

— Sr. Marek. — Respirei fundo, me preparando. — Eu não tinha o direito de dizer o que disse — falei. — E cometi um erro enorme. Não sei nada sobre você e seu filho, e parti para o ataque.

— Como uma menina mimada — ele adicionou, me olhando com altivez.

É, como uma menina mimada.

Olhei para baixo, lembrando que eu nunca ficava brava quando criança. Logo que comecei a me tornar mulher, no entanto, eu me lancei à fúria, atirando a raquete quando errava ou gritando quando ficava frustrada.

Tinha estado sob muito estresse na época; eu estava presa, e odiei a perda de controle. Agora eu o tinha de volta, e ressentia de qualquer coisa que o ameaçasse.

Marek continuava invadindo o meu espaço, a reunião do outro dia e aquele e-mail hoje, mas eu sabia fazer o meu trabalho.

Eu sabia o que estava fazendo. Por que ele não via isso?

Ergui o olhar, encarando-o.

— Sinto muito mesmo.

— Está arrependida de verdade? — Ele pegou uma pasta cinza e uma caneta enquanto contornava a mesa. — Ou está com mais medo de perder o emprego?

Estreitei os olhos.

— Está insinuando que me desculpei por medo?

Ele inclinou a cabeça, me dizendo com seu olhar entretido que era isso mesmo que ele estava pensando.

— Sr. Marek — falei, com a voz firme, me aprumando. — Não faço coisas que não quero fazer. Não preciso implorar por nada nem me curvar a ninguém. Se peço desculpas, é porque sei que cometi um erro — afirmei. — Foi crueldade dizer aquilo, e o senhor não merecia.

Um sorriso se insinuou, mas ele o escondeu quase que imediatamente, e suspirou, os olhos suavizando, então se virou, abrindo caminho até a cabeceira da mesa de reuniões.

— A Srta. Bradbury é professora de história do Christian — ele informou a todos na mesa, olhando para mim e sorrindo ao jogar a pasta lá. — Ela não tem uma boa opinião sobre mim.

Bufei, mas não achei que alguém chegou a ouvir.

O homem sentado à esquerda dele riu.

— Você não é a única, querida. — Ele inclinou o queixo para mim.

Marek pegou um pedaço de papel, fez uma bola e atirou nele, o que só serviu para que o homem risse ainda mais.

Os dois pareciam próximos, e eu titubeei ao ver o Marek brincalhão.

— Eu sou o Jay, irmão dele. — O homem se levantou da cadeira e estendeu a mão.

Hesitei apenas por um momento antes de ir até a outra metade da sala e subir os degraus até a mesa.

O escritório era imenso, mas era dividido por um painel de vidro de três metros que separava, mas não fechava, a sala em duas: o escritório de Marek e um espaço privado para reuniões, provavelmente para a conveniência dele.

Afinal de contas, por que ir a outro andar e se encontrar com o pessoal quando se podia fazer todo mundo vir até você?

Apertei a mão de Jay, e gostei de imediato do sorriso fácil e do bom humor dele. Não pude deixar de olhar para cima, e vi Marek me observando.

O terno azul-marinho combinava bem com as paredes cinza-chumbo, e gostei da forma como o cabelo preto dele caía sobre a testa.

Má CONDUTA

Todo mundo na mesa, homens e mulheres, estava de traje de negócios, e parecia estar ali já há algum tempo. Papéis, notebooks e celulares estavam espalhados pela mesa sem uma ordem exata, e eu tive que ignorar as picadas sob a minha pele, incitando-me a arrumar aquela merda toda.

Pratos com croissants e bagels estavam espalhados, e copos meio cheios de água suavam por causa da condensação, os cubos de gelo já tinham derretido há séculos.

Eu me perguntei há quanto tempo eles estavam lá. Em um sábado, veja bem.

— Não precisa se preocupar, Easton. Estamos bem. — Ouvi Marek dizer, e desviei o olhar de volta para ele. — Desculpas aceitas, mas o meu e-mail ainda é válido.

Esfreguei os dedos com os polegares, tentando lembrar ao que ele se referia.

Ele havia me chamado de Easton.

— Sou contra adolescentes de catorze anos usarem as redes sociais, e não posso imaginar que sou o único pai que está desconfortável com o fato. — O tom foi firme, mas mais gentil do que havia sido por telefone. — Ajustes terão que ser feitos.

Ah, voltamos a isso.

Mantive o rosto inexpressivo, prestes a voltar a sugerir que nos sentássemos e falássemos do assunto, porque eu não ia desistir, mas alguém falou primeiro.

— Redes sociais? — perguntou um homem à minha direita. — Jesus, o Facebook está absorvendo a vida dos meus filhos. Eles não fazem mais nada — ele irrompeu, intrometendo-se na conversa e olhando para os colegas. — Sabe, o meu de dezesseis anos na verdade quer um suporte à prova d'água no chuveiro para colocar o celular. Estou surpreso por ele não ter colado o aparelho na mão.

Semicerrei os olhos, focando em um ponto da mesa e ouvindo as risadas ao meu redor enquanto todo mundo começava a apoiar o Marek.

— É uma epidemia — concordou uma mulher. — E perigosa. Tem noção de quantos criminosos sexuais encontram suas vítimas na internet?

Tem noção de quantas vítimas de criminosos sexuais bebem água? Vamos banir a água!

Resmungos aprovadores surgiram, e eu pude me sentir perdendo o alívio que tive quando ele aceitou as minhas desculpas.

Meus punhos cerraram, e eu soube que precisava ir embora. Naquele momento.

— Exatamente — alguém respondeu. — Quanto mais nos expomos lá, mais desconectados ficamos da vida real. Estou cansado de ver as pessoas com a cara enfiada no telefone.

— Um sugador de tempo total. — Jay balançou a cabeça, erguendo a voz. — E as crianças não conseguem mais se concentrar por muito tempo por causa disso.

Eu não gostava mais do Jay.

Olhei para Marek de relance, que me observava com uma insinuação de sorriso no rosto, a parede ao meu redor ficando cada vez mais alta.

— E tem tantas histórias de crianças sofrendo bullying — outro cavalheiro contribuiu —, ou se colocando em perigo por causa da internet. Assim, ser capaz de postar o almoço no Instagram melhora mesmo a vida?

Todo mundo começou a rir, e cada músculo do meu corpo ficou tenso feito aço.

— Crianças não precisam das redes sociais — alguém continuou. — Não até terem idade o bastante...

Blá, blá, blá... parei de ouvir. Todo mundo continuou a dar a própria opinião, mas eu só fiquei lá, olhando para ele.

Ele prendeu o meu olhar, a boca abrindo de leve ao levar o copo aos lábios e tomar um golinho de água. O homem se recostou na cadeira, relaxado e confiante, porque sabia que havia conseguido o que queria.

Ele ainda não me via como uma mulher capaz. Ele ainda não me respeitava.

E quando os olhos começaram a percorrer o meu corpo, esquadrinhando a minha cintura e seguindo para as minhas coxas nuas, eu soube que ele queria algo mais.

A única coisa para a qual ele pensava que eu era boa.

Respirei fundo e ergui as mãos, cortando os discursos inflamados pela metade.

— Vocês estão certos — disse a eles, com a voz severa. — Completamente certos.

Ofereci um sorriso forçado e olhei ao redor da mesa, todo mundo tinha ficado quieto.

— As redes sociais são uma faca de dois gumes, trazem tanto vantagens quanto... — olhei para Marek — ... inúmeras preocupações.

Concordo com vocês — eu os apaziguei. Marek inclinou a cabeça, me olhando com interesse enquanto todo mundo me dava total atenção. — No entanto — comecei, indiferente —, estão aqui para ficar. Quer vocês queiram, quer não — adicionei. Ergui o queixo e deixei meus olhos vagarem pela mesa quando comecei a circulá-la. — Vivemos em um mundo movido a dados, e isso não mudará. — Caminhei lentamente ao redor da mesa, falando com todo mundo e sentindo os olhos de Marek em mim. — Deixe-me esclarecer para vocês — disse a eles, cruzando os braços e falando devagar: — Cada vez que recebemos uma mensagem de texto, ou um tuíte, ou uma notificação do Facebook — expliquei —, recebemos uma dose de adrenalina. O fluxo constante de informações tem se tornado um vício, tipo uma droga, e quando o celular apita ou acende, recebemos uma pequena descarga.

Olhei nos olhos deles.

— E assim como todas as drogas, não leva muito tempo até precisarmos da próxima dose. — E, enquanto falava, apontei para o telefone deles sobre a mesa. — Que é a exata razão para todos vocês terem trazido o celular para essa reunião de agora, em vez de deixar o aparelho no próprio escritório — especulei. — Mais cedo ou mais tarde, vocês sabiam que começariam a sentir a fissura, o que os incitaria a verificar se havia uma mensagem ou um e-mail novo. Vocês são viciados em informação, assim como seus filhos.

— Mas na escola? — estourou uma mulher. — Por que eles precisam levar o celular para a escola ou ter permissão de brincar nas redes sociais para fazer o dever de casa?

— Porque vocês deixam que eles usem em casa — disparei de volta, tentando manter o tom gentil. — Espera que a fissura termine quando eles pisam no terreno da escola?

Ela torceu os lábios e se recostou na cadeira.

— Como um professor compete com o tipo de apelo que as redes sociais exercem na atenção dos alunos? — perguntei a eles. — Porque, mesmo que eles sejam forçados a ficar sem o celular, estarão pensando no objeto. Eles o escondem. Mandam mensagem por debaixo da carteira. Fogem para o banheiro para poder usar… — fui diminuindo a voz, com sorte provando que a batalha era real. — Eu tenho duas escolhas — prossegui. — Posso lutar com o aparelho e tratá-lo como um incômodo, ou… — Eu me acalmei, olhando para Marek. — Posso aceitá-lo como uma ferramenta.

Não apenas a tecnologia está assegurando cem por cento de participação na minha aula — pontuei —, mas também está ensinando aos alunos cidadania e comunidade digital.

Abaixei o queixo, prendendo-os com um olhar severo.

— Eles não só vão à aula, Sr. Marek — expliquei, vendo seus olhos se estreitarem em mim. — Eles interagem uns com os outros em vários fóruns, veem através das barreiras sociais e se expressam em uma comunidade tolerante a qual eu inspeciono. Estão aprendendo, estão comprometidos e tratando bem uns aos outros.

Fui até o outro lado dele, posicionando-me com mais confiança do que fiz desde o *open house*.

— Bem, sei que o senhor é um homem inteligente — prossegui —, e não poderia ter chegado aonde chegou sem determinação e inteligência. Mas também acho que faz o que bem entende e diz o que quer sem temer a prestação de contas. Eu sempre tenho uma razão muito boa para tudo o que eu faço. O senhor tem? Não me diga como fazer o meu trabalho — avisei —, e eu não serei arrogante ao ponto de dizer como fazer o seu.

E antes que qualquer um tivesse a chance de falar, dei meia-volta e saí.

SETE

Easton

— O que você fará com os livros didáticos? — perguntei à bibliotecária ao descarregar os velhos livros de história que vinha armazenando na minha sala de aula.

Ela pegou uma pilha e começou a tirá-los do balcão, um a um, para colocá-los em um carrinho.

— Acho que serão doados — respondeu. — Embora eu tenha ficado sabendo que você nem sequer usou os novos e chiques pelos quais pagamos uma nota.

Sorri, curvando-me na minha cadeira de rodinhas para pegar mais quatro livros para entregar a ela.

— Não que eu não goste deles — provoquei, e ela me deu uma piscadinha.

Se alguém tinha problemas por eu não usar os livros para dar aula, esse alguém não era ela. A mulher deu aula na Orleans Parish por mais de trinta anos e tinha estado em todo tipo de escola, desde as mais privilegiadas até as mais desprovidas. Ela sabia se virar com o que tinha e me disse na primeira semana que os melhores professores são facilitadores. Quanto mais as crianças fazem por si mesmas, mais elas aprendem.

— Ei — alguém chamou.

Virei a cabeça, e vi Kristen Meyer empurrando a cadeira de rodinhas em direção ao balcão também.

— O que está rolando? — Ela soltou um longo suspiro, parecendo ofegante.

— Só me livrando dos livros velhos de história — disse a ela. — Você?

— Aff. — Ela descartou uma pilha do que pareciam ser os livros típicos de biblioteca que falavam de geologia. — Falta muito para as férias de inverno? — choramingou.

Soltei uma risada. Ainda não era nem outubro.

— Tudo bem, ainda tenho umas coisas a fazer antes de voltar para casa. Obrigada — agradeci à bibliotecária, e então olhei para Kristen e me abaixei para começar a empurrar a minha cadeira. — Boa noite — cantarolei.

— Espera — ela gritou. — Eu vou com você.

Ela se apressou, largando o resto dos livros no balcão e empurrando a cadeira, me seguindo para fora da sala.

Atravessei as portas duplas, saí da frente e segurei um lado aberto para ela.

A escola estava silenciosa, todos os alunos e muitos professores já haviam ido embora, e eu respirei fundo, sentindo o cheiro da chuva que eu sabia que estava chegando. O céu esteve escuro hoje de manhã, pesado com nuvens carregadas, e o clima atual me deixou apreensiva, já que o vento nas árvores carregava o aviso de uma tempestade que seria, sem sombra de dúvida, furiosa.

Um furacão estava no Caribe, seguindo para o Golfo, mas, no momento, não estava previsto que ele chegaria a Nova Orleans. Eu esperava que fosse apenas uma tempestade tropical, mas, de qualquer forma, a escola ficaria fechada por dois dias por causa da possibilidade de enchentes.

— Então — Kristen falou arrastado, enquanto cada uma empurra sua cadeira pelo corredor. — Ouvi algo que não pode ser verdade.

Continuei empurrando a cadeira, nossos saltos ecoando em uníssono ao nos deslocarmos.

— Ouvi dizer que você — ela falou devagar — apareceu no escritório do Tyler Marek esse fim de semana e fez o cara abaixar a bolinha. — Eu podia sentir os olhos dela em mim enquanto eu olhava para frente. — E que você estava usando uma minissaia, veja só — adicionou.

— Eu não estava de minissaia — resmunguei. — E como você ficou sabendo disso?

Ela soltou um gritinho, a boca abrindo em um arquejo.

— Então é verdade?

Eu me afastei e continuei percorrendo o corredor, apertando a cadeira. Ele havia falado com Shaw, então?

Merda.

— Está tudo bem — ela me acalmou. — É só que o Myron Cates é um dos vice-presidentes da Marek — ela me contou. — A esposa e eu nos tornamos boas amigas quando dei aula para o filho dela no ano passado, e ela me contou que o marido chegou do trabalho sábado dizendo que viu uma jovem corajosa dando um fora no Tyler Marek.

Ela assentiu e sorriu como se fosse um elogio.

Olhei para o teto, suspirando. *Ótimo*. Outro pai de aluno em quem eu causei uma baita impressão.

— Você... — Ela se aproximou — ... está tipo, saindo com ele?

Lancei um olhar para ela.

— Oi?

— Marek? — sugeriu. — Ele é muito bonito. E bem-sucedido. E... — Ela me olhou, parecendo pensativa. — ... E você está vendo o cara fora do horário escolar.

Balancei a cabeça.

— Vamos parar por aqui.

Eu não estou *vendo* o cara fora do horário da escola. Era assim que as coisas mais simples acabavam sendo distorcidas e mais cedo ou mais tarde a história não se pareceria nada com a verdade. Quando eu piscasse, a esposa de Myron Cates e Kristen Meyer teriam pintado que eu tinha feito uma *lap dance* para Marek em um carro alegórico do Mardi Gras.

— Ok, certo — ela falou. — Se você não está saindo com ninguém, então saia comigo hoje.

Era segunda-feira, mas os alunos ganharam dois dias de férias surpresa devido à tempestade, então não haveria aula até quinta-feira.

— Eu tenho planos — menti.

Mesmo sabendo que deveria ter saído e dado uma chance. Kristen era um pouco chata, mas era legal.

Eu só não era muito de socializar, e o dia já tinha sido longo.

Talvez outra hora.

Mas, quando percebi, ela havia se sentado na cadeira e se empurrava com os pés, rolando de costas pelo corredor e sorrindo para mim.

— Qual é — incitou. — Viva um pouquinho.

Não pude segurar a risada ao ver a mulher deslizar pelo chão como uma criança despreocupada.

— A vida passa rápido — declarou. — Se você não parar e olhar ao redor de vez em quando, acaba perdendo tudo.

Revirei os olhos.

— Ok, Ferris — fiz piada, reconhecendo a referência que ela fez ao filme *Curtindo a vida adoidado*. — Eu sei me divertir.

Ela me arremedou, soltando um suspiro.

— Eu nem sei se você sabe sorrir — ela me provocou.

Arquejei e fingi ultraje.

Afundando a bunda na cadeira, tirei o salto e me virei como ela, empurrando-me com o pé, um depois do outro, indo atrás dela.

— Eu sei me divertir — eu me gabei, segurando os sapatos junto ao peito.

A bainha do meu vestido azul-marinho descansava nos meus joelhos, e eu pedalei, rindo ao me aproximar dela.

Ela apertou o passo, e eu fiquei de pé, jogando os sapatos no assento da cadeira, agarrando as laterais do móvel e correndo.

— Você não pode fazer isso! — ela gritou, de olhos arregalados.

Passei voando por ela, virando no corredor, indo para as nossas salas.

— Não há regras — gritei, por cima do ombro.

E então eu me afastei, caindo na cadeira mais uma vez e me permitindo navegar de costas até a linha de chegada. Ergui as mãos, arrogante.

— E que isso lhe sirva de lição. — Sorri diante da sua careta fingida.

Mas aí as sobrancelhas dela se ergueram, e seu queixo caiu.

Olhei para trás e logo firmei os pés no chão, me parando.

— Sr. Marek — falei, vendo-o recostado na parede ao lado da porta da minha sala.

O que ele está fazendo aqui?

Meu peito subia e descia por causa do esforço, e ele inclinou o queixo para baixo e ergueu uma sobrancelha para mim.

Fiquei de pé, alisei o vestido e olhei para Kristen. Só captei o sorrisinho da mulher antes de ela desaparecer, empurrando a cadeira para a sala mais abaixo do corredor.

Eu me virei para Marek.

— Desculpa — falei, sentindo o calor se espalhar pelas minhas bochechas. — Nós só estávamos... — Fui parando de falar, e deixei por isso mesmo. Ele sabia o que estávamos fazendo.

O terno de três peças preto de risca de giz parecia limpo e escuro em contraste com a pele clara, a camisa branca e a gravata cinza-ardósia, que reluzia sob a brilho da luz.

Dei alguns passos à frente.

— O que está fazendo aqui? — perguntei.

Os olhos dele dispararam para os meus pés, e eu segui o seu olhar, lembrando-me de que havia esquecido de voltar a calçar os sapatos.

— Sempre perdendo os sapatos — ele comentou, um sorriso curvando a sua boca.

Franzi os lábios e me virei, peguei o par no assento e o calcei. Agarrando as costas da cadeira, puxei-a atrás de mim e entrei na minha sala, sabendo que ele me seguiria.

— Você apareceu no meu trabalho sem avisar — ele declarou às minhas costas. — Pensei em devolver o favor.

Coloquei a cadeira atrás da minha mesa e olhei para cima, reparando que ele havia fechado a porta.

— E? — instiguei.

— E eu vim me desculpar — admitiu, parando a alguns centímetros da minha mesa. — Eu venho sendo injusto, e sinto muito. Já devolvi o telefone para o Christian, então veremos como as coisas vão ficar.

Congelei, meu coração galopou no peito, e eu quase sorri.

Sério?

Abri a boca, mas tive que engolir o nó na minha garganta antes de poder falar.

— Bem, isso é ótimo — falei, surpresa. — Obrigada.

Acho que consegui atingi-lo lá no escritório.

Ele deslizou as mãos nos bolsos e estreitou os olhos para mim, parecendo um pouco surpreso.

— Você pareceu muito bem-informada e determinada. — O tom foi genuíno. — Você é uma mulher impressionante, Srta. Bradbury, e eu deveria ter separado um tempinho para entender a sua metodologia.

Mantive os ombros erguidos, porém olhei para baixo, o embaraço aquecendo as minhas bochechas.

— Obrigada — murmurei, virando-me para pegar o marcador e começar a anotar o horário no quadro para quando as crianças voltassem na quinta-feira.

— O Christian fala das suas aulas — ele disse às minhas costas. — Posso ver que o seu método o deixa interessado, mesmo que ele jamais admita.

Tirei a tampa do marcador e apoiei a mão no quadro, mas não escrevi nada.

— Ele não me suporta mesmo, não é?

Deixei minha mão cair para a lateral do corpo e me virei devagar, surpreendida com a pergunta.

E voltando a me sentir péssima. Eu jamais deveria ter dito isso.

Não importa o quanto eu pensava saber sobre ele, eram apenas suposições. Quem era eu para insinuar que o filho não ligava para ele ou vice-versa? E o que me dava o direito de dizer qualquer coisa para início de conversa?

Ele respirou fundo, e pela primeira vez desde que o conheci, pareceu inseguro de si.

— Eu tinha vinte anos quando ele nasceu — contou. — Não é nenhuma desculpa, mas é a única que eu tenho.

Vinte.

Eu tinha vinte e três, e não poderia me imaginar tendo um filho agora.

Eu o observei e esperei, não querendo dizer nada nem interromper, porque descobri que eu meio que gostava quando ele falava.

— Sei o que você pensa de mim. — Ele olhou dentro dos meus olhos e depois para baixo, falando com uma voz que era quase um sussurro. — E o que ele pensa de mim. E então ele soltou uma gargalhada amargurada, balançando a cabeça. — Não sei por que me importo com o que você pensa. Você não dá a mínima para mim, mas acho que é o que tanto me intriga. — Ele avançou, o olhar suave virando aço. — Você é tão fria e distante — acusou. — Creio que não pensaria em nada disso se eu não tivesse te visto de um jeito tão diferente daquela vez.

Puxei um fôlego trêmulo, olhando para a mão direita dele. A mesma que segurou a minha cintura enquanto dançávamos.

Lambi os lábios, mal notando-o se aproximar.

— Você foi provocadora e divertida. — A voz ficou rouca, e eu olhei para cima, vendo-o contornar a minha mesa bem devagar. — E você continua me irritando, mas a sensação é boa — sussurrou, brincando comigo, me atraindo ainda mais.

Eu conhecia aquela expressão nos olhos dele. Poderia não conhecê-lo bem, mas eu conhecia aquele olhar.

E nós estávamos na minha sala de aula.

A sala de aula do filho dele.

Eu talvez tivesse pouca vergonha, mas ele não tinha nenhuma.

— Sr. M...

— Por que você nunca diz o meu nome? — ele me interrompeu.

Balancei a cabeça, confusa.

— Por que você liga para o que eu penso?

— Eu não ligo — sustentou. — É mais o fato de que você nem sequer pensa em mim que me incomoda.

Estreitei os olhos para ele, rilhando os dentes.

— Isso não é… — fui parando de falar, grudando as costas na lousa enquanto ele pairava sobre mim.

— Não é o quê? — ele pressionou, a voz parecendo contida.

O homem estava tão perto que eu só precisava erguer uma mão e poderia tocá-lo.

— Não é verdade — concluí.

Ele se inclinou.

— Você me olha como se eu não importasse. — Os olhos buscaram os meus. — E eu não gosto disso.

— Eu… — Movi os olhos, evitando os dele. — Eu…

Eu o olhava assim?

— No baile de máscaras, no escritório do Shaw, no meu escritório… — ele prosseguiu. — Você prendeu toda a minha atenção em qualquer sala em que estivemos juntos — confessou. — E todas as vezes você me fez sentir como se eu não valesse o seu tempo. Como você faz isso?

Meu corpo vibrou com o calor dele, e foi como estar com ele no baile de novo. Minhas pálpebras tremeram, e não consegui olhá-lo.

— Eu… — *Porra, por que eu não conseguia falar?*

Pigarreei, forçando-me a olhar para ele.

— Eu não quis ser indiferente — falei baixinho. — Você vale o meu tempo — então adicionei: — como todos os pais dos meus alunos.

Ele olhou para baixo, falando baixinho também.

— Não é frequente eu deixar que as pessoas falem comigo igual te deixei falar — ele confessou. — Nem deveria gostar tanto quanto gosto.

Meu coração martelava no peito, e eu quis dizer a ele que tudo isso também era verdade de minha parte. Ele dominava a minha atenção quando estava por perto, e eu sentia como se ele não me visse nem pensasse em mim.

E mesmo que ele me irritasse e fosse uma prova para a minha paciência, eu meio que gostava da situação.

Na verdade, eu queria correr na direção disso tudo.

— Por que você? — questionou. — Por que eu tenho pensado em você desde o baile de Mardi Gras?

Ele pressionou o corpo no meu, e eu balancei a cabeça devagar.

— Sr. Marek — roguei, mas foi em vão. Meus olhos miraram os seus lábios, e então reparei na porta fechada, sabendo que mesmo os alunos tendo ido embora, os funcionários ainda estavam por ali. — Por favor.

— Algo nos atraiu um para o outro naquela noite — ele sustentou. — Algo que ficou entranhado em mim, algo que ainda existe.

Sua boca estava a um centímetro da minha, e eu respirei fundo, precisando afastá-lo, mas, ao mesmo tempo, era a última coisa que eu queria fazer.

— Easton — ele sussurrou, e levou a mão até a parte de trás da minha coxa, erguendo-a para se pressionar ainda mais em mim.

Gemi, sentindo o volume dele abrigado entre as minhas pernas.

— Não podemos fazer isso — falei.

Minhas roupas pareciam lixa contra a minha pele, e eu queria tirá-las. Queria sua camisa aberta e saber qual era a sensação dele sob a ponta dos meus dedos.

— Eu sei — ele respondeu.

Mas enquanto a mão esquerda segurava o meu joelho para cima, a direita deslizava entre as minhas coxas e roçava o meu clitóris por cima da calcinha.

Respirei muito, muito fundo e agarrei os seus ombros, deixando meus olhos se fecharem enquanto minha cabeça flutuava para longe de mim.

— Sr. Marek — implorei.

Mas seu fôlego caiu sobre a minha boca, e ele sussurrou:

— Eu te disse daquela vez que nada me deteria quando finalmente nos reencontrássemos.

E antes que eu pudesse abrir os olhos, ele capturou meu lábio inferior entre os dentes e me beijou, fazendo-me cambalear até que eu não soubesse mais para que lado seguir.

Eu não podia resistir. A língua afundou na minha boca enquanto ele me pressionava na lousa e me beijava com força. Passei os braços em volta do seu pescoço, sabendo que estava me metendo numa confusão do cacete, mas não me importei nem um pouco.

Meu corpo precisava do dele. Simples assim.

Eu não me envolveria emocionalmente, nunca aconteceu antes.

Ele me segurou por debaixo das duas coxas e me virou, apoiando a minha bunda na mesa.

Gemi, sua boca se movimentando com força e rapidez sobre a minha, roubando meu fôlego enquanto o prazer inflamava no meu peito, e descia em espiral como um ciclone no meu ventre. Apertei as pernas ao redor da

Má CONDUTA

sua cintura e seus dedos deslizaram para baixo do meu vestido, alisando as minhas coxas.

Eu o segurei pela nuca, inclinando a cabeça e devolvendo cada centímetro daquele beijo. Ele tinha gosto de café com baunilha, e senti um pouquinho da barba por fazer sob a ponta dos meus dedos.

Descendo as mãos pelo seu corpo, comecei a desabotoar o colete preto. O tecido era grosso demais, e eu não podia senti-lo.

Afastei a boca, então voltei a mergulhar, batendo sua língua com a minha.

— Jesus Cristo — ele gemeu, me comendo com beijos e mordidinhas. — Por que tem que ser você, hein?

Lutei com o último botão e enfim abri o colete, passando as mãos pela sua barriga e por seu peito, coberto apenas pela fina camisa social branca.

Mas mesmo através da camisa, senti as reentrâncias do seu abdômen, do peitoral, da cintura e das costas tonificadas.

Algo rangeu à minha direita, e eu virei a cabeça para ver os galhos da árvore lá fora raspando a vidraça. As folhas sopravam, e eu soube que a tempestade não demoraria a chegar.

Mas me voltei para ele, nós dois ofegantes, e amei ainda mais a tempestade que vi nos olhos de Tyler Marek.

Ele deslizou as mãos para dentro da minha calcinha e apoiou a testa na minha. Choraminguei e agarrei sua nuca com as duas mãos, minha boceta pulsando no volume grosso do pau dele pressionado na minha perna.

Ele se inclinou, os dentes mordiscando a minha mandíbula, e meus olhos tremularam fechados.

— Tyler. — Deixei a cabeça cair para trás, esticando o meu pescoço para os seus lábios. — Sr. Marek, pare, por favor — implorei.

O hálito quente roçou a minha orelha, e eu estremeci.

— Pensei em você o fim de semana inteiro — ele sussurrou. — Como você me fez fazer isso?

Voltei a tomar os seus lábios. Gostei demais do que ele estava me dizendo.

Ele agarrou o cabelo da minha nuca e puxou, voltando a expor o meu pescoço ao mergulhar e sussurrar na minha pele:

— Quando você entrou, usando aquela sainha, a porra das minhas mãos quiseram essas coxas... — ele voltou a alisar as minhas pernas com os dedos — ... quase tanto quanto a minha boca — ele confessou.

Cerrei os olhos com força, a necessidade se transformando em agonia.

— Sr. Marek — falei, com a voz abalada. — Ai, Deus.

Eu não queria interromper aquele homem, mas...

Mordi o lábio inferior, sentindo seus dedos deslizarem para cima e para baixo na minha boceta, afundando e trazendo a umidade, espalhando-a pelo meu clitóris.

E então eu choraminguei, sentindo dois dedos longos mergulharem em mim.

— Merda — gemi, contorcendo-me em seus dedos. — Pare, por favor — roguei. — Tyler, por favor.

Mas ele só adicionou mais um dedo, olhando para baixo e observando o prazer que estava fazendo se espalhar pelo meu rosto.

— Diga de novo — ele ordenou.

Pisquei, abrindo os olhos, apesar de o seu polegar roçando círculos no meu clitóris estar me levando à loucura.

— Tyler — roguei, baixinho. — Por favor, pare.

Sua boca se curvou em um sorriso, e ele roubou um beijo, mordiscando meu lábio inferior.

— Você não quer que eu pare, quer? — ele expirou. E aumentou a velocidade, chicoteando meu clítoris mais rápido e com mais força, curvando os dedos dentro de mim, fazendo-me puxar o ar mais e mais rápido e me deixando tão necessitada que quase cedi e implorei para montar no pau dele.

— Tyler, ah, meu Deus — exclamei, voltando a fechar os olhos e sentindo minhas entranhas rodopiarem e se apertarem.

— Pensando melhor, me chame de Sr. Marek — ele insistiu, e eu abri os olhos, vendo o demônio em seu sorriso.

Mordi os lábios, gemendo ao me apoiar para trás sobre as mãos, deslizando a bunda para frente e para trás, fodendo os dedos dele.

— Sim, Sr. Marek — expirei, jogando a cabeça para trás enquanto a porra do meu mundo começava a girar.

Um dos meus sapatos caiu no chão, mas eu não estava nem aí.

Ele continuou me encarando, como se estivesse totalmente cativado pelo meu rosto.

— Você será boazinha de agora em diante? — desafiou, com a voz severa, friccionando mais forte.

— Sim, Sr. Marek — eu me apressei a dizer.

Má CONDUTA

— Vai manter o mau gênio sob controle? — Os dedos longos me preencheram de novo e de novo.

Assenti, frenética, sentindo o orgasmo chegar.

— Sim, Sr. Marek.

— E eu ainda não acabei com você — ele avisou. — Só para te informar.

Inspirei e expirei rápido, meu corpo ficando tenso e trêmulo.

— Sim — soltei um gemido sôfrego.

E então o orgasmo explodiu, espalhando-se por minhas coxas e pelo meu ventre. Joguei a cabeça para trás, cobrindo a boca com a mão para abafar o grito. Fechei os olhos e o deixei friccionar o meu clitóris, fazendo o orgasmo chegar ao fim.

Minhas pernas, que de repente ficaram moles feito gelatina, soltaram a cintura dele e penderam pela lateral da mesa.

Ele me beijou, prendendo meus lábios, e por apenas alguns instantes, eu me senti da mesma forma que me sentia nas manhãs de domingo. Quando eu acordava e percebia que poderia ficar na cama.

Contente.

Um sorrisinho se espalhou pela minha boca, e eu estava sentindo um barato dele.

Ele retirou os dedos, e eu quase me senti triste por causa da perda até ele levá-los até a minha boca, apoiando-os em meus lábios. Eu os abri, e chupei cada dedo, meus lábios envolvendo-o e limpando a prova do que ele havia tirado de mim.

Ele arrastou o polegar para fora da minha boca, puxando meu lábio de levinho, e eu o observei me observar.

Dei uma piscada forte e demorada, e soltei um suspiro.

Que merda a gente está fazendo?

Eu não podia me envolver com pai de aluno, e mesmo se fosse o caso, não poderia ser ele.

Gostei demais desse homem.

Eu me levantei, plantando os pés no chão; os dois sapatos haviam caído. Ajeitei a roupa e alisei a saia enquanto ele abotoava o colete devagar e endireitava a gravata.

— Espero que as coisas entre nós, de agora em diante, sejam um mar de rosas — ele comentou, ao abotoar o terno.

Assenti distraída, passando as mãos pelos cabelos.

— Sim — falei, concentrando-me mais na minha aparência desman-telada.

Mas seu dedo enganchou sob o meu queixo e o ergueu. Olhei para cima, encontrando o olhar dele.

— *Sim*, o quê? — ele incitou, parecendo severo.

Meu clitóris pulsou e voltou a latejar, e eu abafei a animação que começou a aquecer o meu peito.

— Sim, Sr. Marek.

Ele se inclinou devagar, beijando os meus lábios mais uma vez, então se afastou e olhou para mim.

— A minha gravata está direita? — perguntou, mudando de assunto.

Não pude conter a risadinha que escapou. Surpresa com como ele conseguia ir de ardente a inocente em questão de segundos.

Estendi a mão e arrumei a gravata preta e cinza, daí ergui as costas, voltando a verificar o vestido e os cabelos.

Mas ele inclinou o meu queixo para cima, trancando o olhar com o meu.

— Você está perfeita — ele me assegurou. — Tudo em você é perfeito.

E então eu arfei quando ele me virou e me forçou a me curvar. Só tive tempo de virar a cabeça para ver o que ele fazia atrás de mim antes de ele puxar meu vestido para cima e me dar um tapa na bunda.

— Que...!

Ele me pôs de pé de novo, meu traseiro pressionando a sua virilha enquanto ele alisava o meu vestido e espalmava a minha bunda, resfolegando em meu pescoço.

— Exceto por aquele pequeno acontecimento no meu escritório no sábado — ele rosnou no meu ouvido. — Nunca mais volte a me desaforar em público.

Em seguida, ele me soltou e foi para a porta, parando assim que levou a mão à maçaneta.

— Eu a verei em breve, Srta. Bradbury. — Sorriu e foi embora; o som do carrinho do zelador passou pela minha porta.

Encarei as suas costas quando ele saiu, meu estômago revirando por causa das suas ordens e da sua confiança, e eu avancei com o pé, chutando a perna da minha cadeira.

Ele havia me dado um tapa.

Ele tinha me dado um tapa!

Olhei para as janelas, o céu escuro e raivoso com a promessa da chuva, as folhas das árvores dançando com selvageria.

Mar de rosas é o meu rabo.

OITO

Tyler

— Oi — cumprimentei o Christian ao entrar na cozinha escura. — Como foi o treino?

Ele estava sentado à ilha de granito, recostado em sua cadeira com os polegares digitando furiosamente no celular.

— Bom — respondeu, sem olhar para mim.

As sobrancelhas estavam franzidas, muito concentrado em seja o que for que estivesse fazendo, ou talvez só estivesse tentando parecer ocupado.

Ele pegou uma pipoca na tigela diante de si e a jogou para cima, pegando-a com a boca.

Olhei para o chão, balançando a cabeça e sorrindo com a evidência de que ele nem sempre tinha a mira perfeita.

Contornei a ilha, abri a geladeira e peguei uma cerveja.

— A chuva está começando — contei a ele. — Me faça um favor e verifique se as venezianas do seu quarto foram puxadas e se as janelas estão fechadas.

— A Sra. Giroux já fez a ronda em todos os quartos — ele me informou, e continuou a digitar no telefone.

— Ótimo. — Assenti, girando a tampinha da long neck. — Não acho que o furacão chegará na cidade, mas quero que você fique aqui dentro a menos que esteja na escola ou comigo.

A tempestade havia entrado no Golfo, mas a trajetória mostrava que ela seguia para a Flórida, assim, no máximo, estávamos olhando para uma tempestade tropical.

— Não vai ter aula.

Engoli a cerveja e lancei um olhar questionador para ele.

— Do que você está falando?

Ele olhou para cima, como se eu devesse saber.

— Eles cancelaram as aulas até quinta-feira — anunciou. — Estão esperando uma enchente, então não terei aula pelos próximos dois dias.

Abaixei a cerveja com um estampido e coloquei as mãos na ilha, encarando-o.

— Eles enviam recados para os pais saberem dessas mer... — eu me parei — coisas? — e me corrigi.

— Uhum — ele respondeu, soando sarcástico ao colocar a mão em cima do papel sobre a ilha e o empurrar. — Também enviam e-mail para os pais, se você tivesse se dado o trabalho de verificar.

Peguei o papelzinho azul-claro e li o aviso.

A escola ficava numa área baixa, e devido às fortes chuvas que estavam sendo esperadas, não achavam seguro que alunos e professores circulassem pelas ruas para ir e vir da escola.

— Ah — murmurei, me acalmando. — Bem, que surpresa boa, eu acho. Quando eu era criança, adorava essas folgas de surpresa da escola.

— Eu não sou criança — ele retrucou, pegando o refrigerante Dr. Pepper no balcão e dando um gole. — Você perdeu essa parte, lembra?

Larguei o papel, afrouxei a gravata e tirei o paletó.

O que ele estava tentando conseguir com esse comportamento?

Respirei fundo e liberei o fôlego.

— Bem, os Saints vão jogar hoje — falei, olhando para ele por cima do meu ombro e pegando um sanduíche no prato que estava na geladeira. — Pensei que poderíamos ir lá no Manning's comer alguma coisa e assistir ao jogo.

Ele saltou da cadeira e pegou o refrigerante.

— O pai do Marcus o levará para a cabana deles no Mississippi para pescar por alguns dias e fugir da chuva. Eles me convidaram. — Ele começou a sair da cozinha. — Virão me pegar daqui a meia hora.

O quê?

Bati a porta da geladeira e fui atrás dele.

— Pare! — ladrei, seguindo-o pelo corredor. — Eu não te dei permissão para ir a lugar nenhum. Você pelo menos sabe pescar?

Ele contornou a escadaria e parou para olhar para mim, o desdém estampado em seu rosto.

— Meu pai me leva para pescar — pontuou, falando do padrasto. — Muitas vezes. E eu já estive na cabana do Marcus muitas vezes, desde o ensino fundamental. Eu me pergunto por que você não sabe disso — ele cutucou, e continuou subindo correndo os degraus.

— Christian, pare! — voltei a dar a ordem, meu punho envolveu o corrimão e eu olhei feio para ele.

Aquele babaca não era pai dele. Eu era.

— Maldição, Christian — falei entredentes, para as suas costas. — Eu não sei nada de você. Estou ciente disso. — Tentei acalmar a respiração. Minha pulsação estava descontrolada. — Eu pisei feio na bola — adicionei. — E nunca fiquei por perto. Nunca te coloquei em primeiro lugar, e eu sinto muito.

Olhei para baixo, sabendo que ele tinha todos os motivos para me odiar. Quem eu era para ele, de qualquer forma?

— Preciso que você comece a me deixar me aproximar — pedi baixinho. — Que me deixe te conhecer.

Ouvi passos e olhei para cima, e vi que ele continuava subindo as escadas, afastando-se de mim.

— Quando você começar a tentar, talvez eu deixe — ele devolveu, antes de desaparecer no corredor.

Fui atrás dele, mas a voz do Jay veio de detrás de mim. Ele tinha acabado de sair do meu escritório.

— Deixe o garoto ir — encorajou.

Parei, olhando para o alto das escadas.

— É o que eu venho fazendo.

— Então o que você vai fazer? — desafiou. — Impedi-lo de ir, para que você possa levá-lo para pescar em vez disso? — Ouvi a provocação em sua voz. — Ou para fazer uma trilha? — sugeriu, sabendo muito bem que eu não tinha tempo para nada disso. — Temos trabalho a fazer, Tyler.

Fechei os olhos, sentindo uma derrota do caralho.

Jay estava certo.

Eu poderia deixar tudo pra lá e passar o fim de semana pescando com o meu filho, telefone desligado e os notebooks abandonados em casa, e nós nos divertiríamos muito.

Mas daí os e-mails ficariam acumulados, a produção pararia porque eu não estaria lá para dar apoio e tomar decisões, e Mason Blackwell conseguiria mais patrocínios, porque teria ficado em casa e continuado a trabalhar.

Eu poderia dizer ao meu filho que as coisas ficariam mais tranquilas depois da campanha.

E prometer que eu seria mais presente depois das eleições.

E aí haveria uma viagem ou outra, e ele perceberia, assim como eu, que as escolhas que me recusei a fazer ainda teriam consequências. Elas já tinham.

Desci os degraus, recusando-me a olhar para o meu irmão ao passar por ele.

— Vá para casa — falei.

Christian saiu por volta das seis, e eu fiquei o resto da noite no escritório, repassando os orçamentos trimestrais e fazendo ligações para fechar novos contratos.

Mandei e-mail para a minha assistente, Corinne, para que ela reservasse voos assim que chegasse amanhã, para uma viagem para a Ásia no fim de novembro e para ela começar a planejar o almoço que eu pretendia oferecer em casa daqui a umas semanas.

Poderíamos tentar fazer o evento mais familiar. Christian talvez fosse gostar de chamar os amigos.

Talvez só assim eu conseguiria convencê-lo a comparecer.

Daí fiz algumas buscas na internet e enviei minhas anotações para Jay por fax para que ele adicionasse ao discurso que eu faria na Câmara Municipal no fim da semana e que estava editando para mim.

— Sr. Marek.

Afastei o olhar da mesa e vi a Sra. Giroux, a governanta, de pé à porta.

— Oi. — Eu me levantei, indo até o bar para pegar uma bebida. — O que ainda está fazendo aqui?

Ela entrou, carregando algo debaixo do braço.

— Fui fazer compras, só para garantir. — Ela sorriu, o cabelo louro, que estava ficando grisalho ao redor do rosto, preso em um rabo de cavalo baixo.

— Não tínhamos pilhas nem água, entre outras coisas — ela adicionou. — O senhor ficará bem agora, caso a tempestade piore.

— Certo, tudo bem — comentei. — Obrigado.

Fiquei feliz por ela ter pensado adiante. Grande parte da população de Nova Orleans, principalmente as pessoas como eu, que moraram ali a vida toda, sabiam que deveriam manter água mineral, comida enlatada e coisas como lanternas, pilhas e itens de primeiros-socorros à mão. Estávamos acostumados com tempestades e chuvas torrenciais, assim poderíamos ficar na cidade e resistir às intempéries, e era o que fazíamos.

Quando não podíamos ficar em segurança, partíamos.

A chuva ainda não estava terrível, mas amanhã teria uma monção lá fora.

E quinta-feira teríamos ruas cheias de folhas, lixo para ser recolhido e poças de lama para evitar.

Voltei a tampar o uísque Chivas e voltei para a mesa com o copo.

Ela se aproximou.

— Eu estava de saída, mas encontrei o notebook do Christian na sala de TV. — Ela o entregou a mim. — Não sei onde está o carregador, e não quis deixá-lo no chão.

Eu o peguei e coloquei sobre o meu, que estava fechado.

— Obrigado. — Sorri. — Agora vá para casa antes que seu marido venha atrás de mim — brinquei.

Ela revirou os olhos e acenou, me dispensando.

— Tudo bem. Verei como o tempo ficará depois de amanhã. Se precisar de alguma coisa, é só avisar.

— Pode deixar.

Eu a observei sair e peguei o notebook, pronto para deixá-lo de lado, mas parei, e hesitei por um momento.

Grupos de redes sociais.

Deixando a minha curiosidade levar a melhor, coloquei o notebook sobre a mesa e o abri.

Liguei o computador e entrei na internet. O Facebook era a página principal, e eu me detive, sentindo-me culpado por invadir a privacidade dele.

Mas eu não estava xeretando desnecessariamente. Era uma pesquisa. Eu queria saber como meu filho era.

Havia uma tonelada de selfies, a maioria de meninas, e as passei rápido, de repente me sentindo como um pervertido por estar bisbilhotando o mundo adolescente deles.

Tive um vislumbre dos grupos dele à esquerda e vi PRIMEIRO HORÁRIO SRTA. BRADBURY, então cliquei lá.

Passando os posts, vi fotos dos alunos estudando, discussões sobre o que eles haviam falado no dia, e até mesmo pais dando opiniões sobre um evento histórico.

A participação era ampla, e todos pareciam animados.

Eu não pude deixar de me sentir um merda.

Christian estava no grupo, interagindo com os colegas, com os pais dos colegas e com a professora, e eu não estava em lugar nenhum.

Vi uma mensagem que a Srta. Bradbury postou há duas horas, desejando que as crianças tivessem uma folga agradável e segura, para não se esquecerem das tarefas que ainda precisavam entregar sexta-feira.

Alguns dos alunos comentaram com fotos ou piadas, tudo na esportiva. Eles pareciam gostar dela.

E eu ainda não sabia quase nada sobre a mulher.

Fechei o notebook e o coloquei de lado, e voltei a abrir o meu.

Hesitei apenas por um momento, então abri o navegador e digitei "Easton Bradbury".

NOVE

Easton

Abri o saco de pipoca de micro-ondas, uma nuvem de vapor carregada pelo aroma de sal e manteiga explodiu conforme eu despejava o conteúdo em uma enorme tigela de vidro.

Always, da banda Saliva, tocava no iPod, e eu balançava a cabeça ao som da música. Joguei o saco no lixo e peguei duas cervejas Corona na geladeira.

— Tudo bem. Suas janelas estão todas protegidas — meu irmão gritou ao descer as escadas. — Mas estou surpreso por você não ter venezianas, pensei que tivesse pensado nisso, Srta. Autossuficiente.

Balancei a cabeça, entregando a cerveja a ele.

— Bem, considere esse o meu próximo projeto.

Ele pegou o abridor de garrafa na gaveta e tirou a tampinha.

— Não há como você se dependurar nas janelas para instalar as venezianas sozinha, Easton. Vai ter que contratar alguém para fazer isso.

Coloquei mais sal na pipoca.

— Eu ia.

— Não ia, não — ele falou, curto e grosso.

Ri comigo mesma. *Não, eu não ia.*

Instalar venezianas parecia divertido. É claro, eu não teria muita noção do que estaria fazendo e, quando terminasse, seria bem capaz de a casa estar parecendo ter saído de um dos livros do Dr. Seuss, mas eu teria aprendido algo novo.

E tiraria o Jack do meu pé.

Para ser sincera, acho que ele ficava incomodado por eu não precisar mais da ajuda dele, que era a razão para ele tirar tanto proveito de situações como essa. Dava a ele a oportunidade de perambular por ali, mesmo eu tendo assegurado que a casa estava pronta para a tempestade. As janelas e as portas estavam protegidas, pilhas e lanternas guardadas na gaveta da cozinha, e comida e água nas prateleiras da despensa, caso fossem necessárias. Era basicamente tudo o que poderíamos fazer.

As nuvens agourentas dessa manhã tinham virado uma chuva fraca à tarde, e depois de pesar a previsão do tempo para as próximas quarenta e oito horas, a maioria das escolas da região tinha decidido fechar. E-mails e avisos foram enviados para os pais, e eu postei nos grupos do Facebook, lembrando aos estudantes que a avaliação da unidade ainda estava de pé para sexta-feira e que continuassem com as leituras para se prepararem.

Vim para casa, vesti o short do pijama com uma camisa da Loyola Wolf Pack, e então baixei uns filmes de terror. Jack veio se certificar de que eu estava em segurança.

— Talvez eu deva ficar aqui — ofereceu, recostando-se no balcão atrás de mim.

Peguei dois guardanapos de tecido na gaveta e abri a minha cerveja.

— Jack, quando eu nasci? — perguntei, sem olhar para ele.

— Sete de novembro.

— De que ano? — incitei.

— Mil novecentos e noventa e um.

— O que me faz ter quantos anos? — Passei a mão pelo guardanapo, alisando o retângulo dobrado enquanto eu esperava.

— Vinte e três. — Ele suspirou.

Eu me virei e olhei para ele, a expressão fechada me dizendo que ele entendeu tudo o que eu não disse. Ele não precisava segurar a minha mão durante uma tempestade nem se preocupar se eu cruzasse com um gato preto.

— Tenho vinte e três — reiterei. — Não me preocupo com o fato de você poder tomar conta de si mesmo.

— Não passei pelo que você passou — pontuou, parecendo estar na defensiva, mas também triste. — Você tinha dezesseis quando ele começou…

Afastei o olhar, engolindo o nó que bloqueava a passagem de ar.

— Quando ele começou a te seguir, a mandar mensagem, te aterrorizar… — Jack prosseguiu, parecendo arrasado.

Balancei a cabeça.

— Jack — avisei, querendo que ele parasse.

— Você jamais imaginou o que estava por vir — Apertou o gargalo da garrafa com as mãos. — Você nunca sabia se ele apareceria…

Má CONDUTA

— Jack, para — pedi, entredentes, interrompendo-o.

— Sei que você se sente culpada por causa da Avery e dos nossos pais... por causa daquela noite...

De supetão, ergui o olhar para o dele.

— Basta! — ordenei.

Ele prendeu o meu olhar, nós dois congelados na cozinha conforme o som das gotas gordas de chuva batiam no telhado e nas janelas.

A expressão dele endureceu, indo de triste para desafiante, e ele largou a cerveja e foi para a sala de estar, indo direto para a estante de livros.

Meus braços aqueceram com temor, e meu coração palpitante bateu ainda mais forte enquanto eu o observava estender a mão para as prateleiras e desencavar o pequeno baú de madeira aninhado lá.

Ele se virou, apontando para a caixa fechada.

— O que você guarda aqui? — exigiu.

Mas fechei a boca com força. Ele estava invadindo a minha privacidade, e me recusei a ceder.

— Abra — ele deu a ordem, sabendo que eu tinha a chave.

Inclinei o queixo para cima e tentei acalmar meu coração acelerado.

— Não — respondi, calma.

— Easton. — A mandíbula dele flexionou. — Abra.

Afastei o olhar. Como diabos ele sabia que havia algo lá dentro?

Meus olhos queimaram, e eu os fechei com força e por um bom tempo. *Não posso abrir a caixa.* Eu não abriria. Ela não era aberta há cinco anos, e isso não era da conta do meu irmão.

— Não.

Ele me encarou, balançando a cabeça, talvez sem saber o que fazer, e avançou, falando baixinho:

— Você mantém o passado perto demais. Não está seguindo em frente. — Os olhos esquadrinharam o meu rosto, quase suplicantes. — Não sei o que tem ali, mas sei que é um fardo bem pesado para você carregar por aí. Você tem vinte e três anos, e diz que é uma mulher, mas ainda vive dentro das linhas, como se fosse criança. — Ele olhou para baixo, sussurrando com a voz trêmula: — Você não saiu da caixa, Easton.

Soltei um suspiro e me virei, voltando para a minha pipoca.

— Isso não é verdade.

— Você tem algum amigo? — ele me desafiou, vindo atrás de mim. — Quem foi a última pessoa que te fez sorrir? Quando foi a última vez que você foi para a cama com alguém mais de uma vez? — Trinquei os dentes, peguei a comida e voltei para a sala. Mas Jack continuou pressionando. — Alguém além de mim já esteve nesse apartamento? — perguntou.

Bati a comida na mesa de centro e peguei o controle remoto.

— Estou cansado de te ver sozinha — ele estourou. — Estou prestes a queimar essa porra desse lugar com tudo o que tem dentro dele, assim você será forçada a deixar a segurança da sua bolhazinha!

— Aff! — Peguei um punhado de pipoca e atirei no meu irmão, os milhos estourados bateram na cara dele.

Ele saltou para trás, pasmo com o que eu tinha feito.

Olhando para baixo, arqueou uma sobrancelha, encarando as bolinhas brancas no chão.

Bufei, tentando prender a gargalhada, e ele também não pôde segurar o riso ao olhar para mim.

— Me pergunta de novo a sua idade — resmungou. — Eu gostaria de mudar a minha resposta.

Ele limpou os farelos da camisa enquanto eu continuava rindo.

Mas então nós dois nos assustamos, uma batida na porta chamou a nossa atenção.

Jack olhou para mim, me fazendo uma pergunta com os olhos, mas dei de ombros. Eu não tinha ideia de quem estaria batendo à porta. Ele estava certo, afinal de contas. Eu não tinha amigos.

Fui para o corredor, os pés descalços não fazendo barulho nas tábuas corridas.

— Quem é? — perguntei, ficando na ponta dos pés para olhar pelo olho mágico.

E meu estômago foi parar nos pés. Eu me afastei da porta, e pousei nos meus calcanhares.

Mas que porra?

— Easton? — ele chamou através da porta. — É o Tyler Marek.

Franzi as sobrancelhas e fiquei na ponta dos pés, voltando a olhar pelo olho mágico.

Como ele sabe que eu moro aqui?

Ele ainda usava o mesmo terno de mais cedo, embora a gravata tenha sido afrouxada e o cabelo estivesse úmido, talvez por causa da chuva. A cabeça estava baixa ao me esperar, e eu voltei a me apoiar sobre os pés, e percebi que o meu fôlego estava a mil por hora.

Eu não podia receber um pai de aluno na minha casa. O que ele pensava que estava fazendo?

Destranquei os ferrolhos e a correntinha, mas abri a porta só o suficiente para que o meu corpo coubesse entre ela e a moldura.

— Que merda você está fazendo aqui? — exigi. — Essa é a minha casa.

Ele apoiou a mão na moldura da porta e ergueu as sobrancelhas, um sorriso convencido se mostrando em seu rosto.

— Eu te fiz gozar em uma mesa hoje de manhã — pontuou. — Não posso passar na sua casa?

Um bufo que se transformou em uma risada baixa escapou de detrás de mim, e espiei por cima do ombro e vi o meu irmão sorridente apoiado na moldura entre a sala e a entrada.

— Tem alguém aí? — Tyler se empertigou, estreitando os olhos para mim. Respirei fundo.

— O que você quer? — perguntei, indo direto ao ponto.

Ele empurrou o cabelo molhado para o alto da cabeça e enfiou a outra mão no bolso, parecendo ficar nervoso.

Ele pigarreou, erguendo o olhar hesitante para o meu.

— Quero me desculpar. — Soltei uma risada amargurada.

— Não se preocupe, Sr. Marek. Essa manhã será o nosso segredinho. Só vá embora.

Eu me movi para fechar a porta, mas ele avançou com a mão, mantendo-a aberta.

— Easton — chamou, parecendo inusitadamente gentil. — Eu não deveria ter sido brusco com você hoje, sinto muito.

Brusco comigo?

Estreitei os olhos, desconfiada.

— Por quê? — perguntei.

— Como assim?

— Por que você sente muito? — exigi, esquecendo que o meu irmão estava ali.

Tyler Marek nunca era gentil, e nunca dei a ele a impressão de que eu tinha um problema com isso. Por que de repente ele se sentia mal?

O homem abriu a boca, parecendo não ter certeza do que dizer.

— Eu... — Ele pigarreou de novo. — Só não acho que te tratei como você merecia — confessou.

Fiquei lá, congelada onde estava, encarando-o com desconfiança. Que merda estava se passando? Quando dei a ele a impressão de que não aguentaria o que ele tinha a oferecer? E agora ele estava preocupado comigo?

— Certo. — Meu irmão agarrou a porta e a abriu por completo, tirando-me do meu torpor. — Vou nessa. — Ele se inclinou e me deu um beijo na bochecha. — Se cuida e... — Ele olhou para Tyler ao passar por nós e então pela porta. — Nos vemos outra hora.

E desceu os degraus correndo, a camisa verde-escura ficando preta por causa da chuva conforme corria para o Jeep.

Tyler olhou para ele, depois para mim e inclinou a cabeça.

— Eu não sou ciumento, mas para você vou abrir uma exceção.

Oi?

E então percebi que ele não chegou a conhecer o meu irmão. Ele pensou que Jack fosse algum rolo meu.

— Não precisa ter ciúme — assegurei a ele. — Você é um pai de aluno, nada mais.

Ele afastou o olhar, balançando a cabeça para a minha audácia.

Mas, então, sua expressão clareou e ele olhou direto para mim.

— Por que você não me contou que jogou tênis profissional? — perguntou.

Minha expressão mudou.

— Você andou me investigando? — acusei.

— Não. Eu sei como usar o Google — retrucou. — Você era tão misteriosa quanto o meu filho, então eu te pesquisei.

Tirei a mão da maçaneta e vasculhei o cérebro por uma forma de detê-lo sem deixá-lo ainda mais curioso.

Ele deu um passo para a porta, e eu recuei, deixando-o entrar.

— Não havia muito sobre a Easton Bradbury, aluna da Loyola ou professora — ele me contou, ao fechar a porta. — Mas havia milhares de resultados e fotos suas como atleta. — Ele se aproximou mais de mim, sem ceder. — Jogadora de tênis, família próxima, futuro promissor que virou cinzas quando... — Ele foi parando de falar, e eu olhei para cima, vendo a incerteza em sua expressão.

Alisei a camisa e o short, e enrijeci a coluna.

Agora ele sabia de tudo. De quase tudo.

Houve artigos, vídeos, entrevistas... minha ascensão havia sido amplamente divulgada, assim como a minha queda.

Má CONDUTA

Quando meus pais e minha irmã morreram naquela noite chuvosa em um acidente violento, eu perdi tudo. Minha rotina, o mundo que eu conhecia e o meu desejo de jogar.

Quem eu era se não fosse a estrela da vida deles, e por que eu quereria continuar jogando tênis?

Foi culpa minha eles estarem dirigindo naquela noite, e quando chegou a hora de voltar às quadras, minha vontade de jogar havia desaparecido. Até mesmo agora, eu raramente tentava, e eu tinha ficado uma droga no esporte.

Minha saída magnífica e a birra que eu fiz estariam eternamente gravadas. Perdi a partida e saí da quadra, empurrei câmeras e microfones para longe do meu rosto quando fui embora pela última vez.

— Easton, eu sinto muito. — Marek ergueu a mão e tocou a minha bochecha, mas eu me afastei e dei um passo para trás.

— Pare de se desculpar.

Como ele se atrevia a agir como se eu precisasse ser consertada?

— Não me trate assim, Tyler — rosnei. — Estou cansada de todo mundo me rodeando e metendo o nariz na minha vida. Você não se importa — acusei, amargurada —, então pare de tentar se aproximar.

Fui para a sala, mas ele me segurou pelo braço e me virou, puxando-me para si. Dei contra o peito dele, a chuva nas suas roupas pareceu gelo nas minhas pernas e braços, e meu fôlego ficou preso.

— É. — Ele assentiu. — Eu não importo. Eu não importo tanto que não teve como você dizer não para mim hoje — ele acusou. — E estou disposto a apostar que sou o primeiro homem para quem você não pode dizer não, porque é igual comigo. — A cabeça se inclinou para a minha, roçando o nariz no meu. — Você é forte e orgulhosa, resiliente e capaz. Eu posso enxergar. — A voz estava embargada, como se ele sentisse mais do que deixava transparecer. — Valorizo essas qualidades em uma pessoa, Easton. Você não cede um centímetro para ninguém, e é como olhar em um espelho, porque é a mesma independência que eu valorizo. — Ele olhou para mim como se me desafiasse e passou um braço pela minha cintura, puxando-me para perto e sussurrando: — E quando eu te toco, não posso explicar o que sinto, mas sei que você me sente também.

Fechei os olhos, inalando o cheiro do seu perfume e do couro, talvez do carro, e até mesmo a chuva fria em suas roupas não pôde me esfriar.

Deixei a cabeça cair para a lateral do seu peito conforme falava, de olhos fechados:

— Todo mundo me vigiava o tempo todo. — Estremeci. — As câmeras, o público, meus pais... Tudo o que eu fazia estava sob uma lupa.

Deslizei os braços por dentro do seu paletó e os envolvi ao redor da sua cintura.

— Se meus lábios estavam fechados, então eu estava com raiva — disse a ele, me lembrando das suposições dos comentaristas ao me observarem na quadra. — Se eu hesitasse, estava assustada. Se eu não sorrisse para a câmera, estava sendo uma estraga-prazeres... — Afundei o nariz em sua camisa, respirando muito fundo antes de olhar para ele. — Tudo era julgado. — Dei de ombros. — E quando meus pais e minha irmã mais nova morreram no acidente, ficou tudo pior. Todo mundo estava em cima de mim. — Eu me afastei, virando-me e cruzando os braços. — Aí comecei de novo — contei. — Jack e eu nos mudamos para Nova Orleans, fomos para a faculdade e deixamos o passado para trás.

Eu me virei e o olhei nos olhos. A sala pareceu tão pequena com ele lá, e percebi que ele era a primeira pessoa, exceto o meu irmão, que esteve no meu apartamento. Gotinhas de chuva escorriam por sua testa e pelo pescoço, e eu lambi os lábios, tentando controlar a libido que já começava a se aquecer no meu ventre. Pigarreei.

— Mas depois de cinco anos, meu irmão ainda tenta segurar a minha mão. Ele ainda se preocupa comigo. Estou feliz? Sorrio o bastante? — Eu me aproximei de Tyler, deixando os braços caírem para a lateral do corpo. — Ele se esquece de que sou uma mulher crescida. — Deslizei a mão sobre a dele, pousando-a lá de leve. — Mas você, não — sussurrei, vendo seu punho cerrar, segurando o meu.

— Eu não sabia — ele disse, baixinho, o fôlego soprando na minha testa. — Eu deveria ter te tratado...

Eu o interrompi, e olhei para cima.

— Gosto de como você é comigo. Não é cuidadoso. Vê mais de mim que qualquer um.

Pressionei o corpo no dele, ficando na ponta dos pés e me inclinando para os seus lábios. A respiração de Tyler engatou, e eu deslizei as mãos por dentro do seu paletó e o agarrei pela cintura.

— Não seja cuidadoso comigo, Tyler — sussurrei, capturando seu lábio inferior, chupando-o rápido e logo soltei. — Por favor — roguei.

E ele gemeu, fechou os olhos e mergulhou.

Ele me segurou junto ao corpo e capturou a minha boca, movendo-se

Má CONDUTA

devagar sobre os meus lábios, mas com força. Ele tinha um gosto fresco e gelado, igual à água, mas daí ele se afastou e partiu para o meu pescoço.

Arquejei, o fôlego quente na minha pele fazendo arrepios se espalharem pelo meu corpo enquanto me beijava e mordia de levinho.

— Não seja cuidadoso — lembrei a ele em um choramingo conforme estendia os braços e os enlaçava em seu pescoço, segurando-o em mim.

Ele me pegou, e eu envolvi as pernas ao redor da sua cintura, beijando-o com tudo.

— Suas roupas estão molhadas — falei, entre beijos, ofegante. — Tire-as.

— Tem certeza de que quer fazer isso? — perguntou, mordiscando a minha boca.

— Fazer o quê? — brinquei, lambendo e mordendo a sua mandíbula, ouvindo-o respirar fundo. — Trepar feito animais na minha cama lá em cima?

Seus dedos cravaram na pele da minha bunda, e a minha língua saiu para um passeio. Ataquei seu pescoço, a mandíbula, os lábios, apertei as coxas ao seu redor.

— Porra. — Ele congelou, me segurando com força. — Espera. Aguenta aí — ele arquejou, me colocou de novo sobre meus pés e me soltou.

— O que foi? — Minha voz tremeu. Eu estava com um tesão do cacete, e ele simplesmente parou.

Seus ombros caíram um pouco, e o rosto se contorceu conforme inspirava e expirava.

— Merda, isso dói — xingou, o volume em suas calças estava duro e a postos.

Pelo que ele estava esperando?

— O que foi? É o Christian? — perguntei, devagar, me sentindo culpada. Ele fez que não.

— Não — disse, engasgado. — Ele ficará fora esses dias. — E apontou as escadas com o queixo. — Vá se vestir.

— Por quê?

Curvei os dedos no chão, meu clitóris pulsando igual ao meu coração durante uma corrida. Eu não queria sair. Mas que droga?

— Agora — deu a ordem, a voz severa e irritada. — Vou te levar para jantar. Vá se vestir.

DEZ

Tyler

Eu conhecia o tipo dela.

Era como me olhar em um espelho, e eu não tinha dúvida de que tudo o que ela me contou era verdade. A mulher era corajosa demais para mentir.

Mas eu também sabia que ela estava tentando me distrair, e que não queria se abrir demais nem tirar a máscara.

Easton Bradbury era uma sobrevivente, e ela teria me montado até o reino do gozo se não tivesse me ocorrido que deveria parar de fazer perguntas.

Eu amei cada minuto, mas não gostava de como ela me mantinha à distância.

Era eu quem sempre estabelecia os limites, não o contrário.

Ela tinha subido, sem discutir, por incrível que pareça, e desceu com uma minissaia preta de pregas.

Era sexy, mas de bom gosto. A blusa ciganinha bege caía sobre os ombros, e a sensação era como água quando coloquei a mão nas suas costas para guiá-la até o carro sob uma sombrinha que eu havia encontrado ao lado da porta.

Todos os bares da Vieux Carre estavam abertos, e as ruas estavam inundadas de gente, apesar da chuva forte.

O Bairro Francês era a área mais alta de Nova Orleans, dificilmente inundava, não que as enchentes fossem deter os moradores. A eletricidade no ar apenas incitaria a luxúria já intensa pela vida que fluía por suas veias. Bastava dar-lhes uma desculpa, e havia uma festa.

Patrick nos deixou no Père Antoine na Royal Street, a um quarteirão da Bourbon, e corri ao lado dela, fazendo um trabalho bem ruim ao não encarar as belas pernas, adornadas com gotas de chuva, enquanto ela seguia a hostess até a mesa, comigo logo atrás.

Má CONDUTA

Beberiquei o meu Jameson sem gelo e a observei passar os dedos pela borda da toalha diante de si, os lábios se movendo ligeiramente. O tecido era branco com florezinhas bordadas.

— O que você está fazendo? — perguntei.

Ela olhou para cima, com os olhos arregalados.

— Eu... — Ela fechou a boca e voltou a abri-la. — Estava contando — confessou. É meio que um hábito que eu venho tentando largar, mas, às vezes, ainda me vejo fazendo isso.

— O que você conta?

Ela virou a cabeça, os olhos esquadrinhando o lugar conforme ela falava, como se sentisse medo de olhar para mim.

— Conto meus passos enquanto ando, às vezes. — Ela olhou para baixo, alisando as roupas ao prosseguir: — As escovadas quando escovo os dentes. O número de voltas que dou no registro. Tudo tem que ser um número par.

Coloquei meu uísque sobre a mesa.

— E se precisar de apenas três voltas no registro para você conseguir a temperatura que deseja?

Ela olhou para cima.

— Então dou voltas mais curtas para conseguir dar quatro — ela devolveu, um sorriso se insinuando em seu rosto.

Estreitei os olhos, observando-a.

Ela corou, parecendo envergonhada ao apoiar os cotovelos na mesa e tomar um gole da gim-tônica.

Por que eu não conseguia uma boa leitura dela?

Seu rosto era oval; as maçãs do rosto, salientes; e ela tinha olhos azuis imensos que sempre pareciam cobertos por algum tipo de filtro. Eu não podia olhar para ela e dizer o que ela pensava.

Seu lábio superior se curvou para baixo, fazendo o lábio inferior parecer mais volumoso, ambos de um tom de rosa onde eu queria me alimentar. Os ombros eram retos; a mandíbula, forte, mas ela não podia me olhar nos olhos, e a respiração estava trêmula. Muito parecido com uma mulher forte, mas a vulnerabilidade e o gênio ruim eram o de alguém que se esforçava muito para nunca encarar o mundo de verdade.

Ela me queria, mas agia como se eu pudesse ser substituído com facilidade.

Eu pensava nela quando estávamos separados, e queria saber se ela pensava em mim também.

— Então por que você faz isso? — pressionei.

Ela balançou a cabeça, com um leve dar de ombros.

— Me acalma, eu acho — ela apaziguou as coisas.

— Já procurou alguém para falar disso?

Ela me olhou nos olhos, segurando o copo ao se inclinar na mesa.

— Procurei. De vez em quando — adicionou. — A maioria das pessoas como eu funciona bem, e quando estou ocupada, esqueço de fazer isso. Mas, certas vezes... — Ela fez uma pausa, me observando. — Eu pioro.

Certas vezes? Eu a deixava nervosa?

— Isso só me faz me sentir melhor — ela explicou. — E, às vezes, é apenas um hábito.

Assenti, entendendo.

— Então você conta coisas. Qual é o seu número preferido?

— Oito.

Ri um pouquinho.

— Não precisou nem pensar, hein?

Ela ruborizou e me lançou um sorriso tímido, em seguida lambeu os lábios, pegou o potinho de adoçante e tirou alguns, colocando-os lado a lado sobre a mesa.

— Não pode ser dois — ela me disse, me olhando divertida conforme explicava —, porque, se separados, ficarão sozinhos. — Ela separou os pacotinhos, provando o seu ponto.

Daí pegou mais dois, alinhando-os com os outros.

— Não pode ser quatro, porque mesmo se estiverem dois em cada grupo, ainda seria apenas *um par* em cada grupo.

A voz ficou brincalhona, e ela pareceu relaxar quando se prendeu à explicação da sua obsessão secreta.

Ela pegou mais dois pacotes, fazendo dois grupos de três.

— E não pode ser seis, porque se os separar em dois grupos de três, assim... então ficarão três em cada um, e é um número ímpar.

Os olhos dela se arregalaram, parecendo que aquilo era a pior coisa que poderia acontecer, e eu ri.

Ela pegou mais dois pacotes, formando dois grupos de quatro. Oito pacotes no total.

— Oito é perfeito. — Ela sorriu, mexendo nos pacotinhos, certificando-se de que estavam direitos. — Dois grupos. Quatro em cada um, deixando dois pares em cada.

E olhou para cima, assentindo uma vez, como se tudo estivesse perfeito no mundo.

Não pude evitar. Meus lábios se curvaram em um sorriso, porque ela era o epítome do intrigante. Muito sexy, mas se você piscasse um pouco mais demoradamente, ela se transformava, e você percebia que tudo o que pensou saber dela mal tocava a superfície.

Ela semicerrou os olhos e os afastou, sorrindo consigo mesma.

— Eu sou louca — confessou. — É o que você está pensando.

Deixei meus olhos esquadrinharem o seu pescoço até onde a blusa caía sobre o ombro. A ponta endurecida do mamilo empurrava o tecido fino, e eu percebi que ela não estava usando sutiã.

A blusa era a única barreira, e aquilo me excitou ainda mais que a ideia dela nua. Ergui o olhar.

— Estou pensando que você é linda — falei, com a voz baixa. — E se precisa de tudo em oito, a noite poderá ser longa.

Ela prendeu o meu olhar, sem se mover, mas eu podia ver a excitação tentando romper seu semblante. O fôlego engatado, a imobilidade… amei ter calado essa mulher pelo menos uma vez. Ela era divertida, e eu gostei de descascar as suas camadas.

O garçom veio, servindo *étouffée* de lagostim para Easton e bagre tostado com especiarias para mim, e saiu para pegar outra rodada de bebidas.

Ela pegou a colher e a levou ao ensopado de arroz e cauda de lagostim descascada. Peguei o garfo e a faca, pronto para começar a comer, mas não estava com fome nenhuma, então parei, vendo-a pegar um pedacinho de pão e afundá-lo no ensopado. Ela ergueu o pão, pingando com molho *creole*, e o levou à boca, chupando a pontinha do polegar antes de começar a mastigar.

Ao olhar para cima, ela me pegou encarando.

— O que foi? — perguntou, mas soou mais como uma acusação.

Eu me lancei à comida.

— Você só poderá comer petiscos quando sairmos para jantar — resolvi, e a ouvi bufar.

— *Se* sairmos de novo — ela me corrigiu e pegou a colher, e ambos começamos a comer.

Degustei o peixe com molho e todo o arroz, logo percebendo que estava com mais fome do que tinha pensado. Era raro eu me sentar e comer, a menos que fosse com o Christian, e, na maioria das vezes, éramos interrompidos por telefonemas e mensagens de texto à mesa.

Jantares de negócios envolviam muita conversa e bebida, então as refeições caseiras da Sra. Giroux eram muito bem-vindas. Culpa minha mesmo eu optar por comer à minha mesa enquanto trabalhava.

Olhei para cima e a observei comer, amando a visão dela sentada ali: o cabelo escuro se derramando sobre o ombro, a pele brilhando à luz do lustre faustoso pendurado acima dela, os olhos abaixados enquanto lambia os lábios depois de tomar a bebida.

Eu não estava pensando nem em casa nem em trabalho. No momento, apenas imaginava em que ela estava pensando.

— Por que você quer entrar para a política?

Parei, olhei para cima. Ela me observava em silêncio, esperando.

Dei de ombros ligeiramente, soltei os talheres e relaxei no meu assento.

— Eu tenho dinheiro — pontuei, e peguei a bebida. — Agora estou entediado e quero poder.

Ela largou a colher, recostou-se e cruzou os braços sobre o peito, daí ela inclinou a cabeça, não achando graça nenhuma.

Meu peito estremeceu com a risada antes de eu tomar um gole e apoiar a bebida em cima da mesa. Ela não tinha paciência nenhuma para conversa-fiada, não é?

— Eu sempre tive uma vida boa — contei a ela, ao tamborilar o copo. — Cresci frequentando escola particular e meu pai se certificou de que eu tivesse tudo o que eu queria. A faculdade foi uma loucura. Sozinho, com dinheiro que eu não ganhava nem perguntava de onde vinha ... — Fui parando de falar, encarei a mesa e estreitei os olhos. — Não achava que qualquer coisa pudesse me derrubar — confessei. — Eu era arrogante. — Parei e sorri para ela. — Bem, mais arrogante do que sou agora — adicionei. — Eu era egoísta, só pensava em mim mesmo.

O garçom parou e nos serviu a bebida, saindo igualmente silencioso quando nenhum de nós olhou para ele. Olhei para cima, e encontrei o olhar dela.

— Quando eu tinha dezenove anos, engravidei uma menina. — Engoli o nó em minha garganta, lembrando-me do dia em que desejei tantas vezes poder voltar no tempo e consertar as coisas. — Ela nem era minha namorada, na verdade — adicionei. — Era algo novo, casual, e então, de repente, minha conexão com ela se tornou permanente.

Easton não esboçou qualquer reação enquanto ouvia.

— E sabe de uma coisa? — prossegui. — Nem assim eu mudei. Joguei dinheiro em cima dela para que sumisse, e depois de um ano mais ou menos, ela se casou com alguém. — Afastei o olhar, me sentindo envergonhado. — Um cara muito legal a quis, mesmo ela sendo mãe do filho de outro homem, um cara que daria apoio ao meu filho.

Minha garganta se apertou, e eu forcei a minha respiração a se acalmar. Trabalhei muito duro ao longo dos anos para não pensar em Christian acordando no meio da noite com outra pessoa lendo historinhas para ele. Nas vezes quando ele era pequeno e indefeso e que precisava de mim, e eu não estava por perto.

Nunca estive.

— Pensei que eu era um homem — falei baixinho. — Não estava nem perto disso.

Ela olhou para baixo, parecendo triste, e eu não sabia se aquilo era bom ou ruim. Ela pensava menos de mim agora?

É claro que pensava.

— Aos vinte e dois — prossegui —, eu estava no meu último semestre da faculdade, já pronto para sair. Precisei pegar uma disciplina de ciências sociais para cumprir um pré-requisito. Eu me esqueci do nome da matéria — contei a ela —, mas me lembro, muito bem, de discutir com o professor um dia. Ele estava nos informando as estatísticas prisionais. Porcentagens de detentos por raça, porcentagens de reincidência… — Virei a bebida, terminando o conteúdo, coloquei o copo na mesa e pigarreei. — Todo mundo ficou chocado com as desigualdades na cultura prisional, mas eu nem liguei. Não parecia grande coisa. — Um sorriso escapou quando me lembrei daquele dia. — O professor me enfrentou e disse para eu olhar com mais atenção. — Eu olhei no rosto dela, imitando a voz profunda e rouca dele: — "Sr. Marek, se o senhor não está com raiva, então não está prestando atenção". E eu devolvi com um: "Bem, não quero ficar com raiva o tempo todo. A ignorância é uma bênção, e eu não me importo com esses vacilões que acabam na prisão por causa dos próprios erros". Soltei toda essa merda. Eu me achava tão esperto.

Eu me senti muito ridículo ao citar o meu eu de vinte e dois anos. Na época em que eu pensava saber tudo. Continuei explicando:

— Ele queria que questionássemos como e por que, e eu não estava nem aí. Queria ganhar dinheiro… — dei de ombros — ir a festas e me divertir — afirmei, e ela continuou ouvindo, sem mover nem um músculo.

— E então — prossegui —, eu me lembro como se fosse ontem. Ele me olhou nos olhos e disse: "Tyler, se você vai ser um fardo para o mundo, então é melhor morrer agora. Não precisamos de você".

Ela piscou, parecendo um pouco chocada.

— Nossa — sussurrou.

— Pois é. — Assenti. — Ele calou a minha boca. E me abriu os olhos — adicionei, me lembrando do momento em que minha forma de ver a vida tinha mudado. — Eu era um ninguém — expliquei. — descartável e inútil... eu era um idiota que só ganhava as coisas e nunca devolvia nada. — Olhei para cima, e vi o garçom se aproximar, esperei que ele tirasse nossos pratos.

— Gostariam de um café? — perguntou.

Fiz que não, e o dispensei com um aceno.

— E então... — voltei a olhar para ela depois que ele saiu — ... no meu último ano na faculdade, eu finalmente comecei a estudar. Li livros sobre prisões, pobreza, religião, guerra, gangues, economia, até mesmo agricultura — expliquei — e, no outono seguinte, voltei para a faculdade para a pós-graduação, porque eu queria fazer mais do que só ganhar dinheiro, queria fazer a diferença e ser lembrado.

Ela olhou para baixo, um sorrisinho pensativo apareceu, como se ela entendesse do que eu estava falando.

— Percebi que se eu quisesse mudar mesmo — contei —, e ser uma pessoa com quem os outros podiam contar, então precisaria começar com o meu próprio filho. Ele já tinha dois anos na época e me via... — balancei a cabeça. — Muito raramente — confessei. — Brynne, a mãe dele, não queria me ver nem pintado de ouro. — Respirei fundo, o peso do arrependimento fazendo ser difícil falar. — Ela aceitava o dinheiro que o meu pai enviava todos os meses para os cuidados do Christian, mas eu havia me queimado com ela. Ela me disse que o nosso filho tinha um pai que já o amava e que eu só o deixaria confuso.

— E você concordou com ela — Easton verificou. Assenti.

— Eu estava com medo — confessei. — Estava me esforçando para contribuir com o resto do mundo, mas quando o assunto era o meu filho... — Olhei para baixo, balançando a cabeça para o quanto foi fácil eu ter me convencido na época de não fazer parte da vida dele. — Eu estava com medo demais de falhar. — Olhei para cima, e encontrei o olhar dela. — Então eu nem sequer tentei. Vi o marido dela com o meu filho e não sabia como competiria com aquilo. Eu queria fazer parte da vida dele, mas eu ainda só seria um papai de fim de semana.

Má CONDUTA

127

Na época, fez sentido.

Eu queria que ele me conhecesse, mas e se eu não fizesse jus às suas expectativas? O menino já tinha um pai em tempo integral e uma vida que lhe era familiar.

E se ele ainda me odiasse?

Não, haveria tempo. Mais tarde. Quando ele fosse grande o bastante para entender. Daí eu poderia ser pai dele.

— Enquanto ele crescia, tentei manter contato com ele — consolei-me em voz alta. — Nunca pressionei por qualquer tipo de custódia, porque minhas viagens eram esporádicas e imprevisíveis, e Brynne deixava Christian ir comigo de tempos em tempos, desde que fosse o que ele queria — expliquei. — Mas ele começou a fazer amigos, atividades extracurriculares e a praticar esportes, então eu o deixei viver a própria vida. Nós nos distanciamos ainda mais.

— Mas ele está com você agora — observou ela, parecendo otimista.

Mas eu não conseguia invocar o mesmo otimismo. Debaixo do mesmo teto, eu me sentia mais distante do meu filho do que quando ele não estava lá.

— Estava marcado para eu ir buscá-lo para jantar uma noite em junho do ano passado — expliquei —, e ele me deu bolo. Foi a um jogo de beisebol com o outro pai. — Dei ênfase na palavra "outro". — Eu fiquei puto da vida e fui pegá-lo, e Brynne começou a gritar comigo no telefone para deixá-los em paz — prossegui. — Que eu só deixava todo mundo infeliz, ela me disse, mas ele era meu filho, e eu o queria comigo naquela noite.

Pisquei para afastar a queimação nos meus olhos, lembrando-me do quanto fiquei irado por ela ter me dito que ele não era meu.

— E eu estava puto porque não tinha nenhum direito de ficar puto — contei a Easton. — Brynne estava certa. Eu era o forasteiro, tinha aberto mão dele. E estava deixando todo mundo infeliz.

O garçom trouxe a conta, e eu peguei a carteira no bolso do peito e lhe entreguei algumas notas.

— Fique com o troco — falei, e não o vi se afastar.

Easton apoiou o queixo na mão, os olhos nunca deixaram os meus.

Tirei o guardanapo do colo e o pus em cima da mesa.

— Quando ela disse que eles passariam um ano no Egito — continuei —, e que ela levaria o Christian, eu disse não. Disse que não deixaria o meu filho sair do país, e nós brigamos. Feio. Mas eu tinha cansado de ser covarde, queria o meu filho comigo. — Eu não sabia a razão, mas queria que Easton entendesse isso. — Pensei que era tarde demais quando ele tinha dois anos. Pensei que era tarde demais quando ele tinha dez. E agora que ele tem catorze, eu finalmente entendi que nunca é tarde demais — disse a ela.

Girei o líquido marrom que eu ainda tinha para beber, sabendo que continuava falhando com o meu filho e me perguntando o que Easton estaria pensando de mim. Talvez ela tenha acabado sabendo coisas demais, e eu tenha ferrado com tudo.

Fui ao apartamento dela hoje porque, depois do que vi na internet, não quis lhe causar nenhuma infelicidade. Não seria arrogante ao ponto de pensar que eu faria a vida dela ser melhor, a mulher parecia estar indo muito bem por conta própria, mas fui lembrado de que o que os outros nos permitem ver é muito pouco. Havia muito o que eu não sabia sobre ela, mas eu sabia que ela escondia alguma coisa.

Easton merecia sorrir e, por alguma razão, eu queria lhe dar isso.

Mas contar as minhas próprias merdas poderia afastá-la.

As mulheres não costumavam gostar de homens fracos e que pisavam na bola, mas quando ela me olhou com tanto interesse, algo me compeliu a cuspir tudo.

Acho que nunca cheguei a contar a ninguém tudo isso.

Ela ficou sentada ali, me observando, e eu inclinei a minha bebida para ela, virando a coisa toda com um sorriso e de repente sentindo como se eu tivesse cometido um erro enorme ao me abrir com ela.

— Sendo assim — brinquei —, é por isso que quero entrar para a política.

ONZE

Easton

O que ele estava fazendo comigo?

Fiquei lá, calada praticamente o tempo todo, ouvindo as coisas que o levaram ao lugar em que está agora. Os erros da juventude, o professor que pegou pesado com ele, o filho que não pensava nada dele, e todas as coisas as quais ele não sabia consertar.

E tudo o que eu queria era que ele continuasse falando.

Gostei de como as experiências o moldaram e de como ele estava comprometido com o sucesso. Ele não desistiu. Quando vi os momentos que ele parou de olhar para mim ou ouvi a hesitação em sua voz durante a história, eu soube que, lá no fundo, ele ainda se sentia como aquele garoto de vinte e dois anos.

O magnata da construção de trinta e poucos anos que dominava salas de reuniões e multidões ainda não pensava que era um homem.

Eu não tinha dúvida de que a mãe de Christian tinha todas as razões para estar com raiva e para não confiar nele. Ela também era jovem, eu tinha certeza, e ele deixou a bomba para ela.

Mas eu podia ver a dor e o arrependimento que Tyler tentava esconder em sua expressão por causa de todos os anos perdidos com o filho.

E ele não voltaria a desistir.

Um homem que se esforçava para ser melhor já era superior aos homens que se diziam melhores.

Ele pegou a minha mão, me conduzindo para fora do restaurante, e eu entrelacei os dedos com os dele, prendendo o sorriso devido aos arrepios que se espalhavam pelos meus braços.

Saímos do restaurante e fomos para a calçada, parando para olhar a chuva que caía a cântaros e, ainda assim, não afetando a festa na rua em nada.

As gotas pesadas tocavam o chão em camadas acima de camadas, e eu tive que semicerrar os olhos para divisar o rosto das pessoas dançando no meio da celebração.

Um trompete tocava à minha esquerda, e eu olhei para cima, vendo um homem mais velho com o cabelo grisalho se esquivando de lá para cá sob as marquises ao tocar *When the Saints Go Marching In*.

Ao voltar a olhar a multidão nas ruas e lotação nas calçadas, a camisa preta e dourada do time de futebol americano colada na pele encharcada deles, percebi que era a *Monday-night football*, as partidas de segunda-feira da liga principal. Os Saints, o time de Nova Orleans, devem ter ganhado.

Eu não estava nem aí para futebol americano, mas invejava como algo tão insignificante podia fazer as pessoas tão felizes.

Mulheres com colares de miçanga ao redor do pescoço seguravam o longo pescoço verde do copo do Hand Grenade, um drinque típico da cidade que vinha num copo inusitado em formato de granada, e giravam, chutando a água que havia se acumulado na Royal, enquanto os homens sorriam, quase tropeçando sobre os próprios pés. Todos rindo e talvez se divertindo mais do que nunca na vida, porque se sentiam livres de verdade no momento. O caos perdido no caos. Liberdade em ser uma pequena parte de uma loucura muito maior.

Quando você não era visto, não era julgado. Havia uma liberdade desejável nisso.

— Você está pensando pouco de mim — ele falou ao meu lado, ainda observando a chuva. — Não está?

Estreitei os olhos para ele e balancei a cabeça.

— Não.

— Não sou o mesmo homem que era naquela época, Easton. — Ele me olhou. — Agora cuido do que é meu.

O olhar duro feito pedra prendeu o meu, e não havia nada que eu não quisesse que ele provasse. Ele iria com tudo, mas sem machucar? Me faria querer mais?

Me faria nunca mais querer ir embora?

Eu me afastei dele e saí da calçada, sendo atingida no mesmo instante pelas gotas pesadas ao caminhar na rua.

A água encharcou as minhas sapatilhas, e a saia e a blusa logo se agarraram à minha pele. Fechei os olhos, sentindo-o atrás de mim, observando-me.

A chuva fria molhou o meu cabelo, e eu joguei a cabeça para trás, permitindo que ela refrescasse o meu rosto.

Má CONDUTA

Por que ele? Por que tinha que ser ele a abrir caminho, e por que eu tinha permitido?

Uma parede de calor atingiu as minhas costas, e eu senti sua mão em meu quadril. Virei a cabeça, e ele segurou o meu rosto e cobriu minha boca com a sua.

Tyler.

Avancei com a língua, roçando-a na dele e sentindo o ar ficar preso na garganta. Minha pele zumbia, o desejo se empoçava entre as minhas pernas e eu serpenteei a mão para o alto, segurando a lateral do seu rosto ao mergulhar, beijando-o com avidez.

Pincelei seu lábio superior com a língua e puxei o inferior entre os dentes, demorando para que ele fizesse o mesmo comigo.

Suas mãos desceram para a minha barriga, me puxando para si e me segurando junto ao corpo conforme os lábios trabalhavam nos meus, me deixando ofegante.

A chuva se derramava sobre nós, fazendo a roupa colar no corpo, e a língua dele avançou, chupando e lambendo a água da minha mandíbula e do meu queixo.

— Tyler — arfei, fechando os olhos com força, porque a sensação dele era tão boa que chegava a doer. — Tyler, isso é errado.

Eu me afastei dele e me virei, respirando com dificuldade.

Não era fácil dizer não para algo que você queria, mas aprendi que embora alguns erros pudessem ser superados, outros nunca deveriam ser cometidos. Lá no fundo, sempre sabíamos o que era certo e o que era errado. Não era esse o problema.

O problema era querer o que era errado para você e pesar se as consequências valiam ou não a pena.

— Eu gosto do seu filho — contei a ele. — E eu amo o meu trabalho. Estamos em público. Não podemos fazer isso.

Àquela altura, meus braços pendiam na lateral do corpo, pesando mil quilos. Eu não estava cansada, mas, por alguma razão, me sentia exausta.

Ele inclinou o queixo para baixo e se aproximou um centímetro.

— Easton, você vai para casa comigo — declarou, como se fosse negócio fechado.

Meu coração bateu mais forte, implorando-me para aceitar. *Se você não ceder, o desejará para sempre.*

Vá para casa com ele. Para a cama dele. Autodestruição, pois alguns trajetos não podem ser interrompidos.

Mas eu não podia.

E se tudo desandasse? Eu não poderia simplesmente não vê-lo.

E Nova Orleans podia ser uma cidade grande, mas não havia quase nenhum grau de separação entre você e um estranho na rua. Alguém, qualquer um, estava fadado a nos ver juntos, e seria apenas uma questão de tempo para sermos descobertos.

Não.

Olhei para ele, e falei baixinho:

— Por favor, me leve para casa — pedi. — Para a *minha* casa.

Seus olhos estreitaram e a mandíbula ficou rígida, mas não esperei a discussão. Dei meia-volta e disparei pela Royal, e continuei descendo a rua tranquila, em direção ao estacionamento.

A chuva tinha encharcado as minhas roupas, e eu cruzei os braços para aliviar o frio que se infiltrava na minha pele.

Podia ouvir os passos dele atrás de mim, e continuei andando rápido para evitar mais qualquer discussão, apertei o passo ao passar pela entrada de um hotel e prossegui pela calçada.

Se ele me pressionasse mais, eu sabia que ficaria tentada a ceder.

Mas ele me pegou pelo cotovelo, me fazendo parar conforme eu me virava para encará-lo.

— Eu gosto de você, ok? — ele falou, olhando para baixo e fazendo parecer que era difícil admitir o fato. Ele se aproximou mais. — Gosto muito de você, e não sei por que, já que você é escrota pra caralho comigo a metade do tempo — ele pensou em voz alta. — Você quase nunca sorri. Nunca ri, mas ama discutir e, por alguma razão, eu te quero por perto. Quero que saiba coisas sobre mim, e eu gosto de te contar as coisas. Por que eu sinto como se eu fosse o errado nessa situação?

Inclinei a cabeça, esperando que ele não visse o sorriso que suas palavras causaram. Ele estava completamente certo. Eu era escrota metade do tempo, e era estranho ele gostar tanto de mim quanto gostava.

E, se as circunstâncias fossem diferentes, talvez eu desse uma chance a ele. Talvez.

— Marek? — Ouvi uma voz rimbombar em meio à tempestade. — É você?

Tyler e eu nos afastamos um do outro, e eu espiei ao redor dele, vendo um grupo de homens de pé debaixo da marquise do hotel pelo qual acabamos de passar.

Tyler virou a cabeça, o rosto logo ficando sério ao ver os quatro homens de terno, fumando.

Ele pegou a minha mão e nos fez voltar até onde os homens estavam, e notei que ele me mantinha ligeiramente atrás de si em vez de ao seu lado.

— Blackwell. — A voz profunda de Tyler soou impaciente.

Mason Blackwell, quem eu reconheci da TV e por causa do seu envolvimento na Câmara Municipal, parecia completamente à vontade e bem-humorado, algo que eu nunca vi Tyler sendo.

A gravata preta foi afrouxada, e a mão estava apoiada no bolso da calça. Ele usava um sorriso simpático, e eu podia sentir o cheiro do cigarro preso sob seu indicador enquanto ele sorria para Tyler.

Mas pela postura rígida de Marek, eu podia dizer que ele não ficava igualmente confortável com Blackwell.

— Deram toque de recolher na Westbank — ele informou a Tyler. — Mas a festa ainda está a todo vapor aqui.

Os dentes brancos desapareceram quando ele levou o cigarro à boca e tragou.

Algumas jovens, usando vestidos de festa mais curtos e elegantes, irromperam pelas portas do hotel, dando risadinhas e tropeçando, antes de pararem perto do grupo de homens, cada uma se aproximando de um cavalheiro diferente.

Uma jovem de cabelos escuros, de um tom mais claro que o meu, apoiou a mão no peito de Blackwell enquanto ele a abraçava pela cintura, parecendo íntimos. Tyler pigarreou.

— Como está a sua esposa, Mason? — perguntou, vestígios tanto de graça quanto de desdém gotejando do comentário.

A mão de Blackwell estava no bolso, então não notei a aliança, mas a mão esquerda da jovem estava no ombro dele, e ela não usava uma.

Blackwell encarou Tyler com um sorriso que não alcançou os olhos, e a tensão no ar entre os dois ficou mais densa.

Seu olhar se afastou de Tyler, e me encontrou ao lado dele, ligeiramente mais atrás.

— Olá? — cumprimentou, inclinando a cabeça e permitindo o olhar esquadrinhar o meu corpo. Ele puxou o ar entre os dentes e deu um meio-sorriso para Tyler.

— Estou com inveja de você — disse ele, levando o cigarro à boca. — Pela primeira vez.

Meu estômago revirou, e eu engoli em seco, provando algo amargo. Talvez o charuto fosse brochante, ou talvez fosse a arrogância evidente, mas de repente senti o impulso de calá-lo.

Mason estendeu a mão para mim, um olhar lascivo em seus olhos.

— Mason Blackwell — ele se apresentou. Mas Tyler entrou na minha frente, bloqueando a visão do homem.

— Ela está com frio — ele disparou. — Eu a estou levando para casa.

E, sem se despedir, ele me pegou pela mão e me puxou rua abaixo tão rápido que tive que correr para acompanhá-lo.

— Você não gosta muito dele — pensei em voz alta, piscando para tirar a chuva dos olhos. — Posso ver a razão. Gosto mais dele na TV.

Tyler atravessou a rua, me puxando em seu encalço ao virar em outra.

— Você não gosta nada dele — disparou, com a voz baixa.

A calçada afundou, e eu tropecei. Apertei o passo, dei uma corridinha e continuei a segui-lo pela rua escura e deserta.

— Tyler, eu não ia me apresentar — assegurei a ele, perguntando-me por que ele ficou tão brusco de repente.

Foi por isso que ele impediu Mason de apertar a minha mão? Eu não pretendia dizer a ele quem eu era. Sabia que os dois eram rivais, disputando a mesma cadeira no Senado. Ele poderia me usar contra Tyler, eu não era idiota.

Segurei firme em sua mão, porque ele estava indo rápido.

— Era justamente disso que eu estava falando — sustentei, firmando terreno. — Estávamos fadados a encontrar alguém que você conhece. O que você vai fazer? Se esgueirar no meu apartamento à noite, depois que o Christian for dormir? — disparei. — Me levar a restaurantes escondidos na Marigny? Não quero ser o seu segredo, Tyler. É perigoso demais.

Mas aí meu fôlego ficou preso na garganta quando ele me puxou para fora da rua e me fez passar por um portão aberto que levava a uma entrada escura, e logo me encurralou na parede ao lado do portão.

Só um triz longe dos olhos curiosos.

As partes do enorme portão de madeira se abriam para os carros entrarem e saírem, e eu sabia que a entrada levaria a uma área mais movimentada, abrindo-se em um pátio maior.

Até então, não havia ninguém nas imediações.

— O que você está fazendo? — arquejei.

A testa pressionou a minha, e as mãos se moveram com urgência, segurando o meu rosto.

Má CONDUTA

135

— Lugares escuros, lugares silenciosos — ele sussurrou na minha boca. — É tudo de que precisamos, Easton.

E eu respirei fundo quando ele mergulhou, tomando os meus lábios, indo rápido e causando uma dor gostosa ao chupar e morder o lábio inferior como se estivesse faminto.

Gemi, sentindo o volume grosso do seu pau roçar em mim.

Ele abaixou as mãos, me erguendo pela parte de trás das coxas e me prendendo à parede. Apertei as pernas ao redor da sua cintura e o segurei perto de mim.

Ele moveu as mãos para cima, apertando minha bunda com mãos ávidas e atacou minha boca de novo e de novo, tão rápido que eu não conseguia mais nem pensar direito.

— Tyler, por favor — eu me apressei a dizer, arquejando. — Nós não podemos.

Ele estava fazendo ser impossível, e eu soube que estava perdida.

Porra!

Ele me ergueu ainda mais, segurando firme ao puxar a minha ciganinha o bastante para expor o meu seio nu.

A pele enrijecida do meu mamilo implorava por sua boca, mas envolvi as mãos ao redor do seu pescoço, puxando-o mais para perto.

Ele capturou o meu mamilo, rápido e brusco, e estremeci quando passou os dentes e sugou, me fazendo queimar. Fechei os olhos, arqueando as costas para dar mais a ele.

Ele subiu, pairando sobre os meus lábios, enquanto os dedos deslizavam entre nós e entravam na minha calcinha, me encontrando molhada.

— Não dou a mínima para a quem você se apresenta — ele rosnou, deslizando um dedo para dentro e para fora de mim — contanto que não seja àquele merda.

— Tyler... — Fechei os olhos com força, enquanto ele entrava e saía com o dedo.

— Ele é presunçoso pra caralho — disse entredentes, mordendo o meu queixo —, sempre saindo na vantagem. Pensei que eu gostaria de ter algo que ele queria, mas não foi o caso. — Ele deslizou um segundo dedo, me esticando. — Eu não o quero olhando para você, Easton.

Ele agarrou a minha calcinha, e eu mordi o lábio inferior para abafar um gemido quando ele a rasgou do meu corpo.

— Fiquei com ciúme. E eu nunca fico com ciúme — ele acusou, me pressionando na parede e friccionando os quadris na minha boceta nua. — Você me deixa inseguro. Por que você faz isso, hein?

Gemi, minhas coxas doendo, o calor entre as minhas pernas era insuportável.

— Porque você cobiça algo que não pode ter — provoquei. — E está com medo de que outra pessoa consiga.

Movi os quadris, esfregando-me nele. Na única parte dele que eu queria.

Já ele, pelo contrário, diminuiu o ritmo, e me olhou com cara de travesso.

Ele se inclinou em direção à minha orelha e sussurrou:

— Tadinha. — Ele soou sinistro. — Você acha mesmo que existem coisas que eu não posso ter?

Sorri, apertando os braços ao redor do seu pescoço, e passei os lábios de leve pela sua mandíbula, pairando sobre seus lábios.

— Faça valer o risco — desafiei. — Me mostre como você pega o que quer.

Ele suspirou uma risada no meu pescoço e segurou o meu seio, apertando-o com possessividade.

— Estou pegando fogo — arquejei.

Ele me lançou um sorriso presunçoso, e minha boceta se apertou quando gemi ao sentir sua mão trabalhando entre os nossos corpos, abrindo o cinto.

— Já vou te aliviar — ele prometeu.

A pele quente do seu pau coroou a minha entrada, e ele o deslizou para cima e para baixo no meu sexo para espalhar a umidade.

— Espera — arfei, tentando tirar o paletó dele. Queria ver o seu corpo.

Mas ele bateu os quadris nos meus, e eu gemi, aquela dor deliciosa da primeira estocada espalhando-se pelo meu ventre enquanto ele deslizava para dentro de mim.

— Ah, Deus — eu gemi. — Eu te odeio pra caralho.

Por que ele não podia esperar? Queria sentir a pele dele.

— Contanto que seja o meu caralho fodendo você, eu não me importo.

Ele levou a mão entre as minhas pernas e enganchou um braço sob a minha coxa esquerda, segurando-me no lugar, e eu fechei os olhos, deixei a cabeça cair para trás, o pau dele entrando de novo e de novo, indo cada vez mais rápido até que tudo o que eu podia fazer era me agarrar ao seu paletó e segurar firme.

Má CONDUTA

Ele firmou a minha bunda com uma das mãos, enquanto a outra envolvia a minha coxa, e me puxou para si, exigindo que eu sentisse cada centímetro.

O ar frio e molhado carregado com o aroma de terra nos rodeava, e eu ouvi uma risada vindo de algum lugar ao longe.

Pessoas desciam pela calçada, e aqui estava eu, com a saia ao redor da cintura, dando para um cara de quem eu não tinha certeza se gostava.

Mas... eu choraminguei, movendo os quadris e devolvendo tudo o que ele me dava... eu podia muito bem gostar do que ele fazia comigo, caramba.

— Tyler — gemi, minhas costas ardendo por causa da fricção contra a parede enquanto ele estocava em mim.

Eu o olhei, vendo seus olhos nos meus, e nós dois nos observamos, nossos lábios muito próximos quando ele apoiou a testa na minha.

Minha boceta se contraiu ao redor dele, amando cada centímetro que ele pôs dentro de mim e sentindo aquela onda a cada vez que ele esfregava o meu ponto G.

Ele mordeu o meu lábio inferior.

— É isso? — ele entrou e saiu de mim, brusco e com força. — Você gosta de como eu pego o que quero?

O tom divertido foi presunçoso para caralho, e eu quis dar uma lição nele.

— Não — respondi. — Você está sendo cuidadoso comigo.

— Estou? — ele repetiu, fingindo preocupação.

E antes que eu percebesse, ele me pôs de pé e me virou, então subiu a minha saia de novo, e eu me curvei só um pouco, plantando as mãos na parede enquanto ele agarrava a curva dos meus quadris e me penetrava.

— Ah. — Meu fôlego estremeceu quando minhas pernas formigaram. — Tyler, meu Deus.

Estendi o braço para trás e o serpenteei em seu pescoço enquanto ele me empurrava com cuidado em direção à parede, ainda se movendo em mim. Os tijolos ásperos e frios mordiscaram o meu peito, e ele pareceu perceber, pois levou a mão à parede para apoiar o meu rosto.

Meus olhos reviraram, o orgasmo crescendo dentro de mim.

— Você é tão gostoso — falei, mas mal foi um sussurro.

Ele segurou o meu rosto e me virou para si, afundando a língua na minha boca e me dando um beijo longo e lento.

Eu me senti apertar e contrair por dentro, e embora o corpo dele não tivesse diminuído o ritmo, foram os seus lábios que mais me cativaram.

Macios, doces e carinhosos comigo.

— Easton — ele suspirou na minha boca.

Abri os olhos e o encontrei me encarando.

Seu olhar estava pensativo.

— Já estive com mulheres o suficiente para saber quando é certo e quando é errado. — Ele mordeu o meu lábio inferior e o soltou. — E quando você está nas minhas mãos, a sensação é mais certa do que qualquer outra coisa.

Gemi, prendendo o seu olhar enquanto empurrava a parede e acompanhava o ritmo dele.

— Ainda não senti a sua pele na minha — ele falou, a voz ficando mais seca conforme abaixava as mãos, apertando e amassando os meus quadris com força. — E ainda não te provei.

Abaixei a cabeça, lutando para recuperar o fôlego.

— Por favor — implorei, embora não tivesse certeza de pelo quê. — Tyler, por favor.

Eu não queria que ele parasse o que estava fazendo, e não queria que deixasse de dizer o que estava dizendo, mas eu sabia que ele deveria.

— Eu vou tirar a sua roupa e te colocar em uma cama — ele suspirou no meu ouvido —, para que eu possa ver esse corpo bonito me foder por cima.

Cravei as minhas unhas nos tijolos, arranhando a superfície dura.

— Isso — gemi. — Muito bom.

Ele se inclinou até não haver mais nenhum espaço entre nós.

— Espero que você use anticoncepcional. — As investidas ficaram mais fortes e mais rápidas, e eu as devolvi, meus gemidos, os grunhidos dele, e nossa pele se encontrando de novo e de novo eram os únicos sons no nosso espacinho. — Vou te levar para casa comigo, e vamos fazer isso de novo.

Eu falei em seu ouvido, sorrindo:

— Mas eu tenho as coisas da escola — brinquei. — Você e eu teremos uma reunião de pais e mestres em breve, e você não é o único responsável de quem terei que cuidar.

Os olhos dele incendiaram antes de fecharem. Ele estava perto.

— As coisas da escola e os outros responsáveis podem esperar — ele deu a ordem, agarrando o meu cabelo, seu fôlego cobrindo a lateral do meu rosto. — Você ainda está cuidando de mim.

Minha boceta se apertou ao redor dele, e eu abri a boca, arfando e gemendo.

Má CONDUTA

— Tyler — gemi.

Ele arquejou e apertou o meu seio enquanto gemia:

— Ah, porra.

E eu me curvei, gemendo quando explodi e o pau dele atingiu aquele ponto perfeito em mim, me fazendo gozar.

— Ah, Deus — murmurei.

O calor se espalhou pelo meu ventre, e minhas pernas tremeram por causa do formigar que se espalhava pelos meus músculos.

Todo o meu corpo continuou tendo espasmos, e minha cabeça balançava para frente e para trás enquanto ele continuava investindo por detrás.

— Ah — ele gemeu, e eu estremeci por causa da força com que agarrou os meus quadris.

Ele me puxou de volta, meu pescoço teve um solavanco quando ele entrou bem fundo dentro de mim e gozou. O calor do seu sêmen me encheu, e sua respiração ofegante se espalhou pelo meu ombro, abaixando a cabeça e tentando recuperar o fôlego.

Ele ficou dentro de mim, e eu não fiz qualquer movimento para nos separar.

Puta merda.

Aos poucos fui percebendo onde estávamos e que qualquer um poderia ter nos visto. Meu corpo, quente há apenas uns instantes, começou a esfriar por causa das roupas molhadas, e a dor entre as minhas pernas pareceu aumentar a cada segundo. Minhas costas deviam estar arranhadas, minha bunda e meus quadris talvez tivessem hematomas por causa das suas mãos, e a minha calcinha era um trapo rasgado no chão sujo.

Mas eu não liguei.

Inclinei a cabeça, encontrei seus lábios deliciosos e me perdi em seus beijos suaves.

Não, eu não liguei.

Merda.

DOZE

Tyler

A chuva constante esmurrava as janelas, e eu pisquei ao acordar, a única luz do cômodo vinha do brilho azul dos números do despertador.

Sentando-me devagar, passei os dedos pelo cabelo e sequei o suor da testa.

Merda, está quente aqui. A umidade da chuva sempre deixava tudo tão pior.

Olhando para o lado, notei o corpo pequeno debaixo do lençol e, com movimentos lentos, inclinei-me em um cotovelo, meu coração acelerado de prazer ao ver Easton Bradbury virada de lado; a mão, com a palma para cima, descansando próxima ao rosto.

As pálpebras, com cílios espessos e castanhos, descansavam calmas, com nenhuma das caretas de sempre contorcendo o rosto bonito. Ela parecia estar em paz.

Respirei fundo, de repente sentindo como se o ar estivesse pesado demais.

Que merda ela estava fazendo comigo?

Fazia tempo que eu não me sentia assim.

Não desde a primeira vez que percebi que queria o meu filho e que o estava perdendo.

Christian mal tinha dois anos quando o conheci e, pela primeira vez na vida, eu enfim comecei a entender que havia coisas que eu talvez não pudesse ter.

E eu fiquei com medo. Igualzinho a agora.

Christian mostrou com um sorriso bem largo quando os olhos se fecharam, conforme chutava a bola de praia com as perninhas pequenas. A boca fez um O quando ele viu a distância que a bola percorreu, então ele disparou, correndo atrás dela.

Olhei de Brynne para ele, brincando na praça, sem saberem que eu estava lá. Meu coração se apertou.

Meu filho.

Eu mal consegui respirar.

Estava passando de carro pela St. Charles quando vi o carro dela. Olhei ao redor só por alguns segundos antes de vê-la.

E vê-lo.

Não sei por que fiz isso, mas encostei. Não nos falávamos ultimamente, e eu não tinha visto meu filho desde que ele nasceu. Eu pensava nele, mas ele ainda não parecia ser de verdade.

Não até agora.

Engoli em seco, vendo-a pegá-lo e erguê-lo acima da cabeça. Ele tinha apenas cerca de um ano e meio, e eu sorri, notando o quanto ele era feliz e brincalhão.

Ele se parecia muito comigo.

A vida era assustadora, e difícil, quando se tinha coisas a que se temia perder.

Estendi o braço e passei o polegar pela bochecha dourada, a pele tão suave quanto água.

Ela franziu os lábios rosados, o fôlego mais doce do que uma melodia, e soltei um suspiro, passando a mão possessiva pelas suas costelas e bunda.

Que merda eu estava fazendo? Por que ela era tão viciante, caramba?

Ela me lembrava tanto de mim mesmo; o orgulho, a independência, a teimosia...

Mas eu raramente passava a noite com uma mulher, muito menos as trazia para a minha casa, então por que diabos fiz isso com ela?

Lutava com expectativas demais que as pessoas tinham de mim, assim como as minhas próprias, para trazer alguém à essa salada.

Foi um erro.

Ela começaria a fazer exigências, eu começaria a decepcioná-la e, por fim, ela perceberia que nunca viria em primeiro lugar.

Ao menos sempre foi assim.

Afastando meus pensamentos errantes, puxei o lençol devagar, expondo os seios perfeitos, fartos e com os mamilos rijos implorando pela minha boca.

O calor começou a invadir o meu pau, e ele a endurecer, e o meu peito se inchou com a necessidade de ser algo para ela que eu nunca tinha sido para qualquer outra mulher. Queria lhe dar tudo. Jamais quereria decepcioná-la.

Estendendo a mão, eu me peguei e me afaguei ao me inclinar e chicotear o seu mamilo de levinho com a língua e então o capturei entre os dentes, desfrutando da sensação.

Ela gemeu, e o lençol que cobria o meu pau virou uma tenda. Amava esse sonzinho dela.

— Faz de novo — implorei, abrindo a boca e chupando o máximo do peito dela que eu conseguia.

A mão foi para o meu cabelo, e eu pude sentir as vibrações do seu gemido em minha boca enquanto beijava o seu corpo.

Porra.

Soltei um suspiro, sentindo meu sexo enrijecer ainda mais.

— Você me deixou duro de novo.

Peguei a mão dela, e a coloquei no meu pau rijo feito aço.

Ela miou como uma gatinha satisfeita, e eu olhei para cima e vi seus olhos ainda fechados, mas um sorrisinho apareceu.

Não esperei. Eu nunca esperava com ela.

Levantei e subi em cima dela, aconchegando-me entre as pernas quentes que ela abriu para mim com tanta graciosidade.

Eu me movi para cima e para baixo em seu calor escorregadio, já sentindo a umidade no meu pau.

— Jesus, você está molhada — sussurrei em sua boca ao colar o peito no dela, com os antebraços apoiados de cada lado de sua cabeça. — É isso o que eu faço com você? É? — provoquei.

Mas em vez da resposta espertinha de sempre, ela piscou desperta e olhou para mim, parecendo tão inocente e sonhadora.

— É. — Ela assentiu.

Meus punhos se curvaram acima da sua cabeça, e eu cobri sua boca com a minha ao avançar com os quadris, deslizando em seu corpo apertado.

Que merda eu estava fazendo?

O jato quente cascateou pela minha cabeça e escorreu pelo meu pescoço e ombros, enviando arrepios pela minha pele quando meu corpo enfim relaxou. Voltei a acordar durante a noite com outra ereção e percebi que foi por causa de sua boca envolta no meu pau por baixo dos lençóis.

Apoiei uma mão no azulejo preto do box e abaixei a cabeça, soltando um suspiro.

Biologicamente, nenhum de nós dois estava no pico sexual, mas ninguém diria. Era como se eu tivesse voltado ao ensino médio, com uma jovem insaciável de quem eu não conseguiria me cansar, e tudo o que ela precisava fazer era olhar para mim ou respirar, e eu voltava a ficar duro feito um poste de ferro.

Fazia anos que eu não sentia desejo de transar duas vezes, e aqui estava eu, quatro vezes em oito horas, com músculos que eu havia esquecido que existiam doendo.

Eu não poderia estar mais satisfeito. Nem menos.

E, além do mais, eu tinha uma tonelada de trabalho a fazer, não poderia ter dormido demais, mas se eu a levasse para casa, sabia que seria uma questão de horas até voltar para ela.

Desliguei o chuveiro e peguei a toalha no suporte. Depois de secar o rosto e o cabelo, eu a envolvi ao redor da cintura e saí do box.

Mas assim que voltei para o meu quarto, parei e fechei a cara.

— O que você está fazendo?

Easton estava completamente vestida com a saia e a blusa amarrotada de ontem à noite e sentada na beirada da cama, inclinada ao calçar os sapatos.

Ela olhou para mim por um breve segundo antes de voltar a se virar.

— Preciso ir para casa.

Apertei os dentes para me impedir de gritar com ela, em vez disso, avancei e arranquei um jeans de lavagem escura do meu closet.

— Você tem cachorro? — perguntei, tirando a toalha e jogando-a longe.

— Não.

Dei uma olhadela em sua direção conforme passava as pernas pela calça.

— Gato? Filho? Esqueceu o fogão aceso? — continuei.

Ela franziu os lábios, sabendo que eu estava zombando dela. Virando-se, passou os dedos pelo cabelo, tentando domá-lo.

— Tire suas roupas, Easton. Elas estão sujas — dei a ordem, e abotoei o jeans. — Tenho uma camisa que você pode vestir.

Ela se aprumou, e eu pude vê-la respirar fundo. Penteei o cabelo molhado com os dedos ao ir até ela.

— Sou um cavalheiro só quando é necessário — avisei. — Está caindo um dilúvio lá fora. Você não vai embora daqui.

Ela se virou, os olhos preocupados repuxaram o meu coração.

— Eu não deveria ter vindo para cá. — Ela cruzou os braços sobre o peito. — O Christian poderia aparecer inesperadamente ou...

— O Christian não virá para casa — eu a interrompi. — Confie em mim. Esse é o último lugar em que ele deseja estar.

Ela trocou o peso de um pé para o outro, recusando-se a me olhar nos olhos.

Inclinei o seu queixo para cima e a fiz olhar para mim.

— Quero que você passe tempo comigo — disse a ela. — Não estou dizendo que quero um relacionamento. Só Deus sabe o quanto sou péssimo nisso. Mas queria que a gente relaxasse por um dia, tudo bem?

Ela afastou o olhar e soltou um suspiro.

— Eu odeio não saber o que esperar. — Deu uma risadinha triste. — Odeio não saber o que está por vir, e fico nervosa quando as coisas saem do rumo. Eu...

— Você toma anticoncepcional, não é? — disparei, mas consegui manter a voz despreocupada.

Ela piscou, endireitando as costas por causa da súbita mudança de assunto.

— Oi? — ela deixou escapar, parecendo confusa.

Eu quase ri.

— Eu não tirei antes de gozar, e você não me respondeu ontem à noite.

— Bem, você não chegou a perguntar de verdade — ela me lembrou. — E você também não pareceu muito preocupado com esse pormenor.

— No momento, não — concordei, indo até a cômoda e pegando uma camisa branca de gola V. — E depois de te sentir sem uma camisinha, duvido de que vá querer começar a usar agora. — Voltei até ela e entreguei a roupa. — Você toma anticoncepcional? — voltei a perguntar. — Né?

Sua sobrancelha se ergueu, e o sorriso travesso que ela me lançou me deixou encantado.

— Easton. — Usei com ela o tom de aviso que normalmente era reservado para o meu filho e os meus funcionários.

Seu sorriso se abriu ainda mais, na verdade, mostrando os dentes.

— É claro — ela me acalmou. — Eu teria te impedido se eu não tomasse.

Balancei a cabeça, peguei a blusa dela e a tirei. Mesmo que me envolver com a professora do meu filho seja um erro gigantesco, engravidá-la seria um completo desastre.

— Viu? — eu disse a ela. — Os problemas sempre podem ser maiores.

Abri o fecho dela e deixei a saia cair no chão. Ela estava completamente nua por baixo, e senti meu coração acelerar quando me lembrei da calcinha de renda que ainda devia estar em algum lugar do Bairro Francês.

Passei a camisa por sua cabeça, então estendi a mão e lhe agarrei pela bunda, puxando-a para perto.

— Você me distraiu de propósito — ela me acusou, uma pitada de diversão em seus olhos.

Sim, sim, foi. A cabeça dela tinha começado a funcionar de novo, assim como na noite passada, e eu não queria que ela se preocupasse com o meio milhão de coisas que não aconteceriam hoje.

Ou que começasse a contar coisas, pelo amor de Deus.

— Foi. — Passei os lábios por sua bochecha e desci para o pescoço. — Porque você não pode ir para casa — sussurrei, seus braços envolvendo o meu pescoço e me segurando mais perto.

— Por quê?

Apertei a bunda dela, pressionando-a com a minha ereção.

— Porque a sua boceta parece ser de ouro e, em questão de horas, vou querer mais dela.

— Aff — ela resmungou, me empurrando, mas sorrindo. — Estou vendo que os homens de trinta anos não são mais contidos que os de vinte.

Prendi seu queixo entre o polegar e o indicador.

— Sorte a sua — respondi.

Ela balançou a cabeça para mim, talvez decidindo deixar o plano de fuga de lado por enquanto. Ela estava presa.

— Vou fazer umas ligações — disse a ela, e me afastei. — Fique à vontade para usar o banheiro, e tem comida na cozinha, se estiver com fome.

TREZE

Easton

Discutir com Tyler Marek era perda de tempo, ainda mais quando você não discordava de verdade.

Eu *deveria* ter ido para casa.

Tinha trabalho a adiantar, um forno que eu poderia estar limpando e um monte de atualizações para fazer no meu site para os alunos e os responsáveis. Isso sem contar o pão caseiro no congelador que precisava ser comido antes do fim do mês. Eu tinha uma responsabilidade com o Christian, e se eu fosse a mãe dele, eu...

Soltei um suspiro profundo ao ir até a pia no banheiro imenso, tendo voltado a vestir a camisa dele depois do banho. Esfreguei a nuca com a toalha cinza e balancei a cabeça.

Eu deveria ir para casa.

Mas ele ainda me queria.

Ainda batia na minha casca como se eu fosse um ovo que ele queria quebrar. E embora eu me sentisse como uma gosma que se espalharia por toda parte caso não fosse protegida pela minha carapaça, ele me fazia sentir como se eu não precisasse dela.

Como se ele fosse cuidar de tudo.

Aqui, nessa casa que mais parecia uma caverna, com as venezianas fechadas e cômodos enormes e vazios, o brilho sereno dos abajures e o repicar da chuva no telhado, eu havia, enfim, relaxado.

Ele me fazia sentir segura, e embora eu não precisasse de um homem para me proteger, meio que gostei de deixar um pouco do temor de lado. Pela primeira vez em muito tempo, fechei os olhos e caí no sono na noite passada sem me esforçar, em paz com a sensação de que alguém estava ao meu lado.

Quando acordei, não senti aquele segundo de pânico que sempre sentia antes de entender que estava a salvo.

Acontece que acordei hoje de manhã e, em vez de esquadrinhar o quarto e fazer um inventário, meus olhos logo foram para as costas de Tyler enquanto ele ia para o banheiro e dava uma piscadinha para mim por cima do ombro antes de sumir lá dentro.

Encontrei sua escova de cabelo no balcão da pia cara, junto com o secador. Depois de passá-la pelo cabelo, eu o sequei, joguei a toalha usada no cesto e fiz sua cama. Também dobrei as roupas com capricho e as coloquei na cadeira que havia no canto, e verifiquei o cômodo, certificando-me de que estava tudo no lugar certo.

Ou no lugar certo até onde eu poderia dizer.

Saí do quarto e fui para o corredor, se aquilo pudesse ser chamado de corredor, e virei a cabeça devagar, reparando nos arredores que não notei na noite passada quando Tyler praticamente me arrastou escada acima.

O patamar era circular com um parapeito, dessa forma você podia se inclinar e espiar lá embaixo. Portas de quarto, ou o que eu presumi que fossem, alinhadas na parede, e havia outra escadaria que levava ao terceiro andar. O piso de teca escura cintilava sob a luz suave do lustre, e a superfície de toda a mobília de madeira brilhava. O cheiro de limão do lustra-móveis, de couro e de perfume preencheram os meus pulmões, e isso levou um sorriso aos meus lábios.

Homens moravam ali, e aqueles aromas me trouxeram de volta a memória de crescer com Jack e o meu pai.

Desci as escadas e avancei com hesitação, olhando ao redor, vigilante. Eu ainda estava com medo de que Christian ou outra pessoa talvez aparecesse e eu não tinha a menor ideia de como me explicaria.

Olhando para a direita, espiei o vestíbulo, então virei para a esquerda, indo em direção aos fundos da casa, imaginando que encontraria a cozinha. Ao ouvir a voz de Tyler, parei à entrada de outro corredor e captei um vislumbre de luz aparecendo através de outra porta.

Eu não conseguia entender o que ele estava dizendo, mas lá estava aquele tom frio e profundo que tentou usar comigo no escritório sábado passado, então deduzi que aquela devia ser uma ligação de negócios.

Continuei procurando a cozinha, meu estômago pesado com todo o gelo lá dentro ao imaginá-lo conduzindo negócios e dando ordens com aquela sobrancelha assustadora arqueada enquanto usava nada além de jeans.

Quando encontrei o lugar, vasculhei a geladeira, doida por carboidrato e proteína.

Eu o queria de novo quando ele acabasse com a longa ligação malvada, então eu precisava de energia.

Liguei o rádio e *Only Girl*, da Rihanna, preencheu o cômodo. Comecei a balançar a cabeça ao andar descalça pela cozinha. Piquei um pouco da sobra da batata que encontrei na geladeira e fritei bacon. Depois de bater ovos, cebolinha, sal e pimenta, derramei a mistura em uma frigideira, peguei uns pedacinhos de bacon e batata e pus por cima, então coloquei o prato no forno para assar uma omelete francesa.

Antes que percebesse, eu estava feliz e distraída ao arrumar os lugares na ilha com café e suco de laranja, picando abacaxi, morangos e mirtilos frescos para uma salada. Também tirei biscoitos quentes do forno. Imaginei que fossem caseiros, já que os encontrei em um pote de plástico na geladeira, então tudo o que precisei fazer foi aquecê-los.

Eu não sabia quem mantinha a cozinha tão bem abastecida ou quem fez os biscoitos que eu estava assando, mas concluí que não foi o Tyler. Eu nem podia imaginar isso.

Peguei o descanso de panela, desliguei o forno e me abaixei para pegar a forma.

— Caramba — ouvi por detrás de mim —, você não tem mais permissão para usar calcinha.

Olhei para trás, ainda inclinada sobre o fogão, e vi Tyler de pé na lateral do balcão com os olhos nem perto dos meus. Os antebraços apoiados no tampo, a cabeça virada para o lado e o olhar esquadrinhando o meu traseiro e descendo para as minhas pernas. E já que ele tinha rasgado a minha calcinha ontem, eu não usava nada por baixo.

Peguei a forma e me endireitei, sorrindo ao colocá-la em cima do fogão.

— Como estão os negócios? — perguntei, usando a faca para cortar a enorme omelete ao meio.

— Ainda tenho um pouco mais de coisas a resolver — ele respondeu, e eu o ouvi servindo café —, mas não tenho permissão para te tocar até ter terminado, então vou acabar logo.

Virei a cabeça e estreitei os olhos para ele.

Ele deve ter visto a pergunta no meu olhar, porque riu consigo mesmo.

— Nas raras ocasiões em que tenho algo que prefira estar fazendo em vez de trabalhar, tenho que entrar em acordo comigo mesmo — explicou, e olhou nos meus olhos. — Não posso colocar as mãos em você até terminar o trabalho. É o acordo de hoje.

Sorri.

— Veremos — provoquei.

Ele arqueou as malditas sobrancelhas para mim e colocou o bule sobre a mesa.

Peguei metade da omelete com a espátula.

— Você gosta?

— Gosto — ele não demorou a responder, parecendo aliviado ao se sentar no banco. — Estou morrendo de fome. Você não precisava ter cozinhado, mas obrigado. A cara está ótima.

Ele começou a atacar a omelete, e eu tive dificuldade de não ficar encarando enquanto ele comia tudo o que havia no prato e virava o copo de suco, e logo se serviu de mais. As frutas e os biscoitos diante dele desapareceram na mesma velocidade, mas eu, por outro lado, tive que me forçar a dar mordidinhas, porque estava me divertindo mais o observando devorar o café da manhã.

Ele meio que comia da mesma forma que fodia. Naquele momento, aquela era a única coisa de que ele precisava, e enquanto estava acontecendo, era a única coisa em que pensava.

Ele não havia passado nada no cabelo, que caía casualmente para o lado, o jeans pendendo folgado logo acima da curva da sua bunda. Larguei o garfo, faminta, mas não mais por comida, quando meu coração acelerou e eu o devorei com o olhar.

— Easton — ele rosnou, fazendo o meu nome soar como um aviso. — Eu falei sério. Preciso trabalhar.

Pisquei de repente e o vi bebericando o café e olhando para frente, uma expressão séria no rosto. Ele sabia em que estive pensando.

— Não é páreo para o apetite de alguém de vinte e três anos? — provoquei.

Ele pareceu afrontado.

— Você vai pagar por isso.

Ah, eu espero que sim.

Eu estava meio tentada a me esforçar mais para distraí-lo; gostei de deixar aquele homem bravo, mas pensei melhor. Percebi que aquilo mostraria a ele o quanto gosto da sua companhia.

Deixei meus olhos vagarem pelos antebraços fortes e cheio de veias, o peito largo e a barriga musculosa, quase desejando que Tyler tivesse vinte e dois anos de novo. Talvez se eu fosse para a cama com aquele babaca convencido que ele tinha sido quando jovem, eu não teria começado a gostar tanto dele como já gostava.

Ele ainda era um babaca, mas era mais cativante na maior parte do tempo, e me deixava com um baita tesão. O homem também era paciente, tão ansioso para me agradar na cama quanto para agradar a si mesmo, e sentia confiança no que queria.

E hoje era eu que ele queria.

Pigarreei e tentei continuar comendo.

— Tem certeza de que não espera que ninguém venha aqui hoje? — perguntei.

— Acabei de ligar para o Christian para ver como ele está — ele me contou. — O garoto está a duzentos quilômetros daqui e já saiu para pescar.

Estremeci e voltei a comer a minha fruta.

— O que foi?

Olhei para ele. Não tive a intenção de que ele reparasse na minha reação.

— Ah, bem… — busquei as palavras. — Acho que parece chato. Para mim, de qualquer forma — adicionei.

— Concordo. — Ele assentiu. — Não sou muito chegado a essas coisas do campo.

Sorri comigo mesma, feliz por saber que não o ofendi. Ou talvez feliz por saber que tínhamos aquilo em comum também.

Nunca me interessei nem por caça nem por pesca, embora achasse que não me oporia a acampar ou a fazer uma caminhada se alguma vez tivesse a oportunidade.

Estendi a mão e peguei o iPad, coloquei-o na ilha entre os nossos pratos.

— Eu diria que os lugares desertos que você desbrava são muito mais perigosos, no entanto — comentei, apontando para o artigo sobre ele no *Times-Picayune* que encontrei na internet.

Ele revirou os olhos ao ver a manchete:

Marek e Blackwell disputando o Senado?

— Você me investigou? — ele acusou, me olhando brincalhão ao repetir o que disse para ele ontem.

Lambi os lábios, tentando esconder o sorriso.

— Eu sei usar o Google — retruquei.

Abri as notas que eu tinha feito no iPad e entreguei o aparelho a ele ao saltar do banco e começar a tirar os pratos.

— O que é isso? — ele perguntou sobre o que eu tinha escrito.

— Fiz algumas anotações sobre a sua plataforma — disse a ele, limpando os pratos e colocando-os na lava-louças.

Enquanto a comida estava no forno, passei os olhos em uns artigos sobre ele e mexi no site, dando uma olhada em coletivas de imprensa aleatórias que ele tinha dado sobre a empresa ou falando do seu interesse de concorrer para senador.

— Quem escreve os seus discursos? — perguntei.

— Eu.

Minhas sobrancelhas se ergueram, mas não me virei a tempo. Ele tinha visto o meu rosto.

— O que foi? — perguntou, parecendo na defensiva.

Sequei as mãos e me virei para ele, perguntando-me como diria a um homem tão insistente e teimoso como Tyler Marek que ele meio que era ruim em alguma coisa.

Ele me observou, e eu lancei um sorriso já me desculpando.

— Sem querer ofender — avancei —, mas falta algo em seus discursos. Você é quase tão acolhedor quanto um frigorífico.

Ele endireitou a coluna e abaixou o queixo; por um momento, pensei que ganharia outro tapa.

— E sua presença on-line precisa melhorar — adicionei. — Você é meio que chato.

Ele estreitou os olhos.

— Senta aqui no meu colo. Eu vou te mostrar o quanto eu sou chato.

Revirei os olhos, ignorando a ameaça ao rodear a ilha e parar ao lado dele.

— Aqui, olha. — Bati na tela, abrindo as redes sociais dele. — Seus seguidores no Twitter. — Apontei para o número e aí abri outro perfil. — Os seguidores de Mason Blackwell no Twitter.

Olhei-o, esperando que ele visse a discrepância. Mason Blackwell tinha cinco vezes mais seguidores, mas ele não tinha, nem de perto, a mesma influência que Tyler Marek.

Tyler era dono de uma corporação internacional multimilionária. Então por que ele mais parecia um eremita?

Prossegui, rolando a tela do iPad e apontando coisas.

— Você tuíta, ou a pessoa que você contrata para isso, só de vez em quando. E é chato — disse a ele. — Retuíte de artigos, "tenham um bom dia, pessoal". Blé.

Tyler olhou para cima, não gostando nem um pouco da minha atitude. Prossegui.

— Ele tuíta de hora em hora, e são fotos, histórias familiares engraçadas, porcaria inútil, mas dá engajamento — expliquei, encontrando os olhos de Tyler.

Ele suspirou, parecendo teimoso.

— Meu irmão já me falou. Não preciso ouvir de você também — argumentou. — O Twitter não vai me colocar no Senado. As pessoas votam…

— Em quem é popular, Tyler — eu o interrompi, nada arrependida por ter soado um pouco grossa. — Sinto dizer, mas nem todos os eleitores tomam decisões embasadas.

E então algo passou pela minha cabeça, e eu sorri, peguei o iPad e tirei uma foto da tigela de frutas quase vazia dele, exceto por uma metade de morango e dois mirtilos.

Carreguei a foto e adicionei uma legenda, e postei com o perfil dele. Sorte a minha o aparelho já estar logado na conta.

Entreguei o iPad para ele, e o deixei dar uma olhada.

Ele leu:

— "Café da manhã confinado. Fiquem seguros, pessoal!"

Soprei as unhas e as escovei na manga da camisa, satisfeita comigo mesma. As sobrancelhas dele franziram.

— Espera — ele atirou. — Dá para ver a minha barriga na foto.

— Uhummm — exprimi, ao assentir.

Ele me olhou feio.

— Minha barriga nua, Easton — ele apontou, como se eu fosse cega.

Ergui o indicador e o polegar, fazendo uma medida de um centímetro.

— Só um tiquinho.

O potinho de cerâmica branca estava perto da beirada do balcão. A foto mostrava não só a louça, mas uma boa fatia da barriga tonificada dele.

Ele empurrou o iPad para mim.

— Apaga.

Peguei o aparelho, fingindo desinteresse.

— Desculpa. Não posso. — Dei de ombros e então olhei para o iPad quando ouvi um alerta de notificação. — Ah, olha! Já foi retuitado duas vezes,

Má CONDUTA

e uns dez usuários já devem ter tirado print — expliquei. — Se apagar o post agora, vai ficar estranho.

— Me dá aqui. — Ele ficou de pé e estendeu a mão. — Eu mesmo dou um jeito.

— Não!

Corri ao redor da ilha, enfiei o iPad no micro-ondas e fui me virar, mas ele já estava às minhas costas, me detendo.

Suspirei uma risada, o calor da perseguição enchendo meus pulmões de animação.

— Você não pode pegar — sussurrei, colando as mãos no micro-ondas.

O corpo dele cobriu as minhas costas, e os lábios acariciaram o meu pescoço, fazendo minhas pálpebras ficarem pesadas.

Os dedos roçaram os meus quadris, e eu percebi que ele estava levantando a minha camisa.

— Talvez eu não queira mais isso. — A voz grave estava cheia de promessa, e eu logo gemi com a onda de calor entre as minhas pernas.

Mas eu não era boba.

— Você está tentando me distrair — avaliei, embora não me importasse nem um pouco.

A risada baixa fez minha orelha formigar, mas as mãos continuaram vagando, e eu deixei a cabeça cair para o lado, sentindo-o enterrar o nariz no meu pescoço.

— O que é isso? — ele perguntou, ao erguer a cabeça.

Pisquei quando o foco dele mudou, os arrepios que suas mãos causaram sumindo. Prestei atenção, ouvindo bipes e assovios, e me virei, sorrindo.

— Favoritados, retuitados e respondidos. — Ouvi, me gabando. — Os sons da vitória.

Ele me prendeu com o já familiar olhar teimoso, mas captei um vislumbre de diversão disfarçada.

— Vá terminar o seu trabalho. — Movi o queixo na direção do corredor. — Pode me agradecer mais tarde.

CATORZE

Tyler

Quando eu tinha a idade dela, vinte e três, ela tinha doze, pelo amor de Jesus Cristo.

Para não dizer que Brynne arrancaria a minha cabeça, e seria bem-merecido, se algum dia descobrisse as coisas que eu estava fazendo com a professora do Christian.

Que porra estava errada comigo?

Toda vez que eu tinha a oportunidade de trilhar o caminho certo, eu não optava por ele. Deixei o meu filho em banho-maria pelo bem da minha carreira, e agora eu sentia como se estivesse tirando vantagem de uma mulher jovem.

Claro, ela era praticamente tão complicada quanto eu e dava tanto quanto recebia, mas aprendi a avaliar a estrada antes de dar os primeiros passos. Com ela, eu não fazia ideia do que a próxima hora me traria, muito menos a próxima semana ou o próximo mês.

A mulher era imprevisível e totalmente viciante. Não era tanto da mulher que ela tentava ser que eu gostava, mas da menina que tentava esconder. A que precisava ser confortada.

Eu me sentei à minha mesa, tentando repassar a longa lista de e-mails que se acumularam desde que parei de trabalhar ontem, enquanto a música de Easton tocava ao fundo e ela cantava junto a alguns metros dali. Algo sobre "submergir" ou "se afogar". Fazia tanto tempo que eu não ouvia música, mas, graças a ela e ao Christian, eu estava me pondo a par.

Apesar de eu estar atolado, para variar.

A produção havia paralisado no Brasil devido às chuvas, e um contrato que eu já tinha fechado com o Japão agora estava com uma conta mais baixa, então eu estava tentando apagar incêndios, mas, hoje, minha cabeça não estava no jogo.

Má CONDUTA

A tempestade lá fora tinha estiado um pouco, mas ainda estava muito forte para me arriscar a sair de casa.

Não que eu quisesse, de qualquer modo.

Olhei para trás, vendo-a parada perto das estantes de livros no meu escritório, a barra da minha camiseta se erguendo acima da coxa e da curva da bunda enquanto tentava alcançar a terceira prateleira.

Jesus.

Pisquei e voltei a me concentrar na tela do computador, repreenden-do-me mentalmente por ter convidado-a para vir aqui. Eu não queria que ela ficasse entediada, então lhe disse para ficar à vontade, pegar um livro e ler ou trabalhar no notebook extra, caso precisasse.

No entanto, ela logo assumiu para si uma missão, incapaz de resistir ao impulso de colocar a minha pequena biblioteca pessoal em ordem alfabética.

— Isso não te deixa louco? — reclamou, estremecendo ao ver as pra-teleiras bagunçadas. — Pois a mim, deixaria.

É, então soltei as rédeas e a deixei arrumar os livros.

Contanto que ela não usasse a porra da classificação decimal de Dewey inteira na arrumação, eu não via problema em observar o traseiro boniti-nho enquanto ela pegava os livros.

Acontece que eu não estava conseguindo fazer quase nada.

Ela esteve quieta, concentrada no que fazia, mas quando uma moça bonita de um e setenta com pernas douradas maravilhosas está rastejando pelo seu chão, organizando pilhas de livros e com uma aparência fofa pra caralho, observá-la era uma diversão irresistível.

— Você está acabando? — Ela estava de pé na escadinha, guardando os últimos livros.

Pisquei, voltando a me concentrar na tela.

— Ainda não — respondi. — Tem mais uns dez e-mails para serem respondidos.

Mexi os dedos, tentando me lembrar do que precisava digitar e percebi que eu tinha esquecido o que dizia o maldito e-mail que eu tinha que responder.

Pelo canto do olho, notei que ela desceu da escada, sem praticamente fazer qualquer barulho.

— Tyler?

Olhei para cima, e a vi de pé do outro lado da mesa com um olhar meigo no rosto. Eu estreitei os olhos.

O que ela estava aprontando?

— Estou ficando entediada — falou.

— Os armários da cozinha precisam ser organizados — devolvi.

Mas ela soltou um suspiro.

— Acho que vou só preparar um banho de espuma naquela banheira gigante e te esperar — ela disse, meio cantarolando. — E pensar em você. Eu acho.

Olhei para cima, abafando o pensamento dela molhada e coberta de espuma.

— Sente-se — dei a ordem, apontando para o sofá. — Isso aqui era um trabalho de uma hora que se transformou em duas porque você está me distraindo.

— Você que me disse para vir para cá!

— E você não vai tomar banho — gritei, ignorando a interrupção —, porque eu vou com você, cacete, não se mova! Entendeu?

— Eu estou entediada — ela repetiu —, e eu não gosto de não estar fazendo coisas.

— Aguente firme.

E eu voltei a olhar para a tela, digitando não-faço-ideia-do-quê apenas para acabar. Meus dedos trabalharam sem pensar, e era capaz de eu estar menos educado do que tentava parecer nas minhas comunicações de negócios, mas havia coisas melhores a serem feitas.

Ela ficou do outro lado da mesa, me observando.

— Certo — ela disse. — Faço um acordo contigo.

Digitei, tentando ignorá-la. Quanto antes eu terminasse, antes poderíamos passar o resto do dia na cama.

— Se você acabar com os e-mails antes de eu terminar, eu fico — ela desafiou. — Se não terminar esses dez e-mails antes, eu vou embora, e não me importo se estiver ou não chovendo.

O quê?

Disparei o olhar para ela, e fiz careta.

— Antes de você terminar? — disparei. — Terminar o quê?

Uma centelha iluminou o seu olhar, mas ela não sorriu.

Em vez disso, foi até o sofá de couro cor de café e pegou o paletó preto risca de giz que eu deixei lá há uns dias, quando cheguei do trabalho. De costas para mim, ela tirou a minha camisa, deixou a peça cair no chão e levou o paletó até a frente do corpo, cobrindo-se.

Cada centímetro de mim sentiu como se eu estivesse entrando em

Má CONDUTA

157

um banho quente e relaxante, mas meu coração acelerado não me relaxou nem um pouco. Cerrei os punhos, vendo as costas longas e nuas, suaves e tonificadas, e quis tocar cada parte dela, incluindo aquela bunda perfeita em formato de coração que ela estava mostrando para mim.

Deitada no sofá, ela abriu o paletó sobre o corpo nu, uma mão afagando o tecido na lateral da coxa enquanto a outra deslizava para debaixo da peça.

Meu ar ficou preso, vendo os dedos dela se movendo lá embaixo, enquanto ela esfregava o meu paletó na boceta, movendo os quadris no tecido.

Antes de eu terminar. Ela estava se masturbando.

— Ah, sua filha da puta — sussurrei, encontrando seu olhar aquecido.

Ela piscou, e eu esperei que sua expressão fosse divertida e brincalhona, mas ela parecia lindamente desesperada.

— Tem o seu cheiro. — Ela moveu meu paletó entre as pernas, fechando os olhos e arqueando as costas.

A peça a cobria como se eu a vestisse e estivesse deitado em cima dela, desde o pescoço até o alto das coxas. As pernas estavam dobradas, e os calcanhares se tocavam, formando um diamante. Aquela mão da qual senti tanta inveja estava brincando devagar e de levinho, a julgar pelos movimentos contidos sob o paletó.

Pensar nas minhas roupas em seu corpo nu estava me deixando enlouquecido pra caralho.

Meu jeans ficou apertado, e a dor entre as minhas pernas aumentou.

— Esse é um paletó de dois mil dólares — apontei, tentando soar indiferente.

Ela puxou o lábio inferior entre os dentes, gemendo ao agarrar o tecido que repousava entre suas pernas.

— Valeu cada centavo — ela provocou. — Deus, a sensação é igualzinha a você.

O canto dos meus lábios se curvou para cima. Eu amei a ideia de mostrar a ela que a sensação de mim era bem melhor do que a do tecido que ela sarrava.

— Tire-o — eu disse a ela.

A mulher abriu os olhos e me espiou, um rubor rosado cobria as suas bochechas.

— Acho que não é uma boa ideia. — O corpo se moveu e se contorceu lá embaixo enquanto ela continuava a se dedilhar. — Vai te distrair.

— Tire a porra do paletó, Easton.

Um sorriso iluminou os seus olhos, e ela afastou a peça do corpo, deixando-a cair no chão.

Jesus.

Inclinei o queixo para ela.

— Apoie um pé no chão e abra mais as pernas.

Ela fez, permitindo que o pé direito descansasse no piso de tábua corrida e abriu ainda mais as pernas. Minha vista era perfeita.

Ela roçou o clitóris com o dedo médio, esfregando e brincando enquanto me observava.

— É melhor começar a digitar — ela gracejou, batendo três vezes no clitóris. — Digita, digita, digita... — provocou.

Fechei a cara, abaixei a cabeça e digitei furiosamente, e então tive que pressionar o botão de apagar umas quinze vezes por causa de todos os erros que estava cometendo.

Tentei não olhar para ela, mas era como se só houvesse ela ali, dominando os meus sentidos por completo. Continuei digitando, mas piscava e lançava um olhar para vê-la esfregando o nozinho duro em círculos cada vez mais rápidos. A pele era rosa-escura, e eu não pude deixar de desejar minha boca enterrada lá.

Terminei o e-mail, cliquei em *enviar*, e dei um clique duplo no seguinte. Algum vice-presidente de um dos escritórios da América do Sul reclamando do atraso na produção da nova linha de equipamentos.

Foda-se. Foda-se. Foda-se. Se vira.

Eu não disse isso. Só a última parte, mas...

Os gemidos baixinhos atravessaram o cômodo e vibraram na minha pele, e eu gemi, sentindo o meu pau ficar duro como uma haste de aço. Ela não fazia barulho nem era exagerada, o que deixava tudo ainda mais ardente, porque era verdadeiro.

Cliquei em *enviar*, e então abri outro e-mail.

— Não goze — dei a ordem, olhando para cima para verificá-la.

A mão esquerda agarrava as costas do sofá, e a cabeça estava erguida, assim ela podia observar os dedos entrando e saindo devagar. A boca estava aberta e a expressão parecia ser de sofrimento ao gemer baixinho.

Merda.

Digitei mais rápido.

— Queria que você estivesse aqui — ela suspirou, me provocando. —

Má CONDUTA

Os seus beijos me enlouquecem, então eu imagino o que a sua língua faria entre as minhas coxas.

Gemi, movendo-me na cadeira e clicando em enviar, abri outro e-mail.

— Deus, consigo ver o seu pau através da calça — ela miou. — Está me fazendo salivar, lindo.

Pisquei demoradamente e com força.

Digita, digita, digita... meus dedos trabalharam com afinco, cometendo muitos erros, mas mantive a cabeça baixa, fazendo cara feia, cada músculo da minha face estava duro feito aço.

Abrir, digitar, enviar, abrir, digitar, enviar... grunhi, me remexi na cadeira, os gemidos dela ficando cada vez mais altos e fazendo o meu corpo doer pra caralho.

— Por favor, diga que eu posso — ela implorou. — Por favor.

— Você está tentando me fazer gozar? — resmunguei. — Você disse que eu teria que acabar "antes de você ter terminado", então se masturbe e cale a boca. Não posso me concentrar com essa conversa.

Abri outro e-mail, só mais dois, mas então ouvi a voz baixa e provocante, soando toda inocente.

— Sim, Sr. Marek.

Porra.

Olhei feio para ela, mal hesitando antes de disparar da cadeira. Bati a tampa do notebook e dei a volta na mesa, prendendo o seu olhar quando a excitação atravessou o sou rosto.

— Você que pediu — eu disse entredentes.

Tirei a calça, deixando-a cair no chão, e então parti para cima dela e aninhei meus quadris entre as suas coxas.

Gemi, meu coração acelerou quando ela agarrou o meu pau e o passou para cima e para baixo em sua boceta.

— É isso que você faz comigo.

Ela mordeu o lábio inferior, contorcendo-se ao gemer.

Segurei a parte de trás das suas coxas e a ajeitei.

— Você me deixou perturbado, e é isso o que acontece.

Pressionei a mão no braço do sofá por detrás da cabeça dela e entrei com força, deslizando na sua bocetinha quente.

— Ah, ah! — ela arquejou, os olhos se estreitando com a dor deliciosa.

— Caralho — gemi. — Você é gostosa pra cacete.

As primeiras estocadas de uma foda são sempre as melhores.

Eu me segurei com uma mão apoiada no sofá por detrás da sua cabeça, e deslizei a outra sob a sua bunda, mantendo-a onde eu queria ao sair e voltar a entrar nela, fundo e com força, indo até o talo.

— Oh, Tyler. — Ela engoliu em seco, levando as duas mãos às minhas costas e abrindo ainda mais as coxas.

Entrei e saí dela de novo e de novo, mais rápido a cada vez, até eu estar estocando com tanta força que não podia ver mais nada.

Os peitos bonitos balançavam para cima e para baixo conforme o suor escorria pelas minhas costas.

— Ah, ah, Deus. — Ela gemeu, ofegante e arqueando a cabeça para trás.

Os gemidos preencheram a sala, e sua pele estava colada no couro do sofá, mas a boceta estava quente e macia, e eu me lancei, capturando seu lábio inferior entre os dentes.

— Você é má para mim, e eu amo — suspirei, roçando entre as pernas dela, não parando nem por um segundo.

Ela me deu um beijo profundo, empurrando a cabeça para cima e colocando tudo no ato. A língua tinha um sabor doce e sensual, igual a ela, e estávamos os dois gemendo como animais insaciáveis.

Ela se deixou cair no sofá e se agarrou às minhas costas, deixando-me fazer o que quisesse com ela.

— Eu amo o seu corpo, Tyler. — Ela passou os dedos de leve pelo meu peito e minha barriga.

Lancei um sorrisinho para ela, gostando de como aquilo soou. Normalmente era eu quem elogiava o corpo de uma mulher. Eu não sabia por que, mas não era algo que as mulheres costumavam dizer para os homens, e eu a amei por isso.

Ainda mais porque eu não era os caras de vinte anos com quem ela devia estar acostumada. Eu não me importava por ser mais velho que ela, mas não queria parecer velho.

— Não quero que ninguém mais o tenha enquanto estivermos nessa, ok? — ela perguntou, olhando para mim.

Eu ri e passei os braços ao redor da sua cintura, virando-nos para que eu estivesse sentado e apoiado com as costas no sofá e os pés no chão, e ela se sentou em mim, montando os meus quadris com o meu pau ainda cravado nela.

— Está fazendo uma reivindicação? — provoquei, agarrando a sua bunda quando ela começou a mover os quadris, cavalgando em mim.

— Eu falei sério — afirmou, séria. — Você não me viu perder a cabeça.

Sorri para ela, joguei a cabeça para trás e fechei os olhos enquanto ela subia e descia.

— Não se preocupe — eu a acalmei. — Esse pau é todo seu.

O sexo nunca foi bom assim com ninguém em toda a minha vida, e houve muitas para comparar com ela. O que eu aprendi sobre sexo era que, para ser bom, tinha que ser mais do que só trepar. Brincar, provocar, falar... o pareamento das duas pessoas certas, e você teria a diferença entre algo de que se esqueceria dentro de dois minutos e algo que iria querer de novo e de novo.

Easton Bradbury me mantinha querendo mais.

Ela pareceu gostar da minha resposta, pois se abaixou e trilhou beijos pelo meu pescoço e minha mandíbula.

— O mesmo vale para você. — Apertei a bunda dela com força com a outra mão e passei os dedos por seus cabelos, puxando de levinho e erguendo seu rosto para o meu. — Entendido?

Ela lambeu os lábios, olhando para mim com uma expressão repentinamente séria, quase triste.

— Você é o único que eu quero — ela falou baixinho. — No momento.

Aquilo me fez erguer a cabeça e estreitar os olhos para ela.

Apertando ainda mais, eu a segurei e a levantei de novo, jogando-a de costas no sofá antes de prender os seus pulsos acima da cabeça.

— Isso não foi muito tranquilizador — ladrei, estocando com firmeza.

Ela fechou os olhos com força, gemendo:

— Ah, Deus. Tyler — choramingou. — Porra, eu vou gozar!

Senti a boceta dela se contrair no meu pau, e não tive misericórdia. Mergulhando em sua boca, provei sua língua e deixei seus gemidos se afogarem nos meus beijos.

Ela agarrou a minha bunda e apertou com força, a mordida das unhas arderam na minha pele quando seu corpo ficou tenso debaixo do meu.

Ela se contorceu, respirações curtas e rápidas ecoaram ao meu redor, seu corpo estremecendo com o orgasmo.

— Você me faz querer ignorar o meu trabalho — acusei, amando o quanto ela ficava molhada depois que gozava —, e te prefiro aqui à minha disposição a permitir que você vá para casa. Agora, se gostou disso — disparei, referindo-me ao orgasmo que acabara de dar a ela —, então penso que você pode imaginar que vai voltar para mais em um futuro próximo.

Ela piscou e abriu os olhos, parecendo desesperada e confusa.

— Tudo o que sei — ela ofegou, buscando as palavras —, é que você é o único que eu quero.

— Por hoje? — perguntei, gentil, apoiando os cotovelos de cada lado da sua cabeça e roçando os lábios nos dela antes de sussurrar: — Ou eu posso pelo menos conseguir uma semana com você?

Ela abriu a boca, tentando capturar os meus lábios para um beijo, mas recuei o bastante para provocá-la.

A raiva cintilou em seus olhos, e eu sorri, amando o fato de ela gostar de ser beijada por mim.

— Qual é o seu histórico, Easton? — Olhei dentro dos olhos dela, mantendo a voz calma. — Quantos namorados você teve? Quanto tempo durou? Quanto tempo até você estar pronta para pular em outra cama?

Ela ergueu as sobrancelhas, e empurrou o meu peito.

— Sai — ordenou, entredentes.

Mas continuei o meu ritmo constante e suave, o prazer começando a correr pela minha virilha.

— Quanto tempo? — provoquei.

— E quanto a você? — atirou, empurrando o meu peito. — Você não pode me dizer que não tem outra mulher em algum lugar.

— Ah, eu tenho — respondi, mantendo a voz despreocupada. — Várias, na verdade. Uma em cada continente.

— Vá para o inferno. — Ela bateu a palma da mão no meu peito. — E se afaste de mim!

Mas eu agarrei as suas mãos e as prendi acima da sua cabeça.

— Há uma na França, e outra em Londres. E há mulheres lindas em Buenos Aires.

Ela franziu os lábios e se empurrou em meu peito.

— Argh!

Girei os quadris conforme me movia para dentro e para fora dela, tentando não rir.

— Mas sabe por que eu quero a professorinha gostosa de Nova Orleans? — provoquei, olhando dentro dos olhos dela. — Porque ela me dá o que eu quero melhor que qualquer outra.

As duas ruguinhas entre os seus olhos se aprofundaram, e a mandíbula enrijeceu. Ela tentava muito parecer estar com raiva, sendo que não era o caso.

— Você tem um corpo do caralho, Easton. — Suspirei em seus lábios.

— Também tem uma língua afiada, e seu temperamento é divertido pra cacete. Não é só sexo.

Eu mergulhei, beijando o seu pescoço ao soltar suas mãos e agarrar o braço do sofá para me ancorar. Voltei a ir mais rápido, os gemidinhos no meu ouvido ficando mais desesperados quando seu corpo assumiu o controle.

Grunhi, sentindo o prazer percorrer o meu pau.

Deus, eu precisava gozar.

Ela fechou os olhos com força. Eu podia dizer que ela também estava prestes a ter outro orgasmo.

— Então você quer se divertir comigo por um tempo? — perguntei.

— Sim — ela arquejou, suplicante. — Sim. Por favor.

Arqueei o corpo, olhando para seus olhos fechados e o peito subindo e descendo com o fôlego pesado.

— Por favor, o quê? — Estoquei com mais força, vendo-a desmoronar.

Deus, ela era linda. Por um segundo, ela se despiu, nua e maravilhosa, sem qualquer armadura... e isso me fez sentir que ela morreria sem a única coisa que eu poderia dar a ela. Mas eu também odiava que esses momentos eram tão raros, pois agora eu vivia por eles.

— Por favor, me beije — implorou.

Cobri sua boca com a minha conforme eu partia para cima dela com tudo o que eu tinha.

— Isso! — ela gemeu, então se afastou para gritar: — Fode! Com mais força!

Agarrei a sua coxa e dei tudo o que eu tinha, completamente perdido em seus gemidos e choramingos, no cheiro e no sabor. Os sons ficaram mais altos e sua pele estava encharcada.

— Porra — arquejei, fechando os olhos e me deixando levar pelo momento.

— Ah! — ela exclamou, então congelou, segurando firme.

Voltei a estocar, meu corpo estremecendo quando enfim me derramei dentro dela.

— Jesus Cristo — grunhi, deslizando dela antes de abaixar o corpo no seu devagar e beijar o seu colo.

Minhas costas começaram a esfriar, e o meu corpo a zumbir de exaustão.

Engoli em seco, tentando recuperar o fôlego. Ela estava deslumbrante.

— O que você está fazendo comigo? — perguntei, ofegante.

Ela ergueu as mãos, emaranhando-as em meu cabelo e descendo para o pescoço. Ela trilhou beijos suaves pela minha bochecha e então envolveu os braços em meu pescoço úmido e suado, e me segurou.

Mas quando tentei erguer o pescoço para olhá-la, ela apertou com mais força, sem me soltar.

— Não posso olhar para você e dizer isso — ela falou baixinho, a voz suave parecendo triste.

Congelei e afastei o olhar, ignorando a apreensão se construindo em meu peito.

— Meu histórico não é bom — ela começou. — Eu nunca namorei. Eu nunca quis repetir ninguém — confessou. — Mas quando penso em você, eu fico excitada.

Fiquei ouvindo, mesmo quando um sorriso começou a se espalhar pelos meus lábios.

— Você me alimenta como comida — ela prosseguiu —, e isso me deixa feliz, porque você me deixa exausta ao ponto de eu não querer pensar. — Ela deu um beijo leve no meu pescoço e deslizou as mãos pelas minhas costas. — Você gosta de eu ser difícil e, Deus, eu amo o seu corpo, Tyler. Eu com certeza quero mais.

Easton voltou a ficar ofegante, e eu senti os pelos do meu braço se eriçarem quando ela passou os pés pela parte de trás das minhas pernas e começou a chupar o meu pescoço e a beijar a minha orelha. Meus olhos fecharam.

— Não — grunhi. — Eu acho que o meu pau está morto.

Eu a senti se sacudir com uma risada.

— Vamos tomar um banho — sussurrou. — E veremos se o seu pau gosta da minha boca tanto quanto da minha boceta.

QUINZE

Easton

Encarei a janela, vendo o pessoal que corria de manhã saltar os trilhos do bonde e as poças brilhando por causa dos faróis que se aproximavam.

Era a hora do dia quando eu mais gostava da cidade.

Antes do raiar do dia, antes de o sol romper as nuvens cinza-azuladas, quando a cidade estava densa com a memória de qual fosse a diversão que se passara na noite anterior, mas quieta e pacífica, a maioria das pessoas ainda dormindo.

Minha hora favorita.

— Pare de olhar para mim — eu o repreendi ao afastar o olhar da janela, sentindo seu cheiro quando ele se sentou ao meu lado, e tentei manter o sorriso afastado do meu rosto.

— Não — ele devolveu.

Eu não estava acostumada com a presença de outra pessoa na minha cabeça, mas agora eu sempre estava hiperciente dele. Isso meio que era um saco. Em uma tentativa de me acalmar, passei as mãos pela saia amarrotada e empurrei as mangas da camisa branca social dele para cima, me sentindo totalmente desleixada.

— Pare de se inquietar — ele mandou.

Virei a cabeça para olhá-lo, e arqueei uma sobrancelha.

— Você está todo elegante em seu terno passado — apontei —, e eu vou fazer a caminhada da vergonha sem qualquer maquiagem e usando roupa de homem.

Ele estava me levando para casa antes de ir para o escritório. Christian chegaria hoje mais tarde, e embora ele tenha me dito que eu poderia dormir mais e que ele pediria a Patrick para me levar mais tarde para casa, não achei certo ficar lá sem ele. Quis ir para casa ontem à noite, mas ele me convenceu a ficar de novo.

Hoje, no entanto, eu tinha trabalho para pôr em dia, e ele tinha uma empresa para a qual voltar, agora que a chuva havia estiado.

Ele sorriu para mim e estendeu a mão, empurrando o botão para subir a divisória que nos separava de Patrick.

— Você está linda — ele disse todo sério, me lançando aquela olhada que me fazia arder. — E não deveria estar com vergonha. Tenho sorte pelas pessoas não poderem ver os arranhões nas minhas costas — fez piada.

Ri, quando as imagens das marcas nas suas costas que vi no chuveiro naquela manhã cintilaram na minha cabeça.

Algo tremulou no meu peito, e soltei o fôlego que estive segurando. Talvez essa fosse a solução, imaginá-lo pelado, e ele não ficava tão formidável.

— Se preferir — ele começou com a voz suave —, posso lhe oferecer a chance de recuperar a autoestima.

Inclinei a cabeça, espiando-o.

— É?

Ele assentiu.

— Vou dar um almoço lá em casa no domingo, e eu quero que você vá — declarou, então piscou. — Eu *queria* que você fosse — ele se corrigiu, como se lembrasse de que não estava falando com um empregado.

Balancei a cabeça, mesmo um sorriso irônico tendo escapado. O gesto me deixou entusiasmada, embora eu jamais fosse confessar isso para ele. Voltei a olhar para a janela, e ergui o queixo.

Não fiquei incomodada por ele querer me ver mais vezes. Mas fiquei incomodada por eu ter gostado de ele querer me ver mais vezes.

Mas na *casa* dele? Durante o dia, com outras pessoas? Se eu fosse sociável, o que eu não era, ainda seria estranho. E tornaria o que estávamos fazendo ainda menos elegante.

— Tyler, não podemos…

— Não juntos — ele me interrompeu, me tranquilizando. — Mas eu gosto de ver você e não ser capaz de tocá-la. Deixa tudo mais divertido.

Eu me virei para ele, esperando ver um sorriso travesso; em vez disso, vi uma expressão séria e composta que me fez repensar a resposta engraçadinha que ia dar. Os olhos estavam fixos nos meus, e eu voltei a me virar para frente, respirei fundo e resisti ao impulso de me arrastar para o seu colo.

Pigarreei.

Má CONDUTA

— Que tipo de almoço é esse?

— Para *networking* — respondeu. — A elite da cidade, alguns políticos... — Ele foi parando de falar, parecendo entediado. — O Christian vai estar lá.

— Obrigada. — Balancei a cabeça. — Mas eu acho...

Ele me interrompeu.

— Você pode levar uma amiga, se preferir. Ou o seu irmão?

Eu me sentei empertigada e endureci o queixo.

Não queria recusar o convite, mas sabia que precisava. Mesmo que não estivéssemos envolvidos romanticamente, era conflito de interesse ir a festas na casa de um aluno.

— Você não precisa ficar nervosa — ele provocou. — Tenho certeza de que poderá lidar com a companhia.

Não pude segurar a risada que escapou.

— Não estou nervosa — argumentei, e virei a cabeça para voltar a olhá-lo. — E eu sei o que você está tentando fazer.

Ele achava que eu não saberia me portar em meio à gente dele. Eu jogava tênis com estrelas do cinema nas arquibancadas.

O carro foi parando, e eu olhei para fora e reparei que havíamos chegado na frente da minha casa. Folhas e folhagens de algumas palmeiras da vizinhança cobriam o chão, mas o resto da casa parecia estar em ordem, apesar da falta de venezianas. O chão ainda estava úmido, o chuvisco leve que ainda caía batia nas poças que se acumularam ao redor.

Peguei a minha blusa ao meu lado no assento e fiz menção de sair, mas ele segurou os meus braços, detendo-me com gentileza.

— Meio-dia — falou, baixinho; não chegou a ser uma ordem, mas também não foi um pedido. — Vou te deixar em paz pelo resto da semana, assim nós dois conseguiremos trabalhar — ele explicou, tirou a mão e voltou a se recostar —, mas se você não for, eu mesmo venho te pegar.

Apesar das minhas boas intenções, sorri, fazendo frente ao seu desafio. Então me reclinei no console e dei um beijo inocente em sua bochecha.

Sussurrando em sua pele, eu provoquei:

— Amo quando você banca o predador. É tão fofinho.

Mas daí eu soltei um gritinho quando ele me agarrou por debaixo dos braços e me puxou para o colo, me envolvendo e tirando o meu ar com um beijo ao me abraçar com força.

Resmunguei, mas não pude resistir. A língua encontrou a minha e a mão deslizou pela minha coxa e agarrou a minha bunda.

Os lábios se moveram nos meus, me devorando, me inebriando. Minha cabeça girou, e eu o quis de novo.

E se o que eu senti cutucar o meu traseiro indicasse alguma coisa, ele também me queria.

Tyler e eu éramos iguaizinhos. Ambos odiávamos ser manipulados.

Até agora.

Eu gostava da dominância dele, e acho que ele gostava da minha.

Ele se afastou, e eu senti como se o ar tivesse sido arrancado dos meus pulmões.

Tyler colocou as mãos no descanso de braço e respirou com dificuldade.

— Agora dê o fora daqui — mandou, o tom ficando entrecortado. — E se você não aparecer no domingo, nunca mais voltarei a fazer isso.

Arrogante, folgado, filho da...

Saltei do seu colo e bati na janelinha para Patrick me deixar sair. Não precisei me virar para saber que Marek estava sorrindo.

E quando Patrick abriu a porta, eu saí, e não me virei nem uma vez para que Tyler visse o meu sorriso.

Assim que entrei em casa, ouvi o carro arrancar, fechei a porta e tirei a sapatilha.

Ao ter um vislumbre de mim no enorme espelho quadrado na parede perpendicular à porta, reparei na minha aparência, sentindo-me completamente desgrenhada, mas não indisposta. Meu cabelo castanho-escuro estava limpo, mas um pouco arrepiado, já que não tinha sido secado do jeito certo, nem enrolado, alisado e penteado de forma alguma. Sempre pensei que ficava sem graça sem maquiagem, mas minha pele brilhava, e havia um rubor natural nas minhas bochechas que nunca antes apareceu lá.

Os dois botões superiores da camisa dele estavam abertos, e eu não usava um sutiã, dessa forma pude sentir o tecido macio e suave sobre a minha pele sensível. Tudo me tocava como se fosse uma nova sensação. Como se minha pele estivesse viva, formigando com todo o furor.

Puxei o colarinho para o nariz e respirei, o aroma de especiarias, madeira e couro encheu o meu peito.

Virando-me, fechei todas as trancas da porta e rodeei a entrada e segui para a sala.

Parei ao ver o meu irmão espalhado no sofá.

—Jack? — chamei, indo até lá.

Ele se mexeu, deitado lá vestindo jeans e sem camisa, piscando devagar conforme despertava. Olhei para o relógio, e vi que eram seis e quatro. Ele deve ter vindo à noite.

— O que você está fazendo aqui? — Rodeei o sofá e parei ao lado dele. Meu irmão abriu os olhos e focou em mim.

— Easton, mas que merda? — ele resmungou.

Sentando-se, ele plantou os pés no chão e se curvou, apoiando os cotovelos nos joelhos ao esfregar os olhos.

— Você acabou de chegar? — ele perguntou, olhando para mim com preocupação.

Atirei a blusa na cadeira ao lado.

— Foi. O que você está fazendo aqui? — voltei a perguntar.

Ele bocejou.

— Acabou a luz lá no meu bairro ontem, então eu me deixei entrar — ele explicou, erguendo os braços acima da cabeça para se espreguiçar. — Você tem TV a cabo, então...

Suspirei uma risada e me inclinei para começar a jogar as latas de refrigerante e os guardanapos na caixa vazia de pizza. Eu nunca limpava as coisas por ele, mas estava de bom-humor hoje de manhã.

— Onde você estava? — voltou a pressionar. — Eu enviei mensagem.

Peguei a caixa de pizza cheia do lixo dele e a empurrei em seu peito.

— Saí — respondi.

Ele ergueu a sobrancelha e deixou a caixa de lado. Os olhos percorreram as minhas roupas, em seguida ele estendeu a mão e esfregou a barra da camisa entre os dedos.

— Cara — comentou, a percepção cruzou o seu semblante à medida que ele se virava.

Meu irmão fechou os olhos e passou a mão pelo cabelo, mas não me importei com o que ele estava prestes a dizer. Jack me protegia demais, e eu já estava farta.

— Não há nada que eu queira mais que te ver com alguém — ele me aplacou —, mas não acha que está brincando com fogo?

Eu me inclinei, voltei a pegar a caixa e a empurrei para o seu peito com mais força dessa vez.

— Eu gosto de fogo — declarei, dei um passo para o sofá e me sentei no encosto.

— Sim, você gosta de correr riscos — ele provocou —, mas só quando tem certeza do resultado, Easton. Odeio estourar a sua bolha, mas, nesse caso, não chega a ser um risco.

Balancei a cabeça e revirei os olhos para ele.

— Não estou me apaixonando por ele. Nós dois somos complicados demais para isso.

— Mas você quer que ele faça isso?

— O quê? — Soltei um longo suspiro.

— Que se apaixone por você.

Encarei o meu irmão, tentando afastar do rosto o indício de sorriso para esconder o fato de que, na verdade, eu estava pensando nisso.

Eu queria que Tyler me amasse?

Não, não, claro que não.

Eu queria que alguém me amasse. Algum dia. Mas eu não queria que acontecesse ainda.

Pensei que teria anos para construir uma relação com alguém. Anos para organizar a vida. Para me sentir confortável ao deixar alguém se aproximar. Mas não agora e não ele.

Ele era envolvido demais com a própria vida, assim como eu com a minha.

O homem era doze anos mais velho e estava em um momento diferente, bem provável que ele tenha obrigações demais para separar um tempo para viajar e explorar. E era provável que também tivesse muitos problemas com as próprias habilidades como pai para querer mais filhos. Eu também não tinha certeza se os queria, mas não era uma possibilidade que eu estava pronta para descartar.

Não. Tyler Marek era só um casinho.

Lambi os lábios, lançando um sorriso para o meu irmão.

— Ele me faz rir e me deixa com tesão — provoquei. — E eu amo quando ele faz uma coisa com a língua que...

— Tá! — explodiu, ao se virar. — Não somos próximos a esse ponto.

Balancei a cabeça e ri baixinho, largando-me no sofá.

— Quer saber a melhor parte? — perguntei, e ele olhou para mim. — Não contei nada desde ontem de manhã — disse a ele.

Ele me olhou como se não acreditasse.

— Sério?

Assenti, fiquei de pé e cruzei os braços.

— Estou mantendo as expectativas sob controle — assegurei a ele.

— Mas, por ora, estou relaxada pela primeira vez em eras. Vou aproveitar enquanto durar.

Ele pareceu desistir das objeções, porque aos poucos começou a assentir e a respirar fundo. Meu irmão era uma contradição, e eu ainda tinha problemas para entendê-lo. Ele queria que eu seguisse em frente, mas parecia ficar apreensivo sempre que eu pegava uma raquete. Ele queria que eu namorasse, não que só ficasse com caras aleatórios, mas, ao que parecia, alguém como Tyler Marek não era o que ele tinha em mente.

No mínimo, pensei que meu irmão fosse gostar. Tyler era bem-sucedido, tinha conexões e aspirações políticas, tudo o que Jack queria ser.

Eu sabia o que meu irmão *disse* que queria para mim, mas nas raras ocasiões, como vinha acontecendo, quando eu parecia seguir seu conselho, ele tentava me puxar, e eu não entendia a razão.

— Bem. — Ele soltou um longo suspiro e me lançou um sorriso convidativo. — Já que você está de tão bom-humor, estou doido para comer a sua quiche de bacon com cogumelo.

— Quiche? — Estremeci. — Você tem noção de quanto tempo vai levar?

Ele abriu ainda mais o sorriso, com a expressão mais cômica que empática, mostrando as duas fileiras de dentes.

Mas eu não podia dizer não para ele. Ser necessária me mantinha ocupada. Revirei os olhos.

— Tá bom, mas eu vou ouvir música. Use o fone se quiser ver televisão.

Contornei o sofá e fui para a cozinha, parando imediatamente quando vi três armários e uma gaveta abertos.

Sério?

— Jack! — gritei, avançando e fechando tudo. — Se você vai ficar por aqui, pelo menos feche os armários e as gavetas depois que os abrir.

— Agora, nas décadas entre a Revolução Americana e a Guerra Civil… — falei, ao caminhar pelo corredor na minha sala de aula no dia seguinte —, nosso país passou pela Primeira Revolução Industrial — contei aos alunos, resumindo a leitura dos dias sem aula por causa da chuva. — Que tipo de invenções surgiram? — perguntei, ao estalar os dedos. — Vamos lá. Qual é.

— O descaroçador de algodão! — gritou Rayder Broussard.

— Que fazia o quê? — continuei, ouvindo o que diziam ao encarar o azulejo e andar para lá e para cá.

— Ah — uma menina gaguejou, e depois gritou: — Separava as fibras de algodão das sementes, permitindo que os tecidos ficassem prontos mais depressa!

Olhei para cima, vendo que foi um estudante do Grupo Um, então fui até o quadro e marquei um ponto para a equipe dela e um para a de Rayder.

— O que mais? — insisti.

Os alunos folhearam as anotações e as tabelas, se empenhando e ainda se fortalecendo, apesar de estarem trabalhando feito máquinas desde o momento que chegaram à sala hoje. Estavam sentados ou espalhados em um caos organizado com os grupos e o nariz enfiado na pesquisa. Eu ia amar toda essa participação se minhas intenções fossem nobres.

Mas não eram. Eu precisava da distração desde a visita do meu irmão ontem. Ele havia negado ter deixado a minha cozinha bagunçada, e agora era só nisso que eu podia pensar. Se o Jack não tinha deixado a gaveta e os armários abertos, então quem tinha?

Ele devia saber. No minuto que entrou no apartamento na noite anterior e viu a cozinha bagunçada, ele deveria ter sabido que havia algo errado. Eu nunca deixava as coisas fora do lugar.

Quatro xícaras empilhadas no armário, duas voltas para fechar a pasta de dente, guarda-roupa arrumado: blusas, camisas, calças, saias, do mais escuro para o mais claro; tudo sempre estava em ordem.

Mas ao fazer uma inspeção mais aprofundada ontem, encontrei a cortina do chuveiro aberta e duas saias que não usei por esses dias penduradas nas costas da cadeira que ficava no meu quarto.

Meu coração voltou a bater com força, e eu engoli em seco.

Embora eu arrumasse e organizasse as coisas de modo a alcançar a mínima sensação de controle, o hábito havia começado para eu poder dizer se alguém esteve no meu espaço.

Aos dezesseis, quando comecei com a obsessão, se algo estivesse mexido, torto ou fora do lugar, eu sabia que não estava segura.

E apesar de agora eu continuar com isso para garantir a minha paz, não me sentia insegura há cinco anos. Não desde a última vez que o vi.

Talvez eu tenha tirado as saias há duas noites, quando Tyler quis me levar para jantar. Talvez eu tenha aberto os armários e a gaveta antes disso, quando estava discutindo com o Jack.

Má CONDUTA

Eu não tinha contado nada esses dias, então talvez estivesse começando a afrouxar o controle do qual uma vez precisei. Talvez o meu cérebro estivesse tão preocupado com as aulas e com Tyler que comecei a me distrair do que precisei fazer por anos: seguir em frente e deixar para lá.

Ou talvez meu irmão tenha aberto os armários e a gaveta e se esquecido. *Talvez.*

Pisquei, a comoção na sala ficando mais alta.

Respirei fundo, me forçando a relaxar.

— Vamos lá! — Batia palmas, fazendo a turma voltar a se concentrar.

— A Equipe Um está na liderança!

Olhei para Christian, que estava sentado com a equipe, mas sem participar.

— Christian? — estimulei. — Palpites?

Ele não respondeu, simplesmente folheou as notas sem prestar atenção, nem tentou fingir que tentava se esforçar.

— A máquina a vapor! — alguém gritou.

Deixei a minha irritação por causa do desafio contínuo de Christian para lá ao olhar nos olhos de Sheldon e registrar mentalmente a Equipe Três.

— Que fazia o quê? — perguntei, ao me encaminhar para a lousa.

Ouvi uma cadeira guinchar às minhas costas quando alguém se levantou.

— Permitia que uma vasta gama de máquinas fosse acionada!

Reconheci a voz de Marcus e marquei outro ponto para a Equipe Um e um para a Equipe Três.

— O que mais?

— O telégrafo! — alguém gritou.

— E para que ele servia?

— Para, é… — A voz da menina foi diminuindo, enquanto o resto deles sussurrava com o próprio grupo ou repassava as anotações.

— Vamos lá — encorajei. — Vocês estão indo em direção à Terra e a espaçonave de vocês está fora de controle. Vocês vão colidir! — gritei, um sorriso inclinou os meus lábios.

— Comunicar-se por longas distâncias usando o código Morse! — disparou Dane, com os olhos arregalados de animação.

— Eles já podiam se comunicar por longas distâncias ao escreverem cartas — desafiei.

— Mas o telégrafo era mais rápido! — ele gritou, apontando para o alto como se declarasse guerra. Eu ri.

— Muito bom! — elogiei, indo até o quadro e marcando os pontos.

Ao me virar, voltei a percorrer o corredor, prestando mais atenção em Christian.

— Agora — comecei —, vamos supor que você precise de uma carona para ir para casa, e celulares não existem. Como vai chegar lá? — perguntei.

— Vou procurar um telefone — respondeu Sidney Jane.

Mas eu disparei:

— A escola está fechada, então não vai poder usar o deles.

— Vou até uma loja e uso o telefone de lá — gritou Ryan Cruzate.

Dei de ombros.

— Ninguém atende quando você liga.

— Vou a pé para casa — Shelby Roussel continuou na resolução de problemas.

Assenti.

— Ok, aí você chega lá, mas não está com a chave.

— Senta a bunda lá fora — Marcus fez piada, alguns dos alunos se juntaram às risadas.

— Está chovendo — argumento.

Trey Watts cruza as mãos atrás da cabeça.

— Vou para a casa de um amigo e espero — sugere.

— Também não tem ninguém em casa. — Estremeço, fingindo simpatia.

— Ligo para alguém…

Eu a impeço com um balançar de cabeça mais ou menos quando ela percebe que já passamos por isso. O pessoal ri quando se lembra de que, nesse cenário, eles não têm um celular. Como é fácil esquecer que não temos mais uma coisa sobre a qual não percebíamos que nos debruçávamos tanto.

E não havia solução, na verdade. Você se ajustava e enfrentava, mas não podia repetir a mesma coisa.

Caminhei pelo corredor, sentindo o silêncio de Christian como um peso ensurdecedor à minha esquerda.

— Bem, nós podemos sobreviver sem celulares e micro-ondas — expliquei —, mas é óbvio que os avanços tecnológicos facilitam a nossa vida. Indo direto ao ponto, em alguns casos, não sabemos o que faríamos sem eles. Se sua mãe, ou pai, estivessem com um celular — prossegui —, você poderia entrar em contato não importa onde eles estivessem, não importa se não estivessem em casa. Agora, sabemos quais foram algumas das grandes invenções no período da Revolução Industrial, e o que elas faziam, mas qual foi o impacto que tiveram no nosso país e no cotidiano depois que passaram a existir? — perguntei. — Como deixavam a vida mais fácil? Ou mais difícil? Como podem as novas tecnologias — ergui a voz para dar ênfase —, mudarem para sempre o curso da nossa vida?

Olhei ao redor da sala, vendo a expressão pensativa deles. Esperei que não estivessem só encarando o nada, mas pensando de verdade.

Talvez eu tenha feito muitas perguntas de uma só vez.

Olhei para Christian, que me encarava, parecendo muito como se tivesse algo a dizer, mas estava segurando.

— Façam um gráfico T — mandei. — Intitulem com prós e contras e larguem os lápis.

Os estudantes fizeram o que foi pedido. Abriram o caderno em uma página em branco, traçaram uma linha no meio, para formar as duas colunas, e uma no topo e deram nome aos dois lados.

Depois de terem posto os lápis sobre a mesa, eu prossegui:

— Revolução geralmente quer dizer uma mudança rápida e dramática — pontuei. — Vocês acham que a Revolução Industrial foi nomeada de forma apropriada? As mudanças na distribuição e na produção foram rápidas ou tiveram um desenvolvimento contínuo ao longo do tempo?

Voltei pelo corredor e parei.

— Christian, o que você acha?

Ele balançou a cabeça, parecendo entediado.

— Creio que foi rápido, eu acho.

— Por quê?

Ele olhou para baixo, e murmurou:

— Eu não sei.

Eu me aproximei.

— E não tem que saber. — Mantive o tom leve. — Me diz o que você acha.

Seu olhar disparou para o meu.

— Eu não sei — repetiu, a voz ficando irritada.

— Levou décadas — disparei, sabendo que eu estava perto de ultrapassar os limites. Uma das primeiras coisas que você aprende sobre gestão da sala de aula é nunca desafiar um estudante diante da classe.

Mas eu precisava de uma reação dele. Precisava que ele fizesse alguma coisa. Dissesse alguma coisa.

— Isso é rápido ou contínuo, Christian? O que você acha?

— É tudo uma questão de perspectiva, eu acho! — ladrou ele. — Humanos têm, tipo, duzentos mil anos, então, sim, muito avanço em apenas umas poucas décadas seria rápido — ele argumentou. — Algumas civilizações na história mal tiveram qualquer progresso por gerações, enquanto outras tiveram muito. O quadro de referência de cada uma é diferente!

Prendi os seus raivosos olhos azul-acinzentados, iguais aos do pai, e a euforia inundou o meu peito. Soltei um suspiro e lancei a ele um sorrisinho, assentindo.

— Esse é um bom ponto — disse a ele, então me virei e me afastei.

— Mas também pode não ser rápido — ele prosseguiu, e eu parei. Daí me virei e o observei cruzar os braços e inclinar o queixo, mais confiante.

— Eu diria que as duas últimas décadas viram mais avanços nas fábricas e na tecnologia do que durante a Revolução Industrial — ele debateu. — Os telefones, os iPads, os automóveis, a Mars Rover... — Ele foi parando de falar. — É tudo questão de perspectiva.

Pareceu como naqueles momentos em que se consegue exatamente o que quer e aí não sabe o que fazer com o que conseguiu.

Fiquei lá, perguntando-me o que bons professores faziam quando um aluno se abria, e eu não tinha ideia. Christian Marek era um garoto irritado. Ele era difícil, desafiador e muito parecido com o pai, mas tão diferente. Ao passo que eu considerava que Tyler sempre sentia como se tivesse algo a provar, Christian parecia alguém que jamais precisou provar nada a ninguém.

— Então, foi rápido ou contínuo? — um aluno gritou à minha esquerda.

Inclinei a cabeça, sorrindo ao me virar e ir para a frente da sala. Pigarreei:

— Vocês não são avaliados pelo que pensam — informei à classe. — Vocês são avaliados pela razão que os fizeram pensar nisso. Defendendo as respostas.

Desliguei a lousa digital e pus as mãos nos quadris.

— Completem o gráfico com os prós e os contras do impacto que as invenções da Revolução Industrial tiveram no cotidiano. Depois tuítem o que aprenderam hoje, *hashtag* Bradbury2015, e depois podem ir à internet e adicionar as fontes primárias à sua pasta do projeto Extremo Sul — instruí.

Eu me virei, peguei um marcador de quadro branco e terminei de adicionar os pontos da aula.

— Ah, isso! — Ouvi Marcus gritar quando viu os pontos que eu adicionei para a Equipe Um. — Conseguimos cinquenta pontos. Bom trabalho, Marek!

A Equipe Um aplaudiu, comemorando o sucesso e o último ponto que Christian tinha ganhado para eles, fazendo-os alcançar o total de cinquenta antes das outras equipes.

— Então a gente fica com a Música da Semana, né? — perguntou Marcus, já mexendo no notebook para encontrar a música dele, sem dúvida.

— Isso mesmo. — Assenti. — Você tem cinco minutos.

— A escolha é minha, galera! — ele gritou, clicando no computador e se levantando quando a música começou a tocar.

Toda a classe parou o que fazia e se juntou à diversão, a música saindo cada vez mais alta do computador de Marcus. Não demorou muito e as mãos estavam para o alto, as vozes cantavam junto e o pessoal de pé na carteira, movendo-se ao som da música.

Eu ri com a cena, amando o quanto eles se esforçaram para ganhar só para que pudessem ter esses cinco minutos com o máximo de frequência possível. Até mesmo Christian estava rindo ao observar os outros dançarem ao som da música.

E então a minha cara foi no chão e eu respirei fundo quando finalmente percebi o que estava tocando, *Because I Got High*, do Afroman. *Porque fiquei doidão*, em inglês.

— Espera! — disparei. — Tem palavrão nessa música.

Marcus sacudiu os ombros de um jeito que era bem capaz de só ele achar legal.

— Como você sabe, Srta. Bradbury? — cantarolou.

E eu só cobri o rosto com as mãos quando toda a sala se juntou ao refrão, cantando tão alto que toda a escola deve ter ouvido.

DEZESSEIS

Tyler

Dois dias depois, e eu ainda pensando nela. Que merda estava errada comigo? O almoço seria depois de amanhã, e eu mal podia esperar. Contava que ela não fosse amarelar, porque isso estragaria a porra do meu dia inteiro.

Puxei a caneta, notando que estive retraçando as anotações que havia feito quando me sentei à cabeceira da mesa de reuniões, vagamente ciente de Stevenson, um dos meus vice-presidentes, atualizando todo mundo quanto aos resultados do último trimestre.

Eu nem sequer ouvia.

Toda vez que ficava parado, minha cabeça voltava para ela. Seu corpo, seus lábios, seu apetite... A mulher estava me enlouquecendo, e eu soube naquele momento que não tinha mentido para ela.

Eu talvez estivesse mesmo com uma quedinha.

Larguei a caneta na mesa, sabendo que aquela era a última coisa de que eu precisava.

Easton Bradbury era linda, educada e forte. Foi feita para enfrentar desafios. Mas também era complicada, difícil e temperamental. Ela não faria amigos com facilidade.

Mesmo se não fosse professora do meu filho, mesmo se eu não estivesse prestes a entrar em campanha, sabendo que ir à público com um interesse amoroso me colocaria ainda mais nos holofotes, Easton ainda poderia ferrar comigo.

Pessoas traumatizadas eram sobreviventes, e sobreviviam porque sempre se colocavam em primeiro lugar. A autopreservação exigia isso.

Eu não gostava de perceber que talvez não fosse ser o primeiro a se afastar.

Má CONDUTA

Eu tinha que apreciar a mulher pelo que ela era e não permitir que ela significasse mais que isso. Ela era divertida, boa de cama e uma distração bem-vinda quando eu tinha tempo. E eu tinha plena certeza de que era a mesma coisa para ela.

Fora isso, ela precisava ser arrancada da minha cabeça.

Voltei a mim, me concentrando mais uma vez na mesa à minha frente.

— Certo — falei, interrompendo Stevenson no meio da frase. — Vão almoçar, continuaremos mais tarde.

Não esperei para ver se alguém tinha perguntas antes de me levantar e ir para o escritório principal e continuar o trabalho que só duplicava, não importava quantas horas eu passasse nele.

Todo mundo foi saindo devagar conforme eu seguia para o computador e começava a repassar as mensagens de Corinne.

Haveria uma reunião com os acionistas à noite, mas eu enviaria o Jay no meu lugar, e alguns dos novos contratos seriam delegados para os vice-presidentes das regionais.

Jay estava certo. Eu não podia fazer tudo sozinho. Com a campanha, e o Senado, se eu ganhasse, teria que aprender a repassar mais trabalho para os outros.

Olhei ao redor, e vi que meu irmão tinha saído da reunião. Peguei o telefone e liguei para ele. Mas Corinne entrou.

— Sr. Marek? A Srta. McAuliffe está aqui para ver o senhor — ela disse.

— Cinco minutos — devolvi.

Ela assentiu, sabendo que era seu trabalho receber e dispensar quem quer que eu quisesse que fosse dispensado, para, assim, eu poder seguir com o dia.

Corinne saiu, e Jay atendeu o telefone.

— Você acabou de nos dizer para ir almoçar — ele observou, sabendo que eu precisava que ele voltasse.

— Não você — devolvi. — Quero sair daqui às quatro, então volte.

— Quatro? — ele deixou escapar, mas desliguei o telefone sem responder.

Eu nunca saía cedo assim, e ele sabia. Mas, aos poucos, tenho começado a tentar gerenciar melhor o meu tempo. Eu poderia tirar uma folga, jantar com o Christian e depois trabalhar de casa enquanto ele ia para o quarto fazer o dever de casa ou para a casa de um amigo.

Comecei a clicar nas mensagens no meu computador ao ver Tessa entrar, um sorriso despreocupado iluminando o seu rosto. Seu paletó bege e a bolsa estavam pendurados em sua mão.

Ela usava uma blusa vinho e uma saia lápis bege e, como sempre, tinha um rebolado relaxado nos quadris e determinação nos passos, como se sempre se sentisse confortável, não importava o lugar nem a companhia.

Um contraste tão grande com a postura rígida da Easton e a cortina preta que parecia pender sobre seus olhos.

Não quero que ninguém mais o tenha enquanto estivermos nessa, ok?

Respirei fundo e firmei o queixo.

— Feche a porta — Tessa instruiu Corinne, que estava um pouco atrás, virando a cabeça o suficiente apenas para ser entendida, mas não o suficiente para vê-la.

Corinne fechou a porta, e Tessa jogou as coisas em uma das cadeiras diante da minha mesa, e sorriu.

— Pensei que você estivesse viajando a negócios — ela disse, meiga, mas eu sabia que estava me repreendendo. — Ou talvez preso em algum lugar sem poder se comunicar. — Ela rodeou a mesa, vindo até mim. — Ou talvez tenha perdido o meu número e, por saber o quanto você é averso a redes sociais, não pensou nem em mandar um tuíte.

Twitter? Ela estava de sacanagem?

Tessa e eu nunca fomos do tipo que verificava como o outro estava, e embora eu soubesse que ela levava numa boa, não era do feitio dela aparecer no meu escritório sem avisar.

Ou se plantar ao lado da minha mesa, interrompendo o meu dia. Era do que eu gostava, ou costumava gostar, em Tessa. Ela respeitava as nossas carreiras, e não era territorial.

Não como Easton. Comecei a sorrir ao pensar nela, mas me controlei.

— Tessa…

— Estou saindo com alguém? — ela interrompeu, terminando por mim. — É isso que você vai dizer?

Eu me recostei, observando-a conforme eu passava o dedo pelos lábios. Eu sabia o que estava por vir. Ela me olhou, toda negócios, calma e equilibrada.

— É o seguinte, Tyler. — Ela se sentou na beirada da mesa e cruzou as pernas. — Eu não me importo. Ela, eu… — Deu de ombros. — Você consegue duas pelo preço de uma. O que é ótimo para mim, pois não quero nada mais que isso de qualquer forma. — E então se inclinou, passando o dedo pela minha gravata azul-clara. — Mas eu não quero perder o que já tenho — esclareceu.

Má CONDUTA

Olhei-a nos olhos, perguntando-me a razão verdadeira para ela estar ali. Há alguns meses, ela havia insistido que nos encontrássemos para almoçar no meu escritório, mas não chegamos a comer. Ela entrou, levantou a saia e me montou na minha cadeira.

E embora eu tenha gostado, agora me perguntava se os cinco minutos que eu disse a Corinne para nos dar já tinham acabado. Soltei um suspiro e abaixei a cabeça.

— Você não estava esperando que eu ligasse — desafiei.

— Não — ela concedeu, afastando-se com um sorriso. — Mas eu teria cancelado meus planos se você tivesse.

Eu sorri, apreciando sua franqueza. Ela era útil, e eu preferia mantê-la ao meu lado se pudesse. A gente se dava bem, e havia um respeito mútuo pela posição do outro e os contatos na cidade.

Mas acontece que… nunca ansiei por ela.

Eu não a queria mais.

Não que eu fosse insensível ou achasse que as mulheres eram descartáveis. Só me envolvia com mulheres que sabiam o que esperar e que queriam a mesma coisa que eu.

Diversão despreocupada.

Agora tudo parecia diferente.

Por causa da Easton.

A língua afiada que cuspia palavras cortantes, mas que também tinha gosto de um lago frio em um dia quente.

Lembrei-me dos seus sussurros no meu ouvido, me acordando na manhã de quarta-feira antes de passar a perna pela minha barriga e me montar.

Respirei fundo, voltando a me concentrar no problema atual.

— Acontece — confessei —, que talvez eu queira complicar a minha vida um pouco. — Seus olhos se arregalaram, e ela abriu um sorriso largo.

— Desembucha — exigiu.

Soltei uma risada amargurada.

— Sem chance.

— Fica só entre nós — ela me assegurou, erguendo as mãos com inocência.

— Com você nunca foi assim.

— Ah, qual é. — Ela acenou para mim. — Você está fadado a levar a mulher para jantar em algum momento. A imprensa mataria para ver uma desconhecida ao seu lado. Você não pode escondê-la para sempre.

Era exatamente o que eu queria fazer. Se alguém descobrisse, terminaríamos, e eu não estava pronto. Soltei um suspiro.

— Posso fazer o que eu quiser — respondi, ciente de ter soado um pouco convencido.

Ela franziu os lábios em um sorriso conspiratório.

— Estou intrigada.

— Mas não decepcionada, pelo que vejo — atirei.

— *Quieta.* — Ela riu e saltou da minha mesa. — Eu ficaria decepcionada se pensasse que ia durar.

Estreitei os olhos, observando-a voltar a rodear a mesa até a cadeira e pegar o paletó e a bolsa, e inclinou a cabeça, parecendo tímida.

— Mas você, Tyler, é um solteiro convicto — afirmou. — Espero que se case com ela. Deixará os nossos encontros muito mais divertidos.

E, com um sorriso confiante, ela deu meia-volta e seguiu para porta, falando uma última vez por cima do ombro:

— Vai me ligar quando enjoar do seu brinquedo novo? — Mas ela não esperou a resposta; apenas abriu a porta e desapareceu.

Deixei meus olhos se fecharem ao apertar o alto do nariz. Eu não tinha certeza se havia um homem vivo nessa cidade que pudesse ser páreo para o par de culhões daquela mulher.

— Jesus Cristo — suspirei.

— Bem, isso foi rápido.

Olhei para cima e vi meu irmão entrando, metade da atenção em mim, metade no telefone.

— Ela daria uma boa esposa para um político — palpitou. — Não importa o que aconteça, ela sempre parece animada.

Inclinei uma sobrancelha e fiquei de pé, a postos para repassar o que eu queria que ele fizesse hoje.

Animada. E então bufei, pensando no quanto essa palavra e Easton jamais passeariam de mãos dadas.

Meu telefone vibrou, e logo parei, abrindo a gaveta de cima para pegá-lo.

Desde a breve aula que Easton deu para todos os meus vice-presidentes naquele dia, eu me decidi a provar que ela estava errada ao deixar o meu telefone fora de alcance às vezes. Não existia isso de vício em informação. Era só uma desculpa para que ela pudesse gerenciar a atenção de modo mais fácil.

Mas, quando vi a mensagem dela, calor líquido percorreu as minhas veias, e eu não podia ignorá-la como fazia com os outros quando eu estava ocupado.

Má CONDUTA

> **Quantos políticos são necessários para trocar uma lâmpada?**

> **Quantos?**

> **Dois.**

Foi a resposta.

> **Um para trocar, e um para destrocar.**

Eu ri, fazendo Jay afastar os olhos do telefone e me olhar com curiosidade.

> **Tuíta isso.**

Ela mandou. Balancei a cabeça, mas obedeci.

— O que você está fazendo? — Jay bisbilhotou, enquanto eu clicava no aplicativo do Twitter e começava a digitar.

— Tuitando — respondi, baixinho.

— Ah — ele falou, parecendo surpreso. — Que bom. Seu tuíte de café da manhã no início da semana era exatamente do que eu estava falando. O povo devora essa merda.

Terminei o tuíte, joguei o telefone debaixo de uma pilha de pastas na beirada da minha mesa, e passei a mão pelo cabelo.

— Você precisa se certificar de que Corinne está com tudo providenciado para o almoço — disse a ele —, e pode marcar uma chamada de conferência com a Cidade do México para uma da tarde de hoje? — perguntei, mas não esperei por uma resposta, pegando uma folha na impressora e entregando a ele. — Também tem o discurso para a caridade dos veteranos. Fiz algumas mudanças, então dê uma repassada para mim.

E me recostei, ajeitei a gravata e peguei o controle remoto. Liguei as TVs que ficavam na parede, uma enxurrada de canais de notícias apareceu e a falação deles preencheu a sala quando virei para o computador e entrei na internet.

Tentar organizar meu dia para abrir mais tempo para ficar com o Christian estava acabando comigo.

— Você está bem? — Jay perguntou.

— Onde foram parar aquelas escrituras do terreno na Califórnia? — ladrei, ignorando-o ao repassar os e-mails.

Era para o advogado escaneá-las e enviá-las, para que pudéssemos assumir o terreno, e eu sabia que havia pelo menos mais quinze outras coisas que eu estava me esquecendo de fazer.

— Corinne, venha aqui! — gritei.

— Certo, vou dar o fora. Vou cuidar disso. — Eu o ouvi dizer, ao erguer o discurso que eu havia feito ontem à noite. — A Tessa vai ao almoço?

— Sim, é claro — respondi. — Ela tem influência, não tem?

— E a Srta. Bradbury?

Parei, olhei para ele e me recostei. Como diabos ele sabia?

Meu irmão sorriu, balançando a cabeça para mim.

— Me dá um tempo, Tyler — ele me repreendeu. — Ficou muito claro que não foi você que tirou aquela foto do seu café da manhã, e a julgar pelas fagulhas no escritório sábado passado...

Ele ficou lá, provavelmente esperando que eu dissesse alguma coisa, mas não disse.

Jay era mais novo, mas eu sabia que ele nunca levou a sério o fato de eu ser o chefe. Ele gostava de trabalhar aqui e de trabalhar com alguém que aguentaria as palhaçadas dele.

Trabalharmos juntos nunca foi problema. Até agora.

Um assistente normal saberia os próprios limites. Um irmão não tinha nenhum.

— Olha — ele começou —, não estou dizendo que você não pode...

— Isso mesmo — eu o cortei, assentindo. — Você não vai me dizer nada.

Permiti que sua experiência me apontasse os convites que aceitei, a plataforma que criei e também a guiar a minha campanha, mas eu manteria Easton a parte.

Não que meu irmão não tivesse o direito de perguntar. Eu só não queria ouvir o que sabia que ele perguntaria.

— Tessa McAuliffe é da *nossa* conta — esclareci. — Com quem quer que eu trepe é da *minha*.

Deduzi, em minha curta e limitada experiência como pai, que criar um filho era tipo lançar bolinhas de gude para o alto e ver quantas cairiam em um copo de *shot*.

Li o bastante e vi o bastante para saber que as crianças poderiam ser criadas no pior dos infernos e acabarem virando oradores da turma e médicos. Ou poderiam ser criadas em um meio privilegiado com os dois pais e árvores de Natal cheia de presentes e ainda morrerem de overdose ou por suicídio.

Um fato irrefutável sobre ser pai, que eu sabia mesmo antes de ser um, era que não havia o jeito "certo". Não havia nenhuma lista consagrada de métodos bem-sucedidos para seguir se você quisesse que seu filho capitaneasse um submarino ou regesse uma orquestrar ou fosse presidente.

Se os pressionasse para obter sucesso, eles poderiam ficar ressentidos. Se não os pressionasse o bastante, eles poderiam ficar ressentidos. Se desse o que eles precisavam, reclamariam de não terem o que querem, e se desse o que querem, eles talvez simplesmente acabassem querendo mais.

Quanto era demais? Quanto era muito pouco? Quanto se podia pressionar para ser considerado encorajamento, já que, se pressionar demais, acaba sendo chamado de mau pai?

Como eles sabem que você os ama? Como você sabe se eles o amam?

Como se sabe que eles ficarão bem?

Encarei a janela do carro, vendo Christian conversar com duas meninas, e lá estava o oceano de arrependimento pelos anos que perdi. Eu poderia dizer a mim mesmo que ele se saiu muito bem. Talvez, se eu tivesse feito parte da sua vida, ele não teria se tornado tão forte e confiante, mas eu sabia que estava inventando desculpas. Eu deveria ter estado presente.

Easton estava aos pés dos degraus de pedra, de braços cruzados e sorrindo ao conversar com um responsável. Os alunos tinham acabado de sair, e embora Patrick normalmente buscasse o Christian, decidi vir junto. Trabalhei na hora do almoço, até mesmo disse para Corinne não pedir comida, para que eu não desperdiçasse tempo comendo. Ainda tinha algumas pontas para atar hoje, mas poderia fazer depois que Christian e eu jantássemos.

— Patrick? — Eu me inclinei para frente e entreguei uma sacolinha preta para ele. — Você poderia, por favor, entregar isso aqui à Srta. Bradbury? — pedi a ele. — E apressar o Christian, por favor?

— Sim, senhor. — Ele estendeu a mão e pegou a bolsa, então saiu do carro e me deixou sozinho.

Eu o observei ir até Easton, interrompendo a conversa dela. Conhecendo Patrick, foi uma interrupção educada, eu tinha certeza.

Ela sorriu para ele, e o responsável se despediu com um aceno quando ela pegou a sacola que Patrick lhe entregou. Seu rosto era uma mistura de surpresa e de algo que eu não consegui identificar. Curiosidade, talvez?

Ela conhecia o Patrick, então sabia que fui eu quem o mandou. Ele inclinou a cabeça rapidamente e despediu-se, e ela olhou para baixo, espiando a sacola.

Eu a observei, meu coração começando a bater rápido, e tive que lembrar a mim mesmo que a veria no domingo.

Ela levou a mão à sacola e pegou a caixinha. Abriu-a, e tirou de lá o isqueiro cinza da Lamborghini que parei para comprar no caminho para cá. Ela juntou as sobrancelhas ao inclinar a cabeça, estudando o objeto. Eu quase ri, porque ela não só parecia intrigada, mas totalmente confusa. Easton, eu já sabia, não era uma mulher que gostasse de ser pega com a guarda baixa, e eu gostei de ter a vantagem dessa vez.

Ela acionou o botão e estremeceu um pouco, então abriu um sorriso quando a chama apareceu. Levando a mão à bolsa, ela tirou de lá o cartãozinho branco e leu a minha mensagem:

> *Não ateie fogo sem mim.*

Ela riu sozinha, o tipo de sorriso genuíno que sempre tentava esconder. Eu soube que, se estivesse perto dela, teria sido capaz de vê-la corar.

Quando enfim olhou para cima, ela encontrou o meu olhar, e eu vi lá a necessidade que eu também estava tendo dificuldade para ignorar.

A porta do carro abriu, e Christian apareceu, entrou e largou a mochila antes de se sentar. Quando olhei para trás, Easton havia acabado de entrar na escola.

Afrouxei a gravata e coloquei o telefone no console.

— Como foi o seu dia? — perguntei.

— Bom — ele respondeu.

É. Bom.

Ok, sim, não, talvez, tanto faz... suas respostas de sempre.

— Era com a Sarah Richmond que você estava conversando? — perguntei. — A filha do Clyde Richmond?

Má CONDUTA

Ele pegou o telefone e começou a rolar a tela com o polegar.

— É, eu acho.

— Falei com a sua mãe hoje. — Cruzei as pernas, apoiando o tornozelo sobre o joelho. — Ela quer que você vá passar o Natal no Egito e ficar um pouco com ela.

Eu não queria que ele fosse. Meu pai e a esposa estavam planejando uma festa enorme, e Christian poderia conhecer melhor o meu lado da família, para não dizer que eu nunca passei o Natal com ele.

Mas ele ficou lá, concentrado no telefone, e assentiu com indiferença.

— É, tanto faz — ele murmurou.

Balancei a cabeça.

Peguei o meu telefone, e enviei uma mensagem para ele. Bem ali, a meio metro de mim, porque ele não falaria comigo, então eu tinha que enviar uma mensagem para o meu filho para poder conversar com ele, porra.

> **Eu preferia que você ficasse.**

Apertei em enviar.

Ouvi o celular dele apitar e observei seus lábios franzirem ao ver que a mensagem era minha. Ele começou a olhar para cima, mas parou, em vez disso, digitou a resposta, presumi.

> **Eu não gosto de você.**

Respondeu.

Encarei a mensagem, odiando aquelas palavras e sentindo o meu peito se apertar como se um elástico envolvesse o meu coração.

> **Eu sei.**

O telefone dele apitou, e ele hesitou, parecendo estar se perguntando se queria manter a conversa. Mas ele continuou, ao admitir:

> **Você me irrita.**

Assenti ao digitar.

> **Faço isso com um monte de gente.**

> **Eu não sou um monte de gente.**

Ele atirou, de imediato.

Parei, sentindo culpa por ter feito com que ele pensasse que não era mais importante que qualquer outra pessoa na minha vida.

> **Eu sei.**

Concordei.

Ele começou a digitar, e eu esperei, mas quando ele continuou e eu não recebi nada, congelei, tanto por gratidão quanto por medo.

Eu estava com medo de que ele tivesse mais a dizer e que fosse difícil de ouvir, mas também estava exultante por ele estar falando comigo. Embora fosse por mensagem, mas ainda era uma forma de comunicação, e isso foi a conversa mais aberta que tivemos desde que ele se mudou.

Patrick virou na St. Charles e seguia para o leste em direção ao Central Business District quando meu telefone vibrou.

Abri a mensagem do Christian.

> **Eu costumava te ver na televisão ou nos jornais. Você tinha tempo para todo mundo, menos para mim. Eu costumava me perguntar o que havia de errado comigo, e daí eu percebi que você só era um babaca.**

Fiquei tenso ao segurar o telefone e tentei pensar no que diria. Ele estava certo, afinal de contas. Não havia desculpa e nenhuma razão era boa o bastante.

E eu sabia que isso estava por vir.

Vamos lá, Tyler. Você teve catorze anos para pensar em como fazer as pazes com ele. *Não conseguiu nada?*

Meu telefone voltou a vibrar.

> **Você é um babaca.**

Respondi rápido.

> **Eu sei.**

Má CONDUTA

> **Um babaca mesmo!**

Ele devolveu.

> **Eu sei.**

Repeti.
Era tudo o que eu podia fazer.
Ele estava certo, e se eu não mantivesse a calma, só o afastaria mais.

> **E eu estou cansado dessa merda de jazz!**

Fiz sumir à força o sorriso que repuxou os meus lábios. Patrick mantinha a música baixa, sem letras, a meu pedido, já que eu geralmente fazia ligações ou trabalhava no notebook enquanto estava no carro. Respondi:

> **Que tipo de música você gosta de ouvir?**

> **Rock.**

Lambi os lábios e olhei para cima, chamando o Patrick.
— Patrick, você poderia colocar numa estação de rock, por favor? — pedi.
Sem responder, ele começou a buscar outra estação. Quando enfim parou em uma música que soava raivosa e falava sobre "casa", eu me recostei no assento e aproveitei a oportunidade para insistir mais com o Christian. Ele estava falando comigo, ou gritando, mas ainda não tínhamos chegado a lugar nenhum.

> **Vamos dar uma festa domingo, você poderia chamar uns amigos.**

O telefone dele apitou, e eu o olhei pelo canto do olho e vi suas sobrancelhas franzidas. Enfim, ele começou a digitar.

> **Não quero ir a uma festa.**

> Comida, música, piscina... você e seus
> amigos podem aproveitar a piscina
> antes que comece a esfriar.

Ele ficou lá, encarando a mensagem e balançando os polegares sobre a tela, parecendo não saber bem como responder. Ele não disse não, então enviei outra mensagem antes que encontrasse uma forma de recusar.

> Convidei o Clyde Richmond.
> Talvez a filha dele vá.

Eu estava esperançoso pra cacete de que isso o atrairia.

Era um almoço de negócios, mas família, cônjuges e namorados foram convidados. Algumas pontes precisavam ser construídas, mas era para ser um evento descontraído também. Se o Christian gostasse da menina, como parecia, e pudesse contar com a segurança dos amigos, talvez ele o desbravasse.

O garoto começou a digitar, mas levou um tempo até eu receber outra mensagem.

> Convidei umas pessoas.

Minha mandíbula doeu com o sorriso, e eu olhei pela janela e soltei um suspiro. Ele deve ter enviado uma mensagem em massa para os amigos. O garoto estava me dando uma chance, finalmente.

Eu estava com um pé na porta.

— Vamos para casa, senhor? — A voz de Patrick flutuou lá para trás.

E eu pisquei, percebendo que não disse a ele aonde iríamos.

— Ah, para o Commander's Place — disse a ele. Eu estava morrendo de fome.

— De novo não — Christian deixou escapar em um rompante, me assustando.

Virei a cabeça e o vi fazer cara feia.

E ri comigo mesmo, porque eu gostei.

Me dê a raiva. Me dê chateação. Mas me dê alguma coisa.

Ergui as sobrancelhas em expectativa e acenei, convidando-o a redirecionar o pedido para Patrick.

— Camellia Grill — ele disse ao motorista.

E eu guardei o telefone no bolso do peito, esperando não precisar dele no jantar.

Má CONDUTA

DEZESSETE

Easton

Deixar Tyler Marek me empurrar para os cantos e sussurrar no meu ouvido bem debaixo do nariz de todo mundo ao nosso redor me colocaria em apuros.

E a ele.

Ele também tinha muito a perder.

Por que, então, eu não estava pondo um fim àquilo?

Eu estava no meio de uma sala em chamas, me desafiando a ficar o máximo possível antes de dar a hora de sair correndo.

— Você está pronta?

Jack olhou para mim por cima do capô, ajustando a gravata azul-marinho de pintinhas rosa sobre a camisa rosa listrada. Não eram muitos os homens que encarariam aquela cor, mas os homens de Nova Orleans eram de uma espécie diferente, e a peça caiu bem nele. Ainda mais combinada à calça de sarja azul-marinho. Abri um sorriso preguiçoso.

— Pronta para quê? — perguntei, olhando Kristen Meyer sair da parte de trás do Jeep de Jack.

Tyler disse que eu poderia levar uma amiga, e pensei que seria mais confortável, ou reconfortante, ter um reforço sendo que eu sabia que Jack passaria a tarde toda socializando.

— Está pronta para a festa? — Jack repetiu. — Você é a Srta. Antissocial-Que-Sempre-se-Sente-Desconfortável-e-Prefere-Ficar-em-Casa-em-vez-de-Ir-a-uma-Festa. Creio que não precise me preocupar, certo?

Seus lábios estavam abertos de orelha a orelha, satisfeitos pela avaliação que fez de mim, e eu simplesmente revirei os olhos.

— Ah — Kristen falou, alisando o vestido cor de pêssego de alcinha, que ia até o joelho. — Então não é só comigo. Ela é sempre difícil. — E olhou feio para mim de brincadeira ao colocar as mãos nos quadris e sorrir.

Ao que parecia, ela achava que éramos próximas o bastante para nos insultar na esportiva.

Ergui uma sobrancelha.

— Só porque eu não saltito por aí como se estivesse num comercial de doces, não significa que eu seja difícil.

E saí, ouvindo o bufo deles às minhas costas ao me seguirem.

Quase segui para a porta lateral, que ficava perto da calçada coberta, mas me impedi bem a tempo, lembrando que deveria fingir que nunca estive ali, e a maioria dos convidados não usaria aquela porta. É claro, meu irmão foi informado do quanto eu tinha ficado próxima a Marek, mas isso não significava que eu poderia ser descuidada.

Antes mesmo de chegarmos à porta, no entanto, ela se abriu, um mordomo que eu não tinha visto antes nos cumprimentou.

— Boa tarde.

— Oi. — Assenti com a cabeça, dando alguns passos na entrada e parando.

Kristen e Jack entraram atrás de mim, e a luz do sol que banhava o chão foi sumindo devagar conforme a porta se fechava.

Inspirei e logo abaixei a cabeça, tentando esconder o sorriso por causa do friozinho na barriga. Eu amava o cheiro dele, e de repente percebi que meu novo lugar favorito era estar aninhada em seus lençóis, onde aquele aroma me cobria.

— Srta. Bradbury. — Ouvi uma voz dizer mais acima.

Olhei para lá, e vi Christian descendo os degraus de madeira escura com uma mão no corrimão de ferro forjado, e logo senti uma leve camada de suor brotar na minha testa.

Sim, aquilo, sem dúvida nenhuma, era inapropriado. Eu não deveria ter vindo.

— Eu não sabia que você viria. — Ele me olhou confuso quando chegou lá embaixo.

É, eu não deveria ter ido, deveria?

Forcei um sorriso e reparei nele. Fiquei feliz por notar que eu não tinha me arrumado demais nem de menos.

Ele usava calça de sarja preta e sapato preto, e embora não tivesse posto uma gravata, ainda parecia arrumado com a camisa social azul-clara com as mangas enroladas. Decidi aproveitar o calor de outubro e usar um vestido de alcinha que caía logo acima dos joelhos, mas embora ele fosse praticamente branco, era cheio de respingos de flores rosa e azul na cintura que parecia muito com uma aquarela. Era vintage, e eu o amava.

— Oi, Christian — eu o cumprimentei com o tom leve. O de professora legal que eu usava com os alunos. — Sim, seu pai me convidou. Esse é o meu irmão, Jack. — Acenei, fazendo piada: — Ele é mais legal que eu. Juro.

Ele assentiu, mas não sorriu.

— E você conhece a Srta. Meyer. — Apontei para Kristen.

Christian deu um sorriso amarelo, mas ainda havia alguma coisa que não estava certa. Eu não sabia se ele já estava desanimado antes de chegarmos, ou se era só a minha sensação hiperativa de culpa por ele talvez não me querer aqui, mas o garoto parecia descontente com alguma coisa.

Tínhamos feito progresso na aula, e o trabalho dele fora de classe era excelente. Seja o que fosse que o estivesse incomodando, não estava prejudicando seus resultados, então eu só podia esperar que não tivesse nada a ver comigo.

O mordomo silencioso de paletó branco e gravata preta se aproximou de nós.

— Está todo mundo lá atrás — ele nos disse. — Só seguir pelo corredor e vocês verão as portas de vidro.

— É — Christian falou. — Venham comigo.

E ele se virou, nos levando para os fundos da casa. O eco dos meus saltos e dos de Kristen abafou qualquer outro som, e Christian nos conduziu pelos pisos de mármore branco da entrada até a ardósia da cozinha, em direção às portas francesas que levavam ao pátio.

— Nossa. Olha esse lugar. — O sussurro de Kristen estava cheio de admiração.

Mas me recusei a olhar ao redor. Se olhasse, veria a porta que levava ao escritório onde ele havia me atacado quatro dias atrás ou o fogão em que fiz o café da manhã usando só a camisa dele.

— É uma casa grande — comentei com Christian, à minha frente. — Quer dizer só para você e o seu pai.

Atravessamos as portas, e Christian se virou, nos olhando despreocupado.

— Ele é meu progenitor, não meu pai — pontuou, olhando ao redor. — E essa casa é dele, não minha.

Ele estendeu a mão e pegou uma garrafa de água entre as bebidas que foram muito bem organizadas na mesa e abriu um sorriso arrogante.

— Divirtam-se — disse, e então deu meia volta e se afastou.

Meu irmão apareceu ao meu lado, balançando a cabeça e observando Christian ir até os amigos.

— Bastante indiferente para um garoto de catorze anos.

É, ele era.

No entanto, eu não conseguia deixar de sentir inveja dele. Talvez se, naquela idade, eu me conhecesse tão bem quanto ele se conhecia, eu não teria me comportado de forma tão idiota. Ele mantinha sua posição, sabia quem era e considerava que todo mundo estava no mesmo padrão. Christian não se negava as coisas só porque era traumatizado. Em vez disso, ele se protegia das coisas dolorosas porque tinha sido decepcionado.

Às vezes, uma segunda chance era pedir muito, ou talvez ele tenha percebido que o pai ainda estava aprendendo.

— Srta. Bradbury.

Falando no diabo...

A euforia varreu o meu peito, e eu não consegui conter o sorriso dessa vez. Ao me virar, estendi a mão, mantendo as aparências.

— Sr. Marek — cumprimentei, quando ele pegou a minha mão, um olhar travesso cruzou o seu rosto.

Ele usava um terno preto, cortado para se adequar ao formato do seu corpo.

E mesmo que o terno fosse preto, a blusa branca e a gravata azul-clara davam um ar despojado e alegre para um almoço ao ar livre.

O homem prolongou o aperto de mão mais que o necessário, prendendo o meu olhar o bastante para me dizer o que se passava em sua cabeça, e então se virou para o meu irmão e estendeu a mão.

— Jack, certo? — perguntou ele. Meu irmão estendeu a mão também, apertando a de Tyler.

— Sim, senhor. Jack Bradbury.

— Oi, Sr. Marek. — Kristen estendeu a mão. — Eu sou a Srta. Meyer. Dou aula de...

— Ciências da Terra — ele a interrompeu, assentindo e apertando a sua mão. — Sim, sei quem você é. Seja bem-vinda.

Olhei ao redor, perguntando-me quanto tempo eu deveria ficar antes de poder ir. Jack, sem dúvida, ficaria até a festa terminar. A quantidade de ternos aqui, todas as pessoas influentes em Nova Orleans, era um buffet social para o meu irmão, e eu tinha certeza de que ele mal podia esperar para começar a circular.

Kristen tinha o tipo de personalidade que se encaixava em qualquer lugar. Ela provavelmente fazia amigos com facilidade. Eu era diferente.

Não difícil, só diferente.

E, nesse momento, eu tinha certeza de que estaria me divertindo mais se estivesse em casa trocando as plantas de vaso ou amolando o meu novo conjunto de facas.

— Bem, sintam-se em casa — Tyler nos disse, fazendo sinal com o copo que segurava. — A comida e a bebida estão logo ali, então fiquem à vontade para se servirem e se misturarem.

Ele me lançou uma olhada rápida antes de voltar a se dirigir ao meu irmão:

— Há algumas pessoas que eu gostaria que você conhecesse — ele disse a Jack, levando-o embora. — E, Srta. Bradbury? — Ele se virou e se inclinou. — As senhoras estão bem ali. — E apontou com a cabeça para a panelinha de bege e rosa reunida ao redor das mesas, rindo e conversando. — Deve ser mais seguro — Marek falou, e desviei o olhar para ele de repente, bem a tempo de ver seu sorriso presunçoso antes de me virar.

Mais seguro?

Como em: vou me sentir menos intimidada?

Bufei, seguindo Kristen até a mesa de bebidas. Talvez ele estivesse me provocando. Talvez estivesse me desafiando, mas eu não estava mais entediada.

Peguei uma taça de champanhe cheia com alguma coisa laranja, circulei pela festa com Kristen, reparando no ambiente animado e no dia bonito. O quintal era pavimentado com mais ardósia, parecida com a da cozinha, com esparsas áreas gramadas aqui e ali. Havia algumas árvores, que chegavam à altura de uma casa, e ao redor uma cerca de ferro fundido e uma folhagem vasta, incluindo samambaias, roseiras e sebes bem aparadas.

Havia mesas com canapés e bebidas, assim como um bar completo, porque o pessoal de Nova Orleans bebe em qualquer ocasião. Até mesmo em funerais. O almoço provavelmente seria servido nas mesas, em vez de no estilo americano, porque, bem, Tyler não tratava seus negócios com desleixo.

E esse almoço era de negócios.

A peça de destaque no quintal era uma piscina retangular com azulejos azul-escuro que a fazia parecer com o mar Mediterrâneo. Ou, assim eu pensei, já que nunca estive lá.

E, então, ao olhar para a esquerda, parei na mesma hora, vendo uma quadra de tênis individual. Estreitei os olhos.

Por que não a notei essa semana quando estive ali?

Não é como se eu tivesse passado tempo ao ar livre, mas dei uma olhada através da porta e notei a piscina e a bela paisagem.

Meus pés e pernas formigaram com o desejo de entrar na quadra, e comecei a suar. De repente, quis voltar a segurar uma raquete e a perseguir a bola. Por anos, tentei, esporadicamente, voltar para a quadra e me sentir confortável, mas nunca deu certo. Agora eu queria.

O amor pelo tênis deve ter sido enfiado em mim na "base da pancada", por assim dizer, mas ainda era amor.

Os convidados haviam se separado em facções, ao que parecia. Christian, junto com alguns amigos que reconheci, pegaram comida e sumiram para dentro de casa, talvez para assistir a um filme ou para jogar videogame. Eu não podia imaginar que o evento fosse muito divertido para eles.

As senhoras, ou esposas, tinham se agrupado mais afastadas, e embora parecessem estar se divertindo, eu não queria me render a qualquer molde com o qual Tyler me desafiou. Muitas das mulheres, eu tinha certeza, cuidavam de organizações de caridade, escreviam blogs de sucesso e tinham a própria carreira; no entanto, ainda havia uma mentalidade de clube do Bolinha aqui na cidade que as mantinha para escanteio.

Deixei minha taça vazia sobre a mesa e peguei outra com a mesma bebida. Não era alcoólica, mas ainda assim uma deliciosa mistura de suco de laranja, de abacaxi e Sprite, eu pensei.

Com Kristen atrás, fui até Jack, vendo-o conversar com um pequeno grupo de homens, incluindo Tyler, Mason Blackwell e alguns outros que não reconheci. Eu não podia imaginar por que Tyler havia convidado aquele homem, eu sabia que ele não gostava dele, mas tive certeza de que tinha tudo a ver com negócios e nada com prazer.

— O outro partido já está apoiando Evelyn Tragger — um dos cavalheiros disse, despreocupado, ao se dirigir a Blackwell. — Ela é franca e determinada, tem uma boa reputação ao norte de Baton Rouge e é muito popular em certos círculos aqui.

— E ela não está feliz com você, Mason — outro convidado fez piada, antes de tomar um gole do seu uísque com gelo.

Parei atrás de Blackwell, que não notou a minha presença.

— É claro que não está — afirmou Blackwell. — A maioria das mulheres solteiras estão descontentes.

Má CONDUTA

O grupo caiu na gargalhada, alguém concordou com a cabeça e, de repente, fiquei irritada com o sorriso boçal, sem-graça e arrogante deles.

Endireitei as costas, cruzei os braços e inclinei a cabeça.

— E só o fato de ser homem te faz digno da política? — retruquei.

Todo mundo se virou para me olhar, de repente notando que eu estava ali, menos o Jack. Ele se limitou a olhar para baixo ao suspirar, talvez se preparando para as minhas esquisitices, que ele conhecia muito bem.

Blackwell olhou para mim com um meio-sorriso e um olhar definitivamente divertido estampado no rosto. Os três cavalheiros que não reconheci me avaliaram com interesse, parecendo surpresos, mas nada ofendidos. Eu não fazia ideia do que Tyler estava pensando, mas podia sentir seu olhar em mim.

— Hum, cavalheiros. — Ouvi a risada que Tyler manteve contida. — Essa é a Srta. Easton Bradbury. Ela é…

— Uma eleitora — terminei por ele, prendendo Blackwell com um olhar severo. — E eu gostaria de saber, Sr. Blackwell, por que em meio aos cem senadores aqui nesse país, só cerca de vinte são mulheres?

Eu não me importava muito com o gênero dos nossos líderes, mas estava interessada em ouvir a resposta dele.

— Nenhuma delas são da Louisiana nem do Sul, a propósito — adicionei. — Na verdade, a Louisiana só elegeu uma única senadora ao longo da história.

Era mentira. Tinham sido três, na verdade, mas eu queria ver se ele me corrigiria.

Ele ficou lá, uma mão deslizando casualmente para o bolso e a outra segurando um copo com algo marrom dentro.

— O trabalho vai para quem estiver qualificado — ele respondeu, e eu quase ri.

— Uma taxa de vinte e oito porcento de pobreza infantil — indiquei —, e um dos maiores aumentos da população carcerária do país. — História e política andavam de mãos dadas. Eu não poderia amar uma sem estar informada da outra. Prendi o seu olhar. — Também somos o estado mais insalubre do país, baseado nas taxas de obesidade, suicídio, consumo de álcool e gravidez na adolescência.

O olhar dele vacilou por uma fração de segundo, e eu deduzi que ou ele não estava ciente; se estava, não se importava; ou se estava, não tinha uma resposta.

O problema das pessoas como Blackwell era que elas tratavam o serviço público como uma extensão da carreira. Era um meio para ganhar influência e mudar as leis que os impediam de ganhar dinheiro como quisessem. O serviço público deles nada tinha a ver com o público.

E eu também não tinha certeza se a proposta de Tyler era nobre.

Respirei fundo e ergui o queixo.

— Acabei de te dizer que a maior parte do seu futuro eleitorado é subnutrido e não tem acesso à educação — esclareci. — Agora, eu jamais basearia o meu voto na raça ou no sexo de alguém, mas pode ter certeza de que o meu voto não está garantido simplesmente porque você tem um pau.

Tyler se engasgou com a bebida e tossiu, os outros cavalheiros explodiram em bufos e risadas que logo trataram de ocultar tapando a boca com a mão.

Kristen pigarreou, e eu podia dizer que ela queria rir, e um sorriso repuxou os lábios de Blackwell.

Inclinando-se, ele sussurrou no meu ouvido:

— Mas você nem o viu.

A voz baixa estava carregada com insinuação sexual, e eu fiquei tensa, sentindo os pelos da minha nuca se eriçarem. Esse cara era nojento.

— Tyler — uma mulher disse às minhas costas. — Você não vai me apresentar?

Blackwell se afastou, ainda sorrindo, e virou a cabeça, vendo a bela loura de vestido vermelho transpassado surgir por detrás dele.

E eu fiquei tensa, lembrando-me dela. Era a loura do baile de Mardi Gras.

Ela parou do lado de Tyler e, na mesma hora, senti o rubor tomar as minhas bochechas.

— Eu sou Tessa McAuliffe. — Ela sorriu, estendendo a mão. — E você é?

Abri a boca para falar, mas Tyler me cortou.

— Tessa — ele interrompeu, dando um passo na minha direção —, preciso falar com a Srta. Bradbury. — Ele deu um sorriso educado, mas que não chegou aos seus olhos. — Por favor, nos deem licença por um momento — ele disse a todos.

Estreitei os olhos, pronta para objetar, mas ele agarrou o meu cotovelo e me afastou do grupo tão rápido que quase tropecei no caminho de lajotas.

— O que você está fazendo? — sussurrei, enquanto ele movia a mão pelas minhas costas, continuando a me conduzir para fora do pátio e para dentro da casa.

Mas ele não respondeu.

A maioria dos convidados estava lá fora, mas havia alguns espalhados, circulando pela casa, assim como os funcionários organizando a comida e os suprimentos para as mesas.

— Tyler, alguém vai ver a gente — sussurrei, enérgica, tentando fincar os pés e detê-lo.

Mas assim que passamos pela confusão na cozinha, ele me pegou pela mão e me puxou para um corredor mal-iluminado, passou pelo vestíbulo seguindo para a sua toca. Ele abriu a porta, me puxou para dentro e a bateu. Ao soltar minha mão, foi para trás da mesa e cruzou os braços, olhando dentro dos meus olhos.

Que merda estava errada com ele?

A mulher só queria ser apresentada. Ele achava que eu não sabia ser discreta? Ela não poderia ter me reconhecido. Ou talvez ele estivesse bravo por causa do meu comportamento antes de ela chegar. Acho que não fui tão discreta assim.

— O que ele disse para você? — Tyler rosnou. — Quando sussurrou no seu ouvido?

Inclinei a cabeça, decidindo ser teimosa.

— Importa? — brinquei.

Ele balançou a cabeça, soltando uma risada amarga.

— Nem tudo o que está na sua cabeça precisa sair pela sua boca — ele me repreendeu.

Ah, agora estávamos chegando a algum lugar.

— Você está bravo por causa do que eu disse ou porque chamei atenção para mim mesma? — inquiri, também cruzando os braços. — Talvez eu também não deva usar saia curta.

Ele espalmou a mesa e olhou feio para mim.

— Não é esse o problema.

— Tá bom. — Sorri. — Deixe-me adivinhar. Eu me esqueci do meu lugar. Pernas abertas, boca fechada, certo?

Ele se ergueu, contornou a mesa devagar e olhou para mim lá de cima.

— Não seja dramática.

Minha pele formigou, meu coração acelerou.

— Por que você está bravo?

— O que ele te disse? — O lábio inferior carnudo estava rígido por causa da tensão.

— Esqueci. — Dei de ombros. — Algo sobre o pau dele.

Todo o rosto dele ficou tenso.

— Eu deveria ter batido nele.

— E por que não bateu?

— Porque não sou criança! — ele gritou. — Sou um adulto que escolhe as próprias batalhas. Não saio correndo, de forma impulsiva, não importa o quanto eu queira ver aquele cara coberto de sangue só por ter chegado perto de você.

— Que pena — provoquei, com um leve sorriso nos lábios. — Se tivesse, eu estaria de joelhos, chupando o seu pau nesse exato minuto em vez de estar pensando no dele.

Seus olhos se inflamaram, e ele mostrou os dentes. Segurou a minha mandíbula com uma mão e pairou bem perto dos meus lábios, então me girou devagar e fez a minha bunda bater na mesa, a bandeja de pastas no canto caiu no chão.

Meu sangue ferveu. *Isso.*

Saltei para cima, plantei a bunda na mesa e envolvi minhas pernas vorazes ao redor da sua cintura quando ele moveu a mão para a minha nuca e partiu para cima de mim, com os lábios ardentes e fortes.

Choraminguei, a língua dele enviou arrepios pelo meu corpo, descendo em uma espiral para o meu ventre e latejando entre as minhas pernas.

Suas mãos estavam em toda parte, debaixo do vestido, dentro da minha calcinha e agarrando a minha bunda.

— Tyler — gemi, ao mordiscar os seus lábios.

— Você está me levando à loucura — ele suspirou, parecendo nervoso ao chupar e morder o meu lábio.

Uma de suas mãos soltou a minha bunda e se ergueu para segurar o meu seio por cima do vestido. A outra foi para o meu cabelo, segurando a minha cabeça pelo couro cabeludo.

Ele arrancou a boca da minha, e eu choraminguei com a fisgada.

Tyler olhou para abaixo, apertando ainda mais o meu seio.

— Hoje à noite, você vai ficar de joelhos — ele sussurrou, ao me beijar —, e eu vou gostar do som de você calando a boca. Agora, vai lá para fora e me faça sentir ciúme. — Ele se afastou, me agarrando pelo braço e me arrancando da mesa. — Vai deixar a sua punição muito mais divertida.

Ele contornou a mesa, e eu apertei os músculos das minhas pernas para impedi-las de tremer. O ardor feroz entre as minhas coxas doía, e eu estremeci de desconforto.

Má CONDUTA

Mas eu não daria a ele o prazer de saber o tanto de tesão com que ele tinha me deixado. Eu poderia aguentar o que ele me desse em qualquer lugar. Ao menos foi o que eu o levei a acreditar.

Eu me aprumei, dei meia-volta e atravessei a porta.

— E Easton? — eu o ouvi chamar.

Eu me virei e o vi me olhando com o telefone na orelha ao fazer uma ligação.

— A Louisiana teve três senadoras ao longa da história, não uma só — ele disse, com a sobrancelha erguida antes de desviar o olhar e me dispensar.

Permiti que os cantos da minha boca se erguessem antes de eu sair.

Ele pode ter acabado de garantir o meu voto, afinal.

— Certo. — Segurei a raquete com a mão direita e a bola amarela de tênis com a esquerda. — Fique entre a marca do centro e a linha lateral, e você vai ter que sacar na diagonal oposta — instruí Christian. — Você pode acertar as linhas, mas se a bola cair para fora desses limites, você perde ponto.

Ele assentiu, fazendo a mesma careta que vi seu pai fazer com frequência. Era divertido, porque acho que o olhar intimidava a maior parte das pessoas. Parecia que ele estava com raiva, mas era simplesmente como ele ficava quando prestava atenção. Eu o vinha ganhando na sala de aula cada vez mais ultimamente.

A maioria dos amigos de Christian já tinha ido embora da festa, apenas uns poucos ainda estavam por ali, porque os pais ainda estavam. Quando perguntei sobre a quadra de tênis, ele disse que ela tinha vindo com a casa quando o pai a comprou anos atrás. Mas, até onde ele sabia, nunca foi usada.

Ainda assim, parecia bem cuidada, embora a rede estivesse precisando ser trocada. Estava manchada por causa das chuvas fortes ao longo dos anos e desgastada.

Joguei a bola para o alto, acima da minha cabeça, e recuei com a raquete, o barulho surdo do impacto fez os meus braços se arrepiarem. A bola voou para o outro lado e pousou na área de saque oposta, quicando várias vezes antes de finalmente parar perto da cerca.

— E então é a vez da outra pessoa sacar? — ele perguntou, com as mãos nos bolsos.

Entreguei a raquete a ele e fui até a lateral, descalça, e peguei a lata nova de bolas que ele tinha trazido.

— Não. Você saca o jogo todo — gritei, olhando para o jardim e vendo que mais convidados iam embora.

— O jogo todo? — ele deixou escapar, parecendo assustado. Tentei não rir.

— Não a partida toda — esclareci, enfatizando o vocabulário diferente. — Só o jogo. O individual masculino normalmente têm dois sets por partida, e um terceiro, se for necessário.

Descasquei o invólucro da tampa da lata e abri o selo. Na mesma hora abaixei o nariz e senti o cheiro de bola nova. Lembrou-me de verões e suor, Gatorade e músculos doloridos.

— Você pratica esporte na escola? — perguntei a ele.

Ele estendeu o braço para cima, mergulhou a raquete por trás da cabeça e tentou praticar o saque.

— Sim — suspirou. — Jogo futebol, mas...

— Mas o quê?

Ele deu de ombros.

— Eu não sei. Só me sinto... pressionado, eu acho — confessou, tentando fazer mais movimentos. — Acho que não sou muito bom. O outro time ou todo mundo assistindo ao jogo às vezes entra na minha cabeça, e é tudo em que eu consigo pensar.

Sorri para mim mesma, sabendo exatamente do que ele falava. Era muito comum que atletas sentissem a expectativa do público, e a vitória era tanto um processo psicológico quanto físico.

— Sabe o que eu percebi quando jogava tênis? — perguntei a ele. — Que você está interpretando um papel, por assim dizer. Quando coloca o uniforme e pega a bola, às vezes tem que se tornar outra pessoa para jogar. Uma pessoa mais corajosa, mais resistente, mais durona... quando está em um ambiente competitivo, você é você vezes dez.

Ele franziu as sobrancelhas, como se entendesse o que eu disse, mas não tivesse certeza do que fazer com a informação.

— O jeito mais fácil de colocar essa máscara nova é fazer algo com a sua aparência — sugeri. — Eu costumava fazer tranças elaboradas antes de prender o meu cabelo em um rabo de cavalo para a partida. Meio que me ajudava a manter a cabeça no jogo e a me sentir mais forte — contei a ele. — Outros atletas pintam o rosto...

Ele assentiu, parecendo se agradar com a ideia.

— Olá. — A voz de uma mulher interrompeu, e eu virei a cabeça e vi a loura de antes, Tessa McAuliffe.

Estreitei os olhos, mas logo me recompus. Pensei que ela tivesse ido embora.

Muitos dos convidados tinham ido, e eu já estava me preparando para pegar o meu irmão, que estava absorto em uma conversa com um dos assistentes do prefeito, e a Kristen, que conversava com o filho de alguém de algum lugar importante, e ir embora. Tyler entrava e saía da festa, falava com algumas pessoas e fazia contato visual, provavelmente para se certificar de que eu estava me divertindo.

Mas eu estava bem.

Conversei com vários convidados, e meu irmão estava no seu habitat. Tyler esteve no meu território algumas vezes, então era justo que eu invadisse o dele. Foi um abrir de olhos ver as pessoas de quem ele se cercava. Blackwell, outros políticos e membros da elite.

E então Tessa McAuliffe, quem eu lembrava que também apresentava um noticiário matutino. Era razoável acreditar que Tyler a convidara devido à influência que ela tinha ou por suas conexões com a mídia, mas eu ainda não gostava da forma como ela disse o nome dele.

Ou a forma muito familiar que agia com ele.

— Tentei me apresentar mais cedo — disse ela, estendendo a mão —, mas ele sumiu com você bem rápido. — A mulher me olhou com uma centelha no olhar.

Assenti uma vez e apertei a mão dela.

— Easton Bradbury.

— Tessa McAuliffe.

— Sim, eu sei — respondi, virando-me para entregar a lata de bolas de tênis para Christian antes de voltar a olhar para ela. — Do programa matutino, não é?

Ela sorriu, estreitando os olhos de brincadeira.

— Não é uma fã?

— Ah, não — atirei. — Tenho certeza de que gostaria dele, mas cultura pop não é muito a minha.

Ela assentiu, e eu permiti que meus olhos percorressem o seu corpo por um instante. Ela parecia tudo o que eu desejava ser.

204 PENELOPE DOUGLAS

O vestido vermelho se destacava em meio aos bege e rosa das outras convidadas, e ela caminhava com graça em seus saltos. O cabelo estava muito bem arrumado em um penteado alto, com cachos louros e exuberantes caindo ao redor do rosto. A maquiagem era suave; e a postura, confiante.

Meu vestido parecia infantil agora, e os sapatos azul-escuro que corri para comprar para combinar com as flores nele pareciam baratos comparados aos dela. Não que eu não tivesse dinheiro para comprar coisas de marca; ganhei uma pequena fortuna jogando tênis e até mesmo bancando a modelo em anúncios de roupas e calçados. Eu simplesmente não tinha interesse em gastar meu dinheiro em coisas que considerava pouco práticas.

Até agora.

Ela era uma mulher, e eu me senti uma menina ao seu lado, com meus cachos soltos em vez de estarem presos e parecendo sofisticados. Eu deveria ter feito algum penteado.

O que o Tyler prefere? Ele a acha mais bonita? Mais apresentável? Eu...

Pigarreei, detendo-me.

Ridículo. Como eu acabei cheia de inseguranças assim do nada? Tudo o que importava era eu. O que me deixava confortável e do que eu gostava.

E Tyler, com certeza, parecia gostar de algo em mim.

— E o que você faz? — perguntou, interrompendo meus pensamentos.

Respirei fundo, dando um passo para o lado para calçar os meus sapatos.

— Dou aula na Braddock Autenberry.

— Onde o Christian estuda? — ela perguntou. — Você dá aula de quê?

Meus dedos doeram quando voltei a empurrá-los nos sapatos apertados.

— História geral e dos Estados Unidos — respondi. E daí parei e olhei para ela. — Está apoiando a campanha do Sr. Marek? — perguntei, pronta para descobrir exatamente as intenções dela.

— Sr. Marek? — ela zombou. — Ele não te deixa chamá-lo de Tyler?

Endireitei os ombros, olhando para Christian e o vi correndo para pegar as bolas que tinha rebatido.

— Ele é pai de um aluno — esclareci. — Eu não deveria tratá-lo com familiaridade.

— Nem mesmo quando estão sozinhos?

Prendi o olhar dela, mesmo o meu pulso estando acelerado no peito.

Ela era mesmo tão perceptiva?

Ou o Tyler havia contado para ela?

Não, ele não faria isso. Seria traição contar para outra mulher sobre o relacionamento que tinha comigo.

Ela deixou escapar uma risadinha.

— Não é difícil de adivinhar, Easton — ela se gabou. — Conheço a maioria dos convidados dessa festa, e nenhum deles dá aula na Braddock Autenberry. — Ouvi os passos de Christian mais perto enquanto ele corria para o seu lado na quadra. Ela deve ter visto o garoto, porque se aproximou mais. — E a julgar pela forma como ele esquadrinha o lugar o tempo todo, à sua procura, eu diria que está sendo muito territorial — ela observou, olhando para trás, para a festa.

Segui o seu olhar, e vi Tyler em um grupo de homens, e como se pegasse a deixa, ele virou a cabeça e prendeu o olhar com o meu, imediatamente, já sabendo onde eu estava. Daí seus olhos estreitaram, e a mandíbula contraiu, deixando claro que não gostou de eu e Tessa estarmos conversando.

Ela voltou a se virar, parecendo presunçosa.

— Ele vem fazendo isso o dia todo, sabe?

Não. Eu não sabia. E mesmo gostando de saber que eu estava na cabeça dele, ela pode não ter sido a única a notar. Meu irmão, agora a Tessa... quanto tempo até os outros saberem que havia algo se passando entre nós?

Inferno, Mason Blackwell provavelmente me reconheceu daquele dia no Bairro Francês. Meu trabalho, o Christian, a campanha do Tyler... havia risco demais envolvido.

Ela deu um sorriso desdenhoso e se virou, afastando-se, obviamente tendo conseguido o que pretendera fazer. Talvez ela me quisesse fora do caminho, talvez tivesse a intenção de nos separar, ou talvez só estivesse se divertindo, mas uma coisa estava clara: ela não estava do meu lado. A mulher gostou de me deixar desconfortável.

Logo olhei para onde Tyler tinha estado e notei que ele não estava mais lá.

— Merda — murmurei baixinho.

Olhei para o Christian. Amei ver o quanto ele estava se esforçando. Queria poder ficar mais tempo com ele na quadra, mas estava na hora de dar o fora dali.

E nunca mais voltar a estar em público com o Tyler.

Depois de me despedir de Christian, atravessei o gramado e fui para a calçadinha. Entrei na casa e procurei Tyler, a começar pela sua toca.

Espiando lá dentro, não vi ninguém, mas quando ouvi vozes vindas da sala ao lado, empurrei a porta sem fazer barulho e vi Tyler lá com três homens ao redor da mesa de sinuca.

Um homem mais velho de terno cinza bateu em suas costas quando ele se curvou sobre a mesa para dar uma tacada.

— Não há dinheiro o bastante no mundo para comprar o seu encanto, Marek — ele declarou, soltando uma gargalhada.

Tyler balançou a cabeça e deu a tacada, derrubando a seis na caçapa do canto. O irmão, que eu já havia conhecido, estava apoiado no próprio taco, enquanto o outro, uns anos mais velho, tragava o charuto para o lado, todos sorridentes e parecendo relaxados. Endireitei as costas.

— Sr. Marek, sinto muito interromper. — Abri a porta por completo e entrei. — Meu irmão e eu já estamos indo, e queria te agradecer pelo convite.

Ele se endireitou, e eu não perdi a forma como seus olhos vagaram pelo meu corpo.

O cara do charuto soltou uma risada.

— Posso convidá-la para minha próxima festa? — ele perguntou. — Ela é uma coisinha bonita. E muito divertida também — adicionou, e percebi que ele deve ter estado no grupo de homens lá fora. Em seguida, Jay sorriu.

— É, eu nunca tinha ouvido ninguém falar com o Blackwell daquele jeito.

— Viu? — Tyler se virou para mim, todo brincalhão. — Você não pode ir. Seus encantos são necessários.

— Não são encantos — disparei. — Chama-se educação. E eu não posso ficar, infelizmente. Tenho planos para essa noite. Então, mais uma vez, obrigada por me convidar.

Eu me virei para sair, mas dei apenas uns poucos passos até que uma mão enganchou por dentro do meu cotovelo e me girou.

— O qu... — Mas minha reclamação foi interrompida.

A boca de Tyler cobriu a minha, as mãos prenderam a minha cintura e puxaram meu corpo para o seu. Eu me contorci, empurrando-o pelo peito mesmo quando o sabor dele enviou arrepios pelas minhas coxas.

Mas que merda?

Prendi seu lábio inferior entre os dentes e mordi, senti-o se afastar de supetão e pôr fim ao beijo. Mas o homem não me soltou.

— Cavalheiros — Tyler falou para eles, mas olhando para mim —, poderiam nos dar licença, por favor?

Ouvi as vozes baixas e divertidas enquanto eles passavam por nós e atravessavam a porta, mas eu estava envergonhada demais para olhar. Senti o rosto queimar, e quis bater em Tyler.

Eles fecharam a porta, e eu não esperei nem mais um segundo.

Bati no peito dele, enfim fazendo-o se afastar.

— Como você teve a coragem de me humilhar desse jeito na frente dos outros?

— Você gostou — ele retorquiu, virando para guardar o taco no suporte.

— Eles poderiam contar para alguém!

— O de terno marrom está dormindo com a babá dos filhos. O outro faz a secretária manter o registro das amantes, e o outro era o meu irmão — respondeu. — Quase todos nós somos cavalheiros, fora do quarto, pelo menos — adicionou —, e não espalhamos os segredos um do outro. Você queria que eu a reivindicasse; foi o que eu fiz.

Eu não queria que ele me reivindicasse.

Ok, talvez eu tivesse esperado que ele tivesse dito ou feito algo quando do Blackwell fez aquela insinuação, mas eu não queria ser tratada como o pedaço de carne dele diante de um grupo de homens.

Cruzei os braços.

— Você acabou de me comparar com os casos extraconjugais deles.

Ele soltou um suspiro, largando-se na poltrona de couro de respaldo alto.

— O que te deixou irritada, de novo, que a fez querer ir embora? — Pressionei os lábios com força e me virei, indo para a porta. — Tessa McAuliffe — ele falou, e eu parei de imediato.

Virando-me, olhei feio para ele.

— Eu não estou nem aí para isso — disse a ele. — E não estou irritada.

— Não, mas você está muito encrencada — ele retrucou. — Acho que é isso que mais gosto na sua pessoa. Você vale cada porra de segundo da frustração que me causa.

Ele relaxou no assento, e descansou a cabeça na mão que estava apoiada no braço da poltrona.

Eu me aproximei, engolindo o nó na minha garganta.

— Você transou com ela?

— Sim.

Soltei um suspiro baixo. Não gostei de saber.

— Quando foi a última vez? — perguntei.

Ele manteve os olhos nos meus e respondeu com calma:

— Há uns dois meses.

Eu me aproximei, odiando tudo o que estava ouvindo, mas incapaz de pôr um fim à conversa. É claro que ele tinha ido para a cama com ela; a mulher era linda e sofisticada, e eu era uma puta de uma bagunça.

Pigarreei, e meu olhar vacilou.

— Vocês eram exclusivos?

— Não.

Movi os lábios, mal conseguindo dizer as palavras.

— Quantas foram ao mesmo tempo?

— Muitas.

Senti meu peito tremer, e desviei o olhar, sentindo os olhos queimarem.

Então ele não tinha relacionamentos monogâmicos. Ninguém prendia sua atenção por muito tempo.

Mas era o que eu queria, não? Eu era igual. Nós éramos iguais.

Então por que era tão difícil ouvir o que ele dizia?

— Jesus, você é uma idiota.

Olhei para cima de supetão, vendo-o balançar a cabeça e me olhar de cima como se eu fosse patética.

Ele se levantou e veio até mim.

— Você é jovem e ingênua.

Fiquei ofegante, franzi as sobrancelhas e fiz careta.

— Faz as perguntas mais imbecis e está fazendo pirraça feito uma criancinha — ele acusou. — Isso me dá tédio.

Rosnei baixo, pronta para ir embora, mas ele segurou o meu rosto e falou com rispidez, a voz e o calor do seu fôlego me tomaram de assalto.

— É, eu estive com outras mulheres — confessou, mostrando os dentes. — Muitas delas. Tenho trinta e cinco anos, pelo amor de Deus. — Ele balançou a cabeça de leve. — Tessa McAuliffe é uma mulher bonita, e nos aproveitamos um do outro muitas vezes.

Eu bati em seu peito com a palma da mão, mas ele nem se mexeu.

— Muitas vezes? — vociferei.

Ele fez que sim, ficando bem na minha frente.

— É, muitas vezes.

Senti meus olhos se encherem de lágrimas, e ele se aproximou e roçou os lábios nos meus.

— Tudo antes de você — sussurrou, me fazendo parar de respirar. — Não houve ninguém desde você.

Fiquei parada, precisando me afastar, mas querendo ficar.

— É por isso que você é tão idiota. — Ele agarrou a parte de trás das

Má CONDUTA

minhas coxas e me colocou em cima da mesa de sinuca. — Por que diabos eu ia querer aquela mulher ou qualquer outra quando eu tenho isso?

Ele puxou o meu vestido para cima, a calcinha para o lado, expondo a minha boceta, e mergulhou, capturando o meu clitóris com a boca.

Meus olhos reviraram e minha cabeça caiu para trás quando sua mão empurrou a parte de cima do meu corpo, me fazendo deitar na mesa.

— Tyler — gemi. — Você tem que parar.

Fechei os olhos com força, tentando impedir que o tornado no meu ventre ficasse ainda mais forte, mas ele estava indo com tudo.

Seus lábios cobriram o meu clitóris, sugando-o entre os dentes e me aquecendo com seu fôlego ardente na minha entrada. Ele estava chupando com tanta força.

E então ele começou a arrastar a língua para cima e para baixo, alternando isso com as chupadas enquanto eu, aos poucos, me abaixava na mesa. Levando as mãos aos meus joelhos, ele os empurrou para cima, fazendo-os quase tocar os meus ombros, abrindo-me por completo para ele.

Minhas coxas ficaram tensas na mesma hora, querendo se fechar, porque me senti muito exposta, mas ele começou a beijar e a morder e a fazer tudo o que me levava à loucura.

— A porta não está trancada — roguei.

Mas, então, ele empurrou a língua para dentro de mim, e eu gemi.

— Oh, Deus — arquejei, minha boceta latejando com tanta força que eu mal pensei em nada senão na necessidade de preenchê-la.

— Tyler, a fechadura — arfei, choramingando. — Por favor.

Senti sua boca deixar a minha pele, e olhei para baixo para ver sua sobrancelha inclinada.

— Pensei que você gostasse de ficar no meio de salas pegando fogo — ele desafiou.

Babaca.

Ele sorriu, foi até lá e trancou a porta. Voltando a passos largos, deslizou os braços por debaixo das minhas coxas e me puxou para a beirada da mesa. Ele, então, enganchou os dedos na minha calcinha e a deslizou pelas minhas pernas, meu sapato havia caído há muito tempo.

Ele voltou a se abaixar, dando lambidelas no meu clitóris e girando a língua lá enquanto abria o cinto.

— Quando a Tessa está feliz, ela sorri — ele comentou, sobre a minha pele. — Quando está com raiva, ela sorri.

Passei os dedos pelos seus cabelos, ouvindo.

Ele se levantou e me puxou, levou a mão às minhas costas e abriu o meu vestido.

— Você é o completo oposto — ele disse, olhando nos meus olhos. — Você diz o que pensa e se recusa a agradar pessoas a quem não pode suportar. Você é como uma bola de fogo que eu não posso segurar por muito tempo.

Ele puxou a parte de cima do meu vestido, levando as alças do sutiã junto, e me empurrou para trás para espalmar os meus seios e esfregar os polegares nos meus mamilos.

Gemi, permitindo que meus olhos se fechassem.

— Seu lugar é na minha cama todas as noites, e eu detesto não poder te ter lá — ele disse, entredentes, a mão trabalhando entre nossos corpos. — Eu quero te comprar coisas só para que você as jogue na minha cara, e quero te levar para Fiji só para poder arrancar um biquini do seu corpo. — Senti a ponta quente do pau dele na minha entrada, e pude sentir a umidade entre as minhas pernas. — Eu disse que o meu pau era seu, e falei a verdade — ele suspirou, agarrando os meus quadris ao entrar com tudo dentro de mim.

Gemi, sentindo a dor deliciosa dele me esticando. Ele tapou a minha boca com a mão, entrando mais e mais forte. Eu amava senti-lo, o quanto a gente se encaixava tão perfeitamente. Eu amava o cheiro e o sabor dele, que tanto me excitavam quanto me acalmavam.

Mas o que eu amava mais eram os seus olhos me observando enquanto ele pairava sobre mim.

— Você foi um pouco malcriada hoje — ele me repreendeu. Assenti, fechando os olhos com força. — Estava com ciúme, não estava? — ele perguntou.

Mordi o lábio inferior, gemendo enquanto ele tirava a mão da minha boca e começava a traçar círculos no meu clitóris.

— Sim — suspirei.

— Por quê?

Engoli em seco, minha boca parecendo um deserto por causa do esforço.

— Ela me falou de você — comecei, meus peitos sacudindo para cima e para baixo com as suas estocadas. — Ela fala de você como se o conhecesse melhor. Ela te toca em público e te chama de "Tyler".

Ele se abaixou, sem jamais diminuir o ritmo, o rosto pairando sobre o meu.

— Ela não vai ficar com nada disso, linda — ele sussurrou. — Não é ela quem eu não posso parar de ver nem em quem eu não posso parar de pensar.

Dei um sorriso discreto, e as juntas dos seus dedos afagaram a minha bochecha.

Minha boceta começou a se contrair, e ele se levantou, indo mais forte e mais rápido.

— Ah, Deus — arquejei.

— Você vai ser boazinha agora? — ele me desafiou, segurando o meu quadril com uma mão e o meu seio com a outra.

Arqueei as costas, aceitando tudo o que ele estava me dando, e fechei os olhos.

— Vou — sussurrei.

Mas quando o orgasmo explodiu entre as minhas pernas e flutuou até o meu ventre, eu sorri, sabendo que jamais manteria a promessa. E ele também não queria que eu a cumprisse.

DEZOITO

Tyler

A vida nunca sai conforme o planejado.

Verdade seja dita, a gente passa horas planejando e se preparando, e a única coisa com que se pode contar assim que termina é que será assim que as coisas não acontecerão.

Esse ano era para ser do Christian, construir um relacionamento com ele, e do meu futuro no Senado. Mas tudo o que precisou foi do olhar de uma mulher, olhos dizendo o que ela não queria confessar em voz alta e, de repente, ela é tudo em que você pensa.

Easton ficou com ciúme no fim de semana, não só de Tessa McAuliffe, mas também por ter que esconder o nosso relacionamento. Ela jamais admitiria o fato, porque era teimosa pra cacete, mas ela queria mais.

O alívio em seus olhos e o sorriso amarelo que ela me deu quando confessei o quanto a queria estavam acabando comigo, porque o que eu disse era verdade, e eu não tinha ideia do que fazer.

Eu tinha trinta e cinco anos e nunca fui casado, então por que eu não deveria querer algo permanente? Ela era jovem, bonita, inteligente e tinha boa formação, e embora o temperamento fosse um pé no saco, também era importante reconhecer a sua força. Eu gostava da ideia de tê-la ao meu lado por toda a vida. Patrick abriu a porta, e eu saí do carro, abotoei o paletó preto de risca de giz ao atravessar o gramado até a lateral do campo de futebol.

Perdi o lembrete do jogo no meu calendário e tinha me distraído quando a secretária me lembrara durante uma reunião, porque eu estava tentando fazer muita coisa ao mesmo tempo, e agora estava atrasado.

Para variar.

Má CONDUTA

Meu pai sempre ia aos meus jogos, na hora certa, pronto para torcer por mim. Ele também foi um homem ocupado, ainda era, mas conseguia aparecer.

Ele me diria que eu simplesmente não conseguia estabelecer minhas prioridades, e a raiz do problema era o egoísmo. Eu queria o que queria, e não abriria mão de uma coisa para ter a outra.

Ele nunca pegou leve comigo e era comum chamar a minha atenção como se eu ainda tivesse vinte e dois anos e não fosse um homem crescido que construiu uma multinacional sem nada do dinheiro dele para me ajudar no início.

Eu tinha um caminho longo ao qual fazer jus, e não estava contando a quilometragem.

Nunca contei.

— Tyler!

Ouvi uma voz severa se sobrepor aos gritos e assovios, e me virei, logo puxando um fôlego entrecortado.

Falando no diabo...

Inclinei o queixo, grato pela minha expressão indubitavelmente aborrecida estar encoberta pelos meus óculos escuros. Caminhei pela lateral até um grupo de pais que armaram algumas tendas com comes e bebes e cadeiras de jardim almofadadas. Bandejas de alumínio aquecidas pelo *réchaud* e uma variedade de saladas e outros acompanhamentos cobriam as mesas. Balões e toalhas de mesa nas cores preta e verde-musgo da escola eram sopradas pelo vento suave, e as mulheres brindavam com mimosas, tentando não deixar cair nada nas suas echarpes de grife.

Avancei e esquadrinhei o campo procurando por Christian, vi-o matar a bola no peito e então começar a chutá-la na direção oposta antes de passá-la. Ele estava com o rosto pintado de preto e verde como uma máscara cobrindo os olhos, e eu sorri, vendo que ele era o único que ousava ser diferente.

Eu me perguntei o que causou aquilo.

— Então como você está, velho?

Eu ri e balancei a cabeça. Matthew Marek, trinta anos mais velho que eu, e ainda assim tinha *me* chamado de "velho" desde o primeiro dia que eu havia entrado na sua sala de aula catorze anos atrás.

Como meu professor, meu pai não me tratou com mais gentileza na escola do que me tratava em casa. Ele dizia que eu devia ser um ancião para ter uma visão tão cínica do mundo, e eu odiei demais tê-lo como professor.

Até, é claro, quase a última semana de aula, quando seu conselho havia mudado a minha vida para sempre.

Entendi, então, que, apesar do dinheiro antigo e das expectativas da família Marek, meu pai esteve certo ao seguir sua vocação acadêmica. Ele sabia uma coisa ou outra.

Empurrei meus óculos para a ponte do nariz.

— Vou te deixar saber assim que o dia acabar.

Consegui ouvir o riso em sua voz.

— É, e a julgar por esses grisalhos... — ele bagunçou o meu cabelo — eu diria que o tempo está indo mais rápido que você.

— Sai pra lá — resmunguei, alisando o cabelo. — Meu cabelo é tão preto quanto o seu era há trinta anos.

Ele bufou, cruzou os braços, e eu imitei a postura, nós dois assistindo a Christian correr para lá e para cá no campo.

Logo examinei o resto do lugar, enfim localizando Easton na tenda de comida, enchendo os potes de pipoca. Demorei-me nela, e a tentação do seu sorriso resplandecente ao entregar comida em troca do dinheiro foi brutal. Mordi o canto da boca para controlar o desejo que corria ardente pelas minhas veias.

A mulher estava linda. A calça bege era justa, mas não inadequada, muito apropriada para a ocasião e exibia o seu corpo muito bem. Ela usava uma blusa branca de mangas longas abotoada até o pescoço, e o cabelo castanho ondulado tinha sido preso em um rabo de cavalo.

Eu amava as roupas de professora que ela usava; passavam a falsa impressão de inocência e pureza, como se seus lábios não estivessem estado envolvidos no meu pau duas noites atrás quando liguei para ela à meia-noite, pedindo para que abrisse a porta para mim.

— Verifiquei seus arranjos recentes com as Indústrias Marek — meu pai falou. — Contratando locais no Oriente, pagando o mesmo salário que receberiam nos Estados Unidos. É uma mudança positiva, Tyler.

Continuei observando Christian ao responder:

— E, nesse meio-tempo, meus concorrentes estão pagando uma miséria em países de terceiro mundo e gastando três vezes menos.

— De quanto dinheiro um homem precisa? — ele devolveu.

Olhei para Easton, que estava com as mãos nos quadris, sorrindo e conversando com a Srta. Meyer.

— Sempre há mais mundo para conquistar — falei baixinho. — Sempre coisas que eu quero. Nunca há dinheiro o suficiente.

— E essa busca te afasta de tudo o que realmente importa — ele retrucou.

Má CONDUTA

Ele sempre era o professor, nunca apenas o meu pai. Voltei a encarar o campo, mal vendo Christian enquanto me preparava.

— Você ainda trava aquela batalha — ele prosseguiu. — Sua consciência sabe o que é certo, Tyler, mas o seu ego continua te dizendo para ir em frente. Não se trata da velocidade, mas da direção. Deixe seus objetivos bem claros.

— Eu quero tudo. — Voltei a me virar, lançando um sorriso convencido para ele. — Esses são os meus objetivos.

— Mas não se trata de conseguir o que quer. — Ele balançou a cabeça. — E sim de querer o que consegue. No fim, isso vai te fazer mais feliz? Terá valido a pena? — ele perguntou. — Você tem uma empresa próspera que emprega milhares de pessoas ao redor do mundo; tem um filho saudável, mas, por algum motivo, não está satisfeito.

Cerrei os dentes, vi o Christian marcar um gol, mas nem mesmo registrei o acontecimento, e não aplaudi.

Por que todo mundo queria ferrar comigo?

Eu administrava imóveis e relacionamentos, lidava com bancos e milhares de funcionários por todo o mundo, e eu fazia um trabalho bom pra caramba.

E tinha intenções nobres para o Senado. Não era apenas um esquema para facilitar os meus negócios.

Eu dava o meu melhor. Cuidava de tudo explorando minhas habilidades ao máximo.

Eu só queria mais. Não queria ter que estar à altura das expectativas de ninguém, a não ser das minhas.

— Eu só… — busquei as palavras. — Depois de todos esses anos, ainda me sinto como… como se não tivesse provado nada. Ainda sinto como se tivesse vinte e dois anos.

Meu pai me amava, eu sempre soube disso. Mas acho que, ao crescer, me ressenti do professor nele. O que não poderia dizer "bom trabalho" nem "está tudo bem; você fez o seu melhor". Não, o professor sempre esperava o mais, e depois de anos de desistir e ceder à mediocridade, porque eu tinha medo de decepcioná-lo, ele finalmente me repreendeu diante de toda a sala quando fui forçado a ter aula com ele no meu último ano na faculdade.

Ele me deu uma comida de rabo e me disse que o sucesso é conquistado, não recebido. Um vencedor luta por ele, e eu tinha sido um perdedor.

— Eu sei que posso fazer melhor — falei, minha voz ficando mais grossa.

Senti seus olhos em mim e então sua mão no meu ombro.

— E é exatamente por isso que você contará com o meu voto se chegar lá — ele adicionou.

Ele se virou e voltou para os amigos, que devem tê-lo convidado, sabendo que o neto dele jogaria hoje, mas então ouvi sua voz de novo.

— Tyler, tente se lembrar de uma coisa — insistiu, e me mantive de costas para ele, mas o ouvi. — Você pode fazer uma ou outra coisa e alcançar sucesso — ele pontuou —, ou pode tentar fazer quinze e fracassar em todas elas. Deixe os seus objetivos bem claros. O que você está fazendo? E por que está fazendo o que está fazendo?

E daí eu o ouvi ir embora, deixando-me com suas perguntas retóricas.

Ele estava certo. Cada parte de mim sabia que eu teria que desistir de algo, e teria que acabar abrindo mão de alguma coisa que queria muito para que todo o resto da minha vida não sofresse as consequências. Eu era apenas uma pessoa com uma quantidade de horas limitadas no dia e com um desejo desenfreado de preencher todas elas.

E pessoas demais com as próprias expectativas.

Eu queria que as Indústrias Marek crescessem, porque foi algo que construí do zero. Tinha orgulho do trabalho que fiz, e eu veria o seu efeito por todo o mundo nas estruturas que construí e nas pessoas que empreguei.

Queria me sentar em uma cadeira do Senado em Washington D.C., porque tinha lido coisas demais e visto coisas demais para confiar em qualquer um que não em mim mesmo. Não podia ver o noticiário nem ler os jornais sem pensar no que eu teria feito diferente.

Queria que o meu filho sorrisse para mim e que brincasse comigo. Queria contar a ele histórias de quando eu era criança, que assistíssemos juntos aos jogos de futebol americano, e queria ensinar coisas a ele. Eu o amei desde a primeira vez que o vi, e estava desesperado para que ele soubesse que minhas decisões não foram culpa dele. Foram minhas, e eu me arrependia delas.

E eu queria a Easton.

Eu queria vê-la em um belo vestido do outro lado de um cômodo lotado, sabendo que aquelas roupas estariam no chão do meu quarto mais tarde.

Queria algumas dessas coisas mais que as outras, mas não queria desistir de nada para tê-las.

— Srta. Bradbury! — chamou alguém às minhas costas. — Por favor, sente-se.

Má CONDUTA

Olhei para o lado, com os braços ainda cruzados, e vi Easton entregando um pack de água mineral para um dos assistentes do técnico.

Ela se virou, lançou uma olhadela para mim antes de se virar para o grupo em que meu pai estava.

— Oh, não, obrigada — ela respondeu para o diretor Shaw. — Só estou circulando. Ajudando o pessoal...

Ela estava a quase dois metros, mas pareceu ser muito mais perto. Eu podia sentir o calor dela, e todo o meu corpo zumbiu com a consciência da sua proximidade.

Ela voltou a olhar para mim, dando um aceno de cabeça educado.

— Sr. Marek — cumprimentou.

Assenti para ela, vendo, pelo canto do olho, Shaw se levantar da cadeira.

— A Srta. Bradbury tem feito maravilhas na aula — ele contou a todo mundo. — Estávamos muito hesitantes de início, mas está funcionando de forma fenomenal. Sr. Marek — ele me chamou —, o Christian parece estar indo bem. O senhor deve estar contente.

Virei a cabeça, olhei para Easton através dos óculos escuros, mas falei com Shaw.

— Está, estou muito feliz com ela. — Tentei manter o sorriso longe do rosto. — Ela tem uma abordagem que é muito mãos na massa.

Os olhos dela se arregalaram de leve, e ela olhou para Shaw, parecendo nervosa e meio irritada.

Bufei, e voltei a me concentrar no jogo, deixando meus lábios se curvarem em um sorriso. Mas antes que eu pudesse aproveitá-lo demais, ela retaliou, me trazendo de volta:

— E o Sr. Marek fez a gentileza de aceitar o convite para se apresentar no Dia da Carreira — ela anunciou, parecendo excepcionalmente animada. — Posso ter oferecido um belo almoço para conseguir fechar o negócio — ela disse a Shaw.

Mas que porra?

— Bem — ele riu —, nós imploramos, trocamos favores e subornamos por aqui. A Easton está pegando o jeito bem rápido.

Jura? Não brinca. Dia da Carreira?

— Srta. Bradbury — interrompi —, posso dar uma palavrinha sobre o projeto do Christian, por favor?

Ela concordou, o sorrisinho dizendo que sabia que tinha me pegado, e eu caminhei pela lateral com ela atrás de mim.

Paramos a uma distância suficiente para que ouvidos atentos não pudessem nos ouvir, encarei a partida e falei com ela ao meu lado.

— Eu quis dizer exatamente o que disse — falei baixinho. — Estou muito feliz com você, sabe? Ainda mais com a forma como acordei naquele dia.

Flagrei-a respirando fundo e vi a unha do seu polegar indo direto para entre os dentes. Ela estava tentando esconder o sorriso, e achei fofo e frustrante. Esconder o que se passava entre nós causava certa excitação e acabava sendo uma preliminar maravilhosa para mais tarde. Vivíamos dois relacionamentos diferentes, o que mantinha as coisas sempre novas e imprevisíveis.

No entanto eu queria que tivéssemos liberdades que não podíamos ter em público. Queria que ela sorrisse para mim e que eu pudesse estender a mão e tocá-la.

Mas eu não podia, e essa parte estava ficando cada vez mais irritante.

— Quero fazer aquilo de novo — ela disse baixinho, a voz ofegante me deixando excitado.

— Quer? — brinquei, lembrando-me de acordar e como minhas mãos foram imediatamente para seus cabelos enquanto ela me abocanhava.

— Quero — respondeu, baixando a voz para um sussurro. — Estive pensando nisso o dia todo.

E eu olhei para ela, vi seus olhos presos à partida e um rubor inocente atravessar suas bochechas ao morder a unha.

Droga. Pisquei, voltando a me virar para o campo, percebendo que eu não sabia quando a veria novamente. E eu precisaria dessa mulher em breve.

— Bom trabalho!

Ela gritou de repente, batendo palmas, e eu enrijeci, voltando a minha atenção para o jogo e vendo Christian e os colegas comemorando no campo.

Soltei um suspiro frustrado e também aplaudi, sentindo-me um grande idiota por ter perdido o acontecimento.

Você pode fazer uma ou outra coisa e alcançar sucesso, ou pode tentar fazer quinze e fracassar em todas elas.

O cabelo preto do meu filho brilhava de suor, e sorri ao vê-lo aproveitar a vitória com os amigos.

— Sr. Marek, podemos tirar uma foto? — uma mulher perguntou, segurando uma câmera de última geração.

Assenti, mas Easton saiu de cena antes que a mulher pudesse bater a foto, ajustou o rabo de cavalo e tentou agir com indiferença.

A mulher deu de ombros com um sorriso educado e saiu.

Má CONDUTA

Estreitei os olhos, observando Easton.

— É só uma foto inofensiva para o jornal da escola — assegurei a ela, depois de ter visto a mulher com o casaco da escola. — Um pai de aluno e uma professora conversando não é nada digno de escândalo, Easton.

Ela não fez contato visual nem disse nada, e antes que eu pudesse sondar, abriu um sorrisão ao ver Christian vindo.

— Ei, ótimo trabalho — ela exclamou. — Você foi muito bem.

— Sim, foi mesmo — disse a ele, e vi seu sorriso desaparecer quando ele olhou para mim.

— Você pelo menos estava assistindo? — ele atirou.

Olhei para baixo, grato por me esconder por detrás dos óculos. Não pensei que ele tivesse percebido que eu estava aqui, já que cheguei tarde. Mas ele sabia, e tinha visto que eu estava, mais uma vez, distraído.

Respirei fundo e ergui o queixo.

— Pensei em irmos ao Sucré para uma sobremesa antes do jantar — sugeri. — Para comemorar.

Ele balançou a cabeça, me dispensando.

— Vou sair com os meus amigos.

— Seus amigos podem esperar uma hora — pressionei. — Se a Srta. Bradbury vier, você ficará menos entediado?

Não havia sentido em aplacá-lo com uma abordagem mais discreta. Meu filho não era idiota, e eu não tentaria tomá-lo como um.

— Obrigada, mas eu preciso ir para casa — Easton interrompeu.

— Christian? — incitei uma resposta, ignorando o protesto de Easton.

Ele olhou da professora para mim, parecendo considerar.

— Posso dirigir? — perguntou.

O canto da minha boca se ergueu, gostando bastante da ousadia do garoto.

— Não, ele não pode dirigir — ela respondeu por mim. — Ty... — Ela parou e se corrigiu. — Sr. Marek, ele não tem a permissão para conduzir — ela pontuou.

Olhei para Christian.

— Você já dirigiu antes?

— Não na cidade, mas sim.

Assenti, me rendendo.

Ele se virou e foi na direção do estacionamento, e eu o segui, olhando para trás para uma Easton embasbacada.

— Entre no carro — dei a ordem. — Não aja como se estivesse pensando em dizer não.

— Não, espera — Easton explodiu. — É um sinal!
— Merda — Christian xingou, e eu olhei feio para ele. Eu não tinha grandes problemas com palavrões, e não me importava que ele me testasse um pouco, mas não queria que ele se aproveitasse. Pessoas de catorze anos não deveriam xingar, principalmente na frente dos pais.

Ele parou no sinal vermelho, como alguém que sabia o que fazia, mas depois de um segundo começou a avançar, pensando que fosse apenas uma placa de pare.

— É confuso — ele vociferou. — Há tantas placas de pare que eu fico confuso quando aparece um sinal em vez delas.

— E metade das ruas têm apenas uma mão — adicionou Easton, do banco de trás.

— E se cair em um buraco — contribuí —, você pode acabar com o seu carro. Com o meu carro — corrigi, lançando um olhar de aviso para ele. — Então tenha cuidado.

Depois de Patrick ter lançado as chaves para Christian, oferecemos a ele uma carona para casa, mas ele disse que preferia ir de bonde, então nós três saímos juntos. Christian dirigiu comigo no banco de passageiro, e Easton se sentou no banco atrás do dele. Tudo o que eu precisava fazer era olhar para a esquerda e lá estava ela.

— Tantos problemas com as ruas. — Ela balançou a cabeça. — Creio que consertar todos eles não estejam na sua plataforma.

— Não, mas eu posso entrar em contato com o prefeito — respondi, apoiando o cotovelo na parte de trás do assento.

O sinal ficou verde, e Christian avançou, percorrendo as ruas com facilidade, mas parecendo um pouco nervoso. Suponho que ele tenha conduzido quadriciclos em cidades menores, mas nunca um SUV enorme nas ruas de uma cidade grande. Felizmente, não estávamos nas vias principais e navegávamos pelas vizinhanças menos populosas e mais tranquilas.

Olhei para Easton, observando-a olhar a rua também. Entre nós dois, provavelmente estávamos deixando o Christian mais nervoso, mas ela estava certa. Ele só tinha catorze anos, e se ele se encrencasse, acabaria achando que ser filho de Tyler Marek enfim se provou útil.

— Não tem vaga. — Ele fez cara feia ao verificar a área em frente à loja.

Easton apontou para a direita, alguns metros à frente.

— Bem ali.

Christian virou o volante para a direita e deslizou na vaga entre dois carros, a parte de frente entrou bem, mas a traseira ainda se projetava para a rua. Eu me virei, não querendo que ele me visse rir com a sua tentativa de baliza.

O carro era grande. Para um espaço tão apertado, ele teria que entrar de ré.

— Merda — voltou a xingar. — Isso é ridículo.

Balancei a cabeça.

— Primeiro, pare de xingar — mandei. — E segundo, você morou aqui a vida toda. Alguma vez prestou atenção na sua mãe dirigindo ou estava ocupado demais mexendo no celular?

— E o que você faz quando o Patrick te leva para lá e para cá? — Easton deixou escapar.

Christian riu, e eu franzi os lábios, irritado.

— Ei, como você sabe o nome do nosso chofer? — perguntou Christian, olhando pelo retrovisor.

Reparei em Easton quando ela percebeu o erro.

Mas ela deixou para lá e mudou de assunto. Olhando pela janela de trás e vendo um carro passar, instruiu:

— Ok, saia e pare bem ao lado do carro da frente.

Christian agarrou o volante, parecendo preocupado, mas ele seguiu as instruções. Depois de sair, ele avançou e alinhou com o carro ao lado.

— Ok — Easton começou, mas Christian a cortou.

— Mas estou na pista — ele reclamou. — Tem gente atrás de mim esperando.

— E eles vão esperar — ela assegurou a ele, com paciência.

Observei enquanto ela o instruía e o levava de volta à vaga com facilidade, e fiquei surpreso com o quanto ela era diferente com ele do que era comigo.

Não que nossas intenções fossem ruins, mas ela quase nunca estava calma. Com ele, ela ficava controlada e relaxada, acalmando-o quanto aos carros atrás de nós esperando para passar e parando e corrigindo-o sem ser brusca.

Ela era boa com ele e assumia o papel com facilidade. Sorri comigo mesmo.

Era engraçado eu gostar de ela ter tanta paciência com ele, mesmo esperando que nunca agisse assim comigo.

Christian colocou o carro na vaga e abriu um sorriso enorme.

— Eu consegui.

Lancei um olhar de apreço para Easton e me virei para Christian.

— Mandou bem.

Ele desligou o carro e tirou a chave da ignição.

— Obrigado — disse baixinho, ao entregar as chaves.

Ele não olhou para mim, mas era um começo.

Depois de entrar na loja e escolher *macarons* e *marshmallow* caseiros, levamos os doces e as bebidas para uma mesinha perfeita para observar a clientela entrando e saindo do ambiente tranquilo.

Easton havia pegado sorvete, e eu afrouxei a gravata, bebendo o café.

— Recebi um e-mail da sua mãe hoje — Easton disse a Christian, e eu estreitei os olhos, sem perceber que elas interagiam.

Não sei por que eu não tinha pensado nisso. É claro que Brynne estaria em contato com todos os professores de Christian para se certificar de estar a par do seu progresso. Acho que concluí que Christian a mantinha informada durante as chamadas de vídeo semanais deles.

— Ela ficou animada com o seu progresso — Easton prosseguiu. — Pensamos que talvez você fosse gostar de fazer a prova para a classe de EA.

Estudos avançados?

— Sério? — As sobrancelhas de Christian franziram quando ele pensou no assunto.

— Tipo uma turma avançada? — perguntei.

— É. — Ela assentiu. — Seria com outro professor e a aula exigiria ainda mais, mas acho que ele seria mais desafiado.

— Você já é bem desafiadora — retorquiu Christian, e Easton riu.

— Bem — ela se aproximou. — É mais estar com *colegas* que te desafiem. A Braddock Autenberry tem um excelente corpo estudantil cheio de alunos excelentes, mas sempre tem um punhado que pode se aproveitar de um ambiente mais estimulador.

Por que eu não sabia disso? Eu estava a par de todos os grupos de redes sociais e e-mails de todos os professores. Posso ter me atrasado para o jogo de futebol, mas não estava deixando a bola cair.

E não é como se eu não tivesse visto a Easton. Ela teve oportunidades para me dizer.

— Obrigado. — Christian balançou a cabeça. — Mas eu gosto de assistir às aulas com os meus amigos, e eu gosto da sua aula. As atividades são divertidas.

Ela tentou esconder o sorriso, mas eu podia dizer que gostou de ouvir aquilo. E eu não tinha tanta certeza de que queria que Christian saísse da aula dela.

É claro, se ela não fosse mais professora dele, nosso relacionamento não seria um problema, mas eu não estava disposto a sacrificar uma boa professora que o fazia feliz para que eu pudesse ter o que queria. Se tivesse que fazer um sacrifício, eu faria. Mas ele, não.

— Você poderia só fazer a prova — ofereceu Easton. — Para ver em que pé está, caso mude de ideia.

— A minha mãe quer isso? — ele perguntou.

Os olhos de Easton se desviaram para os meus por um instante, e eu soube que ela se sentia desconfortável por falar da mãe do Christian como se a minha opinião não importasse.

Mas acho que Christian tinha todo o direito de confiar mais na opinião da mãe que na minha.

— Sua mãe quer que você alcance todo o seu potencial — respondeu.

Christian ficou calado por um instante, encarando a mesa e mastigando o macaron.

E daí ele olhou para mim, pensativo.

— O que você quer que eu faça?

Minhas sobrancelhas se ergueram, e eu abri a boca, mas nada saiu. Ele tinha acabado de pedir a minha opinião.

Essa era uma oportunidade para não falhar, então lutei com o que diria a ele, porque, sendo sincero, eu não tinha muita certeza quanto à turma avançada. Ele já teria um futuro brilhante, não importa as aulas que frequentasse. Só queria que ele soubesse que era livre para escolher e, a meu ver, eu estaria bem com qualquer escolha.

Olhei nos olhos dele e falei com segurança:

— Quero que você faça o que quiser — disse a ele. — Apenas se lembre que é o único que vai ter que conviver com a decisão; então, seja o que for que escolha, certifique-se de ter um bom motivo.

E isso era tudo o que eu queria que ele aprendesse. Más decisões eram tomadas quando não pensávamos direito nelas ou pelo motivo errado. Contanto que ele tivesse um bom, ele se sentiria confiante quanto à escolha.

Ele soltou um suspiro e olhou para a professora.

— Vou fazer a prova — ele disse a ela. — Só para ver o resultado.

— Você mandou bem hoje — falei com Christian, ao pegar dois Gatorades na geladeira e jogar um para ele.

Eu quem conduzi na volta para a escola e observei Easton entrar em segurança no carro e arrancar. Trazê-la para casa comigo tinha sido tentador demais, mas impossível.

— Quer treinar de novo amanhã? — perguntei. — Para dirigir?

Ele abriu a tampinha e se virou, saindo da cozinha.

— Vou estar ocupado.

Merda.

Ele estava recuando de novo.

Eu rodeei a ilha.

— Hoje, por um tempinho, você esqueceu que me odiava — lembrei a ele.

Ele parou e se virou, o olhar vacilando como se tentasse muito estar com raiva, porque o orgulho não o deixaria desistir.

— Qual é — incitei, passando por ele e indo para o corredor.

Abri a porta para a toca, ouvindo seus passos relutantes atrás de mim, e fui direto para os tacos de sinuca, e peguei dois.

Ele parou à porta, aproximando-se devagar e reparando na imensa sala escura. Quando ele se mudou, eu disse que a minha toca era o único lugar em que ele não poderia entrar. Eram dois cômodos conjugados, meu escritório e a sala de sinuca, ótima para entreter e falar merda com os convidados enquanto tomávamos conhaque e fumávamos.

Mas eu raramente a usava, já que quase nunca recebia pessoas; o almoço de domingo foi o primeiro em mais de um ano.

Arrumei as bolas, peguei os tacos e entreguei um a Christian.

Ele estendeu a mão, parecendo irritado ao fazê-lo.

— Isso é uma idiotice — resmungou.

— É o que eu sei fazer — disse a ele. — Meu pai sempre conversava comigo enquanto jogávamos sinuca.

Homens e mulheres eram criaturas diferentes. Minha mãe, antes de falecer quando eu tinha quinze anos, tentava se sentar comigo e falar da sua doença. Sobre ela não estar melhorando e que não estaria por perto por muito mais tempo.

Ela continuava esperando que eu reagisse, que dissesse algo ou que falasse como me sentia e como ela poderia ajudar, e tudo do que eu me lembrava era de me sentir desconfortável, como se as paredes estivessem se fechando.

Então o meu pai me levou para a sua toca, e nós jogamos sinuca. Depois de um tempo, começamos a conversar e, lá pelo fim da noite, eu tinha cuspido tudo. Minha raiva e minha tristeza... que ela não podia morrer e o quanto eu a amava.

Sob esse aspecto, eu conhecia o meu filho. Forçá-lo a se sentar e desnudar o que estava na sua cabeça seria tão desconfortável para ele quanto para mim.

Precisávamos estar nos mexendo e fazendo alguma coisa. Precisávamos fazer algo juntos sem a pressão de uma conversa. A comunicação aconteceria em algum momento.

Eu comecei, dando a primeira tacada, encaçapei a catorze no canto e errei a doze por pouco.

Christian bateu na um e depois na seis. Fiquei agradavelmente surpreso e aliviado. Ele não queria que eu tentasse ensiná-lo como jogar no momento, e fiquei feliz por ele poder se virar sozinho.

Rodeando a mesa, ele acertou a quatro, mas errou a dois.

Nós nos alternamos, e ele ganhou a primeira partida. Quando perguntei se ele queria jogar outra, ele simplesmente assentiu e ficou parado enquanto eu voltava a arrumar as bolas.

— Sei por que você está bravo comigo — comecei, depois de ele dar a primeira tacada.

— Você não sabe de tudo — ele atirou, dando a próxima tacada e errando. E então se aprumou, e me olhou feio. — Por que você começou a se importar assim do nada?

Eu me inclinei na mesa, mirando na nove.

— Eu sempre me importei.

— Você tem uma maneira de merda de demonstrar — ele respondeu.

Desisti da tacada e rodeei a mesa para mirar na onze.

— Você tem razão.

Ajudei no sustento dele, e eu queria fazer o bem por causa dele, mas, lá no fundo, ele estava certo. Eu não podia discutir quanto a isso, então não falei nada.

Era a sua vez, mas ele não se mexeu.

— Hoje à noite foi meio que divertido, sabe? A gente poderia ter feito isso o tempo todo. Por que você nunca estava por perto?

Eu me forcei a olhá-lo nos olhos.

— Eu era um garoto idiota, Christian. Não queria me importar com ninguém além de mim mesmo. E então, depois, eu não queria fracassar, então nem tentei.

— Mas acabou fracassando.

— Não. Eu só ainda não fiz certo — respondi, um sorrisinho brincou nos meus lábios.

Ele revirou os olhos, mas não fez menção de ir embora.

Eu queria ser um homem a quem Christian pudesse admirar. Queria mostrar a ele que erros podiam ser cometidos, mas que também podiam ser reparados. Eu nunca mais deixaria de olhá-lo nos olhos, e nunca mais deixaria que pensasse que não era desejado.

— Não estou pedindo para que me perdoe nem para que aja como se os últimos catorze anos não tivessem existido — eu disse a ele.

Ele me deu uma encarada severa.

— E o que você quer?

Por um momento eu titubeei feio, odiando aquela pergunta. Eu sabia muito bem o que queria, mas temia que chegasse o dia em que teria que admitir que não poderia ter tudo.

Mas ele vinha primeiro. Ele sempre viria primeiro. Antes de qualquer um e de qualquer coisa.

Ele podia não me querer como pai, e talvez nunca me perdoe, mas o que eu tinha naquele momento, nesse instante, eu queria conservar.

Olhei para ele e falei baixinho:

— Quero jogar sinuca.

DEZENOVE

Easton

Patrick segurou a porta do Range Rover aberta para mim, eu entrei e ajustei o vestido curto que Tyler me mandou hoje de manhã. Em seguida, ergui a mão e a pressionei na porta para impedi-la de fechar.

— Espere, por favor.

Saí do carro, subi correndo as escadas até o meu apartamento e virei a maçaneta, também empurrei a porta para verificar a segurança. Inseri cada uma das minhas chaves nas três fechaduras, verificando duas vezes para ter certeza de que estava tudo trancado.

Voltei da escola ontem e encontrei a janela de cima aberta, e zanzei pela casa o dia todo, fazendo a faxina de sábado e verificando os cômodos duas ou três vezes para ter certeza de que estava tudo no lugar. Duas almofadas no canto do sofá, as coisas do armário em ordem alfabética, cadarços enfiados com cuidado dentro dos tênis.

Talvez eu tenha deixado a janela aberta. Tivemos uma noite agradável depois que voltei do Sucré com o Tyler e o Christian. Talvez eu a tivesse aberto.

Mas não, eu não a teria deixado assim na hora de dormir.

Voltei a entrar no carro, Patrick fechou a porta e deu a volta pela traseira até o lado do motorista.

Esfreguei a mão no peito e respirei fundo algumas vezes. A verdade é que eu tinha ficado descuidada. Minha cabeça ou estava na escola e no meu trabalho ou sendo consumida pelo Tyler. As mensagens de flerte que ele me enviava ou os vislumbres que eu tinha dele indo pegar o Christian na escola... eu estava sempre distraída, e podia muito bem ter deixado a janela e os armários abertos.

Mas ainda não fazia sentido. Voltar as coisas para o lugar, dar uma última olhada ao redor do cômodo antes de sair para me certificar de que nada estava fora do lugar... esses hábitos estavam arraigados em mim. Fazia sem nem pensar.

Será que alguém pode ter estado na minha casa?

O medo tomou conta de mim ao pensar em todos aqueles anos, quando basicamente a mesma coisa havia acontecido.

Não era possível.

Eu me forcei a me acomodar no assento e alisei o vestido, afastando a expressão preocupada do rosto ao relaxar os músculos.

Não. Estava tudo bem.

Olhei para o vestido que abraçava as minhas coxas, concentrando-me na sensação gostosa do tecido, e tentei ficar animada com a noite que tinha pela frente.

Eu não costumava me arrumar toda para sair à noite, e essa roupa parecia uma segunda pele. Fiquei surpresa por Tyler saber o meu tamanho.

Mas é claro que ele conhecia o meu corpo.

Hoje de manhã, Patrick havia entregado a caixa com o vestido e um bilhete que dizia que ele me pegaria às dez. Fiquei muito irritada. Em primeiro lugar, Tyler não pediu; deu as coordenadas. Em segundo, ele me comprou uma roupa para que eu usasse.

O vestido era preto, de mangas longas, curto e justo. Também exibia detalhes de joias imitando ouro ao redor do pescoço e nas alças, que desciam verticalmente pelas minhas costas nuas. Prendi o cabelo em um coque sexy, e apesar de o vestido ser provocante, ele não era de mau gosto.

Depois de perceber que isso significava que ele me levaria para sair, cedi e fiquei com a peça; também disse a Patrick que o veria às dez. O que me deu bastante tempo para arrumar o apartamento, fazer as minhas coisas e malhar antes de ter que me aprontar.

Segurei a bolsa de mão no colo e olhei para Patrick, que estava indo na direção do Bairro Francês.

— Para onde você está me levando? — perguntei, sabendo que Tyler não teria feito eu me arrumar toda para ir à casa dele.

— Veil — ele respondeu por cima do ombro.

Veil?

Ouvi falar do lugar, que era a versão sofisticada de uma boate chique. *Tyler está me levando para uma boate?*

Engoli o sorriso, tendo dificuldade para imaginar a situação. Não que ele passasse a *vibe* de ser um mosca-morta, mas... bem, sim, ele passava.

Só que essa era uma das coisas que eu gostava nele. Eu não podia alegar que o conhecia muito bem, mas podia supor que havia dez outras coisas que ele preferiria estar fazendo do que passando tempo em uma boate. Havia apenas um lugar em que ele se permitia relaxar, e normalmente era onde fosse que ele pudesse me encontrar sozinho.

— O Tyler está esperando lá? — perguntei.

Eu só conseguia ver a lateral do rosto de Patrick enquanto ele falava e mantinha os olhos no trânsito.

— Ele ficou preso em uma chamada de conferência internacional, mas não deve demorar muito — explicou. — Pediu para eu te acompanhar até lá dentro e esperar até ele chegar.

— Não precisa — assegurei a ele. — Posso cuidar de mim mesma.

— Desculpe, senhorita. — Eu conseguia ouvir o riso em sua voz. — Essas são as ordens.

Eu me recostei e olhei pela janela, deixando pra lá. Eu não seria capaz de convencer Tyler de que não precisava de proteção só porque aprendi golpes de karatê no YouTube. É, tá bom.

Depois de Patrick conduzir pelo Bairro Francês, diminuindo a velocidade para os pedestres e turistas que estavam sempre nas ruas, nós paramos na Toulouse Street, diante de um prédio preto imenso com janelas largas no segundo e no terceiro andar. Luzes neon rosa e azul se derramavam por elas, e notei uma placa quase invisível na frente do edifício perto de uma porta em que estava escrito Veil. Foi gravado em preto na placa e, então, presa no tijolo preto da fachada, tornando-a tudo, menos óbvia. O que eu acho que explica o nome do lugar.

Eu sabia que a boate era só para membros, mas óbvio que Tyler podia convidar pessoas.

Patrick entregou as chaves para o manobrista e contornou o carro para abrir a minha porta. Peguei a sua mão, saí e enfiei a bolsinha debaixo do braço.

O porteiro abriu a porta, e Patrick me deixou entrar primeiro na escuridão misteriosa; ele veio logo atrás de mim.

Andei devagar, verificando os arredores, porque vai saber quando eu voltaria a uma boate exclusiva.

Era como entrar em outro mundo.

É claro, tudo em Nova Orleans era velho, antigo, decrépito e arruinado, mas ao atravessar essas portas, com os olhos arregalados, eu me senti como se tivesse saído da cidade e entrado em algum mundo secreto escondido bem debaixo do nosso nariz.

Não que eu não gostasse da cidade por si só, mas era uma grata surpresa ver algo tão desencaixado e com cara de novo.

Estava uma penumbra lá dentro, mas não escuro, e enquanto eu atravessava o piso de mármore, percebi de repente por que Tyler me comprou aquele vestido. Com a aparência de todo mundo ali, eu com certeza me encaixaria.

Os homens usavam ternos escuros e elegantes, alguns com gravata; outros, sem; já as mulheres usavam vestidos justos que exibiam o corpo pelo qual pagavam aulas de spinning três vezes por semana. Eu não gostei nada de Tyler me vestir para me parecer com elas, mas ele saberia caso a boate tivesse regras de vestimenta.

O longo balcão do bar se curvava até a parede, parecendo uma onda branca, e as paredes eram o sonho de qualquer arquiteto; curvando-se para dentro e para fora em padrões geométricos quadrados, o que nos fazia sentir não só como se estivéssemos em outro mundo, mas em outra época. Era elegante, refinada e, acima de tudo, com aparência de cara.

As imensas colunas ovais no meio da sala tinham mais de um metro de largura e eram feitas de vidro, cheias de água e emitiam um brilho roxo através da luz escondida em algum lugar nos tanques.

Eu me sentei no bar e dei um tapinha no assento ao meu lado, encorajando Patrick a se juntar a mim. Ele era sempre tão calado, e seria estranho ele ficar parado atrás de mim igual a um guarda-costas.

Pedi uma gim-tônica, e Patrick, uma Coca-Cola. Ele insistiu para pagar pela minha bebida.

— Por que o Tyler te contratou? — perguntei, girando o canudo pela bebida. — Ele precisa mesmo de um motorista?

Tyler era bastante autossuficiente, mas eu me perguntava por que sentia a necessidade de ter um motorista para levá-lo a quase todos os lugares.

— Ele diz que poupa tempo — respondeu Patrick, seu pomo de Adão subindo e descendo ao tomar a bebida. — Ele pode trabalhar no carro enquanto eu dirijo.

Curvei os lábios em um sorriso, pensando que fazia muito sentido para Tyler. Falei o mais baixo que pude por cima da voz das pessoas.

— Você acha que ele será um bom senador? — sondei.

— É claro — ele respondeu rápido, sem nem titubear, alisando o cabelo louro de volta para o alto da cabeça.

— É uma resposta combinada? — desafiei, e logo me arrependi.

Seus olhos se estreitaram na bebida, e ele abaixou a cabeça para olhar para mim.

Ele conhecia o Tyler, provavelmente melhor que eu. Sua lealdade não lhe permitiria trair o empregador, mesmo se essa fosse uma resposta combinada. Ele ficou calado por uns instantes, e eu senti que deveria me desculpar, mas então ele falou:

— Eu trabalho para ele há cinco anos — Patrick me contou, os olhos castanho-esverdeados presos nos meus. — Tem noção de quantas ligações ele fez, quantos acordos de negócios fechou e com quantas pessoas falou durante essas viagens, pensando que eu não estava ouvindo? — Foi a sua pergunta retórica. — Ser invisível tem as suas vantagens — continuou, e cruzou os braços. — Eu tive que presenciar todas as discussões que ele teve com o pai, com o irmão… que tentavam fazê-lo ser algo que ele não queria.

Ele mastigou o canto da boca, parecendo estar pensando. Esperei e ouvi.

— Vejo a frustração no rosto dele quando se preocupa com o filho — continuou. — Vejo como reage às mulheres, e sei quando uma significa mais que as outras. — Ele parou e me encarou, a insinuação ficou bem clara. Respirou fundo. — Tenho tido o privilégio de vê-lo mais de perto que talvez qualquer outra pessoa, e posso te garantir: a personalidade dele não é apenas para as câmeras — concluiu. — Sim, acho mesmo que ele será um excelente senador.

— Patrick. — Uma voz profunda atravessou o recinto, e ambos viramos com um sobressalto, vendo Tyler de pé atrás de nós.

Patrick saltou da banqueta e a empurrou para debaixo do bar.

— Senhor.

Os olhos de Tyler foram dele para mim e de volta para ele, e eu soube que ele havia ouvido pelo menos parte do que estávamos falando.

— Obrigado. — Ele assentiu para Patrick, mas pareceu e soou lacônico. — Vou ficar com o carro, então você pode ir. Tenha uma boa noite.

E Patrick saiu sem dizer uma única palavra, deixando-me nas mãos de Tyler.

Decidi não me sentir mal por bombardeá-lo com perguntas. Tyler tinha me pesquisado no Google, de todo modo.

Inclinei a cabeça e reparei nele, surpresa por ver uma diferença. Ele usava um terno cor de carvão com a camisa preta aberta no colarinho e sem gravata. O cabelo preto brilhava sob a luz e, por alguma razão, ele pareceu mais jovem do que de costume. Talvez fossem os arredores.

— Você o vestiu. — Deixou os olhos vagarem pelo meu corpo, ao se referir ao vestido.

Eu me levantei, e peguei a bolsa e a bebida.

— Você parece surpreso.

Ele sorriu, e me levou para longe.

— Com você, sempre — brincou.

Com a mão na parte baixa das minhas costas, ele me guiou na direção do elevador.

As portas se abriram, e nós entramos. Assim que ele apertou o três, as portas se fecharam, e ele enganchou um braço ao redor da minha cintura e me puxou para perto.

— Oi — sussurrou, e capturou meus lábios, me tomando por completo. Os lábios macios foram gentis, mas rápidos e brincalhões. Ele mergulhou, beijando e mordiscando, e então inclinou a cabeça para o outro lado, voltando para mais ao agarrar a minha bunda com as duas mãos.

Meus joelhos fraquejaram, e graças a Deus pelos seus braços ao meu redor, me segurando.

— Você está linda — elogiou, com a voz rouca, e prendeu meu queixo entre o polegar e os outros dedos.

Ele me beijou uma última vez, então me soltou assim que as portas se abriram, e eu me agarrei ao seu braço, sentindo que meus músculos tinham virado gelatina.

Um recepcionista estava do lado de fora do elevador e sorriu assim que nos viu.

— Sr. Marek — cumprimentou, inclinando a cabeça só um pouco. — Por aqui.

E nos conduziu por um lounge espaçoso, arrematado com uma pequena pista de dança e vários sofás arrumados em quadrados, praticamente vazios. O terceiro andar da Veil era muito parecido com o primeiro, mas o que era branco lá embaixo, era preto aqui em cima, o que deixava o ambiente mais escuro e com ares de caverna.

As colunas cheias de água brilhavam com a luz roxa e o balcão preto curvo tinha uma série de garrafas diferentes ao longo da parede, cada uma brilhando com a luz embutida na faixa de revestimento sobre a bancada. Várias mesas semiprivativas alinhavam o perímetro, e pareceu de imediato que os frequentadores lá de cima estavam em um plano diferente do que com o que eu estava acostumada. Quase todos os homens tinham mulheres jovens e bonitas consigo, e havia champanhe em toda a parte. Os lustres lançavam uma meia-luz no espaço, e eu tive a estranha sensação de estar em um sonho.

— Marek — um homem chamou, e nós dois paramos e nos viramos.

Um cavalheiro, mais ou menos da idade de Tyler, se aproximou dele com um sorriso e apertou a sua mão.

— Como você está? Não te vejo há um tempo.

Tyler revirou os olhos.

— Ocupado como sempre. O que você acha?

Ele me lançou um sorriso e voltou a colocar a mão nas minhas costas.

— Esta é a Easton Bradbury — ele disse ao homem, e eu senti um choque momentâneo por ele ter me apresentado de modo tão despreocupado. — Easton? — disse Tyler. — Este é James Guillory.

Apertei a mão do homem, estreitando os olhos quando percebi quem ele era.

— O do petróleo? — perguntei, chocada mais uma vez.

Os Guillory eram donos de metade dos poços de petróleo do Golfo.

Ele piscou para mim, obviamente interessado em nem negar nem confirmar o fato.

Ele bateu no braço do Tyler.

— Não suma — ele lhe disse, e voltou para a mesa, que estava cheia com seus amigos e as acompanhantes deles.

Tyler me levou até onde o recepcionista tinha parado e me deixou deslizar no assento primeiro. Nossa mesa ficava em um espaço semiprivativo com cortinas de ambos os lados, um sofá ocupava três lados da mesa baixa de vidro, fazendo ser mais fácil se levantar e circular.

Tyler se acomodou, pediu champanhe e começou a relaxar, descansando os cotovelos nas costas do assento.

— Então é aqui que os milionários vêm para brincar com seus segredinhos? — Olhei ao redor para o forte fluxo de bebida alcóolica e as mulheres bonitas que provavelmente não eram casadas com os acompanhantes. Mas Tyler tinha um ponto de vista diferente.

— É para onde homens e mulheres que levam uma vida muito controlada vêm para perder o controle — ele esclareceu, ao olhar ao redor. — Todo mundo aqui está na mesma posição, Easton. Querem se soltar de vez em quando, como qualquer um, mas há sempre alguém à espreita.

E então ele trancou o olhar com o meu.

— Esse é um lugar em que ninguém se importa. Todos temos algo a perder, então a privacidade é respeitada.

— Espero que sim — adicionei, com um sorriso malicioso.

Ninguém sabia quem Easton Bradbury, a professora, era, então fiquei grata por ele ter me trazido aqui. Eu estava cansada dos jantares tranquilos e reservados e de aproveitar os momentos roubados sempre que podíamos. Era divertido sair com ele em público e ficar à vista de todos.

— Gostou do vestido? — perguntou.

Coloquei minha bebida sobre a mesa e assenti.

— Sim, gostei.

— Estou surpreso por você não ter se sentido insultada. — Ele riu. — Você sempre se veste muito bem, mas esse lugar é um pouco diferente. Para não dizer que eu queria te ver usando algo curto de novo.

É, de novo. Toda vez que eu usava um vestido ou uma saia curta, ele acabava dentro de mim.

Eu me inclinei, tirando vantagem de estar com ele em um lugar onde eu podia tocá-lo sem me esconder, e deslizei a mão por dentro do seu paletó, afagando o seu peito.

— Vou te dizer uma coisa — barganhei. — Você pode me vestir, contanto que prometa que vai me despir.

E deslizei a perna sobre a dele e o beijei, segurando o seu rosto suave e estremecendo quando sua mão subiu pela minha coxa.

— Você gosta de dançar? — sussurrei em seus lábios, tendo visto alguns casais e umas mulheres na pista de dança.

Ele passou o polegar pela minha bochecha e segurou o meu rosto.

— Já faz um bom tempo — ele confessou. — Desde a faculdade, eu acho.

— Você era bem diferente quando tinha a minha idade, não era? — pressionei.

Ele balançou a cabeça, sorrindo ao pegar o champanhe que o garçom lhe entregou.

— Quando eu tinha a sua idade, é? — ele repetiu. — Que forma de cortar o clima.

Dei de ombros.

— Só mandando a real. Você é só dez anos mais novo do que o meu pai seria.

Os olhos dele incendiaram, e eu arquejei quando ele me pegou, plantando-me em seu colo para que eu o montasse.

Agarrando os meus quadris, ele grunhiu na minha boca:

— Você vai pagar por isso — ameaçou.

Eu ri baixinho, encontrando seus lábios quando ele mergulhou.

— Pirralha — sussurrou, antes de ir mais fundo e girar a minha língua com a sua.

Eu podia senti-lo em toda parte, e mesmo gostando de estar às claras com ele, de repente senti o impulso de ir embora.

— Easton?

Eu me afastei e olhei para cima, sentindo meu coração bater com tudo no estômago.

Engoli o nó na minha garganta. *Ah, não.*

— Kristen? — Minha voz mal era audível, e eu lambi os lábios ressecados.

Isso não está acontecendo. De todos os lugares possíveis de encontrar alguém. *Aqui?*

— O que... o que você está fazendo aqui? — deixei escapar.

Ela ergueu as sobrancelhas, a surpresa estampada em todo o seu rosto.

— Hum... — ela gaguejou, parecendo buscar palavras ao engolir o sorriso. — Vim com uma amiga que está aqui para uma festa particular.

Olhei para Tyler e, devagar, saí de seu colo, tarde demais para esconder o que estava se passando.

— Está tudo bem. — Ela assentiu, erguendo as mãos antes que eu tivesse a chance de dizer qualquer coisa. — Acho que, na verdade, estou chocada demais por te ver em uma boate para me preocupar com o seu acompanhante.

Tyler bufou, e eu fiz careta.

Eu sei como me divertir, tá bom?

— Sr. Marek? — Kristen levou as mãos aos quadris. — Vou levar a Easton para dançar. Você fica.

Ela estendeu a mão e pegou a minha. Tropecei nas pernas de Tyler, tentando acompanhá-la ao me puxar para fora da cabine.

Mas que porra?

Lancei um olhar preocupado para Tyler, mas ele só apontou o queixo para a pista de dança.

— Vá em frente. Eu quero te assistir.

Enquanto eu seguia a Kristen, a batida lenta de *You Know You Like It* vibrava no chão sob os meus sapatos. Havia apenas mais seis pessoas na pequena pista de dança, então tínhamos bastante espaço. Eu me empertiguei, passei as mãos pela cintura e pelas coxas, repentinamente nervosa. A pista de dança ficava no meio da sala, então estávamos em exibição para quem quisesse olhar.

Kristen se virou, ficando de frente para mim, e logo começou a mover os quadris e a jogar o cabelo ao erguer as mãos para o alto.

Olhei para os meus sapatos, arqueei uma sobrancelha e então me virei e os chutei para a lateral da pista. Olhando para Tyler há vários metros dali, vi o sorriso se espalhar pelo seu rosto e o seu peito balançar.

Ria mesmo, camarada. Ficará grato por não ter que me carregar daqui com um tornozelo quebrado.

Comecei a me mover e fechei os olhos ao erguer a mão e puxar o prendedor, deixando meu cabelo cair pelas minhas costas. Movendo os quadris lentamente ao ritmo da batida, permiti que a música guiasse o meu corpo.

Quando olhei para cima, vi James Guillory se sentar de frente para Tyler, e eles começaram a conversar, mas Tyler sempre olhava para cima, me assistindo dançar.

— Eu sabia — Kristen gritou no meu ouvido por cima da música. — Quando ele foi à sua sala naquele dia, minha calcinha praticamente pegou fogo por causa da força com que ele te olhava. Há quanto tempo está rolando?

Eu não sabia o que dizer para ela. De todos os lugares para encontrarmos alguém que nós dois conhecíamos, tinha que ser no menos provável.

Ela era muito amigável, mas isso não significava que éramos amigas. Eu não tinha motivos para confiar nela. Era o meu trabalho, a estabilidade do Christian e o futuro de Tyler que estavam em risco.

Mas ele não parecia preocupado por termos nos encontrado com ela, e eu meio que queria falar disso com alguém. Eu estava feliz, e não tinha sido capaz de compartilhar o fato com ninguém que não o meu irmão.

Respirei fundo e confessei:

— Há algumas semanas.

Talvez três, mas ela não precisava de todos os detalhes.

Assentindo, ela pegou dois shots de alguma coisa marrom com o garçom circulando por ali e me entregou um.

— Bem, tome cuidado — insistiu ela, parecendo bem séria, para variar.

— Tenho certeza de que ele é ótimo, mas homens como ele pegam o que querem, e o que eles querem muda igual ao vento.

Ela virou o shot, e eu hesitei por um momento antes de virar o meu. Eu me encolhi com a queimação quando a minha língua pareceu ter sido mordida. Entregamos o copo ao garçom, e ele saiu. Creio que o serviço volante seja grátis.

Soprei, tentando refrescar a boca.

— O que te faz pensar que ele não precisa se proteger de mim? — desafiei.

Ela jogou a cabeça para trás, às gargalhadas.

— É esse o espírito — comemorou.

A frente única preta abraçava seu corpo enquanto ela se movia, e eu deixei meus olhos seguirem suas mãos que deslizavam pelo seu corpo. O cabelo ruivo caía em ondas, e eu percebi pela primeira vez o quanto ela era bonita. Odiava admitir, mas cada vez que a olhava, eu presumia que ela era volúvel e despreocupada.

Tyler a acharia atraente? De repente me senti mesquinha, pensando que merda eu oferecia a ele que ele queria tanto. Ela era feliz. Eu era descontente. Ela era brincalhona. Eu era séria.

Kristen se aproximou, e eu quase recuei, mas ela pôs a mão ao redor do meu pescoço e me puxou para si, falando no meu ouvido:

— Então como ele é? — perguntou. — Na cama?

Não pude segurar o sorrisinho malicioso que escapou quando afastei o olhar; minha pele aqueceu com o pensamento.

— Ahhhh, entendi — ela disse, entendendo tudo.

Ela não precisava que fosse explicado, mas tenho certeza de que o meu rosto confirmou que Tyler Marek estava me mantendo muito satisfeita.

— Bem, estou arrasada. — Ela fez beicinho. — Você está transando com um milionário gato, e eu estou aqui com uma amiga que é amiga de um cantor de pop de quem eu nunca ouvi falar.

Eu ri, e nós duas viramos a cabeça para o lado, vendo Tyler mais uma vez com os cotovelos enganchados no encosto do assento, nos observando enquanto Guillory falava com ele.

— Não se preocupe. — Eu me inclinei para Kristen. — Estou aproveitando a situação pelo que ela é e enquanto durar. Em algum momento nós vamos nos afastar.

Ela inclinou a cabeça, e eu não pude ignorar o quanto estávamos próximas quando seu olhar ficou travesso.

— Não tenho certeza disso — ela discordou. — Contanto que você continue encontrando formas de deixar as coisas interessantes.

E, então, suas mãos foram para os meus quadris, e me fizeram mover mais devagar. Na mesma hora senti o calor do olhar de Tyler nas minhas costas.

Ela lambeu os lábios vermelhos e respirou no meu rosto.

— Vamos brincar com ele.

De início, estreitei o olhar, confusa, mas então entendi quando senti suas mãos subindo pelas minhas costelas, em um movimento lento e possessivo.

Meu coração acelerou, e tive dificuldade para manter o fôlego estável quando seus dedos cravaram nos meus quadris e me puxaram para perto, sua coxa se encaixando entre as minhas quando ela se movia ao ritmo lento da música.

Que porra?

— Olhe para ele — ela instruiu no meu ouvido.

Mas eu estava com medo de olhar. Por um lado, eu gostava de jogar jogos e de deixá-lo com tesão, mas, por outro, estava com medo de ele ter ideias.

Virei a cabeça para o lado, ergui os olhos, que imediatamente procuraram Tyler. Guillory tinha ido, e ele me perfurou com aquele olhar. Eu sabia como ele ficava quando estava com raiva, e sabia como ficava quando estava relaxado, mas arrepios percorreram os meus braços, e eu me senti ficar molhada ao nos observar com olhos ardentes.

Eu conhecia aquele olhar.

Ele estava a dois segundos de me pegar por trás na cabine do banheiro.

Comecei a me mover mais, rebolando em Kristen, passando minhas mãos por sua cintura e seus quadris.

Ela me agarrou pela nuca e abaixou a cabeça debaixo da minha orelha enquanto nos esfregávamos no corpo da outra para ele.

— Eu não sei se ele quer ver mais ou se quer me trucidar por estar tocando você — ela brincou.

Mas eu sabia a resposta. Tyler queria muitas coisas. Ele queria tudo. Mas ele nunca escolheria uma em vez da outra. Era o que era, e ele jamais me reivindicaria assim. Eu sabia.

— Até onde você está disposta a ir para descobrir? — perguntei, desafiando-a.

Ela ergueu as sobrancelhas lançando um olhar de "experimenta".

Eu a peguei pela mão e a levei até a mesa, fui mais devagar e fiquei de joelhos no sofá ao me aproximar dele.

Má CONDUTA

Tyler estreitou os olhos para mim, e eu pude ver as respirações rasas que ele tentava esconder.

— Gostou do que viu lá, Sr. Marek? — Kristen rastejou sobre ele nas almofadas do assento.

Ele passou um dedo pelos lábios ao olhar para mim.

— Era para não gostar?

— Eu não sei — ela respondeu, parando e se sentando sobre os calcanhares. — Você parecia… tenso.

A voz sexy estava cheia de desejo, e de repente senti que não tinha certeza do que estava fazendo. Era um jogo. Alguém o pararia. *Certo?*

— Eu estava tenso. — Tyler a olhou, e ergueu o queixo dela. — Vocês duas são lindas — ele concedeu. — Contanto que você saiba que ela vai para casa comigo.

— Que tal nós duas irmos para casa com você? — ela sugeriu.

Eu queria que ela dissesse aquilo? Eu não conseguia engolir o nó na minha garganta.

Tyler não respondeu, e antes que eu soubesse o que estava fazendo, mergulhei a cabeça em seu pescoço, beijando a pele macia embaixo da sua orelha.

Eu o ouvi respirar fundo, e capturei sua pele com a boca, puxando-a entre os dentes.

— Beije-a — sussurrei. — Por favor.

Eu o vi pelo canto do olho quando ele hesitou e, então, devagar, estendeu a mão e a segurou pela nuca, trazendo-a para perto, e os lábios deles se encontraram.

Fechei os olhos com força e o segurei, trilhando beijos profundos em seu pescoço e através da sua bochecha, tentando comandar o que acontecia.

O som deles se beijando e dela gemendo me gelou o sangue e fez o meu coração doer.

Beije-a, pensei. *Isso tem que acontecer.*

· Eu me forçaria a assistir à porra toda e pegar todo desejo que sentia por ele, qualquer necessidade, e dar tantos nós que nada poderia ser feito disso e nenhuma parte do que eu sentia por ele jamais voltaria a ser reconhecida.

Eu não podia ter aquele homem. Não para sempre. Era sexo, e ele me magoaria.

Eu teria que abrir mão dele em algum momento. Para que prolongar a mágoa inevitável, se eu poderia terminar tudo nesse momento, antes que ele tivesse a chance?

Eu não queria amá-lo. Isso precisava acontecer.

Uma lágrima escorreu pelo meu rosto, e logo a limpei conforme me afastava e o observava. Não a eles, somente a ele.

Sua mão estava na minha coxa enquanto ele a beijava, e ele tentou enfiá-lo por baixo do meu vestido, mas eu me afastei devagar, saindo da cena.

— Continua — incitei. — Me deixa assistir você.

A língua dele estava na boca de Kristen, e a outra mão espalmou seu seio através do vestido, e eu imaginei tudo. Ele a levando para casa, puxando a parte de cima do vestido para baixo ao sentá-la na mesa do escritório e comer a mulher com força.

Ou talvez ele a levasse para a cama. E a deixaria montá-lo ao observar seu corpo se mover.

Afastei-me o suficiente para que sua mão perdesse o contato com a minha coxa, e só fiquei sentada lá, de joelhos, observando-o dar uns amassos em outra mulher enquanto eu sentia que, aos poucos, ele se afastava cada vez mais de mim.

Seus olhos estavam fechados; ele não me via. Eu tinha perdido a compostura, e mais lágrimas inundavam os meus olhos.

Tyler nem sequer sabia que eu estava ali. Ele não me via.

Tudo o que ele enxergava era ela.

Mas então sua mão começou a se mover pelo sofá procurando por mim, e quando percebi, ele tinha se afastado de Kristen e a tirado de cima dele, e estava olhando feio para mim.

Eu parei de respirar, percebendo que ele estava irado. Irado de verdade.

Ele me olhou como se eu o tivesse traído.

— Sinto muito — arquejei, quase às lágrimas. — Foi uma idiotice.

E eu me arrastei de volta para o seu colo e o montei, pronta para me desculpar.

— Que merda você está tentando fazer? — ele vociferou, a veia em seu pescoço ficando saliente.

Balancei a cabeça e segurei o seu rosto.

— Eu não sei — chorei. — Só não me deixe me afastar, ok? Eu não deveria ter feito isso.

E eu o beijei de leve, todo o meu corpo tremendo com os soluços que eu tentava segurar.

Eu não queria abrir mão dele. Estava me apaixonando por ele.

A respiração raivosa se acalmou e, depois de uns instantes, ele envolveu os braços ao meu redor como se fosse uma faixa de aço e me beijou.

Má CONDUTA

Ouvi Kristen pigarrear ao nosso lado e a senti sair do sofá.

— Bem, eu tenho que ir — ela disse, com a voz leve, como se nada tivesse acontecido.

Mas eu a senti se inclinar e sussurrar no meu ouvido:

— E caso você não tenha notado, ele também está apaixonado por você.

Agarrei o paletó dele, nem sequer a ouvindo se afastar quando fechei os olhos e enxerguei apenas ele.

VINTE

Easton

— Você bagunçou os meus livros — comentei, deitada de costas no chão do seu escritório e encarando as prateleiras que eu havia organizado, incansavelmente, há poucas semanas.

— Desarrumei — ele admitiu, sem nem titubear.

De pés cruzados, eu usava uma das suas longas camisas brancas com as mangas arregaçadas e apoiava um copo de uísque na barriga.

— Foi de propósito? — pressionei.

— Foi.

Um sorriso se espalhou pelos meus lábios, e eu ergui a cabeça e tomei um gole da bebida forte.

Christian, ao que parecia, estava passando o fim de semana com o avô no lago, então Tyler me trouxe para casa com ele depois da boate. Era uma da manhã, e nenhum de nós estava nem um pouco cansado.

Eu tinha me sentido culpada por ter arruinado a nossa saída, mas Tyler disse que não dava a mínima. Ele não gostava de boates mesmo, mas queria me levar para sair.

Depois de me arrastar de lá, ele me trouxe para casa correndo, quase causando a porra de um acidente no caminho, e tirou toda a minha roupa assim que atravessamos a porta. Ele me levou lá para cima, com minhas pernas envoltas em sua cintura, e me manteve bastante ocupada por mais de uma hora.

Ele tinha recebido algumas ligações enquanto estávamos ocupados, e já que nenhum de nós estava com sono, desceu para cuidar de algumas coisas, e eu fiquei me embriagando com a bebida dele.

Ele estava de pé atrás da mesa usando calça de sarja cinza e sem camisa, repassando alguns papéis.

Má CONDUTA

243

— Você não vai consertar? — sugeriu.

Tamborilei o copo, encarando a balbúrdia que ele tinha causado nos livros.

— Estou pensando.

Ouvi sua risada baixa.

— Talvez você não precise mais ser aplacada — ele sugeriu. — Ou encontraria algo que seria igualmente eficiente.

— Convencido — disparei, provocando-o.

Mas, na verdade, ele tinha razão. Há algumas semanas, esses livros, ali fora de ordem, com alguns virados para o lado errado, teriam me deixado doida, e eu não poderia ter me concentrado em nada até eles serem arrumados.

Agora só meio que me incomodava. Ainda sentia o impulso, mas havia algo mais ali naquele cômodo que me puxava também.

— É uma sensação tão estranha — pensei em voz alta. — Abandonar, de repente, um hábito que tenho há sete anos. Me sinto mais em paz agora do que jamais me senti fazendo essas coisas.

— Sete anos? — ele repetiu. — Pensei que você tinha começado quando seus pais morreram, há cinco anos.

Soltei um suspiro e fechei os olhos.

— Merda — sussurrei bem baixinho, não alto o bastante para que ele ouvisse.

Eu tinha esquecido que ele não sabia.

— Easton? — instigou, obviamente esperando uma resposta.

Girei o copo, observando o líquido marrom revestir o lado de dentro.

— É, a história nunca foi a público, não é?

Na pesquisa que fez no Google, ele não poderia ter cruzado com ela, porque minha família tinha mantido tudo por baixo dos panos.

— Que história?

Respirei fundo e coloquei o copo no chão, enfiando as mãos por detrás da cabeça quando comecei.

— Eu nem sempre fui essa mulher sofisticada, independente e encantadora que você conhece agora — fiz piada.

Ele rodeou a mesa, recostando-se diante dela e me encarando.

— Jura? — Tyler entrou na brincadeira.

Olhei para ele, depois de me preparar para me abrir.

— Quando eu tinha dezesseis anos, eu era muito ingênua e protegida — contei. — Não sabia como tomar decisões nem como questionar

244   PENELOPE DOUGLAS

qualquer coisa. Nunca tinha saído com ninguém, e se meus pais tivessem conseguido o que queriam, nunca teria acontecido.

Encarei a estante, lembrando-me da minha perfeita casinha branca e do meu quarto rosa perfeito e do meu horário rígido e perfeito preso na geladeira.

— Eu era tenista vinte e quatro horas por dia, e as únicas pessoas com quem eu conversava eram as da minha família, os jornalistas e o meu técnico, Chase Stiles. — Olhei para Tyler. — Ele tinha vinte e seis anos na época.

A expressão dele ficou cautelosa.

— Chase Stiles? Eu vou gostar de para onde isso está indo?

Dei a ele um sorriso tranquilizador e prossegui:

— Ele era muito dedicado a mim — confessei. — Sempre me encorajando e passando muito mais tempo comigo do que para o que ele era pago. Ele me comprava coisas, e eu gostava, porque pensei que ele fosse a única pessoa que se importava com quem eu era por dentro. Ele me perguntava dos meus interesses além do tênis.

Tyler ficou quieto, e eu hesitei, sentindo meu estômago revirar quando o velho medo começou a vir à tona.

Mas antes que eu o abafasse, continuei olhando para baixo.

— Eu não vi nada errado quando ele começou a me comprar roupas — continuei. — Shorts apertados e tops para treinar. E eu não achei que fosse grande coisa quando ele tirou fotos de mim posando com as roupas que ele tinha comprado.

— Easton. — Tyler se aproximou, a apreensão deixando sua voz grossa. Ele não estava gostando do rumo que as coisas estavam tomando.

Engoli através do aperto da minha garganta, ainda sem olhá-lo nos olhos.

— Mas então ele começou a ficar íntimo — expliquei, e mastiguei o lábio inferior. — Me dava tapinhas na bunda quando eu me saía bem ou me abraçava por tempo demais. — Pisquei, afastando a vergonha que sentia começar a invadir. — Algumas vezes, ele entrava no vestiário enquanto eu tomava banho, fingindo ter sido sem querer.

Na época, senti que era culpa minha. Como se eu o estivesse provocando, ou que o que ele estava fazendo fosse normal. Passávamos muito tempo juntos. Treinando, viajando... Éramos próximos, então talvez ele fosse só um amigo muito bom ou alguém, como os meus pais, em quem eu deveria confiar que jamais me magoaria.

Má CONDUTA

— Não contei a ninguém o que estava acontecendo, e não tirei satisfações com o Chase sobre nada disso — contei a Tyler. — Simplesmente comecei a ficar mais estressada, a sentir mais raiva. Muito raiva — adicionei. — Comecei a recusar os presentes dele — prossegui. — E eu dava chilique quando a minha mãe tentava me deixar sozinha com ele na quadra. Depois de um tempo, finalmente explodi e contei para os meus pais sobre o comportamento dele.

— Ele forçou algo? — Tyler perguntou, a voz ficando irritada.

Fiz que não.

— Não, mas o comportamento estava piorando — expliquei. — Meus pais o demitiram, mas não prestaram queixa. Não queriam que a próxima queridinha do tênis nacional fosse manchada com um escândalo que ficaria eternamente registrado nos jornais.

Olhei para Tyler e pude ver seus punhos cerrados sob os braços.

— E, então, para coroar — ele deduziu —, você perdeu seus pais e sua irmã anos depois. É coisa demais para alguém tão jovem lidar.

Assenti.

— Foi sim.

O abuso de Chase e a morte dos meus pais e da minha irmã quase me mataram cinco anos atrás. Eu mergulhei em um mundo de transformar caos em ordem e criei uma casca tão grossa que nada de ruim me atingiria de novo. Foi só há pouco tempo que percebi, ao olhar para Tyler, que a minha casca protetora havia me resguardado das coisas boas também.

— Comecei a arrumar e a contar coisas como um mecanismo de defesa, uma forma de ter consistência — disse a ele. — Para saber com o que eu podia contar. Estar ciente dos arredores, ter tudo no lugar... — prossegui. — Não gosto de surpresas.

— Você precisava de controle — ele concluiu.

Assenti.

— Sim. Depois do Stiles e do acidente, Jack e eu tentamos seguir em frente, mas, como você viu na internet, não consegui me recompor. Meu jogo foi para o espaço. Vendemos a nossa casa e nos mudamos para cá, assim eu poderia começar de novo e o meu irmão poderia, enfim, correr atrás dos próprios sonhos.

Tyler se afastou da mesa e se aproximou, pairando sobre mim e me olhando com atenção.

— E qual é o seu sonho? — ele perguntou.

Soltei um longo suspiro e tirei as mãos de detrás da cabeça. Deslizei uma por sua perna até a parte interna da coxa, e sussurrei:

— Não te querer tanto quanto eu quero.

A semana seguinte passou voando, as reuniões de acompanhamento que aconteciam todo outono tinham começado, e eu precisava repassar os planos de aula que terminei no verão.

Eu tinha previsto isso, já que as aulas nem sempre seguem o planejado e as mudanças que resolvi fazer de último minuto precisavam ser registradas mais tarde. Não me importava com o quanto a minha vida pessoal havia mudado, nem mesmo com o quanto se tornara imprevisível, mas não queria perder o controle da minha carreira. Ser uma boa professora era aceitável, ser uma professora excelente era a minha missão.

Minha irmã, Avery, queria ser professora, mas enfim percebi que eu, também, fui feita para isso. Eu gostava de ver os meus alunos interessados e interagindo, de finalmente vê-los ligando uma coisa à outra, discutindo o assunto e, por fim, ensinando uns aos outros, o que alimentava o meu desejo de fazer isso todos os dias.

Tyler esteve um pouco inacessível, ficando retido em várias reuniões e no planejamento da campanha. Ele também teve que fazer uma viagem de um dia a Toronto, que se transformou em dois afastado. O irmão tinha ficado com o Christian, e embora eu soubesse que Tyler odiava deixá-lo, ele ligava e mandava mensagem com frequência para saber como o garoto estava.

Na minha sala, montei o notebook, posicionando-o diante das três cadeiras à mesa. Christian se sentou em uma, mexendo no telefone, e eu olhei a hora, vendo que eram quatro e dois; já passava da hora da nossa reunião de pais e mestres.

Olhei para o telefone, e não vi mensagens não lidas, então tive esperança de que Tyler estivesse a caminho.

Abri o Skype, decidindo não esperar por ele. Liguei para a mãe de Christian, sabendo que ela aguardava o nosso contato.

Eu não estava ansiosa para vê-la cara a cara. Nós nos falamos ao telefone e trocamos e-mails várias vezes. Ela parecia ser uma mãe excelente e queria ficar informada de tudo o que se passava com o filho. Até mesmo fazia parte dos grupos de redes sociais e participava.

Entrelacei os dedos, tentando afastar o desconforto que senti ao encará-la.

— Olá? — ela gorjeou, aparecendo na tela, e eu forcei um sorriso.

É claro que ela era linda.

O longo cabelo negro estava preso em um rabo de cavalo elegante, e a pele de marfim parecia impecável.

— Olá, Sra. Reed — eu a cumprimentei. — Eu sou Easton Bradbury, a professora de História dos Estados Unidos do Christian.

— Que prazer enfim poder ligar a voz ao rosto — ela comentou, com um sorriso animado.

— Ainda estamos esperando o Sr. Marek — disse a ela —, mas ele deve chegar em breve.

Ela assentiu, uma expressão irritada cruzou o seu rosto, mas ela se recuperou rápido.

— Largue o telefone, Christian. Quero ver o seu rosto — ela ordenou ao filho.

Ele revirou os olhos e largou o aparelho.

— Estou com saudade — falou, melosa.

— Eu sei — ele imitou o tom, e nós duas caímos na gargalhada por causa do sarcasmo dele.

Eles conversaram por alguns minutos, e eu a atualizei sobre o que estávamos estudando no momento e o que eu esperava que fosse feito até o fim do ano.

Christian e a mãe se davam muito bem, e comecei a me perguntar um monte de coisas enquanto estava sentada ali, observando-os. Eu nunca tive tantas inseguranças quanto tinha com Tyler, e não gostava nada disso.

Ele alguma vez se arrependeu de ter aberto mão dela? Ele a amou? O que ela pensaria de mim se soubesse o que sinto por ele?

Era o que me assustava mais. Christian era meu aluno, e todos os dias eu me odiava ainda mais por estar fazendo algo que punha em risco a sua estabilidade e a sua felicidade. Era esperado que eu fizesse a sua vida melhor, e eu estava bem próxima de virá-la de cabeça para baixo.

Pigarreando, olhei para o relógio e vi que eram quase quatro e quinze. Onde estava o Tyler, caramba?

Sorri, tentando manter o clima.

— O clima aí parece estar maravilhoso — notei, ao ver as cortinas brancas sopradas pela brisa que vinha das janelas abertas atrás dela.

— Oh, é quente, mas é lindo — ela esclareceu. — Há tanta terra para explorar. Convidei o Christian para passar o fim de ano aqui, mas ele ainda não me respondeu.

Ela lançou um sorriso insinuante para ele, e o garoto suspirou, balançando a cabeça.

— Eu não sei — provoquei. — Adolescentes são difíceis. Você deveria ter colorido um pouco o acordo, assegurar que ele terá Wi-Fi.

Ela tentou esconder o sorriso, mas consegui vê-lo.

Eu não tinha certeza se o Tyler queria que o Christian passasse o Natal em casa, mas uma viagem para a África seria uma experiência maravilhosa para ele.

Voltei a olhar o relógio e peguei o telefone.

— Vou ligar de novo para o Sr. Marek — disse a ela. — Se ele for se atrasar muito mais, talvez tenhamos que começar sem ele.

Liguei para o celular, sabendo que ele atenderia se visse que era eu. Era raro eu ligar, então ele saberia que era importante.

— Oi, estou a caminho de uma reunião. Eu posso...

— Sr. Marek — eu o interrompi, entrando no papel de professora. — Estou aqui com o Christian e a mãe dele no Skype. O senhor quer que o esperemos?

— Esperar por mim? — ele gritou.

Rangi os dentes e sorri, não alterando a voz por causa de Christian e da mãe dele.

— A reunião para falar do Christian — lembrei a ele.

— Merda! — ele bramiu. — Puta que pariu.

Permiti que meus olhos se fechassem, ouvindo Christian rir baixinho e balançar a cabeça. Ele tinha ouvido.

A respiração ofegante de Tyler se derramou no telefone.

— Estou a poucos quarteirões daí — ele disse, entredentes —, chego em cinco minutos.

E desligou, me deixando ali me sentindo uma idiota.

Coloquei o celular sobre a mesa.

— Ele está a caminho — assegurei a ela. — Mas acho que podemos ir em frente e começar pelas notas do Christian no primeiro trimestre.

Nos minutos seguintes, repassei o início de ano difícil de Christian, assegurando à mãe que eu tinha plena certeza de que tinha a ver com a transição de se mudar de uma casa para a outra e começar o ensino médio. Ele tinha pegado o ritmo e estava se destacando agora, se saindo melhor do que vários alunos da sala.

Tyler entrou na sala de supetão, e eu parei de falar, reparando nele. O homem parecia um lobo que tinha perdido a presa.

Um pouco do cabelo havia caído na testa, e a gravata estava amarrotada e pendurada ao redor do pescoço. O peso de uma montanha estava em seus ombros, e eu me virei, voltando a me concentrar nos documentos diante de mim em vez de me preocupar com ele.

Tyler se acomodou ao lado de Christian e olhou para mim do outro lado do filho.

— Desculpe. — E então se virou, fazendo um gesto de cabeça para a mãe de Christian. — Brynne.

— Tyler — respondeu, suscinta.

Christian se sentou quieto, olhando para baixo.

— Sr. Marek, nós já repassamos as notas do Christian e falamos das tarefas de casa dele — informei-o, entregando-lhe os documentos. — Pode levá-los para casa e verificá-los em seu tempo livre.

Olhei para a mãe de Christian, tendo o cuidado de não fazer contato visual com Tyler, temendo deixar alguma coisa transparecer.

Prossegui:

— O Christian terá a oportunidade de escolher algumas das suas tarefas agora — informei a eles. — É uma técnica que uso com os alunos que sinto terem merecido o privilégio. Para os projetos de unidade e algumas das tarefas diárias, ele poderá escolher entre uma seleção, que valerá a mesma porcentagem de pontos, desde que continue se esforçando como vem fazendo — expliquei, ouvindo um telefone vibrar e vendo Tyler pegar o aparelho e olhar para ele.

Minha irritação aumentou, mas, felizmente, ele largou o celular, ignorando-o.

— Parece maravilhoso — concordou Brynne. — Christian, você vai querer?

Ele deu de ombros.

— É, parece legal. — E então olhou para mim. — Quando vou fazer a prova para a classe avançada? — perguntou, parecendo mais interessado no assunto do que tinha demonstrado no Sucré. Depois de algum tempo para absorver melhor a informação, ele deve ter ficado com mais vontade.

— Obrigada por me lembrar — irrompi, e peguei a autorização. — Vou marcá-la para você para…

Mas o celular de Tyler voltou a tocar, interrompendo meu desencadeamento de ideias, e eu larguei o papel na mesa, lançando um olhar severo para ele.

— Sr. Marek, pode, por favor, desligar o telefone? — eu o repreendi, e não cheguei a pedir, na verdade.

Ele o enfiou no bolso do paletó, e eu não me importei pelo homem estar em péssimo estado. Ele precisava estar presente para isso.

— Desculpe — repetiu.

Christian bufou, e eu continuei, explicando a aula e falando que o garoto estava indo muito bem em vários assuntos e que talvez ele se qualificasse para uma turma mais avançada. Então Tyler assinou a permissão, autorizando o filho a fazer o teste, e eu me ofereci para responder a quaisquer dúvidas. Tyler não tinha nenhuma, porque sua cabeça estava obviamente em outro lugar hoje.

— Obrigada, Sra. Reed, por se juntar a nós de tão longe. — Sorri para ela e bati as pastas sobre a mesa, certificando-me de que a pilha estava bem arrumada.

— É, e ainda com o fuso-horário, ela conseguiu estar presente — Christian cutucou, lançado um olhar de desdém para o pai. — Vou esperar no carro.

E saiu.

— Tyler — Brynne disse, inexpressiva —, nós nos falaremos mais tarde. — E desligou, não mais feliz com Tyler Marek do que o filho deles.

Eu me levantei e deixei as pastas sobre a mesa, deixando minha raiva transparecer agora que estávamos sozinhos.

— Você tem secretárias — acusei. — Um calendário com reuniões e compromissos no seu celular. — Eu me virei, vendo-o se levantar e ajeitar a gravata. — Como você conseguiu esquecer?

De todas as coisas para se estar presente na escola, e não era como se sua presença fosse requisitada com frequência, ele não podia fazer disso uma prioridade?

— Foi um erro bobo — explicou. — Há muito se passando. Estou correndo para todo lado, e minha cabeça está abarrotada com um milhão de coisas. Estou fazendo o melhor que posso.

— Por você? — atirei. — Ou pelo Christian?

VINTE E UM

Tyler

O conselho do meu pai era um refrão constante na minha mente esses dias: *Você pode fazer uma ou outra coisa e alcançar sucesso, ou pode tentar fazer quinze e fracassar em todas elas.*

Desci correndo as escadas da escola, sentindo o celular vibrar no bolso interno do paletó, e ignorei.

Desgraça de ligações o dia inteiro. Os malditos madeireiros de Honduras estavam em meio a uma batalha com ativistas ambientais por causa do corte raso — uma técnica que corta as árvores rente ao solo sem que as raízes sejam arrancadas —, o que não deveria ter nada a ver comigo, exceto que era o meu equipamento que eles estavam usando para derrubar as árvores. Agora o Jay estava tendo um ataque por causa da culpa por associação.

Depois de eu ter sido forçado a desperdiçar tempo indo almoçar com o prefeito apenas para manter a conexão, fiquei preso em ligação atrás de ligação a tarde toda. Isso é, até o inferno vir abaixo no porto, quando o meu carregamento de pás e lâminas para as retroescavadeiras e os tratores de esteira que estavam subindo o Mississippi para a montagem final de uma fábrica em Minnesota acabou sendo várias toneladas de carvão que não me pertenciam.

Tudo o que podia dar errado estava dando errado esses dias, e eu não tinha ideia do que fazer. Minha cabeça quase nunca estava no trabalho, e eu continuava deixando a peteca cair. Quando não estava me preocupando com o Christian, estava pensando na Easton e em quando poderia vê-la.

Estive repassando o fim de semana sem parar na minha cabeça. A façanha dela na boate e a forma como tentou me afastar. Eu fiquei irado.

Eu não queria a Kristen Meyer.

A mulher era vazia, como cada mulher com quem entrei em contato desde Easton.

Mas eu teria entrado no jogo se Easton quisesse. Se ela fizesse parte dele.

Eu não precisava da excitação nem da experiência, mas eu gostei. Claro. Que homem não gostaria? Ainda mais levando em conta o quanto ela estava gostosa naquela pista de dança, com as mãos de outra mulher nela. Mas eu não quis entrar nessa sem ela. Não havia razão se ela não estivesse envolvida. Era mais para experimentarmos algo juntos.

Mas aí ela se afastou, desconectando-se da cena, para que eu pudesse encontrar prazer com outra mulher e ela pudesse ir embora, convencendo-se de que nada do que tivemos tinha sido especial.

Não havia descrição possível para explicar a fúria que senti quando estendi a mão para procurar por ela e só achei ar. Foi quando percebi o que ela estava fazendo.

Mas aí a mulher se arrastou para o meu colo, chorou e me beijou, e Kristen desapareceu na mesma hora.

Não havia nada senão Easton.

E então, mais tarde naquela noite, quando ela me contou a história e falou do que aquele canalha fez com ela, eu quis apagar tudo aquilo da vida dela e me certificar de que ela tivesse o melhor de tudo. Felicidade, amor, consistência…

E quis encontrá-lo e fazê-lo sumir da face da Terra. Me embrulhava o estômago pensar nele por aí, passeando. O cara sabia onde ela estava?

Entrei na parte traseira do carro, desabotoei o paletó e olhei Christian sentado do outro lado, encarando a janela. *Room to Breathe* retumbava no rádio, e eu estendi a mão e abaixei o volume usando o controle lá de trás.

Inclinei-me para frente e dei a ele toda a minha atenção.

— Desculpe o atraso — pedi, cansado de ver aquela expressão dele. Para cada passo à frente que dávamos, eram mais dois para trás.

— Você esqueceu. — O tom foi cortante, os olhos ainda estavam virados para a janela. — Você esqueceu porque não era importante para você.

Eu me recostei e fechei os olhos.

— É isso o que a sua mãe te diz?

— É — declarou, indiferente, virando a cabeça para enfim olhar para mim. — E então, em particular, ela diz ao meu padrasto que você é um pai egoísta de merda.

Cerrei o maxilar, sentindo como se tudo estivesse escapulindo aos poucos através dos meus dedos. Eu estava perdendo tudo.

Christian virou a cabeça e se dirigiu a Patrick:

— Eu quero ir a pé — ele falou.

Patrick encontrou o meu olhar no retrovisor, e eu hesitei, não querendo que ele saísse do carro.

Mas lidar com Christian era como subir uma corda com um braço só, e eu estava cansado. Era melhor deixá-lo se acalmar, e eu poderia refletir.

Finalmente assenti.

Patrick encostou e o deixou sair. Faltavam poucos quarteirões para chegar em casa e ainda estava claro, então não me preocupei.

O celular vibrou no meu bolso e Patrick se afastou do meio-fio. Fechei os olhos, exasperado. Arranquei-o de lá, vi o nome de Brynne na tela e apertei o aparelho, ouvindo-o ranger sob a pressão. Atendi, e o levei à orelha.

— Não me venha com sermão — disparei.

— Eu estava aqui sentada diante de uma tela de computador, Tyler — ela vociferou. — Você não poderia estar lá em pessoa pelo Christian? Você já perdeu outra reunião essa semana.

— Não estou inventando desculpas — expliquei —, mas não é que eu não me importe. A campanha, a empresa... estou muito ocupado agora.

— Tudo com o que Christian não está nem aí — ela atirou. — Concordei com isso, porque você parecia querer conhecê-lo de verdade, e eu não queria arrancá-lo daí quando ele ainda estava na escola, mas você é um horror! Ele sabe que não é a pessoa mais importante na sua vida, e ele se pergunta por quê. Você faz ideia do quanto ele quer que você o ame?

— Eu o amo!

— Você o perderá para sempre! — Pude ouvir as lágrimas presas em sua garganta.

Apoiei o cotovelo na porta, segurando o aparelho na orelha ao inclinar a cabeça e fechar os olhos.

— Isso é, se ainda não aconteceu — ela adicionou, soando muito séria. — Tyler, vai chegar a um ponto que vocês vão ficar decepcionados ou magoados demais para consertar qualquer laço que reste. Você sempre espera pelo amanhã. Mas me deixe te falar uma coisa: amanhã foi ontem.

Tapei o telefone com a mão, encarando a janela, sabendo, lá no fundo, que ela estava certa. Quando eu acordaria e perceberia que finalmente era hora de fazer do meu filho uma prioridade?

Minha prioridade absoluta.

Balancei a cabeça, a garganta se inchando com arrependimento. Eu não perceberia até ser tarde demais. Era o tempo que levaria para que eu tomasse tento.

— Se você não puder resolver isso, eu vou voltar para pegá-lo — ela me avisou.

Engoli em seco e falei baixinho:

— É mais difícil do que eu pensei que seria — lamentei. — Tentar equilibrar tudo isso sozinho.

— Eu sei — ela respondeu. — Graças a você, Tyler, eu sei muito bem disso.

E ela desligou, me deixando sozinho, assim como eu tinha feito com ela anos atrás.

O fim de semana passou devagar. Mais devagar do que pensei, infelizmente.

Eu tinha que verificar uma obra no sul da Flórida, então levei Christian comigo e, durante esse tempo, entreguei minhas redes sociais e os e-mails para o Jay cuidar para que eu não me distraísse.

Christian se juntou a mim no calor e na lama enquanto caminhávamos por lá, repassando as plantas para a usina que seria construída. Alguns dos trabalhadores mostraram a ele como manejar as máquinas e até como conduzir uma retroescavadeira. Não acho que ele entendia bem o que eu fazia, já que via apenas os ternos e os escritórios limpos em casa, mas ir à obra, era sujo e barulhento, o solo sendo cavado e os tratores de esteira rugindo em todas as direções.

Depois de um tempo tentando agir desinteressado, ele se juntou à diversão, enfim absorvendo tudo o que significava as Indústrias Marek.

Aconteceu de o meu aniversário ser no domingo, então o passamos em um barco, pescando com alguns dos meus colegas. Gostei tanto de vê-lo rindo que decidi não pressioná-lo com nada nem tentar falar com ele. Em vez disso, iríamos aos poucos, aprenderíamos a ficar confortáveis um com o outro e deixaríamos as coisas acontecerem naturalmente.

Eu sabia que uma viagem não o conquistaria, mas fiquei contente pela oportunidade de passar tempo com ele longe do dia a dia da empresa e das outras distrações de Nova Orleans.

Não importava o quanto eu ainda estivesse pensando nela.

Mandei mensagem para a Easton para avisar que eu viajaria no fim de semana, mas, além disso, não nos falamos. Ela respondeu com um se cuida, e eu não liguei depois disso.

E não foi por não querer.

Mas era hora de encarar a realidade. Ainda era outubro, ela daria aula para Christian por muitos meses mais, e eu continuaria saindo escondido com ela esse tempo todo? Sem mencionar que, se Christian descobrisse, eu o perderia na mesma hora.

— Sr. Marek? — A cabeça de Corinne apareceu à porta do meu escritório. — A Srta. Bradbury está aqui para vê-lo.

Eu me virei na cadeira, de onde eu tinha olhado pelas janelas, e senti uma onda de calor. Era o fim de uma tarde de quarta-feira, e eu não a via desde a reunião na terça passada.

Por que ela estava aqui?

Assenti.

— Mande-a entrar.

Corinne saiu, e eu desliguei as TVs na parede. Um momento depois, Easton entrou usando um longo casaco preto, justo na cintura, mas solto nas pernas, e o cabelo soprado pelo vento lindamente espalhado ao redor do rosto.

Meu fôlego ficou preso. Deus, como senti saudade dela.

A pela da mulher brilhava, o batom rosa deixou seus lábios mais carnudos e beijáveis.

Corinne fechou a porta às suas costas, e eu pisquei, recuperando o foco ao tentar fingir indiferença.

— Você vir ao meu escritório não pode ser boa coisa — provoquei, lembrando-me da última vez que ela esteve ali.

Ela cruzou as mãos às costas, parecendo animada e sedutora.

— Perdi o seu aniversário esse fim de semana — pontuou. — E eu queria que você soubesse que estive pensando em você.

Um sorriso brincou em seus lábios, e eu me inclinei na cadeira, reparando nela.

— Você está linda — eu a elogiei. — Como estão as coisas na escola?

Ela se inclinou para frente, espalmou as mãos na mesa e me prendeu com um sorriso malicioso.

— Não prefere ganhar o seu presente, Sr. Marek?

Minha calça ficou mais apertada no mesmo instante.

Jesus.

Pigarreei e entrei no jogo com ela. Olhando-a da cabeça aos pés, simplesmente dei de ombros.

— Não estou vendo nada. Onde está?

Ela se empertigou e me olhou nos olhos, o tom azul do seu olhar ficou escuro e sensual. Começou a desabotoar o casaco bem devagar, e meu pau logo enrijeceu de desejo por ela.

Easton tirou o casaco, deixando-o deslizar pelos seus braços, e então o largou em uma cadeira que estava por perto.

Meus pulmões esvaziaram, e me senti faminto de repente.

Ela usava meias pretas com acabamento em renda, uma gravata preta no pescoço e nada mais.

Gemi ao absorvê-la. A bela pele dos seus quadris e do alto das coxas parecia macia e suave, e eu quis minha boca na sua barriga lisa e nos seios bastos. Os mamilos estavam rijos, e o cabelo fluía pelo seu peito, me fazendo querer enterrar as mãos nele.

— Exatamente do meu tamanho — falei, com a voz baixa.

Um canto de sua boca se ergueu.

— Oh, esse não é o seu presente — ela confessou, virando-se para pegar algo no bolso do casaco.

Meus olhos foram para a sua bunda, e eu vi o pequeno hematoma que ela ainda tinha por causa da mesa de sinuca.

Olhei para cima e a vi cortar um pedaço de silver tape e me olhar nos olhos.

— Isso é. — Ela apontou para a fita. — Nada de insolência.

E colocou o pedaço de fita sobre os lábios fechados e piscou para mim, bem devagar.

Comecei a rir, amando a ingenuidade dela. Se a garota soubesse o quanto eu amava aquela boca.

Ela rodeou a mesa, tirou os sapatos de saltos e montou em mim, abaixando o corpo devagar e apoiando os braços nos meus ombros.

Estendi as mãos e as passei pelas suas costelas, apertando a pele, incapaz de me impedir.

Má CONDUTA

Ela gemeu por trás da fita, e eu entrelacei as mãos em seu cabelo, agarrando um punhado e enterrando meus lábios em seu pescoço.

Mas daí eu parei. Deixei minha testa cair para o seu peito, me perguntando que merda eu achava que estava fazendo.

Christian.

Ele vinha em primeiro lugar. Ele tinha que vir em primeiro lugar.

E isso o magoaria.

Eu tinha trinta e seis anos. O que estava fazendo com uma professora de vinte e três que dava aula para o meu filho?

Eu não poderia ter isso, não importava o quanto eu quisesse. Brynne estava certa. Eu era um horror.

Olhei para ela, e vi a interrogação em seus olhos. Ela se perguntava por que eu parei, e então passou os dedos pela minha testa, afastando o cabelo que caíra para frente, e eu soube que estava envolvido demais com aquela mulher.

Eu a magoaria, a decepcionaria e jogaria fora qualquer chance que eu tivesse com o meu filho.

Deixei minha mão cair para seus quadris e os apertei com força, minha resolução prestes a ceder, porque eu não queria escolher. Recostando-me, ergui os olhos cansados e, devagar, tirei a fita de sua boca.

— Sinto muito, mas eu tenho uma reunião — disse a ela. — Não tenho tempo.

Ela ficou parada por alguns instantes, provavelmente tentando entender se eu a estava mesmo expulsando sendo que queria mantê-la ali.

Nunca aconteceu de eu não ter tempo para ela.

E era esse o problema. Eu a colocava na frente de todo o resto.

Ela saiu de cima de mim, olhando para toda parte, exceto para mim, e caminhou ao redor da mesa, vestindo o casaco o mais rápido que pôde.

Cerrei os punhos com força, sentindo como se tudo dentro de mim estivesse esvaziando.

Ela se preparou para sair, mas então se virou.

— Se está me afastando, basta dizer. Não me faça adivinhar.

Travei os dentes ao me levantar e forcei um olhar furioso.

— Eu disse que tenho reunião — cuspi. — Não apareço no meio do seu expediente, apareço?

Ela arregalou os olhos, parecendo surpresa.

— Tyler — disse, ao erguer as mãos —, quando uma mulher nua se senta no seu colo, se oferecendo para você, você aceita. E se não puder, por qualquer quer seja o motivo, pelo menos diga coisas gentis a ela. Não posso acreditar que eu...

— Quer saber por que estou irritado hoje? — Peguei o celular e entrei no Twitter. — Olhe os comentários negativos nos tuítes que você tem me dito para postar — disparei. — E hoje de manhã alguém me chamou de "imaturo" e "não profissional" em um blog.

Joguei meu telefone na mesa, sentindo como se as paredes estivessem se fechando. Ela piscou várias vezes, e pude dizer que foi pega de guarda baixa e que estava magoada.

— Você também ganhou cinco mil seguidores nas últimas semanas. — A voz dela ficou embargada. — Quanto mais você se mostra, mais negatividade recebe. Isso vem com o ganho de território. Eu só estava tentando ajudar.

Espalmei as mãos na mesa e me preparei, forçando os olhos a ficarem nela, apesar da dor que pude ver neles.

— Eu não queria a sua ajuda. Eu só te queria na cama.

Ela recuou e endireitou a postura no mesmo instante.

A dor em seu rosto desapareceu, sua expressão ficou inescrutável.

— Entendi.

Ela estava igual à Easton do *open house*. A que era fria e distante, e que estava longe do meu alcance.

— Acho que te vejo por aí, então — disse, soando cordial.

Mas era um adeus.

Assenti, me forçando a olhá-la nos olhos.

— É.

Ela se virou e saiu, e imediatamente disparei de detrás da mesa, pronto para ir atrás dela. Mas me segurei, espalmei o tampo e abaixei a cabeça, tentando me acalmar.

Porra.

Eu a queria.

Eu precisava dela!

Bati os punhos.

— Puta que pariu — rosnei baixinho.

— Ela é linda pra caramba. — Ouvi às minhas costas, e reconheci a voz de Jay. — Só não faça isso no escritório, ok? Seja mais cuidadoso.

Ergui a cabeça e olhei feio para ele, que deve ter visto Easton indo embora.

— Relaxa — falei, ríspido. — Está acabado.

— Por quê? — ele desafiou, na verdade parecendo preocupado. — Você estava feliz, disso não havia dúvida. Não vejo nada de errado com o relacionamento, contanto que vocês sejam discretos.

Ele deslizou umas pastas sobre a minha mesa, e eu balancei a cabeça, incapaz de admitir para o meu próprio irmão o que eu mal podia admitir para mim mesmo.

Eu ansiava por ela; mais que por qualquer outra coisa.

E eu não podia mais colocá-la em primeiro lugar.

VINTE E DOIS

Easton

A brisa fria soprava na St. Ann, e eu fechei os olhos por um momento, apreciando a carícia no meu cabelo.

To the Hills, de Laurel, flutuava como um batimento cardíaco através dos meus fones, e eu me enxarquei no sol e no vento soprando a minha blusa ciganinha contra a minha pele.

Estive andando o dia todo, bancando a turista e aproveitando a atmosfera que eu raramente parei para experimentar, mesmo morando ali há mais de cinco anos.

Foi engraçado. Acordei hoje de manhã com uma lista e um plano. Limpar o lado de dentro do fogão, malhar e pesquisar lugares para as visitas de campo das minhas turmas, já que estávamos falando tanto de história da guerra, e Nova Orleans tinha uns lugares maravilhosos para visitar.

Mas quando me vesti, percebi que não estava a fim.

Eu tinha amassado a lista, jogado na lixeira e pegado a minha bolsa, que agora pendia no meu quadril com a alça atravessada no meu peito, e saído de casa.

Peguei o bonde na Canal e saltei, desaparecendo no Bairro Francês.

Na esquina da catedral de St. Louis, com toda a loucura de artistas, músicos e leitores de mão, perambulei um ou dois quarteirões até a Maskarade, uma lojinha que descobri no último Mardi Gras ao procurar pela minha primeira máscara.

Eu não estava interessada nos souvenirs espalhafatosos que eram vendidos no Bairro Francês e nas lojas para turistas. Queria algo feito a mão por fabricantes de máscaras de verdade, e sempre quis voltar, talvez para começar a construir uma coleção para a minha parede.

Má CONDUTA

Quando entrei, o piso de tábuas corridas rústicas rangeu sob as minhas sandálias, e a mulher atrás do balcão sorriu para mim antes de voltar a mexer em seus papéis.

Essa era uma coisa de que eu gostava em Nova Orleans; os vendedores não saltavam na gente assim que entrávamos na loja.

Máscaras cobriam todas as paredes, mas foram divididas em categorias. Couro à esquerda e as inspiradas em animais e as emplumadas à direita. Muitas delas tinham o desenho simples, feitas para os clientes do sexo masculino, enquanto outras eram cheias de joias, purpurina e ornamentadas até mesmo para o comprador mais audaz.

— É quase Halloween — falei, olhando ao redor e vendo o lugar vazio. — Pensei que vocês fossem estar cheios.

— É assim mesmo — ela explicou. — O Mardi Gras é uma época muito ocupada.

É, eu podia imaginar. Não podia acreditar que faltavam apenas quatro meses para o carnaval.

Quase um ano desde a primeira vez que vi Tyler.

E, olhei para baixo por um instante ao andar pela loja, fazia mais de uma semana que falei com ele pela última vez.

Eu o vi, uma vez.

Ele tinha ido pegar o Christian na escola segunda-feira, e mesmo eu não tendo certeza, pois me recusara a procurá-lo, era bem provável que ele tenha ido todos os dias dessa semana buscar o filho.

Eu havia sorrido para os pais, desejado uma boa-noite aos estudantes todos os dias quando eles foram embora, e então voltava para a sala, fechava a porta e ligava Bob Marley bem alto, enquanto trabalhando até tarde e não pensando nele.

Ou tentando não pensar nele.

Mas então eu veria o sutiã na minha gaveta que não tinha mais a calcinha do conjunto e me lembrava que ela ficou em um beco do Bairro Francês. Ou eu acordava fogosa, com os lençóis assando a minha pele nua, e me deixava desmoronar, desejando que minhas mãos fossem as dele.

Ele estava certo, no entanto. O que estávamos fazendo era irresponsável e egoísta.

Eu me virei para a balconista.

— Onde estão as máscaras de metal mesmo? — perguntei.

Ela apontou para trás de mim.

— Por lá, à esquerda.

Vi as portas francesas no meio do salão e abri um sorriso.

— Obrigada.

Indo até a sala ao lado, olhei as paredes, todas adornadas com máscaras, bem parecido com o primeiro quarto, e fui direto para a pequena seleção feita de metal que havia lá. Algumas pareciam muito com a que eu havia comprado no inverno passado, mas aquele lugar tinha um pormenor: não havia duas máscaras iguais.

Peguei uma com detalhes dourados, brilhante, com cristais embutidos no meio na parte que ia até a testa. Nas laterais, desenhos espiralados viajavam em ambas as têmporas, e olhos exóticos davam a ela uma aparência erótica, como uma mistura de sexo e mistério.

Um sorriso que eu senti que apareceu pela primeira vez em uma semana.

Amei a preta que eu havia usado meses atrás. Não sabia onde usaria essa, mas a compraria.

Peguei uma máscara para o meu irmão também, já que ele havia mencionado que teria que a ir a um baile de Halloween por causa do novo estágio na Greystone Bridgerton. A vendedora embrulhou as duas e as colocou em uma sacola, então subi a Canal para pegar um bonde.

Já passava das três, e mesmo não tendo conseguido fazer nada útil hoje, prometi a Jack que faria o jantar para ele. A única coisa que meu irmão sabia cozinhar era Hot Pocket e ovos mexidos.

Carregando a bolsa, caminhei sob a aromática árvore de lilás no meu bairro tranquilo e atravessei a rua até o meu apartamento.

Mas ao subir correndo os degraus até o alpendre, parei quando vi a porta aberta.

Mas que...?

O medo me atacou, cortando o meu peito como uma garra gigante, pegando tudo ao seu alcance; eu recuei na mesma hora, e desci as escadas.

Mas eu tranquei a porta.

Eu me lembrava de ter feito isso, porque um vizinho havia me cumprimentado, e eu me virei para dizer oi antes de trancar e sacudir a maçaneta para ter certeza de que estava fechada.

Balancei a cabeça. Não. *Eu não vou passar por isso de novo.*

Corri até a porta e a empurrei com a mão.

— Quem está aqui? — gritei, tentando esconder o tremor da minha voz.

O ar entrava e saía dos meus pulmões quando examinei o cômodo

Má CONDUTA

rapidamente, buscando qualquer movimento. O interior estava escuro. Desliguei as luzes antes de sair, mas a luz do dia entrava pelas janelas.

— Quem está aqui? — voltei a gritar, largando a bolsa. — Saia agora mesmo! — desafiei.

Os armários, a janela, a cortina do chuveiro… não eram frutos da minha imaginação nem lapsos de concentração.

Alguém andava vindo à minha casa.

Engoli à força o nó na minha garganta e me aproximei da entrada, verificando se havia alguma coisa fora do lugar.

E então arregalei os olhos, vendo a pilha de detritos no meio da sala de estar.

Corri até lá e caí no chão, a pele dos meus joelhos queimando por causa do tapete.

— Não — arquejei.

Alguém havia invadido a minha casa, e a pessoa sabia direitinho para onde ir.

Meus ombros tremeram e eu chorei baixinho.

Minha caixa de tesouros — a que preocupava o Jack — estava espatifada no chão, o conteúdo espalhado para todo o lado e rasgado em pedaços.

Apertei os pedaços de papel, sentindo a agonia que senti todos aqueles anos atrás quando os tranquei na caixa.

Chase.

Todas as cartas dele. As ameaças. Tudo o que ele havia me mandado depois que os meus pais o demitiram como meu técnico. Tudo o que esconderam de mim.

Depois que eles morreram, encontrei o arquivo no escritório deles em casa com suas cartas de "amor" para mim. Pelas datas, ele vinha mandando desde que foi demitido.

Eu as tinha encontrado e lido, e minha reação imediata foi querer me autodestruir. Elas faziam a minha pele formigar e me faziam odiar os meus pais por nunca terem prestado queixa. Eles haviam confiscado o meu celular não muito depois que a perseguição começou, e também cortaram meu acesso ao e-mail, então essas cartas eram a única prova do que ele estava fazendo. Provas concretas para entregar à polícia. Por que escondê-las de mim em vez de usá-las para me proteger?

Como eles podem ter lido essas cartas, algumas delas nojentas e pervertidas, e não terem feito nada?

E daí me lembrei de que estavam mortos por *minha* causa, por causa do que eu tinha feito naquela noite, e eu não quis me livrar da evidência.

Jack as teria queimado, mas eu as mantinha trancadas nessa caixa, nunca a abria e, ainda assim, eu a mantinha à vista, como um lembrete constante do que a perda de controle sobre a vida fazia.

Nunca mais.

— Easton? — Ouvi a voz vir por detrás de mim.

Eu me forcei a respirar fundo.

— Easton — repetiu a voz de Jack —, que merda aconteceu?

— Você precisa ir embora — mandei, e me apressei a pegar os papéis e puxá-los para os braços.

— Easton, o que você está fazendo? — Ele parou ao meu lado, mas eu o ignorei.

Jack ficou de joelhos, pegou um pedaço de papel e o examinou enquanto eu levava o meu braço cheio deles para a cozinha para procurar uma sacola de lixo para guardá-los, temporariamente. Essa pilha de lixo havia me mantido na linha por cinco anos.

— Easton, pare! — gritou Jack. — Como você conseguiu isso?

Corri de volta para a sala, peguei mais pedaços de papel no chão, tirando as lascas de madeira da frente para pegar cada um.

— Easton — Jack agarrou o meu braço —, você não pode ficar com isso!

Eu me afastei, cerrei os dentes ao marchar de volta para a cozinha e enfiei tudo nas sacolas.

Mas Jack mergulhou ao meu redor e as tirou das minhas mãos.

— Me deixa em paz! — gritei.

— Nem fodendo! — ele berrou. — Você não vai ficar com isso. É doentio!

Todo o meu corpo ficou tenso, e rosnei e o empurrei pelo peito.

Mas ele simplesmente largou as sacolas e me puxou para os seus braços, envolvendo-os ao meu redor.

Na mesma hora, eu fechei os olhos e desmoronei.

Meu peito sacudiu, e eu caí contra ele, soluçando.

— Jack, por favor — roguei.

— Sinto muito, Easton — ele quase sussurrou, e eu pude sentir suas arfadas e o seu peito tremer. — Sinto muito.

Eu odiava isso. Meu irmão tinha sofrido o bastante. Sofrimento pelo qual não teria que passar se não fosse por mim, e aqui estava eu de novo, papel de destaque no drama.

Ma CONDUTA

Não mais.

Eu me afastei, empurrando seu peito para me distanciar.

— Não preciso que tomem conta de mim.

Olhei dentro dos seus olhos e estreitei os meus, forçando a minha casca dura a ficar no lugar.

— Pare de se preocupar comigo e pare de se meter — exigi.

E eu o rodeei, peguei os sacos ziplock e subi as escadas correndo.

Na manhã de segunda-feira, saí da escola depois que o sinal tocou, coloquei a roupa de ginástica e atravessei até o Audubon Park para correr. Era algo que eu fazia toda segunda e quarta, mas em vez de me demorar na escola por mais uns minutos como tinha feito na semana passada em uma esperança patética de que Tyler me procurasse, simplesmente fui embora.

Passei todo o dia de ontem preenchendo uma queixa por causa da invasão, e então limpei a casa do chão ao teto, removendo cada vestígio de que alguém estivera lá.

Hoje de manhã, antes de ir para a escola, refiz minha cama duas vezes, verifiquei os cantos e então fui garantir que as janelas estavam trancadas e que todos os armários estavam fechados.

Quatro vezes.

Destravei a porta do meu carro oito vezes, e contei os meus passos até a escola.

E então me sentei à mesa e apoiei a cabeça nos braços e chorei até cansar antes da primeira aula, porque não queria mais sentir medo.

Eu não queria ser assim.

Queria ser como eu era com ele.

Não que Tyler pudesse me salvar, mas eu estive feliz.

Estava apaixonada por ele.

Mas me recusava a sentir saudades daquele homem.

Tyler não podia mais me fazer me sentir melhor, e eu não permitiria que ele me consertasse.

Então sequei os olhos e decidi: *chega*. Não sabia quem havia entrado no meu apartamento, mas seria eu a lidar com o problema. Eu havia ligado para a polícia e prestado queixa, decidindo que não tentaria cuidar de tudo em silêncio como os meus pais fizeram. Em vez disso, eu seria proativa e não ficaria sentada esperando.

Pisei com força na calçada, o suor escorrendo pelas minhas costas quando completei as oito voltas e continuei. *Dangerous*, de Shaman's Harvest, forçava os meus músculos, me dando a energia que meu humor havia exaurido, e comecei a me sentir mais como a mim mesma pela primeira vez em muito tempo.

Estava um pouco frio hoje, mas não senti, apesar da regata branca e do short preto que eu usava.

Voltei a enfiar o fone na orelha, pois ele tinha começado a cair, mas aí algo bateu na minha bunda, e eu parei de supetão, arrancando os dois fones.

— Oi. — Kristen correu no lugar ao meu lado. — Você faz mesmo isso por diversão?

Ela deu um sorriso doce, parecendo um pouco cômica, porque estava perdendo o fôlego, mas tentando esconder.

Balancei a cabeça para ela e continuei correndo, sem me importar se ela acompanharia.

— O que você está fazendo aqui?

— Bem — ela suspirou —, eu sempre te vejo sair às pressas da escola no fim do dia com as suas roupas de malhar para correr, e pensei comigo mesma... eu posso fazer isso — pensou em voz alta.

Não pude evitar; bufei, e meu peito tremeu.

— Fiz você rir — ela se gabou. — Você não anda sorrindo esses dias; na verdade, na última semana, então considere essa a minha habilidade especial.

— O quê? — resmunguei, tentando parecer aborrecida.

— Fazer você abrir um sorriso — observou. — Tenho certeza de que não é todo mundo que consegue. Eu talvez seja tipo a sua alma gêmea hétero. Sua outra metade.

Revirei os olhos, a brisa soprando sob as copas das árvores e esfriando a minha pele.

— Estou bem — declarei. — A lua de mel acabou, só isso. Dar aula finalmente ficou difícil.

— Amém, irmã — ela devolveu. — Mas se eu tivesse a sua metodologia de ensino, tenho certeza de que estaria bem feliz com as minhas aulas. Pelo menos não tem problemas de comportamento te atazanando.

Não. Não tinha. E o que eu havia dito a ela não tinha sido verdade. Dar aula sempre foi difícil, mas aquela não era a razão para o meu mau humor.

Má CONDUTA

Eu só não estava a fim de lhe contar tudo.

Independente do que acontecera na boate, eu gostava da garota. Não era culpa dela, afinal, e com a forma como se portou na escola depois disso, e com a sua discrição, comecei a confiar mais nela.

E ela parecia gostar de mim, embora eu não tivesse ideia da razão.

— Ouvi o Shaw te pedir para dar uma palestra para os professores sobre técnicas de engajamento no Desenvolvimento de Pessoal — ela prosseguiu.

Assenti, deixando o fone cair ao redor do pescoço.

— Eu disse não.

— Por quê?

— Porque eu pensei que cairia mal com os outros professores que alguém tão inexperiente quanto eu dissesse a eles como fazer o próprio trabalho — expliquei.

— Eles que se danem. — Ela acenou para mim. — Assim como os alunos, os professores devem estar dispostos a mudar para alcançar o sucesso. — E, pelo canto do olho, eu a vi se aproximar, brincando comigo. — E você é tão capaz, acho que conseguiria fazê-los querer.

O que ela sabia? Professores costumavam se agarrar ao seu emprego pela vida toda e se tornavam criaturas de hábitos. A ideia de que eu poderia simplesmente chegar e dizer para eles, para pessoas que tinham anos de experiência, como melhorar era presunçosa.

Por que ela se importaria com o que eu faço?

Eu a medi com um olhar de soslaio.

— Por que você é tão legal comigo?

Ela torceu os lábios.

— Um pouco cética demais?

— Não — respondi. — Tipo, eu não me esforcei para que você visse nada do que gostar.

Ela riu.

— Não é verdade. Você é uma dançarina maravilhosa. Faz coisas ótimas com as mãos.

Dei um soquinho no braço dela, deixando escapar uma risadinha ao diminuir o ritmo e seguir para o gramado. O sorriso dela se alargou, e ela me acompanhou.

— Eu gosto de você — arquejou, ofegante. — Você faz seu trabalho como se não estivesse tudo planejado. Você é criativa. Faz o que quer, do jeito que quer.

Sentei-me e apontei para os meus pés para que ela os segurasse enquanto eu cruzava os braços sobre o peito e logo começava a fazer abdominais.

— As pessoas respeitam essa atitude — ela me contou, ajoelhando-se para segurar os meus pés com as mãos. — Eu respeito.

Subi, sentindo os músculos da barriga contraírem quando me abaixei e voltei a me erguer.

Por que ela não deveria ser minha amiga? Eu não tinha muitas.

Nenhuma, na verdade.

E fazia muito tempo que tive uma.

Ela era bagunceira, e eu podia dizer que ela gostava da desordem. Tudo que eu era contra.

— Eu sou tímida — avisei a ela.

— Você é intolerante — ela me corrigiu. — Há uma diferença.

Dei um sorriso amarelo.

— Eu sou cínica — apontei.

— Ahhhh, cínicos são tão fofinhos — ela disse, e eu balancei a cabeça, divertida.

— E não gosto de farra — avisei, deitando-me no gramado.

— E eu gosto — ela devolveu, e deu de ombros. — A gente chegará a um meio-termo.

Má CONDUTA

VINTE E TRÊS

Tyler

Ao ouvir os aplausos do lado de fora do auditório, tirei o celular do bolso do paletó e pressionei o botão, desligando o aparelho.

Aprendi uma coisinha ao longo das últimas semanas. O mundo podia esperar.

Empurrei as portas e entrei, uma enchente de gritos de guerra e instrumentos estridentes me rodeou conforme eu avançava e deixava as portas pesadas baterem às minhas costas.

Jesus. Como eu encontraria o Christian no meio disso aqui?

O ginásio estava lotado, as arquibancadas cheias de ambos os lados da quadra de basquete com pais, funcionários e estudantes, alguns obrigados a ficarem de pé nas laterais por não terem lugar para se sentar.

O pré-jogo de sexta, que costumava ser pela manhã nos dias que os jogos de futebol americano eram à noite, estava sendo à tarde essa semana por causa das provas que fizeram mais cedo. Christian havia mandado mensagem, me pedindo para vir.

A maioria dos pais estaria lá, e ao longo dos últimos dias, ele andou mais e mais interessado que eu visse as coisas que aconteciam na escola e que me encontrasse com seus amigos.

Concordei de imediato. Eu tinha vindo pelo Christian, mas estava fazendo um esforço lamentável de ignorar a pequena esperança que tinha de ver a Easton. Estive esperando por isso todos os dias que vim pegá-lo na escola, tentando esmagar a esperança, mas falhando miseravelmente.

Não importa o quanto eu tentasse ignorar a atração, eu sempre esquadrinhava a área da escola procurando por ela depois que a aula acabava, mas ela nunca estava lá. Ela não ia mais lá para fora ver os alunos irem embora, e os únicos vislumbres que eu tinha dela era na internet, nos grupos das redes sociais.

Examinei as arquibancadas com atenção, forçando-me a não procurar por ela, mas também não havia como encontrar o Christian nessa confusão. Eu estava quase pegando o telefone para mandar mensagem para ele quando vi o Jack, irmão da Easton, assistindo, da lateral, à apresentação de dança que estava sendo feita no meio da quadra.

Debati comigo mesmo se devia ou não o cumprimentar, mas não dizer oi só prolongaria a esquisitice.

— Jack. — Eu me aproximei dele e cruzei os braços. — Tudo bem?

Ele virou a cabeça para mim, me lançando um sorriso genuíno. Acho que Easton não tinha contado nada para ele, senão ele teria agido diferente.

— Muito bem — ele respondeu. — Vou levar a Easton para jantar depois disso aqui. Só espero que ela não tenha que ficar mais tempo para limpar a bagunça.

Ele riu, e eu só assenti, desejando não amar ouvir a mais ínfima das coisas sobre ela.

— Obrigado pelas apresentações no almoço daquele dia — ele falou.

— Não foi nada — respondi. — Espero que tenha ajudado. Sei como pode ser difícil se infiltrar nos círculos sociais certos por aqui.

— Sabe? — ele devolveu, um olhar divertido em seu rosto.

Suspirei uma risadinha, olhando-o nos olhos.

— Usei o dinheiro da minha família para ter uma boa formação, mas construí minha empresa sozinho.

Ele pareceu levar na esportiva, porque voltou a se virar para a quadra e não disse mais nada.

Ficamos lá em silêncio por alguns instantes, e eu vi Christian acenar das arquibancadas.

Estendi a mão, acenando de volta, e ele se sentou com os amigos, aplaudindo com o público quando as líderes de torcida assumiram seus lugares.

Deixei meus olhos vagarem da esquerda para a direita, mas ainda não a vi.

Respirei fundo.

— Como está a Easton? — sondei.

— Bem. A revista *Newsweek* quer entrevistá-la.

— A *Newsweek*? — Olhei para ele de supetão, surpreendido. — Por quê?

Má CONDUTA

271

— Por causa da metodologia de ensino dela — respondeu. — Ela está conseguindo uma bela propaganda. — E então algo cruzou o seu semblante, e ele voltou a olhar para a quadra. — Como sempre.

Saí na *Newsweek* uma vez. Quando eu era um empresário de vinte e cinco anos, parte de uma reportagem sobre outros vinte e quatro empresários promissores. Ela seria entrevistada pessoalmente?

Jack balançou a cabeça.

— Não importa o que faça, ela é sempre uma vencedora.

— E como ela se sente quanto a isso? — perguntei, preocupado de repente. — Depois de tudo o que aconteceu, voltar a aparecer na imprensa... ela está bem com isso?

Jack olhou para mim, parecendo ter ficado tenso.

— O que ela te contou?

Dei levemente de ombros.

— Ela me contou dos pais e da irmã de vocês. — E então falei mais baixo. — E que teve um técnico que agiu de forma inapropriada e foi demitido.

— Só isso? — ele perguntou, franzindo as sobrancelhas para mim. — Ele foi mais que inapropriado. Ele a perseguiu.

— O quê?

Ele abaixou as mãos e as deslizou nos bolsos.

— Meus pais o demitiram, mas isso foi só o começo — falou baixinho. — Por dois anos, ele a aterrorizou. E-mails, ligações, deixava mensagens, aparecia nos jogos... ele a ameaçou, invadiu o quarto dela nos hotéis, vasculhava as coisas dela... Meus pais tiveram que tomar o seu celular, o e-mail e, por fim, a liberdade.

Afastei o olhar, me perguntando por que ela não tinha me contado nada daquilo.

Não era de se admirar ela ser tão durona.

Não era de se admirar ela não ter estado procurando por mim como estive procurando por ela essas duas últimas semanas. Tumulto e decepção não eram nada mais para ela.

— Ela não me contou nada disso. — Minha voz mal era audível.

— Não é nenhuma surpresa — declarou ele. — Easton odeia falar dos próprios problemas. Ela pensa que a faz parecer fraca. — Então adicionou: — Ela ter te contado umas poucas coisas já é alguma coisa.

Estreitei os olhos, sabendo que era verdade. Easton se abrir para mim significava que ela confiava em mim.

PENELOPEDOUGLAS

Ela *tinha* confiado em mim.

Ele prosseguiu:

— Ela tinha dezesseis anos e estava em uma situação constantemente estressante, mas não foi só ele. Fui eu, nossos pais, nossa irmã... todos nós magoamos a Easton.

— O que você quer dizer?

— Ninguém nunca sequer pensou em procurar a polícia — ele explicou. — Meus pais não queriam o nome dela associado a isso; então, em vez de lidar com Stiles, só fizemos o nosso melhor para protegê-la. — Ele balançou a cabeça, olhando para o nada. — Mas tudo o que fizemos foi prendê-la — confessou. — Ela mal tinha contato com os amigos, dormia com a luz acesa, e sempre tinha que se perguntar se ele estava nas arquibancadas, vendo-a jogar. Ela foi desconectada da vida, e era solitária.

As pálpebras dele tremularam, e eu pude ver o quanto ele se arrependia por ela.

— Como os seus pais podem ter deixado a Easton passar por tudo isso? — acusei.

— Meus pais amavam a Easton — ele se apressou a dizer. — Sempre quiseram o melhor para ela. Pensaram que ia passar e não queriam que a imprensa piorasse ainda mais as coisas.

— Ela pelo menos tem uma medida protetiva contra ele? — disparei.

A última coisa que eu queria era esse cara tentando voltar para a vida dela.

— Não seria muito útil — ele respondeu, inexpressivo. — Ele está morto.

— Morto? — perguntei, esperando ter ouvido direito.

Seu pomo de adão se moveu quando ele engoliu.

— Dois anos depois que a perseguição começou, quando a Easton tinha dezoito anos, ela não pôde aguentar mais — ele me contou. — Ela ficou mais ousada. Começou a sair escondida tarde da noite para correr, deixava a porta do quarto destrancada nos hotéis, arranjou um celular escondida dos nossos pais... — Ele olhou para cima, dentro dos meus olhos. — Ela o estava desafiando — esclareceu. — Estava cansada de sentir medo, e queria a vida de volta.

Quanto tempo você ficaria?

Mais tempo que qualquer outra pessoa.

— De pé no meio de uma sala em chamas — pensei alto, me lembrando do quanto ela gostava de um desafio.

— O quê? — perguntou, confuso.

Balancei a cabeça.

— Nada. Prossiga.

— Um dia — ele continuou —, Stiles deixou um bilhete no carro dela, prometendo que ela jamais o esqueceria. — Virei a cabeça, tentando esconder a raiva. — Mais tarde naquela noite, Easton sumiu, e meus pais ficaram loucos. — Ele se inclinou, abaixando a voz o máximo que podia por causa do barulho. — Levaram a Avery junto, mas me deixaram em casa no caso de a Easton voltar, e saíram de carro procurando por ela, sem saber que ela tinha ido até o apartamento do Chase para confrontá-lo.

O quê?

— Quando o Chase não apareceu, ela voltou para casa, mas a polícia já estava lá, dando a notícia — ele me contou. — Meus pais perderam o controle do carro por causa da chuva e guinaram na direção de um semirreboque.

— Jesus Cristo — sussurrei.

Easton e Jack foram de uma família de cinco para uma de dois, e agora eu entendia. Não tanto no que Jack me contou, mas por tudo o que Easton não disse.

Seu coração havia sido partido demais e ela não se arriscava com incertezas.

Mas ela se abrira para mim. Mesmo que só um pouco. Ela tinha me mostrado que se importava.

— Por que ela não me contou nada disso? — perguntei a ele.

— Tenho certeza de que contaria — ele me assegurou. — Em algum momento.

— E o Chase Stiles? Como ele morreu?

Jack hesitou, respirando fundo.

— Ele… cometeu suicídio mais cedo naquele dia — admitiu. — Acho que o bilhete que ele deixou para ela foi uma carta de suicídio.

Isso significa que a Easton teve que esperar do lado de fora do apartamento dele, e ele já tinha ido. Fiquei tentado a perguntar como ele se matou, mas se não envolvia a Easton, então eu não queria saber mais nada sobre o cara.

— A Easton morreu um pouquinho naquela noite também — adicionou Jack, preparando-se para ir embora quando a música parou e o diretor Shaw desejou a todos uma noite divertida.

Olhei nos olhos de Jack quando ele prosseguiu:

— Não que eu não goste da mulher que a minha irmã se tornou, porém, desde aquele dia, o coração dela é uma máquina — ele avisou. — Ela pode ligá-lo e desligá-lo quando bem quiser.

— Pai? — Christian chamou, correndo até o carro, a camisa social azul-clara pendurada para fora da calça de sarja do uniforme. — Tudo bem se o Patrick vir me pegar depois que te levar para o escritório? — ele perguntou. — Eu quero levar uns amigos lá para casa.

Voltei a guardar o telefone no bolso.

— Não vou voltar para o escritório.

Sua testa franziu em surpresa.

— Sério?

Assenti, afastando-me de onde eu estava encostado no carro.

— Pensei que podíamos pedir uma pizza e assistir à luta.

Ia passar no pay-per-view, e eu não estava muito a fim de assistir, mas eu com certeza gostava de passar tempo com o Christian, então...

— Tem certeza de que não quer trabalhar? — ele pressionou. — Tipo, reconheço o esforço que você está fazendo, e é a intenção que conta, mas... — ele foi parando de falar, olhando para onde os amigos estavam de zoação.

— Mas...? — perguntei.

Seus braços penderam para baixo, e ele pareceu muito desgostoso.

— Bem, eu queria chamar os meus amigos para ir lá sem ter o meu pai por perto, sabe?

Fiz cara feia.

— Você tem catorze anos.

E foi então que eu entendi.

— Você vai convidar as meninas? — exclamei.

Um sorriso nervoso se abriu em seu rosto, e ele voltou a olhar para trás. Notei a filha do Clyde Richmond dando umas olhadelas para nós, e no mesmo instante comecei a balançar a cabeça para o meu filho.

— Eu posso não ser o pai do ano — eu o repreendi —, mas também não sou idiota. Você não tem permissão para me fazer virar avô por pelo menos mais quinze anos. Entendido?

Ele revirou os olhos, os ombros caíram.

— Mas boa tentativa — confessei.

— Tá bom — ele resmungou. — Mas eu ainda posso chamar os meus amigos?

— Pode — dei a permissão. — Vamos ver quantos podemos encaixar aqui. — E então apontei para ele, parando antes de me virar para o carro. — E nada de pôr a mão na minha mesa de sinuca dessa vez.

Da última vez que ele convidou os amigos, encontrei mancha de pizza na mesa de dez mil dólares.

— Pai — ele choramingou.

— Estou falando sério — disparei. — Vou pedir à Sra. Giroux para pedir as pizzas, e você e seus amigos podem ficar na sala de TV, mas não na minha toca. E nem sequer pense em tentar passar pelo controle de pais no pay-per-view.

— Ah, qual é! Você pode assistir a pornô? — ele deixou escapar, sarcástico, e eu ouvi uma mãe ali perto arfar.

Eu me inclinei, puxando-o para perto pelo cangote.

— Um, os controles são para filmes com classificação para menores de dezesseis anos, não para pornô — menti. — Dois, quem disse que eu assisto pornô? E três — prossegui —, eu fui para a faculdade, então posso fazer qualquer merda que eu quiser. Agora vai lá pegar os seus amigos.

Ele sorriu, me empurrando ao sair para buscá-los.

Fui para a frente do carro, mas olhei para cima e parei.

Easton estava na sala dela, andando perto da janela, mas assim que a vi, ela sumiu.

Inclinei ainda mais o queixo, tentando vê-la de novo, mas ela não estava mais lá, e eu não soube o que fazer.

Deixá-la em paz. Pelo bem dela e pelo meu.

Não era nem por causa do que Jack e eu acabamos de conversar no auditório. Sempre soube que Easton era uma mulher forte e que ela ficaria bem.

Mas meu coração estava disparado, e eu me recusei a pensar no que estava fazendo. Fui em direção à escola e subi as escadas, precisando mais que nunca apenas olhá-la por um momento.

Parando à porta da sala dela, observei-a andar para lá e para cá descalça, os sapatos de salto perto da mesa, e ela ficou na ponta dos pés para guardar os livros no alto no armário.

Aproximando-me por trás, estendi a mão e empurrei o livro para o lugar por ela.

Ela respirou fundo e se virou, a franja longa e sexy do cabelo castanho-
-escuro caindo sobre um olho.

— Sr. Marek. — A voz baixa pareceu ofegante.

A blusa vermelha estava a apenas um centímetro do meu peito, e a saia lápis preta só me lembrou do quanto a sensação dela seria boa se a pegasse agora.

Mas me afastei, forçando-me a manter distância.

— Eu te devo uma explicação — disse a ela.

Ela ficou inexpressiva.

— Não, Sr. Marek — respondeu, rígida. — Não deve.

Nunca cheguei a dizer a ela que nosso relacionamento tinha acabado. Não avisei a ela que não voltaria a ligar. Eu simplesmente parei. Eu devia a ela um pedido de desculpas e uma explicação, e queria que ela ouvisse.

— Meu filho precisa vir em primeiro lugar — expliquei.

Ela rodeou a mesa e virou o rosto para mim, costas e ombros erguidos.

— É claro que sim — concordou. — O Christian é o mais importante, e estávamos errados. Você fez a escolha certa.

Estreitei os olhos para ela. Por que ela estava agindo assim? Onde estava a língua afiada? O gênio forte?

Pelo menos grite comigo quando disser que não se importa.

— Você vai ao baile Greystone no Halloween? — perguntei.

Ela balançou a cabeça.

— Não. Por que eu iria?

— Seu irmão é estagiário na empresa, não é? Pensei que ele fosse te levar.

— Como você sabe do estágio dele? — Ela estreitou os olhos para mim.

Mas ignorei a pergunta. Não contaria que fiz a ligação depois do almoço para conseguir o cargo para ele.

Ela me esperou responder, e quando não o fiz, suspirou.

— Eu não vou.

Eu a observei, querendo que ela soubesse de tantas coisas. Que eu pensava nela todos os dias, quase o dia inteiro. Que não havia um minuto que ela não passava pela minha cabeça.

Que eu não podia mais sentir o seu cheiro no meu quarto, e que eu queria tocá-la.

No mínimo, eu queria que ela soubesse o quanto tinha sido importante para mim, e o quanto ainda era.

Má CONDUTA

Aproximando-me por detrás da mesa, pairei sobre ela, vendo-a ficar ofegante.

— Ser um homem é tomar decisões difíceis e conviver com elas — falei —, não importa o quanto machuque. — E então estendi a mão e passei o polegar pela sua bochecha. — Estou com saudade — sussurrei.

A expressão indiferente foi se partindo aos poucos, e o rosto ficou triste.

Olhando para mim, ela balançou a cabeça.

— Você está errado — argumentou. — Ser homem é ter sabedoria, e coragem, para fazer as escolhas *certas*.

E então ela afastou a minha mão do seu rosto e recompôs a expressão.

— E foi o que fez — ela me disse. — Você é um bom pai, Sr. Marek. Tão fria.

O coração dela é uma máquina.

Ela se virou, mas estendi a mão e a puxei para o meu corpo, ouvindo sua respiração estremecer.

— Diga que sentiu saudade de mim — implorei, sussurrando em seu ouvido. — Se disser, então poderei te deixar em paz. Vou poder parar de arriscar meu relacionamento com o meu filho, que está lá fora, e a minha campanha, sabendo que não foi só sexo. — Enquanto eu falava, segurei sua bochecha, virando seus lábios para encontrar os meus. — Diga que sentiu a minha falta — sussurrei em sua boca. — E que não se esquecerá de mim. Pergunte se penso em você e se sinto sua falta todos os dias.

Ela amoleceu, e permitiu que os lábios encontrassem os meus, me beijando devagar, e daí me lançou um olhar de pena.

— Ah, Tyler — ela se lamentou, falando baixinho. — Eu não faço perguntas das quais não quero saber a resposta.

Então ela se afastou dos meus braços e, com toda a calma, saiu da sala, indo para longe de mim.

VINTE E QUATRO

Easton

Terminei de anotar as arrobas para os alunos seguirem no Twitter para o dever de casa, tampei o marcador, virei-me e falei com eles:

— Virar.

— Pera, pera, pera! — gritou Marcus, mantendo a cabeça abaixada e erguendo a mão esquerda enquanto escrevia com a direita.

O resto dos alunos viraram a folha, protegendo o trabalho dos olhos vagantes, e então Marcus se recostou, largou a lápis e enfim virou a folha também.

— Levantar — instruí.

Eles ficaram de pé, alguns esfregando os olhos, outros bocejando.

— Alongar. — Cruzei as mãos sobre a cabeça e fiquei na ponta dos pés, dando o exemplo.

O resto da turma fez os próprios alongamentos, fazendo o sangue circular depois de se sentarem com as perguntas abertas, para as quais eles teriam que dar respostas mais detalhadas. Eu os fazia se levantarem a cada quinze minutos para mantê-los atentos.

— Pular — dei a ordem, e todos começamos a pular ou correr no lugar.

Parei, caminhando pelo corredor.

— Agora, sentar.

Eles se sentaram, as carteiras rangeram sob o peso deles.

— Atacar — terminei, dando a última instrução e ouvindo os bufos e risadinhas conforme eles seguiam com a avaliação.

— Vocês têm mais dez minutos — avisei, e cruzei as mãos às costas, subindo e descendo entre as fileiras de carteira.

Má CONDUTA

Eles tinham dez perguntas diferentes, das quais deveriam escolher três para responder. A julgar pelo tanto que estavam escrevendo, eu teria um fim de semana bem longo de leitura.

Normalmente, fazíamos muitas avaliação on-line ou no Word, que eles me mandavam por e-mail quando terminavam. As provas, no entanto, eu gostava de manter como nos velhos tempos. Havia muito em jogo para correr o risco de perder um arquivo no ciberespaço.

Christian estendeu a prova, lápis na mão, e pareceu estar relendo o que fez. Essa seria a última aula que eu daria a ele, já que ele havia se transferido para a turma avançada de História e começaria na semana que vem.

O diretor Shaw me disse que havia mandado e-mail para o pai dele avisando, mas não tive notícias de Tyler.

A mãe do garoto estava animadíssima, e o próprio Christian parecia apenas seguir o fluxo. Ele havia tido a garantia de minha parte e da do diretor Shaw de que, se não gostasse, poderia voltar para a minha turma.

Parte de mim esperava que ele odiasse. Eu o queria de volta.

Não me escapou que, com Christian fora da minha turma, sair com o pai dele não seria mais um problema de publicidade, mas esse nunca foi o nosso problema, na verdade.

Tyler pegava o que queria, mas descartava o que não precisava. A campanha por vir, o filho e a empresa eram prioridades, como deveriam ser, e ele tinha feito uma escolha. Embora talvez houvesse espaço o suficiente para mim em sua vida, ele tinha medo demais de fracassar com qualquer outra coisa para abrir espaço.

Eu havia me oferecido, nua, em seu escritório, e ele me dispensou. Tínhamos chegado perto demais do ponto em que doeria muito abrir mão um do outro. E então, semana passada, eu o deixei ir. Ele esteve na minha sala, e eu me afastei dele.

Verificando o relógio, eu me virei e olhei para a turma.

— Alguém ainda não acabou?

Isabel Savers ergueu a mão, e eu olhei para o garoto na frente dela.

— Loren, você pode acompanhar a Isabel até a sala da Srta. Meyer? — perguntei. — Ela pode terminar lá. Obrigada.

Assim que eles saíram, recolhi as provas, e os alunos abriram o notebook para continuar reunindo informações para as simulações que estavam planejando. Era uma nova técnica de ensino que eu havia descoberto, em que os alunos recriam, e vivem, como seria experimentar a vida cotidiana na, digamos, caravela *Mayflower* ou em uma oca. Eu estava animada para ver o que eles inventariam.

— Srta. Bradbury? — Christian se aproximou da minha mesa quando comecei a organizar os papéis. — Já que temos o resto da aula para estudar, posso assistir à entrevista do meu pai? Está passando na internet.

— Hum... — Ergui as sobrancelhas, por um décimo de segundo pensando em dizer não, porque eu não tinha certeza se queria ver o Tyler. Mas seria egoísmo. O fato de Christian estar interessado era fantástico. Assenti rapidamente. — Claro — respondi. Mas então parei. — Na verdade... — Liguei o projetor, a tela do meu computador aparecendo na lousa. — Que site é?

— Você não precisa colocar para todo mundo assistir — ele interveio, e eu podia dizer que estava envergonhado.

Desliguei o projetor, não querendo deixá-lo desconfortável.

— Ok, mas eu gostaria de assistir também — adicionei.

— KPNN — respondeu, por sobre o ombro, ao voltar para a carteira.

Abri o site e diminuí o volume, pegando minha caneta verde, um rascunho para as notas, e a prova do primeiro aluno, e ouvi enquanto lia.

O rosto de Tyler apareceu na tela, e tive que forçar a minha expressão a ficar firme feito uma rocha. Ele parecia tão grande e no comando, e temi que o raio de luxúria atravessando o meu corpo, que fazia ser difícil respirar, estivesse estampado no meu rosto.

Ele estava usando um terno de três peças preto com uma gravata verde-esmeralda, e eu desejei que a câmera se afastasse para que eu pudesse vê-lo por inteiro. O cabelo muito preto tinha sido cortado desde que o vi e foi penteado para cima e para o lado, lustroso, com cada fio no devido lugar.

Ele estava à mesa de reuniões do seu escritório, e eu conhecia aquela expressão. A que dizia que ele tinha coisas melhores a fazer.

Tyler ainda não havia anunciado a candidatura oficialmente, mas toda a cidade sabia que estava por vir. Foi interessante ver como ele lidou com a entrevista, sabendo da sua aversão pelo escrutínio da sua vida privada e sua inabilidade de agradar as pessoas e de ser bonzinho.

E então enrijeci cada músculo dos meus braços e pernas ao ver a câmera mudar para Tessa McAuliffe, como a entrevistadora.

Puta que pariu!

— Bem, sim, Sr. Marek — ela prosseguiu, continuando a conversa que eu estava pegando pela metade. — Mas o senhor não emprega consultores.

Má CONDUTA

Sua empresa se envolve com economia, agricultura e construção, mas o que o qualifica para votar uma lei para, digamos, a educação? — ela o desafiou.

— O fato de que irei até a fonte e conversarei com os professores — respondeu, sem hesitar. — Srta. McAuliffe, não preciso de uma mesa de reuniões cheia de consultores e lobistas me aconselhando ou influenciando quanto a algo com o qual eles não têm envolvimento — explicou, recostando-se na cadeira com uma das mãos descansando na mesa. — Para aprender sobre construção, visito meus canteiros de obras. Para me conscientizar dos problemas causados pela pobreza, posso encontrá-los a um quarteirão da minha casa. Para saber da educação, conversarei com os professores. Irei direto à fonte — expôs. — Farei perguntas. Lerei. Pesquisarei. Encontrarei as respostas necessárias do jeito mais genuíno. — E então ele estreitou os olhos, falando com autoridade e certeza. — Aprendo algumas coisas com relatos de segundos e terceiros, mas ainda mais com os de primeira mão.

Olhei para a prova, torcendo os lábios para esconder o sorriso.

— Quais mudanças você gostaria de ver na educação? — perguntou ela, imperturbável.

Ele respirou fundo, e então um olhar pensativo cruzou o seu rosto conforme pensava no que dizer.

— O trabalho dos professores é muito difícil, disso não há dúvida — começou. — Eles lutam com cada vez menos fundos e classes que só aumentam. — Olhou para ela, e inclinou o queixo. — Precisam de apoio, e o conteúdo programático e as metodologias precisam mudar — declarou.

Larguei o papel e a caneta, incapaz de me concentrar em qualquer outra coisa. Ele prosseguiu:

— Os professores estão achando difícil competir com o aumento do uso da tecnologia em casa, e são incapazes de usar a mesma tecnologia para manter a atenção dos alunos na aula — explicou, e eu sorri, um fôlego chocado saindo dos meus pulmões com a declaração dele. — Eles precisam de celulares, iPads, notebooks... Estamos educando os alunos para empregos que não existem ainda, e ainda usamos ferramentas que estão cinquenta anos atrasadas. Já passou muito do tempo de os professores terem acesso a essas ferramentas e aprenderem a usá-las para deixar os alunos mais interessados.

Senti meu corpo inundar com calor, e fechei o notebook, incapaz de impedir que a euforia fizesse meu estômago revirar.

Ele praticamente me citou.

Senti algo se apertar na minha garganta. Não podia acreditar que ele tinha feito isso. Não só se lembrou do que eu disse, mas estava usando na sua plataforma de campanha. Não importa o quanto eu repetisse para mim mesma que não precisava dele, jamais pensei que ele pudesse precisar de mim.

Ele havia me magoado ao não me escolher, mas nunca passou pela minha cabeça que ele também sofria com a própria decisão. Mesmo depois que veio à minha sala para me ver, eu ainda pensava que fosse apenas sexo.

Pisquei, olhei para cima e vi Christian sentado, me encarando.

Eu me empertiguei, controlando a minha expressão, mas o garoto só ficou lá me observando, como se as engrenagens estivessem girando em sua cabeça.

Há quanto tempo ele estava olhando?

O sinal tocou, e os alunos começaram a guardar as coisas na mochila e a disparar pela porta.

— Ok, não se esqueçam — gritei, saltando da cadeira. — Verifiquem os novos seguidores no Twitter, e cumpram a cota de leitura para essa noite!

Todos os alunos saíram, e eu voltei a me sentar, ligando *Paralyzed*, do In Flames, ao começar a repassar as provas.

— Srta. Bradbury?

Olhei para cima e vi Christian diante da minha mesa com a bolsa do notebook pendurada no ombro.

— Pois não, Christian?

Ele parecia muito sério, e eu olhei ao redor da sala, vendo que todo mundo tinha saído.

— Eu não gosto da Tessa McAuliffe — ele me contou.

Inclinei a cabeça, o avaliando e me perguntando por que o garoto estava me dizendo aquilo.

— A apresentadora da TV? — esclareci, e ele assentiu.

— Mas eu gosto de você — disse, como se não fosse nada.

E algo na forma como ele só ficou ali, me olhando nos olhos, fez o medo se arrastar para o meu peito.

Ah, não.

— Eu vi você e o meu pai aqui naquele dia depois da escola no início do ano — declarou, com um pouco de amargura na voz. — Terminei o treino de futebol e vi que o Patrick estava aqui para me levar para casa, mas o carro do meu pai também estava lá fora, então vim procurar por ele. Você estava arrumando a gravata dele.

Má CONDUTA

Arrumando a gravata dele? Deixei meus olhos vagarem ao vasculhar o meu cérebro, então me lembrei. A primeira vez... na mesa, há mais de um mês.

Um mês!

Abri a boca, mas cada maldito pelo meu se arrepiou, e eu estava assustada. Merda! O que ele tinha visto?

Eu quis rastejar para debaixo da mesa. Será que alguém mais tinha visto alguma coisa?

— Você não vai mentir para mim, vai? — ele perguntou.

Ergui o queixo, embora a minha dignidade não existisse mais.

— Não.

— Que bom — disparou. — Todo mundo tenta vir com conversinha pra cima de mim, mas eu não sou mais criança.

Lambi os lábios secos e me levantei.

— Você viu mais alguma coisa? — perguntei, sem rodeios.

Eu precisava saber da severidade do dano. Ele deu de ombros.

— Só que estava óbvio que havia algo se passando. — Ele arqueou a sobrancelha para mim. — Vejo como ele te olha. A expressão dele fica mais relaxada.

Olhei para baixo e suspirei. Que confusão.

— Não me importo muito com o que o meu pai faz. — Ele suspirou. — Mas achei que foi uma merda da sua parte. Você é minha professora — ele frisou. — *Minha* professora.

Assenti na mesma hora, olhando-o nos olhos.

— Eu sei — admiti. — Você tem todo o direito de estar bravo.

— As pessoas andam dizendo muito isso para mim esses tempos, como se tornasse tudo mais fácil — atirou.

Christian estava certo. Erros podem ser perdoados, mas nem sempre esquecidos. E era uma pena ser ele a sofrer pelas falhas dos outros.

— Por que você não está mais saindo com o meu pai? — pressionou.

— Porque era errado — disse a ele. — Porque a vida às vezes traz obstáculos demais. Nós traímos a sua confiança, e você é o mais importante.

Ele franziu as sobrancelhas, parecendo não saber em que acreditar.

— Sério? — perguntou, baixinho.

— Você é o mais importante — repeti.

Ele se virou para porta e começou a sair, mas hesitou.

— Acontece que... — E tornou a se virar. — Comecei a gostar mais do meu pai. Ele está se esforçando.

Ele estava insinuando que eu tinha algo a ver com isso?

— Ele tem ficado mais por perto — explicou Christian —, me ajudado com o dever de casa... — E assentiu para si mesmo. — Mas ele parece triste — pensou em voz alta. — Não sei bem por que me importo.

Doeu ouvir que Tyler não estava feliz. Eu não podia mentir para mim mesma, queria que ele sentisse a minha falta, e queria que desistisse de mim por uma boa razão. Christian era a razão.

O garoto olhou para mim.

— Quando eu for para a turma avançada, você vai poder ficar com o meu pai?

Abri um sorriso triste.

— Mas aí eu não seria mais sua professora.

— Mas passaria um tempo na minha casa — devolveu, se animando.

Relaxei, vendo que ele não estava mais com raiva. Não sei se ele tinha contado a mais alguém, mas também não o carregaria com o fardo do segredo. Se ele falar, falou, e eu teria que lidar com as consequências.

Infelizmente, no entanto, ele pensava que o pai havia seguido em frente por causa do meu relacionamento com ele, sendo que, na verdade, era muito mais que isso.

— Sempre estarei aqui para você — assegurei a ele. — Você sempre virá primeiro. Jamais se esqueça disso.

Má CONDUTA

VINTE E CINCO

Tyler

Espalmei o parapeito de mármore enfeitado e beberiquei o uísque, encarando o alvoroço de carros, carruagens e luzes na noite fria do Bairro Francês. Conversas e risadas vindas do baile de máscaras de Halloween passaram pela porta e flutuaram lá para fora e me envolvendo, mas estreitei os olhos, observando os *gutter punk* na porta do outro lado da rua pedindo esmolas para comprar cerveja. Esse era um tipo interessante de *punk*. Moravam na rua, eram meio andarilhos, usavam a mesma roupa dia e noite e tinham um fraco por cerveja, mas pelo menos eram sinceros quando pediam dinheiro. As roupas esfarrapadas, os *dreadlocks* e aquela atitude de "foda-se" eram algo que eu nunca entendi, principalmente porque mal os notava antes.

Acho que nas raras ocasiões em que realmente reparei neles, presumi que gostassem do que tiveram nessa vida. Sorriam quando conversavam, afinal de contas. Mas agora eu me vi imaginando, ao sentir o smoking limpo e imaculado sobre a minha pele e o cheiro da comida deliciosa que vinha do baile às minhas costas, onde eles dormiriam essa noite?

Fazia quanto tempo que aquele cachorro em que eles faziam carinho tinha comido?

Onde estavam os pais deles, cacete?

Eu havia desacelerado a minha vida de forma considerável, tentando fazer poucas coisas bem em vez de fazer quinze mal, como meu pai queria, mas quanto mais eu tomava tempo para reparar nas coisas ao meu redor, mais vazio eu me sentia.

Talvez eles quisessem mais da vida e estivessem apenas tentando sobreviver ao dia. Ou talvez não, porque não conheciam nada do que o mundo tinha a oferecer.

Mas eu sabia que ficariam gratos por qualquer dinheiro que conseguissem agora. Ficariam gratos pela comida, bebida e cigarros, ou qualquer coisa que os fizesse se sentir bem.

Eu queria muitas coisas, mas, percebi, ao olhar para eles, quase nada do que eu queria seria guardado como um tesouro. Quase nada me faria parar e me sentir grato.

Eu sentia falta do que era importante de verdade. Eu tinha escolhido errado.

Meu celular vibrou no bolso interno do paletó, mas só inclinei o copo para os meus lábios, e ignorei.

Jay estava lá dentro, enviando mensagens sem parar, dizendo que eu precisava levar o meu rabo para lá e começar a conversar com as pessoas, mas tinha perdido a graça. Foi acabando aos poucos quanto mais tempo eu ficava sem aquela mulher.

— Entãããão. — Ouvi uma voz feminina dizer às minhas costas, e olhei e vi meu pai e a esposa sorrindo para mim. — Quando anunciará a sua candidatura oficialmente? — ela perguntou.

Rachel Marek era a segunda esposa do meu pai, e mesmo gostando dela, eu mal a conhecia. Meu pai só voltou a se casar dez anos depois de a minha mãe morrer, quando eu tinha quinze anos. Já fazia muito tempo que eu havia me mudado e começado a me mover com as minhas próprias pernas.

Olhei para cima, e vi Jay marchar pelas portas francesas, obviamente em uma missão de me encontrar e me levar para dentro ele mesmo.

Lancei um sorriso vago para Rachel.

— Um tanto redundante, eu acho. Todo mundo já está ciente das minhas intenções.

Mas então capturei o olhar de "se esforce mais" do meu pai, e amaciei a minha resposta para ela.

— Dentro de uma semana — informei.

Jay se aproximou de mim, e eu assenti para ele, dizendo, sem palavras, que levaria o meu rabo lá para a festa.

— Você vai se mudar para Washington, D.C.? — ela perguntou, agarrada ao braço do meu pai.

— Preciso ganhar primeiro — rebati, tentando manter as expectativas dentro do razoável.

— Desculpa. — Ela riu, e olhou para o meu pai. — Não queremos dar azar. Só estamos muito empolgados para o ano que vem. Eu amo campanhas.

Má CONDUTA

— Estamos todos empolgados — Jay se intrometeu. — Estou estocando barras de proteína e sucrilhos para atletas.

E eu ainda estava tentando entender que merda estava fazendo.

Como os meus desejos podiam mudar tão rápido, caramba? Eu tinha me planejado para isso. Sonhei com isso.

E agora tudo na minha vida, exceto o Christian, parecia uma porcaria inútil. Inútil e sem sentido.

— Deem um minuto pra gente — meu pai pediu, e eu olhei para cima e o vi entregar a esposa para o meu irmão.

Eles entraram, e meu pai inclinou a cabeça, fazendo sinal para eu caminhar com ele.

— Senadores, de certa forma — começou, me conduzindo de volta para o salão de baile fracamente iluminado pelas luzes das velas —, têm mais poder que um presidente — ele me disse. — Enquanto presidentes vão e vêm, limitados pelo tempo de mandato, um senador pode exercer o cargo a vida inteira.

Eu já sabia daquilo, e meu pai, doutor em ciências políticas, estava bem ciente do fato.

— Conheço o Senador Baynor há mais de trinta anos — explicou. — Ele tentou me contratar para trabalhar na equipe dele, mas recusei.

— Por quê?

Circulamos o perímetro do salão, os outros convidados reunidos ao redor das mesas e da pista de dança.

— Eu não acharia muito recompensador — confessou. — É uma vida glamorosa demais para o meu gosto.

Ri baixinho, gostando do quanto ele podia ser franco. A maioria das pessoas não associava a política com o glamour, mas com certeza era uma atividade cheia de pompa. Poder, riqueza e conexões com pessoas que poderiam te elevar ou te afundar.

O senador Baynor era do Texas, e embora ele e meu pai fossem bons amigos, eu estava feliz por ele não ter arrancado a minha vida e a de Jay daqui de Nova Orleans para perseguir uma carreira na política.

Meu pai não escalava montanhas apenas pelo prazer de escalar montanhas. Seus objetivos eram claros e suas razões faziam sentido. Ele tinha feito uma boa escolha.

Ele parou e se virou para mim, me prendendo com um olhar severo.

— Mason Blackwell tem vários apoios, Tyler. Ele é muito popular — pontuou. — No entanto, ele não tem o aval de um senador como o Baynor.

Assenti, mas daí meu olhar se desviou para a direita, e eu parei de ouvir.

Estreitei os olhos.

Easton.

Ela estava sozinha do outro lado do salão, usando um belo vestido preto e justo com detalhes dourados que exibiam seus braços e costas. Encarava uma pintura, igualzinha a como estava na noite em que nos conhecemos.

Todo o meu corpo se aqueceu, e senti sua força de atração sobre mim, como se ela tivesse atado uma corda ao redor do meu coração.

— É disso que você gostaria? — meu pai falou mais alto. — Um aval?

O quê?

Pisquei, voltando à conversa e olhando para ele.

— O senhor sabe muito bem — retruquei.

Eu não pedi nada ao meu pai, e não pediria.

Ele semicerrou os olhos, parecendo cansado.

— Foi o que pensei. — Ele suspirou. — Você não aceita nada que não sinta que merece.

Eu o prendi com o olhar.

— O senhor que me ensinou isso.

Tomando um gole da minha bebida, olhei para Easton e notei que ela percorria a parede devagar, observando os quadros.

— Não sou mais seu professor — meu pai falou baixinho. — Sou seu pai; um pai que por acaso acredita que você é um dos bons.

Com aquilo, voltei a olhar para ele.

Ele sempre foi duro comigo, o que dava a seus raros elogios ainda mais impacto.

— Estou orgulhoso de você — ele me disse —, e ficaria orgulhoso vendo você ganhar a eleição. Posso conseguir o apoio dele se quiser.

Respirei fundo e balancei a cabeça com cuidado.

— O senhor nunca facilitou as coisas para mim. Não comece agora.

Larguei o copo e me afastei, deixando-o voltar para a esposa.

Eu não sabia o que estava fazendo, como era frequente esses dias, e não tinha um plano, mas sabia onde queria estar. E se eu sabia pelo menos uma coisa sobre mim, era que eu queria o que eu queria e, nesse momento, eu queria vê-la olhar para mim.

Aproximando-me por trás, eu a vi segurando uma taça de champanhe com o outro braço atravessando o peito.

Má CONDUTA

Não pude resistir a provocá-la quando cheguei ao seu lado.

— Pensando em começar um incêndio?

Ela virou a cabeça e encontrou o meu olhar. A maquiagem escura acentuava os seus olhos, e pude ver o olhar surpreso através da máscara de metal antes de ela recuperar a compostura.

Ela deixou os lábios se curvarem, e revirou os olhos.

— Estou tentando ser menos levada esses dias.

Aleluia. A ideia de ela ser levada com alguém que não eu não me desceu bem.

— Que bom. — Assenti uma vez. — Pensei que você tinha dito que não viria.

Ela deu de ombros, dando as costas para a pintura abstrata.

— Não achei que fosse vir. Sabia que acabaria vendo você, para ser sincera.

Então ela considerou evitar o baile por minha causa.

— E o que te fez mudar de ideia? — pressionei.

Uma expressão inflexível cruzou o seu rosto ao falar baixinho:

— Decidi que estava cansada de ditar a minha vida de acordo com os homens.

E então um sorrisinho se insinuou enquanto ela bebericava o champanhe.

Deixei meus olhos percorrerem o seu corpo. As alças do vestido longo cruzando as costas só faziam a sua pele parecer ainda mais flexível e reluzente.

O cabelo estava com cachos soltos, metade dele preso com grampos e o resto livre, emoldurando o seu rosto.

Os lábios estavam vermelhos; a pele, bronzeada; e o cheiro, exótico.

E eu senti o meu desejo ir crescendo, assim como a minha necessidade de levá-la para um lugar mais escuro e tranquilo.

— Vi a sua entrevista — ela falou, voltando a olhar para mim. — Foi maravilhosa.

Assenti, não muito a fim de falar da entrevista. Ela prosseguiu:

— Não sei se você ainda sente que tem algo a provar, Tyler, mas eu posso te dizer, que mesmo se eu nunca tivesse te conhecido, eu votaria em você.

Naquele momento, quando olhei para ela, meus pulmões esvaziaram.

Eu já tinha ouvido de amigos e das esposas dos amigos, dos empregados e colegas que eu teria o voto deles quando chegasse a eleição, que seria dali a um ano, mas não tinha percebido que o dela era o único que eu desejava.

Ela pensava mesmo que eu valia a pena.

Não pude esconder o sorriso quando encarei o Stricher diante de nós.

— Assim que eu te vi... — me aproximei dela — ... olhando feio para aquele Degas como se fosse merda sobre tela... — olhei para ela. — Eu a quis mais do que já quis qualquer coisa na minha vida.

No momento que pus os olhos naquela mulher, eu tive que tê-la.

Uma expressão pensativa apareceu em seu rosto.

— Muita coisa mudou.

— Nada mudou — disparei.

Ela se virou para mim, e afastou o olhar, fitando algo às minhas costas.

— Você está aqui hoje com a Tessa McAuliffe? — cutucou, e eu olhei para trás e vi Tessa no vestido de gala bege, socializando feliz pela multidão.

Eu não tinha chegado com a Tessa, nem planejava ir embora com ela, mas almoçamos antes da entrevista na semana passada e nos falamos essa noite.

— Alguns relacionamentos precisam ser mantidos — observei. — Mesmo que apenas a nível profissional.

— Ela precisa de você — Easton disparou, mordaz. — Você não precisa dela.

Estendi a mão e afaguei a sua bochecha com o polegar.

— Eu sempre amei você brava — pensei alto, começando a me sentir inteiro de novo.

Ela hesitou, me deixando tocá-la, mas então afastou o rosto, rompendo a conexão.

— Você deve estar orgulhoso do Christian. — Ela mudou de assunto. — Foi transferido para a turma avançada de História e também qualificado para a prova de Biologia.

Abaixei a mão, de repente precisando de mais ar.

— Estou. — Suspirei. — Vou levar a ele e a uns amigos dele para o jogo de futebol americano da Universidade Estadual da Louisiana para comemorar.

— Ele parece estar feliz. — Ela me lançou um sorriso debochado. — Acho que está começando a gostar de você.

Bufei.

— Eu não sei — resmunguei baixinho. — Um dos sinais é a aptidão para me chantagear? — perguntei. — De alguma forma, ele arrancou de mim a promessa de uma senhora festa de aniversário na cervejaria JAX Brewery se ele só tirar dez esse semestre.

Má CONDUTA

Ela suspirou um sorriso, e balançou a cabeça.

— Oi, Srta. Bradbury — cantarolou Jay, ao se aproximar de mim, e eu gemi por dentro. — Tyler. — Ele se inclinou, e falou baixinho: — O arcebispo está aqui.

Suspirei, e fiz careta.

O arcebispo Dias era um apoiador de peso, e eu precisava pelo menos cumprimentá-lo.

Olhei para Easton, dividido entre levá-la comigo ou dizer que a veria depois, mas eu não tinha o direito de invadir a noite dela. Fui eu quem terminou tudo, para início de conversa.

— Com licença — falei, mas ela simplesmente se virou para os quadros sem dizer nada.

Depois de dar oi para o arcebispo e falar do ano que estava por vir, fui de um grupo a outro, conversando com pessoas da imprensa, políticos locais, eleitores influentes e foi um inferno do caralho.

Eu podia fazer isso. Eu queria fazer isso.

Mas ao longo das últimas semanas, comecei a sentir como se estivesse tentando andar com uma perna só. Nada mais vinha com facilidade, porque estava faltando alguma coisa.

Olhava para cima de vez em quando, perscrutando a festa atrás de Easton. Ela, por fim, se retirou dos cantos do cenário e foi para o meio, sentou-se à mesa com o irmão e, suponho, alguns dos colegas estagiários dele enquanto mordiscava os canapés.

Depois de um tempo, eu a vi em um grupo, rindo.

Olhei para o relógio, notei que eram dez e meia, e mandei mensagem para Christian para verificá-lo pela última vez essa noite. Ele ia ficar na casa de um amigo, já que havia ido para o desfile da *Krewe of Boo!* com os pais do garoto.

> Tudo bem?

Fui até o bar e pedi outro uísque Chivas com gelo.

> A gente saiu.

> Foram para onde?

Mas depois de pegar a minha bebida e dar a gorjeta do bartender, fiquei esperando no balcão de mármore.

> **Christian?**

Insisti.

> **Taqueria Corona.**

Fiz cara feia, voltando a olhar a hora.

> **Os pais do Charlie estão com vocês?**

Digitei e apertei no enviar.

Só que não recebi uma resposta, e o calor subiu pelo meu pescoço até a testa.

> **Ou você vai para a casa do Charlie ou vou mandar o Patrick te pegar.**

Ameacei, interpretando seu silêncio como um não.

O Taqueria Corona era um bar. Um bar restaurante, mas ainda era um bar lotado e barulhento, e como diabos a porra dos pais dos amigos ainda não os levaram para casa? Os meninos tinham catorze anos, pelo amor de Deus.

> **Qual é!**

Ele desafiou.

> **Você está discutindo?**

Ataquei de volta.

O celular vibrou na mesma hora.

> **Não.**

Inclinei uma sobrancelha, e outra mensagem chegou logo depois.

> **Estou. Tudo bem, estamos indo para a casa do Charlie.**

Ele se corrigiu, confessando.

Sorri, vangloriando-me, ao bebericar o uísque.

> **Mesmo sendo tão cedo que chega a ser ridículo.**

Eu praticamente podia ouvir a insatisfação dele. Meu filho tinha personalidade, mas eu estaria mentindo se dissesse que isso me irritava. Ele agir com sarcasmo significava que estava confortável comigo. Vi como um bom sinal. Por enquanto.

Movi os polegares, digitando rápido.

> **A única forma de você ficar fora de casa depois das dez era ter vindo ao baile comigo. A escolha foi sua.**

> **Eu prefiro comer rato.**

Foi a resposta, e eu soltei uma gargalhada baixa. Balancei a cabeça, ainda sorrindo, e digitei:

> **A Srta. Bradbury está aqui. Não seria tão chato assim.**

Um momento depois, chegou a mensagem dele.

> **Sério? Divirta-se com isso.**

Franzi a sobrancelha na mesma hora ao me perguntar o que ele quis dizer.

> **???**

Digitei, quase com medo de saber.

Meu telefone vibrou, e eu coloquei a bebida no balcão.

> **Tenho catorze anos, não sou idiota. Se você gosta dela, estou de boa com isso.**

O quê? Como…?

Apoiei a mão no bar e me aprumei, tenso.

O Christian sabia?

Um milhão de coisas passou pela minha cabeça? *O que ele sabia exatamente? Mais alguém na escola sabia? Ele viu alguma coisa?*

E, porra! A mãe dele.

Mas o meu maior medo, meu maior motivo para me afastar da Easton foi o Christian. Embora eu soubesse que não podia ser um bom pai, o cabeça das Indústrias Marek, um senador e namorado dela e equilibrar bem todas as responsabilidades, minha maior preocupação era afastar o Christian para sempre.

Mas ele já sabia. E estava bem com isso.

Ainda perplexo, digitei devagar, com os dedos trêmulos.

> **Seus amigos podem ter algo a dizer.**

Ele não podia ser largado de lado.

> **Não se souberem o que é bom para eles mesmos.**

Ele respondeu, parecendo muito convencido. E daí chegou outra mensagem:

> **Estou de boa com isso, pai.**

Ele me garantiu, e eu sorri para mim mesmo, em descrença.

Passando a mão pelo rosto, puxei o colarinho, desejando descobrir como lidar com a minha vida pessoal igual eu fazia com os negócios.

Esclareça os seus objetivos. O que você quer?

Coloquei as mãos sobre o balcão, abaixando a cabeça, meu peito subindo e descendo com mais dificuldade a cada segundo.

O que você quer?

Eu me imaginei viajando por canteiros de obras ao redor do mundo, subindo os degraus do Capitólio, conquistando algo que deveria ser digno e bom para o mundo, e nada disso tinha nenhum apelo.

Nada disso a substituía.

Má CONDUTA

Cerrei os punhos e me virei, pronto para avançar e conquistá-la, mas parei de supetão, vendo Tessa de pé na minha frente.

— Dança comigo? — ela perguntou. — Não chegamos a conversar essa noite.

Olhei ao redor e vi Easton perto das portas francesas, falando com o irmão, quando Mason Blackwell foi até eles e apertou a mão do irmão dela.

Tessa seguiu o meu olhar, e eu o observei conversar com a Easton. Ela não parecia estar gostando do que ouvia, mas então ele pegou a bebida dela e colocou sobre a mesa, e eu o observei levá-la para a pista de dança.

Logo me pus em movimento, passando por Tessa, mas ela agarrou o meu braço.

— Você nunca foi fotografado com ela, foi? — ela me deu uma bronca. — Ter um caso com a professora do seu filho acabaria com a sua campanha, Tyler.

Olhei para ela, surpreso por descobrir que eu não dava a mínima.

— Especialmente alguém tão franca como ela — Tessa atirou. — Ela não foi feita para ser discreta.

— Mas você foi? — deduzi, lendo nas entrelinhas.

Ela mordeu os lábios rosados com uma insinuação de sorriso no rosto.

— Acho que sou tudo de que você precisa.

E foi quando percebi. Eu tinha coisas que queria, mas das quais não precisava; e coisas das quais precisava, mas não queria.

Havia apenas duas que eu precisava e desejava ao mesmo tempo: Easton e o meu filho.

Dei meia-volta e fui para a pista de dança, indo direto para Blackwell conforme ele começava a se mover com a Easton.

Eu me meti entre eles, forçando-o a se afastar.

— Estou indo embora. — Eu me virei para Easton, e informei: — E vou te levar comigo.

Os olhos preocupados se viraram para mim, e ela balançou a cabeça.

— Tyler, não — ela insistiu, me dizendo que eu não deveria estar fazendo isso.

Mas Blackwell avançou, estendendo a mão para segurá-la.

— Tire as mãos dela — avisei, virando a carranca para ele.

Ele recuou e cruzou os braços.

— Não percebi que ela estava aqui com você — ele disse, calmo.

Eu tinha certeza de que ele estava amando a situação, mas eu não dava mais a mínima.

Peguei a mão de Easton com a minha esquerda, e inclinei o rosto dela com a direita.

— Tyler, não — ela implorou, olhando ao redor, verificando se alguém nos observava.

A voz de Tessa veio de detrás de mim.

— Dê ouvidos a ela, Tyler.

Prendi o olhar de Easton, vendo as lágrimas empoçarem lá.

— Você me ama — sussurrei, baixinho o suficiente para apenas ela ouvir.

— O que está acontecendo? — meu pai interrompeu, parando sua dança perto de nós, olhando preocupado de mim para Easton junto com a esposa.

Os olhos de Easton buscaram os meus, ainda temerosos.

— Eu não me importo — disse a ela. — Não quero criar problemas para você, mas não me importo com a campanha se não puder te ter. Eu não dou a mínima.

O olhar desesperado ficou ainda mais cheio de lágrimas, segurei seu rosto com as duas mãos e afaguei suas bochechas.

— Você não é a professora que estava na *Newsweek?* — perguntou a minha madrasta, aproximando-se do nosso círculo fechado conforme os dançarinos se moviam ao nosso redor. — Você dá aula na Braddock Autenberry, não é?

— Braddock Autenberry? — repetiu Blackwell, estreitando os olhos para mim. — Não é lá que o seu filho estuda?

E agora estava feito.

Ele sabia, todo mundo saberia, e Easton e eu teríamos que enfrentar essa tempestade, mas foda-se.

— Ora, ora, ora — pensou em voz alta. — Minha noite acaba de ficar melhor.

Easton começou a balançar a cabeça, mas eu a prendi com o meu olhar firme, olhando-a nos olhos.

— Eu não me importo — mantive. — Eu preciso de você.

Mason Blackwell poderia aproveitar o escândalo para chegar aonde queria. Seria um preço pequeno a pagar para ter a Easton.

Ela agarrou meus antebraços, e eu segurei sua mão, pronto para tirá-la dali.

— Estou quase com pena de você, Marek — Blackwell cantou vitória quando me virei. — Todos nós temos nossos segredinhos, mas a maioria tem o bom senso…

Má CONDUTA

— Isso! — arquejou minha madrasta, interrompendo o Blackwell. — Você é a professora que era jogadora de tênis, não é? — Ela apontou para Easton enquanto meu pai ouvia com a expressão um tanto quanto séria. — Senti muito ao ler aquela parte sobre seus pais e a sua irmã. Ah, minha nossa. — Ela levou a mão ao peito, lançando um olhar simpático para Easton.

— Obrigada — Easton disse, com a voz embargada.

— Que tragédia horrível — consolou-a Rachel. — Não posso imaginar como é ter dezoito anos e perder quase a família toda. — As sobrancelhas de Blackwell franziram assim que ele ouviu aquilo. Rachel prosseguiu: — E depois você e seu irmão dividiram os bens dos seus pais entre várias instituições de caridade que cuidavam de crianças aqui em Nova Orleans? Foi tanta generosidade sendo que vocês já tinham perdido tanto.

Eu titubeei, sem saber desse pormenor.

— Meu irmão deve ter contado a eles — confessou Easton, parecendo envergonhada.

Ergui o olhar, fixando o de Blackwell, e foi lá que eu vi. Ele poderia tentar jogar a merda no ventilador, mas o histórico e o caráter de Easton falavam por si mesmos.

— Você deu muito mesmo por essa cidade — declarou Rachel, sorrindo. — Mal posso esperar para ver para onde a sua carreira te levará, Srta. Bradbury.

Easton assentiu, dando um sorriso sem graça.

— Obrigada.

— Nos deem licença por um momento. — Eu a peguei pela mão e a afastei de todo mundo, correndo lá para fora.

Jay estava em algum lugar. O irmão dela estava em algum lugar. Mas estávamos indo embora. Peguei o telefone e enviei uma mensagem rápida para Patrick pedindo para ele vir com o carro.

— Tyler — Easton chamou, insistente, enquanto eu descia correndo os degraus, segurando a mão dela. — Tyler, o que você está fazendo?

Eu a puxava junto, ouvindo o tac-tac-tac dos saltos enquanto ela me acompanhava.

Ao chegar lá embaixo, eu a fiz contornar o balaústre e a levei para fora do hotel, direto para a calçada.

O Bairro Francês estava abarrotado, fotógrafos do jornal local esperavam lá fora, fazendo a cobertura do baile.

Esquadrinhei a área, mas não vi o Patrick, então continuei a levá-la rua abaixo. Easton tirou a mão da minha, o que me fez parar.

— Tyler! — ela explodiu. — Nós não podemos...

Mas eu a interrompi, segurando o seu rosto.

— Eu te amo, ok? — eu me apressei a dizer. — Eu te amo loucamente, e nunca disse isso para uma mulher, mas estou completamente apaixonado por você, Easton Bradbury. — Respirei fundo, movendo as mãos por sua cintura. Curvando a testa para a dela, tentei manter a voz baixa: — Você vai me causar um monte de problemas com essa sua boca, e eu posso não conseguir tudo o que queria da vida, mas se eu não tiver você e o meu filho, então o resto não tem significado — contei a ela. — Você me faz feliz, meu filho gosta de você, e sinto como se pudesse fazer qualquer coisa se souber que vou te ver todos os dias. Eu preciso de você.

Cobri seus lábios com os meus, respirando o seu fôlego e a sentindo tremer. Eu não sabia se por causa do frio, mas a puxei para perto e envolvi os braços em sua cintura.

O calor da sua boca e a forma como seus lábios estremeceram me levaram à loucura.

Ela passou as mãos pelo meu peito e as prendeu em torno do meu pescoço.

— As pessoas estão olhando — ela sussurrou.

— Você está com medo? — Sorri.

Ela riu baixinho, e o sorriso meigo fez o meu sangue ferver.

— Não — respondeu, e eu soube que ela estava mentindo. — E você?

Balancei a cabeça e brinquei com ela:

— Nem um pouco.

Estávamos os dois com um medo do cacete, mas aquela era a melhor parte. Se não houvesse nada a apostar, não haveria recompensa.

Ouvi o clique de uma câmera, e então a buzina de um carro. Relutante, virei a cabeça, vendo o SUV no meio da rua de mão única.

Peguei a mão de Easton, e a puxei para a rua, para a porta do carro que Patrick mantinha aberta.

Eu a deixei entrar primeiro, e então foi a minha vez. Patrick bateu a porta às nossas costas.

— Tiraram foto da gente — ela avisou.

— Que bom. Eu vou emoldurar — devolvi, fechando o vidro entre nós e Patrick, conforme ele assumia o assento do motorista e dava a partida.

— Tyler, essas fotos logo estarão na internet — ela se preocupou.

Mas fiquei de joelhos diante dela.

Má CONDUTA

— Eu não ligo — sussurrei.

Levando as mãos à sua nuca, abri o vestido e puxei o corpete para baixo, admirando o corpo maravilhoso e os seios bonitos. Passando os dedos pela barriga lisa, puxei o vestido ainda mais para baixo, olhando-a nos olhos, para que assim ela visse os meus.

— Eu preciso de você — rosnei. — Agora.

E puxei o tecido até ela pegar a deixa e erguer a bunda do assento, para que eu pudesse despi-la.

— Jesus Cristo — gemi. — Você estava sem calcinha?

Eu a olhei sério, como se ela fosse me trair ou algo do tipo. Por que ela estava sem calcinha?

Os olhos escuros por trás da máscara se iluminaram de empolgação, e ela colou o corpo nu ao meu, envolvendo os braços ao redor do meu pescoço.

— Eu gosto da sensação das roupas na minha pele — provocou, depositando beijos suaves nos meus lábios. — Assim como a das suas roupas.

E então começou a mover os quadris em mim com círculos curtos, e eu gemi.

— Porra — suspirei.

Ela deslizou a mão para o meu pau duro, o esfregou devagar e o provocou através da minha calça. Conforme eu mordia o lábio, ela ficou ainda mais necessitada e exigente, pegando a minha mão e a deslizando entre as pernas.

— Tyler. — Ela estremeceu quando deslizei um dedo para dentro dela.

— Sim — respondi, entrando com outro dedo.

Ela respirou fundo e fechou os olhos com força.

— Aquelas fotos? — insistiu. — Ligue para o seu irmão.

Sorri e peguei o celular, discando o número do Jay.

Easton me empurrou para o assento e se ajoelhou, abrindo meu cinto e a minha calça.

— O que você fez? — atendeu Jay, sem nem dizer alô.

Easton tirou o meu pau, olhando para cima através da máscara ao deslizá-lo entre os lábios, engolindo tudo até o talo.

— Tudo bem. — Respirei com dificuldade. — Melhor sair na dianteira — falei com Jay. — Easton Bradbury dava aula para o Christian, mas ele agora está em uma turma avançada com outro professor. Só estou saindo com uma professora que dá aula na mesma escola que o meu filho frequenta.

Ela chupou com força, e senti os músculos da minha perna tensionarem conforme meu pau ficava cada vez mais rígido.

— Porra — arquejei.

— O quê? — Jay falou de supetão. — O que você...?

Mas eu perdi o controle de mim quando ela tirou o meu pau da boca e beijou e chupou as laterais, me adorando.

— Vou falar com o chefe dela amanhã — falei com o Jay. — Fale bem dela. Use o artigo da *Newsweek* e o site dela. Nada de interrupções até depois das nove da manhã — dei a ordem, olhando para baixo e vendo o sorriso em seus lábios conforme ela lambia a parte de baixo com um único e tentador movimento com a ponta de língua.

— É — eu me aproximei. — Melhor meio-dia.

E desliguei.

Avancei e a ergui por debaixo dos braços e a coloquei no assento diante de mim. Voltei a me ajoelhar diante dela, puxando seu cabelo de levinho, forçando-a a arquear as costas para que eu pudesse brincar com os seus peitos. Capturei um com a boca, abocanhei o mamilo, puxando-o entre os dentes e beijando a pele ao redor antes de passar para o outro.

— Eu também amo você, Tyler — ela suspirou. — Não seja cuidadoso comigo, tudo bem?

Voltando a erguê-la, tirei o paletó e abri a camisa de uma só vez, as mãos dela foram direto para o meu peito.

— Eu confio em você — ela me disse.

Eu a beijei com tudo, apertando a sua bunda.

— Você não me contou sobre o *stalker* — acusei.

— Eu sei. — Ela assentiu.

— Você vai me contar tudo, entendeu? — Minhas mãos estavam em toda parte, tocando-a como se eu nunca mais fosse voltar a fazer aquilo. — Ninguém mais vai me dar informação sobre você, Easton.

Ela envolveu os braços ao redor do meu pescoço, sussurrando lá:

— Tem certeza?

— Claro.

Mas quando tentei abaixá-la com cuidado, porque eu precisava beijar cada centímetro de seu corpo, ela me deteve e olhou para cima.

E eu estreitei os olhos para ela.

— O que foi?

Ela afastou o olhar, ficando tensa, e eu também fiquei.

— Meu apartamento foi invadido algumas vezes — explicou, séria. — Não sei quem é, e a pessoa não parece estar levando nada, mas...

— O que você quer dizer com isso de ter alguém invadindo a sua casa? — explodi, minha pele ficando quente.

— Dei queixa na polícia — ela logo me tranquilizou. — E coloquei mais fechaduras. Até então, têm sido coisas sem importância — apressou-se a explicar. — Deixaram os armários abertos e destruíram uma caixa de vidro que meus pais me deram quando eu tinha treze anos.

— E você não faz ideia de quem seja? — falei com a voz grave, o medo me deixando ofegante.

Ela balançou a cabeça.

— Não — quase sussurrou —, e não quero que você se preocupe com isso.

— Não me preocupar! — vociferei. — Você está sob vigilância constante agora, entendeu?

Mas, muito para a minha surpresa, ela riu.

— Devem ser só crianças, Tyler, não vou discutir com você por causa disso agora — ela sustentou. — Só queria ser sincera. Vamos cuidar disso, mas não serei a prisioneira que meus pais tentaram fazer de mim.

Apertei seus quadris, observando-a com atenção. Eu não gostava nada disso.

Abaixei a cabeça para a dela, sussurrando bem perto:

— Eu preciso que você esteja em segurança — confessei.

A ideia de alguém na casa dela, mexendo nas coisas dela, me enfureceu.

E quais eram as chances? Depois de o técnico ter feito praticamente a mesma coisa, estar acontecendo de novo?

— Eu amo você — quase implorei.

Um sorriso meigo se espalhou por seus lábios.

— Você me ama? Então o que isso faz de nós? — ela provocou, de repente mudando de humor.

Ri baixinho ao balançar a cabeça. *Sempre de joguinhos.*

— Sou velho demais para namoradas, Easton — expliquei, mordiscando os lábios dela, satisfeito por ela estar comigo agora, pelo menos, a salvo.

Ela gemeu, e o gosto da sua pele começou a me deixar faminto.

Eu a empurrei com cuidado e me inclinei, caindo de boca na sua boceta.

— Ah, Deus — ela arfou, enquanto eu chupava e sugava o seu clitóris.

— Tyler — ela gemeu.

— Quero falar dessas invasões mais tarde — avisei. — Quero saber dos seus pais, da sua carreira, de tudo... — exigi, afagando o meu pau e beijando o seu calor.

— Tyler, por favor. — Ela se contorceu. — Para de falar. Mais tarde, tudo bem?

— Sempre tão voraz — provoquei. — Eu amo essa atitude.

— Então prove — ela se exasperou, arqueando as costas para olhar para mim. — Ou não consegue acompanhar?

Cerrei os dentes, e meus dedos apertaram seus quadris.

Pequena...

Deus, eu amava aquela mulher pra caralho.

Sem nem pestanejar, avancei e a coloquei de bruços, com os joelhos no chão. Abrindo suas pernas, eu a puxei para mim e entrei nela.

— Tyler! — ela gemeu, e eu peguei um punhado de seu cabelo, puxando de levinho.

— Você não quer ir com calma, quer? — agarrei um seio, possessivo.

Ela sacudiu a cabeça.

— Hã-hã — sussurrou.

Estoquei forte e rápido, gemendo quando ela começou a corresponder. A boceta estava tão apertada, esmagando o meu pau como se fosse uma mão. Eu não podia acreditar ter pensado que poderia passar sem ela.

— Senhor. — A voz de Patrick surgiu nos autofalantes, e eu diminuí o ritmo. — Para onde eu levo vocês?

Eu me inclinei para baixo, virando a cabeça de Easton para que seus lábios encontrassem os meus.

— Você não pertence a nenhum lugar em que eu não esteja — sussurrei.

Ela me beijou devagar, assentindo.

Eu me inclinei para trás, entrando nela e sentindo sua boceta contrair e ter espasmos.

— Para casa, Patrick. — Consegui me fazer falar. — Leve a gente para casa.

VINTE E SEIS

Easton

Nada bom vem fácil.

A foto minha com o Tyler estava espalhada pela internet, a notícia sobre o nosso relacionamento se tornou de conhecimento público, e não havia como voltar atrás. Sábado à noite ele havia me reivindicado, jogado as próprias ambições para o alto e arriscado o que queria para ter a mim.

Nunca me senti tão amada.

Nem mesmo os meus pais nunca me colocaram em primeiro lugar, acima de todo o resto. Minha carreira era mais importante para eles, não a minha sanidade nem a minha segurança.

Tyler e eu passamos aquela noite na casa dele, e quando ele acordou na manhã seguinte, eu fui a primeira coisa de que ele precisou. Ele não verificou celular, e-mail, nem avaliou o dano que talvez tivéssemos causado à nossa carreira. A gente trepou e riu e comeu, e então conversamos com o Christian quando ele chegou da casa do amigo.

No fim das contas, tínhamos muita sorte. A interpretação que o Jay deu à história minimizou o dano, e Tyler havia ligado para a mãe do Christian ontem para explicar a situação. Não que ela precisasse se inteirar dos detalhes, mas queríamos que ela soubesse por nós antes que descobrisse de outra forma.

Ela ficou lívida. A mulher já não confiava no Tyler, e não me conhecia bem, então encarou como já esperávamos: como uma traição.

Até ela conversar com o Christian. Não sei o que ele disse, mas eu tinha uma sensação bem clara de que eu ainda não estava ciente da magnitude das habilidades do garoto.

Ele parecia ter acalmado a mãe o suficiente para que ela não viesse correndo. Embora ele tenha precisado adoçá-la ao aceitar passar o Natal com ela e o marido.

Haveria algumas dificuldades iniciais enquanto nos ajustávamos às consequências e à atenção pública sobre o nosso relacionamento, mas eu já sentia ter muito mais sorte do que deveria ter.

Na segunda-feira de manhã, entrei na diretoria da escola usando calça cáqui skinny e uma blusa de aparência romântica com manga longa e uma gola laço. Minha entrevista sobre minha metodologia de ensino seria à tarde, daí escolhi me vestir de forma conservadora, mas na moda.

— Ele tem um tempinho para me atender? — perguntei à Sra. Vincent ao me aproximar da mesa dela.

Ela ergueu a cabeça, e um olhar cruzou o seu rosto ao perceber que era eu. Não pude dizer se era bom ou ruim, mas ficou claro que ela sabia o que se passava.

— Acho que sim. — Ela assentiu. — Pode entrar.

Eu me aproximei da porta do diretor e bati, mesmo ela estando entreaberta.

— Sr. Shaw? — chamei.

Ele olhou para trás. O homem estava de pé mexendo no arquivo, e me lançou um sorriso forçado.

— Easton, oi. — Ele suspirou. — Entre. Estou feliz por você ter vindo aqui.

Entrei, certificando-me de fechar a porta, porque eu não precisava de que a Sra. Vincent soubesse mais do que já sabia. Mantive as costas retas e os ombros enquadrados, mesmo eu me sentindo como se estivesse usando o distintivo da vergonha.

Eu tinha dado para o pai de um aluno. Eu era uma vagabunda, uma ameaça para todas as outras famílias da escola.

Seria assim que alguns pais e outros professores veriam.

Não veriam que eu estava apaixonada. Que Tyler Marek foi o único homem a me abrir, a me amar, e quem precisou de tudo o que viu.

Que ele era o único homem de quem eu precisava da mesma forma.

Eu me sentei em uma das cadeiras em frente à mesa do Sr. Shaw, e me apoiei no descanso de braço. Pigarreei.

— Quero falar com o senhor sobre...

— Eu sei — ele me interrompeu, largando sobre a mesa a pasta que tinha pegado no armário. — Já conversei com o Sr. Marek, e vi a foto na internet — ele me contou, então perguntou: — Quando começou?

Ergui o queixo e confessei:

— Nós nos conhecemos no Mardi Gras em fevereiro — expliquei. — Mas não começamos a nos envolver até o início do ano letivo.

Ele estreitou os olhos, me avaliando.

— Mesmo sabendo que você poderia perder o emprego?

Titubeei e olhei para baixo.

Mas, então, olhei para cima e o encarei de frente.

— Sr. Shaw — comecei, mas ele ergueu a mão.

— Srta. Bradbury...

— Por favor, Sr. Shaw, deixe-me dizer isso — eu me apressei, fazendo-o ficar em silêncio.

Eu precisava contar a verdade a ele, então não importava o que acontecesse, ele saberia que não tomei atitudes levianas.

— Eu jamais poderia alegar ser uma pessoa que está acostumada a sacrificar o que quer em prol da melhoria de outra pessoa — confessei. — Fui egoísta e desafiadora muitas vezes na minha vida, e me arrependi em muitas dessas ocasiões — disse a ele, lembrando-me muito bem dos meus pais e da minha irmã. — Mas eu amo o que faço — afirmei —, e dou tudo de mim. Estou comprometida com a minha carreira, e isso não mudou. O Sr. Marek... — parei, e me corrigi. — O Tyler é... — Olhei para baixo e respirei fundo. — Não posso viver sem ele. — Mantive minha posição, assumindo as minhas decisões. — Eu não queria que fosse assim. Eu amo lecionar e odiaria perder o meu emprego ou a sua confiança, mas não me arrependo por amar o Tyler.

Cruzei as mãos no colo, sabendo que faria tudo de novo.

— Só sinto muito pelas coisas terem acontecido desse jeito — confessei.

Ele ficou lá por um momento, me olhando como se pensasse no que eu tinha dito.

Eu odiaria perder o meu emprego, causar dano à minha reputação com os pais e os alunos, ou ser o alvo de piadinhas, mas não estava atormentada pela situação. Saber que eu não faria nada diferente me deu paz.

Ele suspirou e olhou para mim.

— Eu não vou te demitir. — E abriu um sorriso gentil. — Eu não ia.

Minhas sobrancelhas se ergueram.

— Sério?

Ele deu de ombros e se inclinou para a mesa.

— Você é uma professora excelente — observou. — Sua metodologia está atraindo uma publicidade muito necessária para a escola, e para ser franco, o seu... — Ele acenou para mim. — É bem possível que o Sr. Marek se eleja senador. Não posso demitir a esposa dele.

Abaixei a cabeça e a balancei.

— Esposa? — repeti. — Ah, não, nem estamos noivos.

Ele riu e me olhou como se eu fosse idiota.

— Ele foi a público com um interesse amoroso durante a campanha, Easton — respondeu. — Ele pode não ter ainda a pretensão de fazer o pedido, mas as intenções dele são a longo prazo, disso não há dúvida.

Ceeeeeerto.

— O Christian foi transferido para a turma avançada — ele prosseguiu, e se levantou —, então não há mais conflitos de interesse aqui. Ele está ciente dos desdobramentos, suponho?

Assenti.

— É claro.

— Que bom. — Ele assentiu uma vez. — Você terá que enfrentar um pouco de fofoca entre os funcionários e os pais, mas acho que descobrirá que a posição e a reputação do Sr. Marek exercerá uma bela influência para fazer passar rápido. Avise se precisar de alguma coisa.

Só isso?

Ele se virou e começou a mexer no arquivo de novo.

Hesitei, sentindo que havia mais uma bomba a estourar, mas quando ele não disse mais nada, eu me levantei devagar e comecei a sair.

— Obrigada — agradeci, baixinho.

— Easton — ele me chamou, e eu me virei.

— Quando o pessoal da imprensa assistir à sua aula hoje — ele me instruiu —, você estará representando a escola e Tyler Marek de agora em diante.

E então ele voltou a se virar, fazendo meu estômago revirar com essa breve observação.

Sim. Eu representava o Tyler.

Possivelmente, por mais um bom tempo.

— O diretor Shaw diz que foi oferecido a você a oportunidade de liderar alguns treinamentos de desenvolvimento pessoal para o corpo docente — perguntou a repórter —, possivelmente tirando dias para ir a outras escolas também, mas você recusou a proposta?

Sorri, o câmera por trás de Rowan DeWinter, âncora do Canal 8, virou o foco para mim parada na frente da escola.

Fazia trinta minutos que os alunos tinham ido embora, e a entrevista estava quase no fim. Eles passaram as duas últimas horas observando as aulas e gravando as lições antes de encerrar tudo com uma sessão de perguntas.

Jack, Tyler e Jay estavam todos por ali, observando e me dando apoio. Jack sabia que eu estava apreensiva sobre estar de novo em frente às câmeras, já Tyler e Jay estavam lá para garantirem que não mexessem comigo.

— Gosto da minha metodologia — expliquei —, e acredito que ela funciona. Mas me sinto confiante o bastante para ensinar a outros professores? — perguntei, hipoteticamente. — Não, não com tão poucos meses de experiência de ensino. Creio que o lugar do professor seja na sala de aula, e é lá que eu vou ficar.

Tyler sorriu, e Jay me fez joinha.

— Então você não vai tirar um período de licença para ajudar o Tyler Marek com a campanha? — ela perguntou.

Mas Jay interveio, balançando a cabeça.

— A entrevista é sobre ela.

— Está tudo bem. — Ergui a mão e voltei a olhar nos olhos da Srta. DeWinter. — Com certeza ajudarei o Sr. Marek da forma que puder — assegurei a ela. — Mesmo que seja lacrando envelopes. Mas ele entende que tenho um compromisso com os meus alunos e com a Braddock Autenberry. Se há algo que eu amo… — Parei de repente, sentindo que não deveria ter entrado nesse assunto. Mas comecei de novo, decidindo me comprometer. — Se há algo que eu amo nele é que ele é igual a mim. Somos dedicados às nossas promessas.

Ela sorriu, aceitando a resposta, e Jay deu uma piscadela para mim como se dissesse *bom trabalho*.

Revirei os olhos, o elogio dele me fazendo sentir como se eu fosse uma atração de circo.

Depois que a van da emissora foi embora e os professores e funcionários deixaram a escola praticamente vazia, Tyler me conduziu até o carro dele e abriu a porta de trás, tirando de lá um buquê com orquídeas brancas.

— Sei que você deve ter ganhado muitas flores nos seus poucos anos — ele parou, e as entregou a mim —, mas eu nunca as dei, então...

Olhei para a abundância de flores brancas, as pétalas curvadas e com aparência tão frágil e macia. Eu tinha recebido um montão de flores durante a minha carreira no tênis, dos meus pais e dos fãs, mas amei essas muito mais.

Eu estava ainda mais feliz por não serem rosas. Amaria qualquer coisa que ele me desse, mas, com certeza, já tinha visto rosas o bastante.

Eu o olhei de soslaio, carregando o buquê como se ele fosse um bebê.

— Você nunca deu flores? — provoquei.

— Eu as enviei — ele se apressou a esclarecer. — Mas eu nunca...

E deixou por isso mesmo, rindo sozinho e eu abri um sorriso, pensando que aquilo era muito a cara dele. É claro que Tyler Marek não tivera tempo para dar flores.

Até eu.

Ele se aproximou, um olhar ardente invadindo a sua expressão quando ergueu o meu queixo.

— Eu queria ver a cara que você faria — ele sussurrou.

Eu me inclinei, roçando os lábios nos dele.

— Bem, eu amei.

— E deveria — devolveu. — Orquídeas são temperamentais. Igualzinhas a você.

Eu me afastei, empurrando as flores em seu peito enquanto ele ria.

— Vou lá pegar as minhas coisas — avisei, incapaz de esconder o sorriso ao balançar a cabeça. — Quero que você vá ao meu apartamento antes do jantar. Preciso te mostrar uma coisa.

Eu me virei e fui para as escadas, voltando a entrar na escola. Levaríamos o Christian para jantar, mas eu precisava cuidar de mais uma coisa antes de seguir em frente.

Embora ainda houvesse o problema não solucionado de alguém ter entrado no meu apartamento, não desperdiçaria nem mais um minuto da minha vida sentindo medo. Eu não me mudaria. Não dormiria com a luz acesa.

E não correria para Tyler por precisar de proteção.

Eu trancaria as portas, ficaria consciente dos arredores e nunca mais deixaria ninguém me fazer de refém.

Se alguém quisesse me ferir, a pessoa daria um jeito.

Mas o que eu realmente precisava fazer era me livrar das cartas. E queria Tyler lá quando eu fizesse isso.

Má CONDUTA

Caminhando pelo corredor mal iluminado, virei à direita e entrei na sala de aula escura, indo direto para o armário para pegar a minha bolsa e depois para a mesa pegar as provas que eu precisava corrigir hoje à noite.

Mas olhei para cima e dei um salto, tomando um susto.

— Jack? — arquejei, ao ver o meu irmão no fundo da sala com os braços cruzados e olhando pela janela.

Pensei que ele tinha ido embora.

Coloquei minhas coisas na mesa e a rodeei devagar, o observando.

— Jack, o que você está fazendo aqui? — perguntei.

Ele não se mexeu, só encarou a janela, parecendo imerso em pensamentos.

— As câmeras ainda te seguem — pensou alto. — Até mesmo agora.

O quê?

E então me lembrei da entrevista para a qual ele tinha estado aqui mais cedo e no quanto foi estranho voltar a estar diante de uma câmera.

Observei Jack, mas já estava ficando escuro lá fora e não havia luz na sala. Não podia divisar a expressão dele.

Eu me aproximei dele e dei de ombros.

— Não me importo mais tanto com isso — confessei. — Foi para ajudar a escola.

Mas então ele virou o rosto para mim, e eu vi a dor estampada lá.

— O papai amava beisebol — falou, com a voz triste. — Eu era o mais velho. Por que ele não me batizou de Easton? — protestou. — Ou algum nome relacionado ao esporte, no caso?

Estreitei os olhos, metade de mim confusa com a razão para ele estar falando disso agora e a outra metade imaginando onde aquilo ia parar.

Nosso pai me batizou de Easton por causa de um taco de beisebol. Nunca contei isso às pessoas, porque eu achava embaraçoso, mas Jack estava certo. Nosso pai amava o esporte.

Ele até mesmo quis que eu jogasse quando notou que eu tinha facilidade com os esportes, mas minha mãe pensou que tênis fosse parecido o bastante e que tinha uma gama maior de oportunidades para mulheres. Em vez de manusear um taco, manuseei uma raquete.

— Bem, pelo menos você foi jogar beisebol — disse a ele, que balançou a cabeça e voltou a olhar pela janela.

— Consegui o emprego na Greystone por causa de você — atirou.

— O Marek intercedeu por mim. Uma vantagem quando a sua irmã está transando com gente poderosa, eu acho.

Meu coração começou a disparar, e eu congelei.

— Jack, o que deu em você?

Meu irmão nunca dizia coisas assim para mim. E mais, ele parecia me odiar naquele momento.

Ele se virou, olhando nos meus olhos.

— Eu fiquei feliz — ele me contou. — Quando o Chase Stiles te afugentou, quando ele começou a interferir com o seu jogo... — explicou. — Fiquei feliz por isso, Easton.

Senti me estômago revirar, e recuei.

— Eu odiei te ver magoada — falou, com a voz embargada, as lágrimas presas em sua garganta —, mas amei ver a sua carreira ir para o inferno — confessou.

A expressão dele ficou dura, e o olhar me prendeu.

— Amei ver os nossos pais perderem o controle sobre você à medida que ficava mais rebelde — atirou. — Eu amei te ver fracassar.

— Jack. — Eu mal podia respirar.

Balancei a cabeça, tentando puxar respirações curtas, mas o ar mal conseguia entrar.

Ele deu um passo à frente.

— Eu amo você — declarou. — De verdade, e desejo tudo de bom para você, mas, meu Deus, Easton — ele disse entredentes, com os olhos marejados. — Eu também te odeio.

Deixei meus olhos vagarem para o chão. Que merda estava acontecendo? Jack sempre me apoiou; sempre tentou me proteger.

Pensei que ele estava bem. Pensei que o tanto de atenção que eu tinha e que o fato de nossos pais me tratarem um pouco melhor fosse algo que ele já tivesse superado.

Mas, lá no fundo, ainda estava tudo lá. Eu não podia acreditar que ele nunca falou disso comigo antes.

Fechei os olhos, me sentindo esgotada.

— Sinto muito — falei, e fui sincera. Se eu estivesse no lugar dele, também sentiria muito ressentimento, sem sombra de dúvida.

Ele fungou, recompondo a expressão.

— Não é culpa sua — afirmou. — Nunca foi. Você não obrigou nossos pais a te favorecerem. Você não era ótima no tênis só por despeito. — Então ele falou devagar. — Você é uma vencedora, Easton. Tudo o que eu quero ser.

Fui até ele, que recuou.

— Fui eu — disparou.

— O que foi você? — Soltei o fôlego que eu prendia.

— Os armários, as ligações, a caixa de tesouros… fui eu — confessou.

O quê?

A fúria fez meus dedos se curvarem em punhos. Ele tinha aberto todos os armários, a cortina do banheiro, estado no meu closet, aberto a janela e estraçalhado a caixa, rasgando todas as cartas.

— Por quê? — roguei. — Eu não entendo.

— Porque era para essa ter sido a minha vez! — ele gritou, me olhando feio. — Nesses cinco anos, foi a minha vez de ter atenção. Você se apoiou em mim! — Ele bateu no peito. — Você precisou de mim.

Balancei a cabeça devagar, me afastando dele. Meu rosto desmoronou, e as lágrimas começaram a escorrer pelas minhas bochechas.

Engoli em seco, me engasgando com as palavras.

— Como você pôde?

— Eu queria que você ficasse bem. — Sua voz mal era audível. — Eu te queria feliz, com amigos e amando a vida que levava, mas…

— Mas? — pressionei.

Ele hesitou, e olhou para mim.

— Ele vai ser senador — declarou Jack. — Se o relacionamento de vocês vingar, você estará de volta aos holofotes.

— Você estava tentando me fazer me esconder de novo. — Chorei, ficando com raiva.

Mas ele prosseguiu.

— E aí a *Newsweek* e a entrevista de hoje… — ele pontuou. — Não importa o que você faça, sempre acaba me ofuscando! — Ele enrijeceu a mandíbula, e fez careta. — Por que você não podia ficar na sua? Por que não podia ser normal como todo mundo? Ser só a minha irmã? Me deixar ter alguma coisa!

Eu continuei a recuar, pensando nele fazendo aquelas coisas. Ele sabia que me machucaria.

— Você me fez pensar que alguém esteve na minha casa — acusei. — Mexeu nas minhas coisas! Me deixou aterrorizada!

Ele fechou os olhos, parecendo prestes a explodir.

— Sempre imaginei o que fez o Chase Stiles desistir — ele falou, com a voz grossa. — Por que ele tirou a própria vida?

Encarei o meu irmão.

— Ele sabia que ia te machucar — concluiu. — E não quis.

Sim. O último estágio de uma perseguição dessas era a violência física. Os abusos de Chase estavam ficando cada vez mais ameaçadores, e Jack devia estar certo. Eu não sabia por que Stiles se matou, mas sabia que ele estava perdendo o controle. Ou o controle que ainda tinha.

E o meu irmão? Ele chegaria a esse ponto?

Ele pareceu notar o lampejo de percepção e compreensão nos meus olhos, porque avançou.

— Eu jamais te machucaria.

Mas era tarde demais. Dei meia-volta, saí correndo da sala e fui para o corredor com Jack gritando atrás de mim.

— Easton! — chamou.

Mas eu corri, precisando me afastar dele.

Não sei se ele me machucaria, mas, até hoje de manhã, não teria pensado que ele faria qualquer uma das coisas que fez. Eu tinha pensado que, além de Tyler, Jack era a pessoa em quem eu mais podia confiar no mundo.

Por que ele iria querer que eu vivesse com medo?

Corri lá para fora, mas a voz de Jack estava bem atrás de mim.

— Easton, para!

Ele me agarrou pelo pulso, e eu gritei, tropecei nos meus sapatos e bati com todo o peso no parapeito de ferro forjado da escadaria.

— Jack, por favor — chorei, agarrando a mão dele com as minhas duas ao gritar, despencando pela lateral. — Jack! — gritei, mais uma vez agarrando suas mãos com as minhas.

Ele se pendurou no parapeito, gemendo ao tentar me puxar, mas minhas pernas balançavam a quase cinco metros do chão, e eu apertei a sua mão com tanta força que minhas juntas ficaram brancas.

Virei a cabeça, vendo a distância até o chão e chorando quando meus braços pareceram estar sendo arrancados das articulações.

Jack me agarrou por debaixo do braço com a mão, o medo em seus olhos ao tentar me puxar para cima.

— Jesus Cristo! — Tyler gritou, balançando o torso para o lado e me segurando também. — O que aconteceu?

Respirei tão rápido quanto as batidas do meu coração, e chorei quando os dois me puxaram para o outro lado do parapeito.

No mesmo instante, caí em cima de Tyler e nós dois fomos para o chão.

Ele puxou o meu corpo para o seu e me segurou com força. Eu o abracei apertado, ouvindo seu coração acelerar através das roupas quando apoiei a cabeça em seu peito.

— Venha cá — ele me acalmou, envolvendo os braços ao meu redor.

Abri os olhos, vendo o meu irmão de joelhos perto do parapeito. O olhar arrasado estava cheio de remorso.

— Easton, por favor — ele sussurrou. — Eu jamais te machucaria.

— O que está acontecendo? — Tyler disparou.

Mas eu só olhei para o meu irmão, as lágrimas deixando-o todo borrado.

— Você já me machucou — disse a ele. — Você partiu o meu coração.

E então olhei para Tyler, que estava com as sobrancelhas franzidas de preocupação.

— Me leva para casa — supliquei.

VINTE E SETE

Easton

O corpo de Tyler se moveu sob o meu, e abri os olhos, vendo-o estender a mão e ligar o *dockstation* para iPod. A melodia suave de *Glycerine*, de Bush, saiu dos alto-falantes, e eu fechei os olhos, ouvindo a chuva leve bater nas janelas do quarto dele.

— Você colocou um iPod aqui — falei, o tom um pouco acima de um sussurro, me aninhando no calor seguro do seu corpo.

Os dedos roçavam para cima e para baixo nas minhas costas quando ele beijou a minha testa.

— Comecei a reservar um tempo para aproveitar as pequenas coisas de novo — respondeu. — Redescobrir a minha juventude...

Meu corpo sacudiu com uma risadinha. Foi tudo o que consegui, eu estava tão cansada. Mental e fisicamente.

— É — brinquei. — Acho que eu tinha uns dois anos quando essa música foi lançada.

Ele bufou.

— Bem, ouça e aprenda — retrucou. — Ela é da época em que ainda havia música boa.

— Humm — lamentei, deslizando a perna sobre o seu quadril e deitando o corpo sobre o dele.

Eu me enxarquei na sensação do peito nu nos meus seios desnudos, nós dois completamente despidos sob os lençóis.

— Você está bem? — ele perguntou, com carinho, deslizando as mãos para cima e para baixo nas minhas costelas.

— Não me pergunte isso — avisei, apoiando-me no seu peito com os olhos fechados. — Nunca.

Má CONDUTA

— Tudo bem — respondeu, baixinho. — Como você se sente?

Eu ri, amando a forma como ele conseguia me engambelar.

Eu estava cansada de gente se preocupando comigo, me mimando e de gastar o meu tempo com coisas que não me traziam felicidade.

Tyler era a minha felicidade, e no momento eu estava exatamente onde queria estar e fazendo exatamente o que queria fazer.

— A salvo — respondi.

Depois de chegarmos em casa ontem à noite, e de deixar meu irmão sozinho lá na escola, nós levamos o Christian para jantar no La Crepe Nanou. Após eu ter chorado no carro do Tyler, discutir com ele quanto a só passar a noite em casa, e secar os olhos. Não permitiria que mais nada entrasse no nosso caminho. Prometemos a Christian que jantaríamos fora, e não o decepcionaríamos.

Fiquei arrasada com a traição do meu irmão, e não fazia ideia do que ele ia fazer, se algum dia voltaria a me sentir segura perto dele, mas estava farta de esperar para retomar a minha própria vida.

Depois do jantar, mergulhei no chuveiro de Tyler, nenhum de nós nos importando por Christian talvez saber que eu passaria a noite lá. Não seria um hábito, e poderíamos ser discretos, mas Tyler não me deixaria ir para casa depois do acontecido, e Christian parecia empolgado para me ter por perto.

— Não quero o Jack perto de você — insistiu Tyler, segurando a minha bunda com as duas mãos.

— Nem eu — assegurei a ele. — Não imediatamente, de qualquer forma.

— Easton — ele avisou, não gostando nada daquilo.

Abri minhas pálpebras pesadas e me ergui, meu cabelo escuro fazendo cócegas nos meus seios.

— Ele não teria me machucado — falei, encarando-o e passando as mãos por seu peito.

— Não tem como você saber — apontou. — Ele precisa de ajuda.

— Eu sei. — Assenti. — Eu jamais cogitaria voltar a ter contato com ele a menos que ele fosse se tratar antes.

Olhei para Tyler, pronta para chorar porque eu o amava tanto. Eu o toquei em toda parte, minhas mãos passando pelo peito e percorrendo seus braços e, em seguida, subindo para roçar seu rosto com a ponta dos dedos.

Rebolei os quadris, sentindo-o endurecer por baixo de mim.

— Você pode me levar para o meu apartamento de manhã? — perguntei. — Preciso resolver umas coisas.

Ele massageou meus quadris e minha bunda, o fôlego começando a ficar agitado.

— É claro — respondeu. — Mas quero que fique aqui por um tempo.

Balancei a cabeça, fazendo um delicado "não" para ele.

— Easton — vociferou, me olhando com menos paciência.

Caí para frente, espalmando os dois lados da sua cabeça.

— Sim, Sr. Marek — cantarolei, e o ouvi suspirar. — Não que eu não queira ficar aqui — me apressei —, mas é o meu apartamento, e eu posso ir e vir como bem quiser.

— Então quero Patrick te buscando e levando…

Mas o encarei e olhei feio quando tentou me dizer o que fazer.

— Tudo bem — disse, a contragosto. — Você está certa. É só que isso não deixa nada mais fácil.

Ataquei os lábios dele, mordiscando e beijando de levinho.

— Jura? — arrulhei. — Poderia repetir?

Ele riu.

— Repetir o quê?

— A parte sobre eu estar certa — devolvi.

— Eu não disse isso — ele gemeu na minha boca quando comecei a me esfregar nele.

Gemi, sentindo sua língua pincelar o meu lábio superior e então capturar o inferior entre os dentes.

— Eu te amo, Sr. Marek — provoquei, fechando os olhos e retribuindo o beijo.

O calor úmido da sua boca quando mergulhei a língua lá me fez cambalear, e eu me esfreguei ainda mais rápido nele.

Ele arrancou o lençol e levou a mão entre nós, agarrando o pau.

— Você se sente segura? — voltou a perguntar. — Só preciso me certificar de que você está bem.

Arqueei o pescoço e me ergui, posicionando o pau dele na minha entrada e me sentando devagar, deslizando-o dentro de mim.

Sorrindo, comecei a me mover para cima e para baixo.

— Meu TOC não deu as caras, se é isso o que você está se perguntando.

Ele agarrou os meus quadris, puxando o lábio inferior entre os dentes ao me sentir por dentro.

— Eu meio que sinto falta dele — suspirou. — Era fofo.

Sorri, rebolando mais rápido e mais forte.

— Estou dentro para oito orgasmos essa noite, se você estiver disposto — disse a ele. — Você tem Viagra?

— Viagra? — Tyler fechou a cara e se levantou, me rolando de costas e respirando nos meus lábios ao se mover entre os meus quadris. — Você vai pagar caro por isso.

Depois da escola no dia seguinte, Christian foi para o treino de futebol, e Tyler me levou no meu apartamento. A última vez que estive ali tinha sido há pouco mais de um dia, antes da entrevista e da confissão do meu irmão.

Tyler não quis que eu encarasse a volta para lá hoje de manhã antes da escola para pegar roupas limpas, então teve que ligar para uma loja e pedir para Patrick pegar o meu novo modelito.

Mas eu precisava voltar hoje. Para me livrar das lembranças ruins e seguir em frente.

Ao voltar lá para baixo, encontrei Tyler, que esperava diante da lareira na sala de estar. Segurando os saquinhos ziplock, encarei as cartas, vendo a letra do meu ex-treinador espiar em meio à bagunça de papel picado.

— São todas as cartas que o Chase escreveu para mim — contei. — As obsessões, as ameaças... — deixei ir diminuindo. — Eu nunca as vi antes da morte dos meus pais, e foi só depois que eu percebi toda a extensão do quanto ele ameaçava a mim e à minha família.

— Por que ficou com elas? — perguntou.

Eu o olhei, a gravata azul-marinho frouxa sobre a blusa branca e o terno cinza-esverdeado.

— Meus pais, minha irmã, a Avery... — comecei. — Eles morreram porque eu os fiz pegar a estrada naquela noite. Corri um risco desnecessário por causa do meu próprio egoísmo e mereço ser lembrada disso.

— Você achou que se esqueceria do que perdeu?

Parei, então abaixei a cabeça, suspirando. *Não, eu jamais esquecerei*. Sentia a dor da morte deles todos os dias. Mas, na época, correr qualquer tipo de risco me fazia sentir como se não houvesse controle. Não havia "cuidado".

Por muito tempo, senti como se estivesse em um beco sem saída com o Chase, esperando que alguma merda acontecesse, e quando enfim decidi abrir mão do controle e dizer: "foda-se essa merda, vamos ver o que acontece", eu gostei.

Mas eu não tinha percebido que não estaria arriscando só a mim. Havia outras pessoas que eu não tinha levado em consideração.

— Eu merecia ser punida — disse a ele.

Ele tocou o meu rosto e me olhou nos olhos.

— Não tinha como você ter previsto.

Não, não tinha. Mas o descuido acarretava consequência. Eu deveria ter imaginado.

O que explicava o meu comportamento de deixar a minha vida desde então o mais controlada possível.

— Easton, não há caminho que se possa seguir e que seja seguro o bastante — Tyler rogou. — Você não fez nada por mal. Crimes merecem punição. Erros merecem perdão.

Abrindo os saquinhos, despejei o conteúdo na lareira e risquei um fósforo na cornija. Inclinando-me, ateei fogo nos pedaços de papel e me ergui. Nós dois os observamos virar cinzas.

Pegando a mão de Tyler, soltei um suspiro de alívio, enfim me sentindo melhor do que podia lembrar já ter me sentido.

— Algum dia você vai ter cuidado comigo? — perguntei, baixinho, observando as chamas brilharem.

— Não.

Olhei para ele, e meus lábios se curvaram em um leve sorriso.

— Que bom.

EPÍLOGO

— Levante o queixo — instruiu a fotógrafa, sorrindo por detrás da câmera.

Inclinei a cabeça um pouco, mantendo-a levemente para a direita, um sorriso relaxado ainda estava colado no meu rosto.

As merdas que eu faço por esse homem.

Eu estava sentada no braço de uma poltrona de couro de um tom bonito de marrom, de pernas cruzadas e o braço apoiado no ombro de Tyler, que estava sentado na poltrona, nós dois posando para nossas fotos de noivado.

Correção: foto publicitária de noivado-barra-campanha representando nossa perfeita família americana de alta fibra moral. *Tááááá.*

Olhei para baixo, sentindo o rubor aquecer as minhas bochechas, lembrando-me de todas as coisas *imorais* que ele tinha feito comigo na nossa cama ontem à noite.

— Excelente — a fotógrafa elogiou, tirando mais algumas ao voltar a se abaixar atrás do tripé.

Mantive a mão direita na coxa, a pedra preta de ônix engastada no anel de platina e rodeada por pérolas de água doce visível nas fotos.

Tyler havia insistido em um anel de diamante, querendo o melhor, mas Jay gostou da minha ideia de que consciência ambiental seria uma boa publicidade. Tantos diamantes vinham de países devastados pela guerra, então decidi optar por algo diferente.

Caramba, a Kate Middleton, a duquesa de Cambridge, arrasou com o anel de noivado de safira. Os tempos tinham mudado.

Na verdade, eu simplesmente gostava de pérolas. Era o Jay que estava vendendo a história dos países devastados pela guerra.

— Você está incrível — Tyler comentou, a gravata branca combinando com o meu vestido cor creme.

— Obrigada — sussurrei.

Ao longo dos últimos meses, mergulhamos mais e mais na campanha, porém ainda faltavam seis meses para as eleições, e eu sabia que ele estava preocupado que a vida dele estava tomando muito do nosso tempo.

Olhei para baixo, passando o polegar pela tatuagem *fff* que fiz na parte interna do pulso quando ele me pediu em casamento no Mardi Gras no mesmíssimo baile anual em que nos conhecemos.

Família, fortuna e futuro.

Ele tatuou as mesmas letras, mas a dele estava na parte externa do pulso, bem debaixo do relógio.

Para assegurar que jamais daríamos nossas bênçãos como certas nem que deixaríamos de valorizar o que era importante de verdade, tínhamos prometido priorizar um ao outro.

A família vinha primeiro. Sempre primeiro. Cuidávamos um do outro e contávamos um com o outro. Sem a família e sem o Christian, todo o resto seria inútil.

A fortuna vinha em seguida. Pode parecer superficial fortuna vir antes de futuro, mas percebemos que fortuna era mais que riqueza. Era saúde, objetivos e manter o que tínhamos no trabalho que queríamos fazer para contribuir com o mundo. Nossa fortuna eram as coisas pelas quais éramos gratos e as coisas que tínhamos a dar.

O futuro vinha por último. Ambições particulares, planos para os anos porvir, e outros objetivos que talvez afastassem nossa atenção um do outro e nossos empregos só seriam considerados se tudo o mais estivesse firme.

Christian quis fazer a tatuagem também, mas dissemos a ele que teria que esperar até os dezoito anos.

E aí Tyler o levou para fazer a tatuagem.

Tudo bem. A gente poderia lidar com a mãe do garoto quando ela voltasse em julho.

O braço de Tyler às minhas costas se moveu, e eu tive um sobressalto, sentindo sua mão acariciar a minha bunda.

Pigarreei, e pude notar seu sorriso enquanto ele me apalpava.

Christian estava sentado atrás da câmera, mexendo no telefone, enquanto Jay estava à minha esquerda, dando instruções esporádicas à fotógrafa quanto a quais fotos tirar e em quais ângulos, como se ela já não soubesse.

Má CONDUTA

Vindo até mim, ele tentou prender algo no meu peito, e eu soube no mesmo momento que era uma bandeira.

Ergui a mão, enxotando-o.

— Easton, sério — ele me repreendeu.

— É cafona — disparei. — É a minha foto de noivado.

Eu não me transformaria em uma declaração política. Já tivemos aquela discussão.

— Tyler. — Jay resmungou. — Uma mãozinha aqui?

Ele se limitou a fazer que não, provavelmente enjoado de mim e Jay discutindo.

— Você está cuidando da publicidade — pontuei, olhando feio para Jay —, eu inclusive te deixei escolher a data do casamento, porque você choramingou falando do quanto seria bom para a campanha, mas quando você começa a me vestir é que temos problemas — vociferei. — *Capisce?*

— Todo mundo que é importante tem um *personal shopper*, Easton — ele se queixou. — Ela pode te dizer qual é a sua cartela de cores...

Mas eu soltei um gritinho, cortando um sermão de Jay, quando as mãos do meu noivo me agarraram e eu caí no colo de Tyler. Seus lábios desceram para os meus, e eu gemi, segurando o seu rosto.

Nós nos separamos, rindo um para o outro, e eu ouvi a câmera.

— Ah — a fotógrafa cantarolou. — Aí está a capa da revista *New Orleans.*

Ela olhou para o visor da câmera digital, sorrindo.

— Agora, Sr. Marek — instruiu. — Poderia ficar de pé, por favor, e ir para o outro lado da sua noiva?

Tyler se levantou da poltrona e foi para a minha esquerda; eu fiquei sentada.

Ela olhou para mim e perguntou:

— Poderia se virar para ele um pouquinho e dar uma inclinadinha na cabeça?

Segui as instruções, passei o braço ao redor de Tyler e me aproximei dele ao inclinar a cabeça.

— Queixo para cima — ela murmurou, e desapareceu por trás da câmera.

O cheiro de Tyler invadiu a minha cabeça, e por mais que eu tenha começado a amar muito o Christian, estava feliz por ele estar indo para o interior com os amigos para passar as férias de primavera, que começaria em poucos dias.

Eu ainda mantinha o meu apartamento e assim o faria até o casamento, em outubro, mas estava sendo cada vez mais difícil ficar lá. Tyler e eu arranjávamos tempo para estarmos juntos quando podíamos. E mesmo que Christian não fosse idiota, teve uma vez que ele me flagrou lá de manhã cedinho e deve ter concluído que eu tinha passado a noite. Fazíamos um esforço enorme para não deixar muito óbvio nem inapropriado.

Eu dava aula na escola em que ele estudava, afinal.

E tinha decidido ficar lá, até mesmo assumi a responsabilidade de ser técnica do time de tênis feminino no próximo ano letivo.

Depois da eleição, no entanto, se Tyler ganhasse, reavaliaríamos se seria ou não necessário nos mudarmos para Washington, D.C., durante o seu mandato.

Por ora, simplesmente trabalhávamos na campanha e planejávamos o casamento, que decidimos que seria na Degas House, uma espécie de pousada e museu, para homenagear os quadros sobre os quais conversamos quando nos conhecemos.

— Também quero que o meu filho apareça nas fotos — Tyler falou, e a fotógrafa assentiu.

Olhei para Christian, amando o quanto ele e Tyler tinham ficado próximos. Eles nem sempre se interessavam pelas mesmas coisas, mas acharam muito em comum e gostavam de fazer as coisas juntos.

Christian até mesmo tinha começado a ir em algumas das viagens de campanha ao redor do estado, visitando fábricas e bairros, e estava muito interessado nos negócios do pai. Não a parte burocrática, mas quando Tyler precisava viajar para ver equipamentos ou verificar um canteiro de obras, Christian amava ir com ele quando as aulas permitiam. Meu noivo era um bom pai, e agora era difícil ele ir a qualquer lugar sem o filho.

O que me fez pensar...

— Ainda não falamos disso — disse baixinho, só para ele ouvir.

— O quê? — Tyler me olhou de relance.

Lambi os lábios, sem saber bem como formular a pergunta que eu estava prestes a fazer.

— Você quer ter filhos? — perguntei, e então me corrigi: — Quer dizer, *mais* filhos?

Tyler piscou, parecendo surpreso, e então vi seu olhar se desviar para Christian antes de voltar para mim.

— Quero — respondeu. — Se for com você.

Meus lábios se curvaram, e me senti estranhamente animada. Um bebê?

— E você? — ele devolveu.

Puxei um suspiro longo e profundo.

— Acho que sim. — E então olhei para ele, assentindo quando a ficha caiu. — É, vou amar ter um ou dois.

Ele se inclinou e me beijou, os lábios provocantes fazendo promessas para mais tarde pelas quais eu mal podia esperar.

— Você acha que a gente vai conseguir equilibrar tudo? — falei em seus lábios. — Carreira, campanha, filhos...

Ele soltou um suspiro e se ergueu.

— Só saberemos se tentarmos — declarou. — Mas não quebraremos o nosso compromisso. Família, fortuna e futuro — listou. — Nada disso tem qualquer valor sem ele ou sem você.

Apertei o braço ao redor dele, não dando a mínima por precisar tanto daquele homem. Eu tinha ficado muito boa em ser fraca, e não tinha vergonha nenhuma disso.

Mas, na verdade, eu sabia que não era fraqueza precisar das pessoas. Precisar de amor e conexão.

Você só é forte se puder ficar por conta própria, né?

Nada disso.

A verdade é que somos mais felizes quando somos necessários, e mais fortes quando somos amados.

Eu poderia sobreviver sem o Tyler, mas por que ia querer uma coisa dessas? Para sempre?

Nada poderia substituí-lo nem apagá-lo.

Exceto...

Abri a boca e estreitei os olhos.

— Esqueci de perguntar. — Olhei para ele, com uma curiosidade divertida. — A que partido você é afiliado?

Ele caiu na gargalhada, o peito sacudindo quando olhou para mim.

— Como assim você não sabe? — exclamou. — Você me pesquisou na internet.

Dei de ombros.

— Entrei no seu site e nas redes sociais, só xeretando, mas foi isso.

Embora tenhamos tido discussões sobre a plataforma dele, e eu o tenha acompanhado a um ou outro lugar, percebi que esse foi o único assunto que nunca surgiu.

Ele balançou a cabeça e encarou a câmera.

— Então? — insisti.

— Então o quê?

Eu logo semicerrei os olhos, não achando graça nenhuma.

— De qual partido você é membro, Tyler?

— Importa? — ele brincou.

— Deveria — devolvi.

Mas então ele simplesmente se virou e me envolveu com os braços, me curvando para trás com a força do beijo. Soltei um gritinho sob seus lábios e então deixei meus olhos revirarem, minha cabeça ficou meio oca logo que sua língua invadiu a minha boca.

— Eca. — Ouvi Christian reclamar do outro lado da sala.

E então Jay:

— Certo — ele censurou. — Vou tirar as crianças da sala.

Tyler não interrompeu o beijo ao erguer a mão, dando tchau para eles, e eu tentava não rir.

Ele com certeza sabia como me fazer calar a boca.

AGRADECIMENTOS

Primeiro de tudo, a todos os professores do mundo: os dias são intermináveis, a carga de trabalho só aumenta e vocês não recebem nem um décimo do que merecem. Mas vocês são os artistas mais incríveis. Alguns usam pincéis, outros tocam guitarra, talham madeira ou se apresentam em palcos, mas vocês trabalham com mentes vivas e espíritos diversos e criam sonhos que cultivam futuros. Obrigada por tudo o que fazem!

E, agora, aos leitores, esse foi o primeiro livro e os primeiros personagens nos quais mergulhei depois de terminar a série *Fall Away*. Tantos de vocês estiveram aqui dividindo a animação e dando apoio, e eu continuo grata pela contínua confiança de vocês. Sei que minhas aventuras nem sempre são fáceis, mas eu as amo, e fico tão feliz por outras pessoas as amarem também.

À minha família, meu marido e minha filha que aguentam meu horário maluco, meus papéis de bala e a mim me desligando sempre que penso num diálogo, numa reviravolta ou numa cena que simplesmente saltou na minha cabeça na hora do jantar. Vocês dois passam por muita coisa, então obrigada por continuarem me amando.

À Kerry Donavan e ao resto da equipe da New American Library, tem sido um prazer trabalhar com vocês, e vocês me ajudam a tornar os meus sonhos realidade. Cada vez que vejo um livro meu em uma livraria, sei que não fui só eu, e isso me deixa nas alturas. Obrigada por me ajudarem a ser a melhor que eu posso ser e por acreditarem em mim.

À Jane Dystel, minha agente na Dystel and Goderich Literary Management, é simplesmente impossível que algum dia eu abra mão de você. Você está presa comigo. Sério, eu literalmente me agarraria à sua perna e me acorrentaria ao seu quadril. Espero que você goste do meu cheiro, porque estou com você para ficar.

À House of Pendragon, vocês são o meu lugar feliz. Bem, vocês e o Pinterest. Obrigada por serem o sistema de ajuda que eu preciso e por sempre terem essa atitude positiva.

À Vibeke Courtney, que está sempre nos meus agradecimentos, obrigada por me ensinar a escrever e por sempre mandar a real.

À Lisa Pantano Kane, você me desafia com as perguntas difíceis.

À Ing Cruz do blog *As the Pages Turn Book*, você oferece apoio com a bondade do seu coração, jamais poderei te retribuir o bastante. Obrigada pelos bombardeios nos lançamentos e pelas visitas ao blog.

A todos os blogueiros, sendo bem direta: ai meu Deus! Vocês passam o tempo livre lendo, avaliando e fazendo propaganda, e fazem de graça. Vocês são o sangue vital do mundo literário, e vai saber o que seria de nós se não fossem vocês. Obrigada pelos esforços incansáveis. E fazem por amor, o que faz vocês serem ainda mais incríveis.

À Abbi Glines, Jay Crownover, Tabatha Vargo, Tijan, N. Michaels, Eden Butler, Natasha Preston, Kirsty Moseley e Penelope Ward obrigada pelo encorajamento e pelo apoio ao longo dos anos. Dá uma sensação de validação ser reconhecida pelos colegas, e autores que apoiam outros autores cultivam respeito mútuo. A positividade é contagiosa, então obrigada por espalhar o amor.

A cada autor e aspirante a autor, obrigada pelas histórias que vocês compartilham, muitas delas fizeram de mim uma leitora feliz que estava em busca de um escape maravilhoso ou de melhorar a escrita, tentando corresponder ao padrão de vocês. Escrevam e criem, e não parem nunca. Sua voz é importante, e desde que venha tudo do coração, ela é certa e boa.

GUIA DE LEITURA

Perguntas para discussão

1. Há uma diferença de doze anos entre as idades dos protagonistas de *Má Conduta*. Você acha que a diferença de idade faz diferença no que diz respeito a experiências e maturidade? Que diferença de idade você consideraria exagerada?

2. No capítulo 1, Easton fantasia sobre estar no meio de uma sala em chamas, mas depois ela sopra uma vela ao sair do baile de máscaras. Esse gesto tem algum significado?

3. Tyler bate o pé quanto a muitas coisas: redes sociais, aceitar doações de campanha, assumir mais responsabilidades do que consegue lidar. Por que você acha que ele era tão inflexível no início? Ele é naturalmente resistente ou tem boas razões para lutar pelas batalhas que escolhe?

4. Por que o Tyler questiona a metodologia de ensino da Easton? Você acha que ele tinha uma preocupação paterna genuína?

5. Easton evita intimidade, preferindo manter distância a formar qualquer laço verdadeiro com homens. O que há de diferente em Tyler? Ela o deixou fazer parte de sua vida ou ele forçou a entrada?

6. Uma boa parte da cidade de Nova Orleans tem um papel nesse livro. Você já visitou a cidade e, caso sim, qual foi a sua experiência mais inesquecível?

7. Se os pais e a irmã de Easton não tivessem morrido, ela teria seguido no tênis ou será que teria descoberto o seu dom para o ensino?

8. Se os pais de Easton tivessem ido à polícia prestar queixa contra Chase Stiles, até que ponto você acha que a vida dela teria sido diferente?

9. Easton usa as redes sociais como ferramenta de ensino. Se você tivesse filhos, apoiaria essa prática na escola deles? Quais seriam as vantagens

e/ou desvantagens de usar as redes sociais para o aprendizado?

10. Tyler tem um relacionamento complicado com o filho, que ele tenta, ao longo do livro, consertar. Levando em consideração as exigências de sua vida, você acha que as ações dele para melhorar o relacionamento são louváveis ou você teria tentado algo diferente?

11. Easton se divertiu um pouco na casa do Tyler durante a tempestade, por exemplo, arrumando os livros dele no escritório. Você sente impulso de organizar algo na casa dos outros quando está de visita? Se sim, o que te dá mais vontade de organizar?

12. Tyler tem vergonha do seu papel, ou da falta de um, na vida do filho quando ele era mais novo. É verdade o que ele diz? Que nunca é tarde demais? Ou você acredita que é verdade o que Brynne disse na ligação, que chega um ponto que você se decepciona demais para consertar qualquer laço que reste?

13. Como você acha que Christian se sentia quando ouvia a mãe e o padrasto falarem mal de Tyler?

14. Tenha em mente que Tyler prometeu que não se envolveria com mais ninguém, por que ele cogitou a ideia quando Easton o apresentou a Kristen?

15. No final, Easton e Tyler concordaram que Jack precisava de ajuda. Sabendo a quantidade de dor e estresse pelos quais Easton tinha passado na vida, você acha que ela será capaz de se reconciliar com o irmão?

16. Parando para pensar no relacionamento de Tyler e Easton, quem era mais dominador?

17. As razões de Tyler para terminar o relacionamento no capítulo 21 foram justificadas? Por quê? Ou por que não?

18. O que você acha que fez o Tyler finalmente enxergar o que era importante de verdade e o que o ajudou a estabelecer as próprias prioridades?

19. Como Tyler está concorrendo para o senado, e com a política sendo infiltrada diariamente em nossas vidas por meio do noticiário e das redes sociais, você acredita que a declaração da Easton de que "o mais popular vence" é verdadeira? Você pesquisa um candidato por conta própria, sem ser influenciado pela mídia, antes de votar?

20. Christian fala o que pensa o tempo todo, chegando a constranger, de tempos em tempos, os adultos que fazem parte da sua vida. Você acha que ele estava certo ao jogar a maior parte da culpa em cima da Easton quanto ao relacionamento dela com o pai dele?

21. Por que Christian escondeu que sabia do envolvimento secreto deles?

22. Você acha que pressionamos demais os nossos filhos para que se destaquem em muitas atividades, como nos esportes? Acha que a pressão que Easton sentiu por causa da carreira no tênis piorou suas tendências para o TOC, não apenas a contagem, mas a necessidade de perfeição, ou o trauma com a morte dos pais e da irmã contribuiu ainda mais?

23. Easton não sabia a qual partido Tyler estava afiliado. Qual partido você acha que ela apoia? E ele?

24. Easton pede a Tyler, durante todo o relacionamento deles, para não ter cuidado com ela. O que você acha que ela quer dizer?

A The Gift Box é uma editora brasileira, com publicações de autores nacionais e estrangeiros, que surgiu no mercado em janeiro de 2018. Nossos livros estão sempre entre os mais vendidos da Amazon e já receberam diversos destaques em blogs literários e na própria Amazon.

Somos uma empresa jovem, cheia de energia e paixão pela literatura de romance e queremos incentivar cada vez mais a leitura e o crescimento de nossos autores e parceiros.

Acompanhe a The Gift Box nas redes sociais para ficar por dentro de todas as novidades.

 www.thegiftboxbr.com

 /thegiftboxbr.com

 @thegiftboxbr

 @GiftBoxEditora

Impressão e acabamento